달의
노래

달의 노래 2

초판 1쇄 찍은 날 § 2006년 1월 16일
초판 1쇄 펴낸 날 § 2006년 1월 26일

지은이 § 이예린
펴낸이 § 서경석

편집장 § 문혜영
편집책임 § 이종민
편집 § 한지윤

펴낸곳 § 도서출판 청어람
등록번호 § 제1081-1-89호
등록일자 § 1999. 5. 31
어람번호 § 제5-0078호

주소 § 경기도 부천시 원미구 심곡1동 350-1 남성B/D 3F (우) 420-011
전화 § 032-656-4452 팩스 § 032-656-4453
http://www.chungeoram.com
E-mail § eoram99@chollian.net

ISBN 89-5831-939-9 03810
ISBN 89-5831-937-2 (SET)

달의 노래

2

이예린 지음

도서출판
청어람

막사에는 이미 휘련이 저녁을 짓고 있었다. 휘련은 화린과 협이 산에서 내려오는 걸 보면서 알 만하다는 시선을 던졌다. 순간 화린의 얼굴이 화르르 달아올랐다.

"황자비 전하, 송구하오나 여기 일 좀 거들어주시겠습니까?"

휘련의 옆에는 커다란 그릇들이 수북이 쌓여 있었다. 음식을 하는 것 외에도 사람들에게 그릇을 날라야 하는 것이다. 멀리서 두 여인을 지켜보던 야청이 다가왔다. 지난번과 같이 부딪칠 것을 우려한 때문이리라. 화린은 고개를 내어저 사양했다. 일개 기녀 주제에 감히 황자비에게 일을 부려먹다니. 황궁이었다면 그 즉시 불벼락이 떨어졌을 터다. 그러나 지금 일행들은 많이 지쳐 있고, 일손은 부족하다. 휘련이 저 그릇들을 다 나르려면 시간이 배로 걸릴 터였다.

"됐어. 내가 할래."

"고맙습니다, 황자비 전하."

화린은 대답없이 그릇을 나르기 시작했다.

"활 쏘는 건 많이 배우셨나요?"

식사가 어느 정도 끝나자 뒷정리를 하던 휘련이 슬쩍 건넨 말이었다. 입가에 맺힌 미소가 철철 넘쳐흐르는 색기를 담고 있는 것으로 보아 정말 궁금해 묻는 것은 아니다. 화린은 모르는 척 딴청을 피우며 되물었다.

"궁금하니?"

"네. 쇤네도 나중에 기회가 닿는다면 한번 배워보고 싶거든요."

"그렇게 궁금하면 혐에게 가르쳐 달라고 하렴."

그러자 휘련은 그날처럼 풋 하고 웃음을 터뜨렸다.

"무엄하구나!"

이번에야말로 제대로 화가 난 화린이 쌕쌕거리며 자리에서 일어섰다. 휘련이 정색하며 사과했다.

"죄송해요, 황자비 전하. 심기를 상하게 할 의도는 아니었답니다."

"그걸 나보고 믿으란 말이니?"

"쇤네가 이 여행길에서 가장 관심을 가지고 있는 분은 황자 전하가 아닌 황자비 전하인걸요."

엉뚱한 대답이었다. 하지만 아직 화가 풀리지 않은 화린은 곧바로 차갑게 되쏘았다.

"나는 네게 그런 관심을 부탁한 적이 없다. 그러니 다른 곳에 관심을 쏟으렴."

"황자비 전하와 친해지고 싶어요."

웃음기를 완전히 거둔 진지한 얼굴로 휘련이 말했다. 그래도 화린이 경계심을 거두지 않자 휘련은 다시 한 번 강조했다.

"황자비 전하께서 쇤네를 마땅치 않게 여긴다는 것쯤은 잘 알아요. 하지만 마마와 친해지고 싶은 마음은 더 없는 진심이랍니다."

"왜?"

화린은 월국을 떠난 이래 처음으로 휘련을 찬찬히 뜯어보고 있었다. 청초한 자태가 기녀로 썩히기엔 많이 아까운 계집이었다. 춘화도를 보면서 기녀란 그저 몸을 팔고 웃음을 파는 천박한 계집 정도쯤으로 여겼는데 아니다. 협이 아닌 그 어떤 사내라도 마음이 동하게 생겼다.

"황자 전하께서 한결같이 마음에 담고 계시기에 대체 어떤 분일까 했지요. 실제로 만나뵈니 과연이란 생각이 들었어요. 사내에게도 첫눈에 반해본 적 없던 쇤네가 황자비 전하의 꾸밈없는 모습에 매료되고 말았으니까요."

"나 때문에 협과 시침에 들지 못할 이유는 없단다. 그러니 내게 잘 보이려 애쓰지 않아도 돼."

태연한 척 말하고 싶었지만 화린의 목소리는 날이 잔뜩 곤두
서 있었다. 이제까지 자신이 누웠던 침상에 휘련이 눕는 상상만
으로도 몹시 기분이 상했던 탓이다. 왜 이런 기분에 사로잡힌
걸까? 어차피 협은 초야에조차 그녀를 버리고 휘련과 함께 밤을
보냈는데. 이제 와 또다시 그런다고 하여 기분이 나쁘다 하는
건 너무나 새삼스러웠다.

이때 휘련이 두 눈을 가늘게 뜨며 반문했다.

"정말 그래도 괜찮으시겠어요?"

"날 떠보려는 수작인 게로구나. 두 번 말하지 않겠어. 오늘 밤
부터라도 그러고 싶으면 나한테가 아니고 협에게 가서 말해."

더는 휘련의 말을 들으며 견뎌낼 자신이 없었다. 화린은 쫓기
듯 자리를 벗어나려 했다. 그러나 휘련이 던진 한마디가 발목을
붙잡고 놓아주질 않았다.

"참으로 솔직하지 못하시군요."

"뭐라고?"

되바라진 목소리였지만 휘련은 조금도 주눅 들지 않았다.

"마마께서는 지금 자신의 감정을 인정하려 들지 않으세요."

"아, 아니야! 내, 내가 왜……."

"그렇다면 아니면 그만이지, 왜 얼굴이 빨개져서는 말까지 더
듬으세요?"

"그런 적 없어!"

화끈거리는 열기가 얼굴에서 느껴졌지만 화린은 애써 부정했다. 그런 화린을 의심스런 눈초리로 빤히 응시하던 휘련이 차분히 말을 이어나갔다.

"월국 땅을 벗어났을 무렵, 진작 알려 드렸어야 하는 건데. 마마께서는 쉰네가 정말로 시침을 하였다고 생각하세요? 아니, 전하께서 받아주셨을까요?"

"그럼 아니라고 말할 셈이니?"

휘련은 혀를 끌끌 찼다.

"태자 전하께서 속을 애태우실 만하군요. 전하는 쉰네를 품지 않으셨어요."

"거짓말!"

그럼에도 가슴 한 켠에 얹혀 있던 체증 같은 게 화악 사라지는 걸 느꼈다.

"전하를 대신해 쉰네를 품은 사내는, 전하만큼이나 무뚝뚝하기 그지없는 야청이어요. 그런 눈속임쯤 마마께서도 알고 계실 줄 알았는데, 정말 몰인정하시군요. 사내의 마음을 그리도 몰라주시다니."

휘련의 비난하는 목소리에도 화린은 멍하니 있었다.

협이 아닌 야청이라고? 그렇다면 협은…….

"만약 마마께서 전하를 극도로 안달하게 만들려는 게 목적이었다면 충분히 성공을 거두신 것 같군요. 하지만 언제까지 외면하실 건지요? 마마께서도 전하를 원하고 계심이 분명한데…….

본디 사내는 기다림에 익숙한 동물이 아닙니다. 나중에 후회하시기 전에……."

"그만! 주제 넘는 간섭은 더 이상 허용치 않겠다. 다음번에도 네 멋대로 떠들면서 날 가르치려 든다면, 지금처럼 눈감아주지 않겠어. 너의 방자함에 벌을 내릴 것이야!"

화린은 거칠게 잘라 말하고 돌아섰다.

혼란스러워 미칠 지경이었다. 그가 휘련을 안지 않았다는 사실에 왜 주책맞게도 가슴이 두근거리는 건지, 돌려주지도 못할 사랑에 바보같이 목매는 그에게 왜 그렇게 화가 나는 건지…… 모르겠다. 정말 모를 일이었다.

그냥…… 휘련을 안지 그랬어! 그러면 당신을 떠날 때 조금이라도 덜 미안할 거 아니야.

그래, 어쩌면 짐작하고 있었는지도 모른다. 협이 쉽게 돌아설 사람이 아니라는 것을. 화린은 창피하지만 인정하기로 했다. 추측에 불과한 일을 가지고 스스로가 편리하게 판단해 버린 채 떠날 궁리만 하고 있었던 것이다. 그러나 이젠 그것도 틀렸다. 휘련의 말은 자신의 얕은 생각이 뻗어갈 핑계를 단숨에 없애 버리고 말았다. 맞닥뜨린 진실로 인해 화린의 가슴속엔 커다란 파문이 일고 있었다.

"어찌 저리 등잔 밑이 어두우실꼬."

휘련은 멀어져 가는 화린의 뒷모습을 지켜보며 중얼거렸다.

지금 자신이 누군가의 처지를 딱하게 여길 때가 아니었지만,

정말 몰라서가 아닌 알면서도 고집을 피우는 화린이 안타깝기 그지없었다.

　"야청, 바깥을 살핀 후 안으로 들어와라."

　그날, 그녀에게 허락을 내린 직후, 협은 나직한 음성으로 야청을 불러들였다.

　"한 번쯤 역할을 바꿔보는 것도 괜찮겠지."

　"전하!"

　"신혼 초야부터 오입질하는 사내는 되고 싶지 않다."

　협은 그 한마디로 일축해 버리며 야청을 채근했다.

　하는 수 없이 야청은 옷을 벗었고, 두 사내는 얼마 후 뒤바뀐 차림이 되었다.

　"허나 전하, 내일이면 궐내가 시끄러워질 것입니다. 황자비 전하께도 거짓 소문을 들으시겠지요."

　"그건 화린이 감당할 몫이다. 믿으면 흘려버릴 것이고, 그렇지 않으면…… 그렇다 하더라도 괴로워하진 않겠지."

　그때의 협은 차라리 화린이 내일부터 떠돌 소문을 믿고 괴로워하길 바라는 얼굴을 하고 있었다. 그제야 휘련은 두 사람 사이에 문제가 있음을 간파했다.

　대체 어떤 여인이기에 초야에도 들지 못한 신랑을 내친단 말인가?

적어도 그녀의 눈에 비친 협은, 말 그대로 진짜 사내였다. 미사여구만 번지르르하게 늘어놓는 한량이 절대 아니었다. 저런 사내를 몰라보는 계집도 있나 보군. 복에 겨운 게지. 나 같은 기녀한테는 감불생심 꿈도 못 꿀 사내인데.

처음 그가 허락을 내리는 순간, 휘련은 자신이 잘못 들었겠거니 귀를 의심했었다. 아무리 균의 협박이라지만 신부를 버리고 자신을 안으려 할까? 아니, 그럴 리 없다. 흐느끼며 애걸하면서도 기대하지 않았었다. 그녀가 누구인가? 화향루에서도 손꼽는 명기, 휘련이다. 지난 몇 년간 수많은 사내들을 겪어온 터로, 차갑고 고요한 저 눈빛에서 곁조차 내어주지 않을 사내임을 쉽게 알 수 있었다.

그랬으니 그가 자신을 대신해 야청을 넣어준 일은 하등 이상할 게 없었다. 다행히 그 일은 그녀와 야청, 협, 이 셋만 알고 있었으므로 다음날 그녀의 가솔들은 균의 협박에서 무사할 수 있었다. 그러나 그것으로 성에 차지 않은 듯 균은 끊임없이 그녀를 감시해 왔다. 저 두 사람이 완벽하게 갈라서는 꼴을 볼 때까지 그럴 작정인 게다.

"갈아 마셔도 시원찮을 놈!"

아직도 한쪽 턱밑이 아릿하게 아파왔다. 균이 인두로 지져 놓은 상처였다. 어차피 망가진 얼굴, 기생 팔자 다했구나 하면서 여러 달 은둔하고 있는데 또다시 그에게 덜미를 잡히고 만 것이다. 가솔들만 없었으면 죽어도 미련이 없었을 텐데.

다행스럽게도 상처는 많이 희미해졌다. 이제는 화장으로도 가릴 수 있게 되었다. 물론 자세히 보면 울긋불긋한 티가 났지만 사람들이 혐오감을 가질 정도는 아니었다.

"그만 들어가시오."

기척도 없이 다가온 야청이 조용히 말을 건넸다.

"휴! 놀라서 간 떨어지는 줄 알았잖아요. 소리 좀 내고 오지 그래요?"

"몇 번이나 불렀지만 대답하지 않은 건 그쪽이오."

휘련은 놀란 눈으로 야청을 바라봤다.

만날 찬바람 쌩쌩 휘날리더니 무슨 바람이 불어 사람 취급을 해주는 거람?

똥그렇게 커다래진 휘련의 눈동자는 다시 가자미처럼 좁아졌다. 주군의 초야를 망친 계집이라고 말만 안 했다 뿐이지 열이면 열, 항시 못마땅한 표정으로 자신을 아니꼽게 지켜보고 있는 걸 모를 정도로 천치는 아니었다. 그랬던 사내가 오늘 말을 걸어왔다. 뿐인가? 이제껏 무슨 말을 해도 단답형으로 그치거나 침묵하기 일쑤였는데 처음으로 제대로 된 말을 한 것이다. 기실은 대답을 바라고 한 말이 아닌데.

"사람 처음 보시오! 뭘 그리 뚫어져라 보는 게요!"

빤히 쳐다보는 그녀의 시선에 갑자기 야청이 뚱하니 통박을 놓았다.

그럼 그렇지. 딴엔 자신을 걱정해 주느라 그런 줄 알았는데 역시나였다. 트집을 잡으려 안 하던 짓을 하려는 게지. 하긴 천하디천한 기생년을 누가 사람으로 보아주겠어. 이곳으로 오는 동안 본분을 망각한 건 아니지만 그래도 씁쓸했다.

"왜요. 기생년의 눈은 눈이 아니랍디까? 괜스레 가만히 있는 사람 건드려 놓고는 되레 시비람!"

"내, 내가 언제……. 날이 어두웠으니 그만 들어가라 걱정해 준 것뿐이잖소."

야청이 벌게진 얼굴로 수습을 하려 했지만 휘련은 곧이 듣지 않았다.

"아하, 기생년이 순진한 부하들 꾀어 요망한 짓을 할까 감시하고 있었던 게로군요. 좋아요. 들어가죠. 본디 사내를 밝히는 계집이긴 하지만, 들어가라 분부하시니 따라야겠지요."

"그, 그게 아니라……."

"되었어요."

휘련은 홱 돌아섰다. 잠시 야청에게 묻고 싶은 게 있었지만 꾹 참았다. 물어도 대답을 듣지 못할 게 뻔하니까. 등 뒤로 우물거리는 야청의 목소리가 들려왔지만 이 또한 무시해 버렸다. 더는 저 사내와 입씨름을 하고 싶지 않았다.

막사로 들어온 휘련의 얼굴은 언제 그랬냐는 듯 야청과 있었던 일은 까맣게 털어버리고, 다시 회상에 젖어 있었다. 협에게 입은 은혜를 어떻게 갚아야 하나, 근자에 들어서 휘련의 생각은 부쩍 그리로 향했다. 그로 인해 가솔들은 균의 손길에서 벗어났고, 병으로 쇠약해진 어머니는 그가 보낸 어의의 보살핌으로 차츰 회복세를 보이고 있었다. 자신은 면천하는 행운까지 거머쥐게 되었다. 비로소 사람다운 사람이 된 것이다.

그녀를 설국의 여정에 동참시킨 것에는 나름의 이유가 있었다. 아직까지 경계를 게을리 하지 않는 균 때문이었다. 균은 그녀가 협의 애첩이라는 확신을 가지기 전까지는 끊임없이 괴롭힐 게 분명했다. 그런 마당에 그녀를 제외하고 화린과 협이 여정에 오르면, 곧바로 추궁에 들어갈 것이다. 그때는 지난번처럼 얼굴에 흠집을 내는 것으로 그칠 거라고 누구도 장담할 수 없었다. 예상대로 균은 그녀에게 모종의 일을 강권했다. 이번 여정에서 협을 암살하라는 것이었다. 휘련은 기함을 했다. 그의 표정을 보아하니 절대 농은 아니다. 오히려 그의 눈은 평소와 달리 또렷또렷했다. 술기운에 반쯤 흐트러져 붉게 충혈된 눈이 아니었다. 그의 검은 동공엔 등골마저 서늘하게 할 살기가 내비치고 있었다. 그는 작지만 분명하게, 차비의 명이라는 한마디를 덧붙였다. 거절 따위는 엄두도 낼 수 없었다. 날아다니는 새도 떨어뜨린다는 차비의 세도는 누구나가 다 아는 사실이었다.

여정에 오르기 전날 밤, 휘련은 전전긍긍 잠을 이루지 못했다. 그녀의 봇짐에는 치사량의 독(毒)과 역시나 독을 묻힌 단도가 들어 있었다. 은인의 등에 칼을 꽂는다? 아니다. 그건 금수만도 못한 짓이다. 태어나길 인간으로 태어났으나 한 번도 인간인 적 없었고 수컷들의 철저한 노리개로 자라난 그녀였다. 그런 금

수만도 못한 삶에서 건져 준 사람이 바로 협이다. 그를 죽인다는 것은 그녀 스스로 금수의 길을 걷는 것과 진배없었다.

그렇게 망설이며 마구간을 서성이는데 마침 야청과 협이 나타났다. 협의 손에는 그녀가 놔두고 온 봇짐이 들려 있었다.

"이걸 잊은 듯한데?"

그때 깨달았다. 협은 처음부터 알고 있었던 것이다.

"쉰네가 죽을 죄를 지었사옵니다. 쉰네를 죽여주옵소서."

흐느끼며 사죄하는 그녀에게 협은 처음으로 입가에 미소를 띠고 있었다.

"너의 가솔들은 왕사의 보호 아래 놓여질 것이니라. 나머지는 설국을 오가는 중에 천천히 생각해 보자꾸나."

"망극하옵니다, 전하."

이로써 또 한 번 협에게 은혜를 입게 된 것이다.

그리고 늘 궁금히 여기던 문제의 황자비를 가까이서 보게 되었다. 오 척을 넘지 못하는 작은 체구지만 무척이나 강단있어 보였다. 그저 도도하고 점잔이나 빼는 인형인 줄 알았는데 아니다. 휘련의 상상을 훨씬 뛰어넘는 인물이었다.

"다른 사내를 마음에 품고 도주하려 하였었다지. 보통 사내같았으면 미쳐서 날뛰고도 남았을 텐데, 그나마 전하이니 일이 시끄러워지지 않은 게야. 하여튼 여간내기인 계집은 아닌 듯하더구나."

면천을 하면서 들른 화향루. 그곳의 주인인 아향이 들려준 이야기였다.

휘련은 아향의 말이 하나도 틀리지 않았다는 것을 비로소 확인할 수 있었다. 그나마 상대가 협이기 때문에 겨우 혈기를 다스릴 수 있었으리라. 신기하게도 둘은 아주 안 어울릴 듯하면서도 제법 잘 어울렸다.

그러나 굳게 닫힌 화린의 마음은 쉬울 것 같으면서도 열기 어려웠다. 그녀의 짐작이 틀리지 않다면, 화린은 이번에도 마찬가지로 도주를 계획하고 있었다. 틀림없었다. 제 감정 따위는 돌보지도 않은 채 그의 곁을 떠날 것이다. 그리고는 뒤늦게 깨달으며 후회하겠지. 그때는 이미 늦다. 휘련은 바로 그것을 막고 싶었다. 보잘것없는 자신을 이용해서라도 화린이 제 감정에 눈 뜰 수만 있다면 당장은 미움을 사도 좋았다.

휘련은 잠시 웃었다. 불과 화린을 보기 전까지만 하더라도 얼굴 모르는 신부에게 협이 아깝다고 여겼었다. 그러나 며칠을 함께하면서 그렇지 않다는 걸 알게 되었다. 정작 본인인 협은 깨닫지 못하는 듯했지만, 화린의 어떤 면이 협의 마음을 움직였는지 알 것도 같았다. 그녀도 화린이 정말로 마음에 들었다. 그 되바라진 말투며 생기 가득한 표정 하나하나까지도 전부.

화린은 갓 건져 올린 비단 잉어처럼 반짝반짝 빛이 났다.

야청은 볼을 실룩거리며 침상에 누웠다. 아까 휘련이라는 기생에게 된통 당한 꼴을 목격한 수하들은 침상에 누워서도 여전히 키득거리고 있었다.

"그러게 나리, 자고로 계집이란 노소 할 것 없이 깨지기 쉬운 도자기처럼 조심히 다루어야 한다니까요."

일전에 그와 대련을 했던 그 수하였다. 수하는 한껏 목에 힘을 주며 계집에 대해 일장 연설을 늘어놓기 시작했다. 꼴에 얼마 전에 혼인을 하였다고 생색을 내려는 심산이 분명하다. 나머지 수하들은 그 모습을 즐기며 웃음소리를 더욱 높여가고 있었다. 야청은 순식간에 심기가 상했다. 이놈이 감히.

"이놈아, 계집을 알아도 너보다 내가 먼저 알았느니라. 네가 어미 젖 빨고 있을 적에 기생들 옷고름을 풀었던 나이거늘, 뭐가 어쩌고 어째?"

생각 같아선 면상을 꽉 쥐어박아 주고 싶었지만 이도 귀찮아 그냥 누운 채로 언성을 높였다. 그러자 수하들의 웃음소리가 작아졌다. 목소리에서 느껴지는 낌새에서 그의 신경이 날카로움을 감지한 것이다. 그러나 그에게 대들던 수하는 여전히 구시렁거리기에 여념이 없었다. 영 주제 파악이 안 되는 모양이었다.

"에이. 나리, 농이라 하셔도 과장이 심하지 않습니까요? 더구나 기루 근처에는 얼씬도 못하시는 분이 설마 하니 그랬을라구요. 아니지, 이럴 게 아니라 소인이 월국에 돌아가는 즉시 낭창낭창한 기생년으로 모셔 드릴깝쇼?"

그러니까 그가 아직까지 숫총각이란 말을 돌려서 하는 것이리라.

야청의 관자놀이에 푸른 힘줄이 도드라졌다. 가뜩이나 고 휘련이란 계집한테 말도 안 되게 당한 것이 약올라 죽겠는데 이놈이 지금 누굴 상대로 가지고 놀겠다는 것인가? 누굴 함부로……

"듣자하니 그날 대련을 치르고 초야도 치르는 둥 마는 둥 했다던데 그 소문이 거짓이었나 보구나? 내 그런 줄 알았으면 하루 한 번씩 대련을 했을 텐데. 내일 새벽부터라도 당장 그래야겠구나. 응?"

야청은 빠드득 이를 갈며 음산한 웃음을 지어 보였다.

"나리, 그, 그런 게 아니오라……"

수하가 금세 꼬리를 내리며 얼굴색을 달리했다.

그러나 이미 때는 늦었다. 야청은 버릇없는 수하를 향해 맹렬한 전의를 불태우고 있었다.

"아니다. 내 그동안 네놈에게 너무 무심했던 듯싶구나. 앞으로는 따로 일러 말하지 않아도 월국에 돌아가서도 매일 새벽에 훈련장에서 대기하고 있거라."

"나리! 제발 그것만은……"

"시끄럽구나. 거기서 한 마디만 더 했다가는 하루 한 번이 아니라 두 번으로 횟수를 늘릴 것이야. 알아들었느냐?"

수하는 죽을상을 하며 침상에 누웠다.

그 모습을 본 야청의 입가에 희미한 만족이 설핏 배어들었다.

"그게 참말이더냐?"

사내의 눈이 날랜 빛을 품었다.

"쉰네, 거짓을 입에 담았다면 당장 경을 치게 될 것입니다."

수하가 빈틈없는 표정으로 대답했다. 그것은 단지 우두머리에 대한 깍듯한 충성심이 아니라 마음에서 비롯된 것이었다. 굵직한 선을 그리는 사내의 입술에 보일 듯 말 듯 힘이 실렸다.

"……밀화가락지라, 다시 한 번 말해보아라."

"황족의 사내가 몇몇 무리들을 이끌고 사냥 길에 오르던 때가 아마도 동이 트고 나서였을 겁니다. 그리고 반 시진쯤 지났을 무렵, 그의 계집이 막사에서 나와 말에게 모이를 주고 있었습죠. 계집은 물이 비었다는 것을 알고……."

처음부터 차례대로 벌어진 순으로 말을 꺼내는 수하의 눈이 회상에 잠겼다.

사실 만 하루, 아니, 고작 몇 시진을 지난 일이었기에 회상이랄 것도 없었다. 그가 계집을 눈여겨보게 된 까닭은, 말에게 뭐라고 혼잣말로 중얼거리는 중에 '익호'란 이름을 들은 듯했기 때문이다. 그럴 리가 없다고 여겼지만 속단은 금물이었다. 계집에게 근접하게 다가섰다. 하지만 환청이었는지 그 이름은 다시 들리지 않았다.

"어? 어쩜 좋아……."

도르르르. 여러 갈래로 가락지가 흩어져 굴러다녔다. 물을 긴던 계집이 몸을 웅크리다가 향낭에서 빠져나온 가락지들을 보며 울상 지었다. 그중에 하나는 그로부터 한두 발자국 되는 거리에 놓여졌다. 눈에 익은 밀화가락지. 그 많은 장신구들 중에 어쩌면 흔한 것이라 치부할 수 있었음에도 그는 지나치지 않았다.

"이것을 찾고 계셨습니까?"

"아, 응. 고맙구나."

섣불리 모습을 드러내면서까지 가락지를 살핀 보람은 있었다. 짐작했던 바로 '그' 가락지였다.

"뒤탈없이 행동했겠지?"

그의 말을 모두 전해들은 사내가 한참 후에 물음을 던졌다.

"네, 계집은 쇤네를 그저 그들의 일행이라 여길 뿐 별다르게 의심하지는 않았습니다."

사내는 수하에게 확인을 마치고 나서야 자리에서 일어섰다. 드러내진 않았지만 지금 그의 머리 속은 계집에 대한 의문으로 가득했다.

이튿날 저녁, 어제와 같이 활쏘기를 배운 화린은 막사에 들어가 그의 옷을 챙겼다. 먼저 요 아래 계곡에서 씻고 있을 테니 새 옷가지를 가지고 오란 그의 부탁이 있었기 때문이다. 계곡을 따라 걸어 내려가는 화린의 입가에 흥얼거림이 묻어나왔다. 오늘은 겨우 딱 한 번뿐이지만 과녁을 맞혔다. 그때 찾아든 희열감이란 다시 떠올려도 뿌듯했다. 내일은 기필코 열 번을 다 채우고 말리라.

"협."

"그래, 여벌의 옷가지는 가지고 왔느냐?"

화린은 작게 고개를 끄덕였다. 갑자기 협이 물에 반쯤 상체를
담은 채로 그녀에게 손을 내밀었다.

"……?"

"바위가 미끄러워서 안 되겠어. 네가 좀 잡아줘야겠다."

물끄러미 바라보다가 그에게 손을 내밀었다.

"엇!"

풍덩! 하는 소리에 이어 첨벙첨벙거리는 소리가 뒤따랐다.

화린은 갑자기 찾아든 한기에 어안이 벙벙해졌다. 그를 끌어
내려다 도리어 반대로 그에게 이끌려 물에 빠지고 만 것이다.
짓궂은 웃음이 그의 입가에 퍼져 있는 걸 보아하니 처음부터 화
린을 빠뜨릴 작정이었던 게 분명하다. 졸지에 흠뻑 젖은 모습이
라니. 협은 마냥 즐거운 듯 커다랗게 웃어 젖히고 있었다. 저렇
게 웃는데야 화를 낼 수도 없다. 화린은 잠깐 동안 그를 흘겨보
다가 물세례를 끼얹었다.

"쳇! 혼자서만 목욕할 일이지. 이 꼴로 막사에 어떻게 가란 말
예요!"

그녀의 투덜거림에 협은 더욱 커다란 물세례로 응수했다. 완
전히 재미를 붙인 모양이었다.

"설국에 가뭇가뭇한 채로 갈 수야 없지 않느냐? 명색이 황자

비인데 이렇게 숯칠을 한 얼굴로는 체면이 안 서지."

"그렇게나 지저분해요?"

화린의 얼굴이 발그레해졌다. 하긴 월국 땅을 벗어난 지 며칠
이 되도록 단 한 번도 목욕다운 목욕이란 걸 해본 적이 없었으
니 그럴 만했다. 오죽이나 지저분했으면 저리 말할까? 그야말로
망신이었다.

"그래도 아직까지는 봐줄 만하다."

협이 물 묻은 손으로 화린의 얼굴을 닦아냈다. 화린은 잠자코
그의 손길을 받아내며 하나로 올린 머리를 끌러 내렸다. 기다란
머리채가 호를 그리며 물속에 가라앉았다.

"혼자…… 씻을래요."

그가 못 들은 척 지그시 응시하기만 하자 화린이 채근했다.

"어서요. 협은 목욕 다 했잖아."

"이미 전부 다 보았는걸. 새삼 내외할 필요가 있나?"

"그래도 싫어요!"

절대 물러나지 않겠다는 투였다. 총천연색으로 울긋불긋 물
든 얼굴색이 무척이나 흥미로웠다.

협은 하는 수 없이 고개를 끄덕이며 그녀의 등 뒤로 다가섰
다.

"좋아. 그럼 나는 머리만 감겨주도록 하마. 다른 곳은…… 쳐
다보지도, 만지지도 않는다고 약속하지."

"정말로…… 머리만이에요?"

거듭 확인하려는 화린에게 협은 나직이 그러겠다고 대답했다.

"알았어요."

젖은 옷을 다 벗은 후 화린은 가슴께까지 물이 올라오도록 몸을 담갔다. 머리를 매만지는 협의 손길이 이어졌다. 꼭 벌레가 무는 것처럼 뒷덜미가 따끔따끔거렸다.

그냥 머리도 혼자 감는다고 말할 걸.

저 기다란 머리를 혼자 감는 게 영 대책이 안 서서 허락을 하긴 했는데, 막상 두피를 건드리는 그의 손길을 느끼니 여간 신경이 쓰이는 게 아니었다. 하지만 다른 곳은 건드리지 않겠다는 약속만큼은 충실히 지키고 있었다. 혹여 귀에 물이라도 들어갈까 봐 조심스러운 손길이었다. 한올한올 끊어지기 쉬운 현악기를 연주하는 악사의 손길이기도 했다. 사내이면서도 황족인 그가 이토록 정성 들여 머리를 감겨줄 거라고 누군들 상상이나 했을까? 화린은 애초에 목욕을 다 끝냈음에도 하릴없이 물만 끼얹고 있었다. 그를 방해하고 싶지 않았다.

"이제 다 된 것 같군."

옥처럼 뽀얀 살결은, 손 대면 뽀도독 뽀도독 소리를 낼 것만 같았다. 묵은 때를 씻겨내니 개운하기도 했다. 고맙다는 인사를 하기 위해 고개를 쳐들었던 화린은 그만 입을 다물고 말았다. 마주 보는 그의 눈이 어둡게 흐려져 있었다.

"아직도…… 인가?"

살며시 밀어붙이는 그의 몸을 통해 화린은 그가 무얼 말하는
지 알아차렸다.

"……."

"그런가 보군."

그녀의 침묵을 쓸쓸히 여긴 협이 툭 내뱉었다. 화린은 입술을
꾹 깨물었다.

"그렇다면 이것마저 안 된다 뿌리치진 않겠지, 응?"

대답이 이어지기도 전에 그의 입술이 덮쳐 왔다. 어제처럼 격
정적이지는 않으나 애달은 맘이 느껴지는 간절한 입맞춤이었
다. 그리고 아쉬울 만큼 짧았다.

"더 있다간 감기 걸리겠어. 그만 가도록 하지."

끝이 갈라진 그의 목소리에 화린은 고개만 끄덕였다.

어느 틈에 갖다 놓았는지 바위 위에는 화린이 가지고 온 협의
옷가지 외에 화린의 옷도 나란히 개켜 있었다. 휘련이 가져다
놓은 모양이었다.

十六.
달빛을 등진 도주

다음날과 마찬가지로 협은 침상에서 먼저 일어나고 없었다. 아침볕은 따뜻했으나 그가 누웠던 자리에 눈길을 주는 화린의 마음은 서늘하고 공허했다. 막사 밖엔 보초를 서는 다른 사내들만 있을 뿐 협은 보이질 않았다. 웬일인지 협의 곁을 따르지 않고 여행 장비를 챙기는 야청이 보였다. 그렇다면 어제처럼 사냥 길에 올랐단 얘기는 아닐 터.

"야청, 그는 어딜 간 거야?"

"전하께서는 설국의 폭설로 인해 눈사태가 발생하였다는 소식을 접하시어 진위 여부를 확인하고 계시는 중입니다."

협의 말로는 설국이 얼마 남지 않았다고 했다. 화린은 별다른 말 없이 발길을 돌렸다. 출발하기 전에 말에게 물을 먹여야 할 것 같았다. 야청의 곁에는 휘련이 말없이 화린을 바라보다가 막사 안쪽으로 걸어가고 있었다. 화린의 매서운 경고가 있은 후, 휘련은 화린에게 다가오는 일이 없었다. 그저 지금처럼 살펴보기만 하는 눈치였다.

"화린아!"

개울가가 아닌 근처 숲 속에서 들리는 소리에 화린은 눈길을 돌렸다. 교우 오라버니였다. 화린의 눈동자가 놀라움으로 커다래졌다. 주변에 다른 이들이 있으면 어쩌나 싶어 둘러보니 야청은 수하들과의 대화에 한창이었다. 누구도 화린을 눈여겨보지 않았다. 다행이었다. 화린은 조심스레 걸음을 떼었다.

"오, 오라버니……."

"그래, 나다."

교우가 다가오며 그녀를 끌어안았다.

그제야 그의 존재가 확실해졌다. 이건, 꿈이 아니다. 생시였다.

"오라버니, 여기까지 어떻게 온 거야?"

갑자기 반가움으로 기쁘게 물든 그의 얼굴이 어둡게 흐려졌다.

"네게서 가장 먼저 듣고 싶은 말은 그게 아닌데, 넌 다른 걸 먼저 묻는구나?"

화린의 표정이 굳어버렸다.

무어라 대답할 수 없었다. 너무 뜻밖의 일이라 그런 걸까? 그를 본 지 달포가 훨씬 지났음에도 막상 기대했던 만큼 기쁘지가 않다. 그녀를 안기 위해 벌렸던 교우의 팔이 무안한 듯 거두어졌다.

교우는 가시 돋친 자신의 말에 화린이 상처받은 것으로 오해해 서둘러 입을 열었다.

"아니, 그런 게 무슨 소용이야. 미안하다. 내가…… 잠시 질투로 정신이 어떻게 됐었나 봐. 지금껏 기다리게 한 건 나면서 주제넘게 그런 말을 꺼내다니. 미안해, 정말…… 많이 보고 싶었다."

"……."

"사랑해, 화린아."

"……."

교우에게서 그렇게도 듣고 싶었던 말……. 하지만 그녀의 심장은 그의 말을 듣지 못했다. 그를 알아보지도 못했다. 그와의 백일가례로 설렘을 한껏 품었던 심장은 낯선 타인을 대하듯 덤덤했다.

"네가 너무나 걱정이 돼서, 너무 보고 싶어서 차마 가람국에서 기다릴 수 없었다. 그러던 중 마침 우리 사정을 알고 있는 월국의 황후께서 나를 도와주셨단다. 산아할멈도, 염이도 얼마나 다행이라고 기뻐했는지 몰라."

"마마께서?"

그가 눈짓하는 곳에 말 한 필과 안장을 손질하는 사내가 있었다. 황후의 배려에 고마워하는 교우와는 달리 화린은 조금도 고마운 마음이 일지 않았다. 어서, 협의 곁을 떠나렴. 서두를수록 협을 위하는 길이란다. 약속 이행을 독촉하는 황후의 목소리만이 귓가를 쪼아대고 있었다.

"나흘간 눈도 제대로 붙이지 못한 채 달려왔어. 네가…… 몹시도 그리웠다."

"교우 오라버니……."

"그래, 이젠 망설일 필요 없다. 나와 같이 떠나자."

화린은 한 대 얻어맞은 것처럼 놀란 얼굴로 고개를 쳐들었다. 자신도 모르는 새 격하게 소리치고 말았다.

"안 돼! 그럴 수 없어."

"그게 무슨 말이니? 안 된다니?"

이번엔 교우가 한 대 얻어맞은 표정이 되었다.

"왜, 왜냐하면…… 설국에 꼭 만나봐야 할 사람이 있거든."

"누구를? 네가 설국에 아는 사람이 있을 턱이 없잖아."

교우는 불신하는 눈빛이었다.

"서, 설국엔…… 선요의 남편 익호가 살고 있어. 그, 그를 만나서…… 선요에게 되돌아가라고 말해야만 돼."

식은땀이 흘렀다.

교우 앞에서 이렇게 말을 더듬은 적이 있었던가?

화린의 기억으로는 이번이 처음이었다. 꼭 거짓말을 하는 것 같아. 왜지? 난 정말로 익호를 만나러 설국에 온 건데 왜 오라버니를 속이는 듯한 기분이 드는 걸까. 오라버니를 똑바로 마주 볼 수가 없어…….

화린은 그 까닭을 금세 깨닫게 되었다.

교우에게 함께 떠날 수 없다고 말하는 중에도 기실은 익호를 염두에 두진 못했기 때문이다. 당장 협을 떠나야 한다는 현실이 눈앞에 닥치기가 무섭게 무심결에 익호의 이름을 둘러대게 된 것이었다. 익호를 만나야 하는 명분은 퇴색되었다. 협을 떠나야 하는 상황만이 뇌리에 떠돌고 있었다. 명분이 핑계가 되다니. 불행 중 다행이란 안도감마저 드는 이 간사함을 어찌 설명할 수 있으랴? 어찌 이해할 수…… 용서받을 수 있으랴?

"선요라면, 진주령의 그 선요를 말하는 게니?"

"응. 선요가 익호를 애타게 기다리고 있어. 그래서……."

"그럼 나와 같이 가면 되겠구나."

"으, 응?"

"지금은 무엇보다도 황자에게서 벗어나는 게 우선이 아니겠느냐? 그러니 오는 새벽 신호를 던지면 처소에서 빠져나오거라. 그길로 우리끼리 설국으로 떠나면 되는 거다. 황자에게 들키지 않을 길도 이미 알아두었으니 말이다."

대답을 해야 하는데 그럴 수가 없었다. 가시를 삼킨 것처럼 목이 따끔거렸다. 산아할멈이 옆에 있었다면, 비로소 수월하게 풀렸다며 틀림없이 기뻐할 일인데. 따지고 보면 교우의 말이 백

번 옳은데. 왜.

교우는 화린의 침묵을 강한 긍정으로 받아들였다.

"마음 같아서는 지금 널 데려가고 싶다만 그러다간 자칫 저들의 눈에 띌 위험이 있으니 조금만 참아다오."

목에서 시작된 통증은 저 아래 가슴으로 이어지고 있었다.

"화린아."

"……응."

"오늘, 우리는 부부의 연을 맺는 거다."

그의 입술이 화린의 이마에 닿았다.

곧 교우가 숲 속으로 몸을 숨겼다. 그때까지도 화린은 멍해 있었다. 교우가 기다리겠노라 약속한 말에 그 어떤 대답도 하지 않았단 것을 한참 후에야 깨달았다.

"어딜 갔었지?"

막사로 돌아가려는데 협이 말을 이끌고 나타났다.

"냇가에서…… 목을 축이고 있었어요. 이건 말에게 주려고 길어온 물이에요. 눈사태가 났다고 들었는데 이대로 출발해도 괜찮아요?"

"아, 야청에게서 들은 게로군. 그건 크게 신경 쓸 정도가 아니니 걱정하지 않아도 돼. 산로(山路)가 아니어도 방법은 얼마든지 있으니까."

협은 화린에게 시선을 두지 않은 채 담담히 말을 끝맺었다.

그의 시선은 말에게 향해 있었다.

"……그, 그랬군요."

"오늘 하루만 야영을 하면 된다. 내일부터는 여관들이 보일 테니까."

"오늘, 우리는 부부의 연을 맺는 거다."

교우의 말이 겹쳐졌다.

협, 당신과 나 사이에는 내일이 없어요.

"응, 알았어요."

"그럼 처소에 먼저 들어가 눕도록 해."

"협은?"

"나도 곧 따라 들어가겠다."

여전히 화린에게 시선을 두지 않은 채였다.

"응."

혹시 그가 교우 오라버니와 몰래 만난 걸 알아챈 건 아닐까, 하는 두려움이 앞섰지만 그건 기우에 지나지 않았다. 만약 알았더라면 이렇게 잠자코 있을 그가 아니었다.

드디어 오늘이구나. 교우 오라버니의 신부가 되는 날이야.

화린은 두 눈을 감았다. 그러면 혼란스러움으로 일렁이는 이 마음을 조금이라도 가라앉힐 수 있을 것 같았기 때문이다. 하지만 그럴수록 혼란스러움은 더 선명해졌다. 더 커져만 갔다. 너무나 골몰해 있던 나머지 협이 막사에 들어오는 것조차 알아차리지 못했다.

풀썩.

옷가지가 떨어지는 소리가 들려왔다. 뒤늦게야 그의 존재를 알아차린 어깨가 살풋 굳었다. 그러나 협은 다가오지 않았다. 그냥 그대로 자신의 침상에 눕기만 할 뿐이었다. 그리고 얼마 후 얕고도 고른 숨소리가 규칙적으로 들려왔다. 벌써 잠에 떨어진 것이다.

그깟 열흘 남짓한 기간이 뭐 그리 대수라고…….

이불 자락을 움켜쥔 화린의 손에 잔뜩 힘이 들어갔다.

차라리 오늘이 그와의 가례 첫날이라면 이렇게 마음이 복잡하지는 않았을 것인데.

"마마께서는 지금 자신의 감정을 인정하려 들지 않으시고 계세요."

"태자 전하께서 속을 애태우실 만하군요. 전하는 쇤네를 품지 않으셨어요."

"만약 마마께서 전하를 극도로 안달하게 만들려는 게 목적이었다면 충분히 성공을 거두신 것 같군요. 하지만 언제까지 외면하실 건지요? 마마께서도 전하를 원하고 계심이 분명한데…….본디 사내는 기다림에 익숙한 동물이 아닙니다. 나중에 후회하시기 전에……."

화린을 발끈하게 했던 휘련의 목소리가 난데없이 덮쳐 왔다.

차가운 물의 감촉도 잊어버릴 만큼 그윽하게 다가온 목소리도 있었다.

"아직도…… 인가?"

"그렇다면 이것마저 안 된다 뿌리치진 않겠지, 응?"

각궁을 다루던 그의 모습도 되살아났다. 거칠고 힘차게 기개를 내뿜던 그.

"너에게 활을 가르친 사두로서 명하노라. 입술을 벌려."

그리고 입맞춤.

화린은 떨쳐 내듯 세차게 도리질을 했다.

몰라. 몰라, 그런 거. 그냥…… 교우 오라버니만 생각할래.

휘이익—

충돌하기 시작하는 기억들에 괴로움이 극에 달할 무렵, 신호가 들려왔다. 언뜻 듣기엔 풀벌레 소리 같았지만 화린은 직감으로 알았다. 교우 오라버니의 신호가 틀림없다.

천천히 소리나지 않게 침상에서 일어났다. 반대로 등을 돌린 채 누워 있는 협의 뒷모습이 보였다. 숨소리에 따라 오르내리는 어깨가 잠이 든 상태임을 말해주고 있었다. 쿵쾅쿵쾅. 가슴속에서 북을 울리는 소리가 세차게 들려왔다. 만약 들키면……. 뒤를 보느라 그랬다고 대답하면 되는 것이다. 그러니까 떨 필요 없어. 화린은 겨우 스스로를 진정시키며 막사를 빠져나왔다.

묻혀질 듯 희미한 풀벌레 소리가 또 한 번 이어졌다.

그곳에 교우 오라버니가 있었다. 그가 어서 오라고 작게 손짓하며 재촉했다. 화린은 혹시 돌아다니고 있을지도 모를 보초의 눈에 들지 않기 위해 최대한 몸을 굽히며 그에게 다가갔다.

"화린아!"

교우가 덥석 끌어안았다.

"오라버니."

"다행이구나, 들키지 않아서."

연신 뒤를 흘끔거리던 교우가 안심하며 말했다. 화린도 덩달아 막사를 쳐다보았다. 조금 전까지 자신이 누워 있었던 그곳은 여전히 고요했다. 두 명의 보초는 평소와 다름없이 어슬렁어슬렁 주위를 살피고 있었다.

이렇게 쉬운 거였나.

이렇게 쉽고 간단하게 협에게서 벗어나게 되었다는 것이 믿어지지 않았다. 은연중에라도 협에게 붙잡히길 바란 건 아니었을까? 그런 말도 안 되는 생각이라니. 또 한 번 이어진 교우의 재촉에 화린은 겨우 망상에서 벗어날 수 있었다.

"자, 뭐 해. 어서 가자꾸나."

"으, 응."

교우의 손에 이끌려 막사에서 멀어지는 동안 화린은 간간이 뒤를 돌아보았다. 어둠은 분노로 얼룩진 협의 얼굴 같고, 그 어둔 하늘에 반짝이는 별은 그들을 감시하는 또 하나의 보초 같았다. 달은 그들을 쫓는 추격자였다. 사그락 사그락. 다리에 스쳐가는 풀 소리는 그들의 도주를 알리는 호각 소리였다.

숨이 목까지 찼다.

"……헉헉. 오라버니, 자, 잠깐만……."

"어, 그래. 조금만 쉬었다가 갈까?"

"응. 아니, 그냥 가."

"그래. 힘들지만 서두르자."

반 시진 정도 걸었을까. 이번에는 교우가 도중에 걸음을 멈췄다. 그의 이마에는 송골송골 땀이 맺혀 있었다. 아무래도 걷는 게 익숙지 않은 그에게는 무리일 터였다. 교우는 털썩 바위에 주저앉으며 숨을 골랐다.

"안 되겠다. 여기서 잠시만 앉았다가 가자꾸나."

화린은 대답없이 서 있기만 했다.

교우가 널따란 바위를 툭툭 손으로 치며 말했다.

"화린이 너도 지칠 텐데 좀 앉지 그러니?"

그러나 화린은 그를 보고 있지 않았다. 뭔가 놔두고 온 사람처럼 수시로 뒤만 살폈다. 초조한 기색이 완연했지만, 쫓기는 자의 급박함 같은 건 찾아볼 수 없는 얼굴이었다.

답답해진 교우가 좀 더 큰 목소리로 불렀다.

"화린아!"

겨우 화린의 시선을 잡는 데에는 성공했지만 그를 향해 집중하고 있는 눈은 아니었다. 그것이 왠지 모르게 교우를 불안하게 했다. 내가 이렇게 널 보고 있는데, 이제야 이 손을 잡을 수 있게 되었는데 넌 대체 어딜 보고 있는 게니?

교우는 다급해진 마음으로 화린을 곁으로 끌어 앉혔다. 아까보다 한층 어둡게 흐려진 안색. 왜인지 그 까닭을 알기가 겁났지만 더는 모른 체할 수만은 없었다.

"왜 그러는 거니, 응?"

화린의 굳어 있는 낯을 응시하며 간절히 되물었다.

"왜, 무슨 일이 있었던 게니?"

"아니."

"그렇다면 뭘…… 혹시 중요한 거라도 빠뜨리고 온 거야?"

중요한 거?

화린은 눈알을 데룩데룩 굴렸다.

떠오르는 단 하나의 얼굴. 단 하나의 눈빛. 단 하나의 숨결.

가슴속에 커다란 파동을 그리며 치솟기 시작한 그것은…….

"이런! 겁을 집어먹은 게로구나? 그가 쫓아올까 봐 걱정하는 거니? 그런 거라면 괜찮아. 걱정하지 않아도 돼. 이렇게나 멀리 왔으니 우릴 따라잡을 순 없을 거야."

그러면서 교우는 바위에서 몸을 일으킨 후 화린의 손을 붙잡았다.

"자, 이제 충분히 쉬었으니 다시 갈 길을 가도록 하자."

그러나 채 반걸음도 떼기 전에 그대로 얼어붙고 말았다. 화린이 그의 손을 단번에 뿌리친 때문이었다. 교우는 도저히 믿을 수 없는 얼굴로 내쳐진 자신의 손을 내려다보았다.

"화, 화린아……?"

화린 스스로도 자신의 행동에 놀라 굳어 있었다.

"오라버니."

"뭔가 망설이는 게 분명한데 그 이유를 말해줄 순 없겠니?"

"나, 난……."

머뭇거리는 이유는 무엇일까. 왜 대답을 움켜쥔 혀끝이 움직여 주지 않는 것일까. 화염을 품어 어둡게 빛나던 두 눈이, 다친 어깨의 상처보다 그녀가 떠나려 하여서 더 아프다던 무뚝뚝한 그 말이 왜 이다지도 그녀를 흔들어놓는 것일까. 아직도냐 물어오던 애절함이 진하게 밴 그 숨결이 귓가를 떠도는 까닭은 왜.

화린은 대답 대신 그녀를 내려다보고 있는 달에게로 시선을 들어 올렸다.

'화린.'

달이 그녀를 부른다. 아니, 그것은 협의 얼굴이다. 금빛으로 살결을 보듬는 달빛은 단단히 걸어 잠근 그녀의 마음을 애처롭게 쓰다듬었던 그의 애무. 그녀의 심신을 부드럽게 달래주던 유온과 규비의 노래. 그리고…….

버려진 그를 떠올리자 왈칵 쓰디쓴 고통이 밀려들었다.

이별을 전제로 시작된 인연. 언젠가는 헤어지게 될 날이 올 거라 여겼다. 그런데도 끝내는 이렇게 찾아오고야 말았다는 생각에 화린의 가슴은 아프게 조여들었다. 들이키는 한숨조차 아팠다. 정말 그를 떠나야 할 때가 온 것이다. 하지만…….

비로소 깨달았다. 그동안 명쾌하지 못했던 허전함과 아릿함, 그 애잔함의 정체를. 협과의 이별을 목전에 두고 그토록 가슴이 버석거렸던 이유를, 이제는 알았다.

협을 사랑하고 있는 거야.

화린은 털썩 그 자리에 주저앉았다.

어떻게 그걸 몰랐을까! 그렇게 아둔했을까!

하지만 안 돼. 화린의 눈에 찾아든 절망이 간절히 남아 있던 빛 하나까지도 모조리 삼켜 버렸다. 넌 협과 이루어질 수 없어. 절대로 이루어져선 안 되는 인연이야.

먹빛 망망대해 속에서 허우적대던 눈망울이 급기야는 후두둑 눈물을 쏟아냈다. 그 눈물을 어떻게 받아들여야 할지 교우가 애처로운 눈으로 바라보고 있었다.

바르르 떨리던 입술이 겨우 말을 뱉어냈다.

"아무래도…… 막사로 다시 가봐야 할 것 같아."

"뭐라고? 제정신으로 하는 말이니?"

교우가 버럭 언성을 높였다.

"익호를 빨리 찾으려면 그의 도움을 얻는 수밖에 없어. 오라버니와 내가 쫓기는 몸으로 어떻게 익호를 찾으러 다닐 수 있겠어? 그러다가 잡히기라도 하면……."

참으로 궁색한 변명이었다. 화린도 그걸 알았지만 이대로 협의 곁을 떠날 순 없었다.

교우의 두 눈이 가늘어졌다. 아무리 월국이나 설국의 실정에 눈이 어두운 그라 하더라도 그 정도쯤은 눈치챌 수 있을 터였다.

"정말로 그것뿐이야?"

날카롭게 찔러대는 물음이었다. 화린은 어깨를 움찔했다.

"산아할멈의 목숨도 위험해져. 어차피 그는 이렇게 도주하지 않아도 보내달라고 하면…… 보내줄 사람이야. 약속은 철저히 지키는 사람이니까. 이런 식으로 그와의 약속을 어기기는 싫어. 설국 황실의 도움을 받기만 하면 익호는 금방 찾을 수 있을 거야."

"산아할멈의 목숨이 위험해진다고?"

"응. 내가 함부로 달아나려 하면…… 그렇게 될지도 몰라."

아니, 그는 절대 그러지 않을 것이다. 화린은 확신했지만 그 사실을 교우에게 털어놓을 수는 없었다.

"아니, 방법은 찾아보면 얼마든지 있어. 널 다시 위험에 빠뜨릴 순 없다."

"오라버니, 제발……."

"화린아!"

"날…… 믿어줘. 돌아올게."

"안 돼! 허락할 수 없어!"

"오라버니!"

"네 말이면 뭐든 들어줬지만 이번만은 안 된다."

생각보다 강경한 교우의 반응에 화린의 얼굴이 난처함으로 일그러졌다.

"왜 그렇게 일을 어렵게 만들려는 거야?"

"그 사내에게 돌아가는 길만이 최선이라고 말하는 건 듣고 싶지 않다."

"오라버니답지 않아."

"나다운 게 뭔데? 너를 희생시키면서까지 가만히 지켜보고만 있는 것? 또다시 그렇게 하라고? 그게 나다운 거라면 이제부터는 과감히 버리겠어."

교우의 음성이 비정상적으로 높아졌다. 그 커다란 목소리엔 일찍이 느껴본 적 없는 분노와 후회, 심지어는 절망까지 실려 있었다.

성정 유하던 교우 오라버니가, 변했다.

화린은 두 눈을 커다랗게 떴다. 거뭇한 그의 눈 밑엔 고단한 흔적이, 항시 올라갔던 입꼬리는 무겁게 처져 있다. 계집인 양옥 같던 피부는 바위처럼 거칠었다. 며칠 새 말을 몰고 오느라 체력이 지친 탓은 아니다. 서로가 떨어져 지낸 달포 남짓한 기간 동안 그녀에게도 그러하듯, 그에게도 심상치 않은 일이 있었던 게 분명하다.

"그러지 마! 오라버니가 그럴수록 나도 힘들어져. 그리고 우리가 보지 못하는 곳에서 선요도 힘들어하고 있을 거야."

"화린이 넌, 내가 끝까지 반대를 해도 굽히지 않을 작정인 게로구나?"

"미안해. 하지만 난 선요의 가락지를 반드시 익호에게 돌려주고 말 거야."

교우는 잠시 침묵했다. 화린은 그가 동요하는 모습을 잠자코 바라보고 있었다. 그의 마음속에서 벌어지는 사투를 알 수 있을 것 같았다.

"그럼 익호만 만나고 오는 거지? 네 뜻이 정 그러하다면, 가람국으로 먼저 가서 기다릴게."

그제야 물러서지 않을 것처럼 보였던 교우가 순순히 응해주었다. 그럼에도 완전히 믿는 눈치는 아니었다. 아니, 믿으려고 애쓰는 눈치였다.

"응, 그럴게."

화린이 힘주어 대답하자, 교우는 살포시 그녀를 끌어안으려 했다. 그러다 갑자기 눈을 빛내며 물었다.

"화린아, 혹시…… 황실의 사내가 네 몸에 손을 댄 건 아니겠지?"

낙조가 지는 고즈넉한 하늘 아래, 협과 나누었던 입맞춤이 떠올랐다. 얇은 옷 한 겹을 사이에 두고 들려왔던 심장 고동 소리. 어루만지는 그의 손길 아래 피가 뛰놀던 느낌도 되살아났다. 그녀의 몸에 손을 댔냐고? 아니었다. 그는 그녀의 몸뿐 아니라 마음에도 손길을 뻗었다.

"아니야. 그럴 리가 없다는 걸 누구보다 잘 알면서 실없는 소릴 읊었구나. 가는 길까지 지켜보마. 꼭 돌아와야 한다, 화린아."

교우의 음성을 뒤로한 채 화린은 왔던 길을 되돌아갔다. '화린아, 조심해야 돼!' 하고 여러 차례나 이어진 교우의 목소리는 들리지 않았다. 걸음걸음 협의 얼굴만, 협의 목소리만 떠올랐다. 그렇게 서둘러 가다가 급기야는 돌부리에 걸려 넘어지고 말았다.

"······정말, 그 사람 곁에 있으면 안 되는 걸까?"

하하. 덧없이 웃어버렸다.

또르르. 또 한 번 눈물이 흘러내렸다.

자문해 봐야 소용없는 일임을 알면서도 놓아버리지 못하는 마음이었다.

홀로 남겨진 그림자는 그 자리에 서서 움직일 줄 몰랐다. 목젖을 타고 울리는 웃음소리가 메마른 숲 속처럼 공허했다.

"보내지······ 말았어야 했어."

짙은 후회의 기색이 교우의 얼굴에 어둔 음영을 드리웠다.

막사 근처까지만이라도 바래다주려던 그를 사양하며 떠난 화린이 자꾸만 마음에 걸렸다. 어떻게든 끝까지 반대를 했어야 하는 게 옳았다.

"산아할멈도, 수련국도 모두 잊자고 다짐했는데. 이번엔 정말로 화린 너 하나만 생각하자 하였는데. 너는 또 한 번 나를 무너뜨리는구나."

화린은 무사했다. 수련국을 기억했고, 황제후와 교우도 기억했다. 불행 중 다행이었다. 한 모금가량 마시지 못했던 초례주는 화린에게 별다른 영향을 끼치지 못한 게 분명했다. 그런데도 왜 이리 가슴은 불안하게 뛰고 있는 것일까. 왜…….

그 마지막 한 모금의 초례주가 행여 화린에게 끼쳤을 위험을 상상하는 그 며칠간의 기억은 지금도 교우의 등골을 서늘하게 만들었다. 하지만 그게 아니란 걸 확인했으니 되었잖아. 교우는 억지로 스스로를 위로했다. 너무 조급하게 생각해서 그런 거라고. 그만큼 신경이 날카로워진 탓이라고. 화린은 변함없이 그들의 사랑을 기억하고 있다고 말이다.

그러자 동시에 황제의 목소리가 귓가를 울렸다.

"화린을 만나거든, 내가 보낸 편서의 내용을 기억하고 있는지 반드시 확인해 보아라."

"그 말씀은……?"

"화린에게 보낸 여러 통의 편서 중에서도 단 하나, 마지막 편서에 대한 답신만이 있었다. 나머지 편서들이 화린에게 도착하지 않았을지도 모른다고 여기던 참이었지. 만약 그렇다면 문제가 커지겠지만 일단은 알아보거라."

"이런! 화린을 보내주기 전에 물어보았어야 하는 것을!"

교우는 화린과 헤어지고 난 후에야 지륜의 마지막 명을 떠올린 스스로를 질책했다. 화린이 사라진 숲 속을 뒤따랐지만 야속하게도 그녀의 모습은 어디에도 발견되지 않았다. 벌써 막사에 도착한 모양이었다.

"화린아."

달의 담아낸 그의 눈동자에는 아직 풀어버리지 못한 그리움이 한껏 뭉쳐 있었다.

그렇듯 교우가 응시하고 있는 달은 또 다른 사내의 눈에도 떠올라 있었다. 우두커니 밤하늘을 이고 있는 어깨가 딱딱하게 굳어 있다. 세상에 존재하는 어둠이란 모든 어둠을 그대로 지탱한 듯 그의 형상은 크고 무시무시했다.

"둘 다 잡아들여라!"

거친 명령에 야청의 무리들이 움직였다.

협은 잇새로 비집고 나오려는 욕설을 간신히 집어삼켰다. 이제 조금씩 자신에게 기울어지고 있다고 생각했는데. 그것은 보기 좋은 착각에 지나지 않았던 것이다. 화린은 여전히 자신을 떠날 궁리만 하고 있었다.

엉겨붙어 있는 두 사람을 발견하였을 때, 그는 거의 제정신이 아니었었다. 당장 달려가 화린을 부둥켜안은 사내놈의 숨통을 끊어버리고 말리라 다짐하며 성큼성큼 걸음을 뗐다. 성난 심기가 고스란히 묻어난 발걸음이었다. 그러나 다음 순간 들려온 휘련의 한마디에 그대로 얼어붙고 말았다.

"황자비 전하께서는 저 사내를 사랑하지 않아요. 전하를 사랑하고 있죠."

"듣기 싫다! 그런 입바름 따위에 넘어가지 않아."

벼락 같은 노성에도 휘련은 꿈쩍하지 않았다. 도리어 태연스레 대꾸했다.

"과연 그럴까요? 쉰네, 전하를 은애하는 황자비 전하의 마음을 이미 확인한 바 있었습니다."

"뭐라? 거짓이 아니렷다?"

"네, 두고 보시면 아시게 되겠지요. 황자비 전하께서는 전하를 떠나지 않으실 겁니다."

"그것이 사실이 아니면?"

"어차피 전하로 인해 두 번이나 생을 얻은 목숨입니다. 그때는 쉰네의 목을 치십시오."

휘련의 비장한 목소리는 강한 확신을 담고 있었다.

협은 잠시 갈등했다. 머리로는 터무니없는 입바름이라고 비난했지만 가슴으로는 아니었다. 화린이 자신을 사랑할지도 모른다는 생각에 그의 심장은 세차게 용솟음치고 있었다. 믿고 싶었다. 딱 한 번 휘련의 말을 믿어보라며 성난 그를 다스리는 목소리가 점점 높아졌다. 그러자 놀랍게도 분노가 가라앉았다. 그 기대가 엇갈릴 경우 닥쳐올 결과는 이보다 더 고통스럽겠지만 그래도 한 번쯤 희망을 걸어볼 만했다.

"좋다. 계집이라 해서 봐주지는 않으마. 강요가 아닌 네 스스로의 약속임을 잊지 마라."

휘련에게 일깨운 뒤, 협은 검집을 움켜쥐며 막사로 되돌아갔다.

머지않아 화린이 돌아왔다. 하지만 어딜 다녀왔냐는 물음에
곧잘 아무렇지도 않게 거짓말을 하는 그녀를 대하노라니, 억눌
렀던 화가 꿈틀거리기 시작했다. 협은 다시금 인내심을 끌어 모
았다. 화린과 시선을 마주치기를 거부한 채 밤이 오기만을 기다
렸다.

오늘 밤, 모든 것이 판가름날 것이다.

밤이 되자 화린이 조심스레 몸을 뒤척였다. 잠에 빠진 척하며
화린의 눈을 속이는 것은 생각보다 어려운 일이 아니었다. 그녀
가 막사 안에서 꼼지락거리는 그 얼마 동안 그의 희망은 천국과
지옥을 오가며 신음했다. 가례를 앞두고 도주했던 일이 겹쳐졌
다. 그의 가슴이 암담함으로 오그라들었다. 이번에도 마찬가지
로 그때와 다르지 않을 거란 절망감에 사로잡히다가도, 한편으
로는 각궁을 다루던 도중 뜨겁게 나눴던 입맞춤이 떠올라 한줄
기 희망을 버리지 못하게 되는 것이었다. 당장이라도 화린을 돌
려 세워 도망가지 못하게 품에 가둬놓고 싶은 걸 겨우 억누르고
있었다. 속단하지 말자고, 기대를 품으면서 말이다. 하지만 그
의 치열한 갈등은 보기 좋게 산산조각나고 말았다. 결국 화린은
그가 잠이 깨어 있을 거란 건 꿈도 못 꾼 채 조용히 막사를 빠져
나갔다.

휘련의 말이 틀렸다. 화린은 그를 사랑하지 않는다. 애초에
그를 떠날 생각밖에 없었다. 정혼자뿐이었다. 가슴속에서 뭔가
툭, 하고 부서져 내리는 기분을 느꼈다. 자리에서 일어나 다시

금 그녀의 자리를 살폈다. 역시나 비어 있는 침상.

정말로 그의 곁을 떠난 것이다.

협은 숨죽이며 그녀의 행동에 기대를 걸었던 스스로에게 비웃음을 날렸다. 그리고 분노를 터뜨렸다. 벼락같이 발작했다. 이번에는 다를 거라던 그의 믿음은 치명상을 입었다. 그의 명령이 떨어지자 다들 화린을 뒤쫓았다. 휘련이 그의 앞에 끌려와 무릎을 꿇었다. 일순, 협의 머리 속을 스쳐 가는 가능성이 있었다.

"휘련! 바른대로 실토해라. 넌 화린의 도주를 돕기 위해 날 속인 거야. 그렇지 않나?"

나직하나 살기 가득한 음성이었다.

"절대 아닙니다. 쇤네가 어찌 그런……."

"더 듣고 싶지 않다. 곧 화린을 잡게 되면 알 일이지."

협의 얼굴은 무섭게 일그러져 있었다. 그의 오른손이 조용히 검 집에서 칼을 빼 들었다. 칼끝을 겨눈 곳은 휘련의 희디흰 목이었다.

"하지만 약속은 약속이지 않은가?"

높낮이 없는 그의 목소리에는 일말의 감정조차 담겨 있지 않았다. 정말로 그녀를 죽일 셈인 것이다.

휘련은 가만히 눈감았다. 자신의 죽음을 시인하겠다는 듯이 초연한 얼굴이었다. 이때 야청이 숨을 헐떡이며 끼어들었다.

"전하!"

"비켜라."

그러나 야청은 물러서지 않았다.

"신이 불충을 저지른 죄 또한 크옵니다. 소인을 먼저 벌하여 주옵소서."

협의 눈동자가 무섭게 번뜩였다.

"네가 말하는 불충이 무엇을 뜻하는지 정확히 듣고 싶구나. 말해라. 너 또한 화린의 도주를 도운 것이더냐?"

야청이 대답하기 위해 입술을 열었다. 저편에서 '전하!' 하고 그를 외치는 소리가 들려온 것과 동시의 일이었다. 일순 주의가 숲 속으로 쏠렸다. 아직 화린은 보이지 않았다. 화린을 잡기 위해 뒤쫓아갔던 사람들이 빈손으로 되돌아온 것이었다. 선두에 선 한 사람이 협에게 다가와 아뢰었다.

"황자비 전하께서 이곳으로 오고 계십니다."

쨍그랑—!

서슬을 뿜어내던 칼자루가 바닥에 떨어지는 소리였다.

시체처럼 뻣뻣하게 굳은 그의 어깨가 미약하게 꿈틀거렸다. 하지만 협의 눈동자는 아직도 서슬이 걷히지 않은 상태였다. 화린이 돌아오고 있다고? 안 돼. 속지 마. 화린은 널 떠났다. 확인하지 않았나? 화린은 녀석과 함께 널 배신하고 도주해 버렸어. 얼간이처럼 그 한 마디에 흔들리지 말란 말이다!

부하가 다시 한 번 힘주어 말했다.

"지금 막사에 거의 가까워지고 있습니다."

그렇게도 다짐했건만, 빌어먹을! 그는 크게 동요하고 있었다. 차갑게 얼어붙은 그의 안면이 눈에 띄게 경련을 일으키고 있었다. 나락에서 헤매던 그의 심장이 다시 뛰기 시작했다. 순간적으로 죽음의 위기를 모면한 휘련의 얼굴에는 보일 듯 말 듯 안도의 기운이 스쳤다. 중간에 낀 야청 역시 긴장감이 한풀 꺾인 모습이었다.

"제 발로 돌아오는 것이 분명한가?"

"네, 전하. 황자비 전하께서 홀로 걸어오고 계십니다."

사내에게서 즉각적인 대답이 떨어졌다.

얼음 같던 정적이 서서히 해동하기 시작했다. 모두들 안도의 한숨을 들이키고 있는 것이리라. 협의 눈가에 마지막까지 남아 있던 살기 한 줌이 차츰 흐려지고 있었다. 아직 평정을 되찾기엔 이르다. 화린을 직접 확인하기 전까지는 누구의 말도 믿지 않으리라. 협은 스스로 발걸음을 떼었다.

바로 그때 화린이 모습을 드러냈다.

사방은 더욱 적요해졌다. 달빛은 더욱 고요해지고 나긋하게 불던 바람도 숨을 죽였다. 여기저기 광포해진 흔적에도 아랑곳않고 화린은 천천히 그에게 다가왔다. 그들 사이에 놓여진 거리가 조금, 조금씩 좁혀졌다. 두 걸음, 한 걸음, 반걸음에 이르기까지 모두가 숨을 죽이고만 있었다.

마침내 화린이 그의 앞에 다가섰다.

떨어질 듯 말 듯 말간 이슬이 고인 눈망울이 오롯이 그를 응시했다. 얼음장 같던 서리가 내려앉았던 그의 가슴엔 다시 안타까운 애절함이 들어찼다.

"협……."

협은 으스러질 듯 그녀를 와락 끌어안았다.

협은 그 어떤 추궁도 하지 않았다. 단지, 그날 밤 화린의 발을 한참이나 들여다보다가 더운물을 가져오라 일렀다. 그리고 깨끗이 발을 씻기더니 약을 바른 후에 천으로 동여매고 바느질로 기워 맸다. 네 개의 발가락을 구부릴 때 화린이 반항하며 몸부림을 쳤다.

"그만 해! 싫어. 그만 해요!"

"……."

"아파. 아프단 말이야!"

그러나 그가 끝까지 침묵으로 일관하며 발을 동여매자, 화린은 제풀에 지쳐 간간이 신음만 내뱉었다. 체념 어린 눈빛. 그 뒤로는 애원 한마디 꺼내지 않은 채 묵묵히 고통을 견뎌냈다. 그녀 스스로 이것을 벌이라고 단정 내린 모양이었다.

전족 한 쌍은 눈물이 한 독.

금련이라.

설국으로 몇 차례 외정을 나가는 동안 안면을 익히게 된 노인이 있었다. 얼굴엔 잿빛 반점이 커다랗게 나 있고 네모진 턱엔 길게 가로지른 흉터가 있어 사람들이 함부로 가까이 하려 들지를 않았었다. 하지만 그가 내놓는 연고와 비상약만큼은 없어서 못 팔 정도였다. 돌팔이처럼 보여도 설국의 혹한이 가져다 주는 갖가지 동상에는 그의 약이 제일이라는 입소문이 자자했던 것. 그는 늘 쉴 새 없이 이것저것 떠들어대던 괴짜였다. 금련에 대한 이야기도 그 두툼한 입술을 통해 듣게 된 것이었다.

"남당의 황제가 왕비를 위해 금으로 커다란 연꽃을 만들어 그 위에서 무희들이 춤을 추게 하였다지. 그때 무희들의 발은 비단으로 묶어 발끝을 뾰족하게 만들었는데 그 발이 아름답다고 알려지게 되는 바람에 전족이 알려졌다고 한다. 연꽃 위를 걸어간다. 즉, 그리하여 금련이라 불리게 된 것이다. 그러나 그렇게 작아진 발로는 도망을 치지 못하지. 후세에 내려올수록 전족은 야만적이고, 폐쇄적인 족쇄의 의미로 변질되었다."

목소리는 담백할 만큼 단조로웠지만 거침없이 중얼거리는 눈은 광포하게 어두워져 있었다. 협은 고집스레 다물린 화린의 턱을 위로 치켜 올렸다.

노인이 농담 반 진담 반으로 챙겨준 이 약을 별 생각 없이 짐꾸러미에 넣으면서도 결코 쓰게 될 일은 없을 거라 여겼었다. 나중에, 언젠가는 이 약이 필요하게 거란 그 말이 꼭 악담처럼 들리기도 한 게 사실이었다. 누군가를 그토록 위험스레 옭아맨다는 자체가 마음에 들지 않았었다. 섬뜩했었다.

그러나 협은 오늘, 그 안의 거친 야수를 발견했다. 필요하다면 전족이라도 해서 족쇄를 채우라고 아우성치는 그의 내면을 발견하고야 말았다. 체구만큼이나 조그맣고 연약해 보이는 그녀의 발에 이기적이고 잔인한 욕심을 풀어버린 것이다. 귓전에 그를 비웃는 노인의 목소리가 환청이 되어 떠돌았다.

수컷들의 지독한 소유욕이 낳은 고문의 상징인 전족을 혐오해 왔던 자신도 결국 그들과 다르지 않았다.

"떠나지 않겠다고 말해라. 그럼 풀어주도록 하마."

화린은 대답 대신 입술만 꾹 깨물었다.

협은 더 사납게 소리쳤다. 거칠고 우악스러운 힘으로 그녀를 마른 헝겊 인형처럼 흔들었다. 그의 눈에 사위어가던 시퍼런 서슬이 점점 짙어져 가고 있었다.

"어서! 대답해!"

아파, 하지만 저 눈을 보면 더 아파.

화린은 두 눈을 질끈 감았다. 나와의 약속을 위해 이곳까지 와버린 교우 오라버니의 얼굴도, 떠나기로 약조하였던 황후의 얼굴도 감쪽같이 잊을 수만 있다면 당신이 원하는 대답쯤 얼마든지 들려줄 수 있을 텐데. 미안해. 미안해. 이제는 당신을 사랑한다고 말할 수 있을 것 같은데…….

"이대로 전족을 해도 좋다 이건가? 그래?"

그의 무서운 협박에도 화린은 눈을 뜨지 않았다. 험상궂은 욕설이 그의 잇새로 터져 나왔다. 그러다가 무릎 아래 바들바들 떨고 있는 화린의 주먹으로 시선을 떨어뜨렸다.

참을 수 없는 고통을 모조리 저 손에 쏟아 부을 작정이었나

보다. 꼭 움켜쥔 화린의 손바닥을 펼치니 신음 한 번에 생채기한 번, 그렇게 여러 번을 대신해 움푹움푹 할퀴어댄 상처가 남겨져 있었다. 둔탁한 충격이 그의 뇌리에 부딪쳐 왔다.

내가, 내가 지금 무슨 미친 짓을 하고 있는 건가.

협은 그 즉시 단번에 화린의 발을 동여맨 천 조각을 찢어냈다. 피가 통하지 않아 벌겋게 몰린 발이 흉하게 드러났다. 얼마나 아팠을까. 피가 안 통하는 그 시간 동안 너는 얼마나 아팠을까. 그런데도 나는 욕심만 부렸구나. 이렇게 추한 내게 돌아와준 것만으로도 기뻐해야 할 일인데. 끝도 없이 욕심만 부렸어.

화린의 두 발을 감싸 쥐며 격한 신음을 내질렀다. 그의 어깨가 오열하듯 거칠게 들썩였다. 화린이 살며시 손을 뻗어 그의 목에 팔을 두르는 게 느껴졌다. 그 바람에 협은 화린의 눈을 보지 못했다. 미움이나 원망, 증오, 죄책감도 아닌 그가 그토록 집착하며 원했던 감정이, 때로는 강요해서라도 차지하고 싶었던 그 감정이, 그녀의 눈동자에 깃들어 있는 것을 놓치고 만 것이다.

'교우 오라버니, 이런 사내를 두고 어떻게 오라버니에게 갈수 있겠어. 그럴 수가 없어. 하지만 설국에 도착해 익호를 만나고 나서도 마음을 정리하지 못하면 어쩌지? 그때에도 오라버니에게 마음이 돌아서지 않으면…… 어떻게 해야 할까.'

계획이 틀어지고 말았다. 눈사태로 인해 산행을 포기한 지 며칠. 가람국을 거쳐 수로(水路)를 이용하려 했건만, 가살 부리는 된바람으로 인해 그것마저도 차단당하고 말았다. 설국의 눈사태에서 비롯된 눈보라가 능선을 타고 넘어온 탓이었다. 누구 하나 노를 저으려 하는 이가 없었다. 아무리 후한 삯을 준다 한들 목숨만큼 중할까. 배 한 척을 사다가 그들이 직접 노를 젓는다 하더라도 이대로 가다간 난파당하기 십상이었다.

"이러다간 늦겠군……."

협은 얼룩진 하늘을 올려다보며 살짝 인상을 굳혔다.

"수로를 이용하지 않고 말을 타면 많이 늦나요?"

"지금으로선 그렇다고 할 수 있지. 밤새 쉬지 않고 말을 몰면 가능할 법도 하지만, 녀석들이 상당히 지쳐 있는 상태라서 말이야."

"그럼 이젠 어떡하죠?"

화린이 몸을 움츠리며 물었다. 또 한 번 거세게 들이닥친 바람은 화린의 코끝을 새빨갛게 얼려놓고 있었다. 설국까지의 거리가 아직 남았다곤 하지만, 가람국 땅의 절반은 설국의 기후에 상당 부분 영향을 받고 있기 때문에 사실상 겨울이나 마찬가지였다.

"글쎄, 저 바람이 잦아들기만을 바랄 수밖에. 어차피 말을 타고 갈 순 없는 노릇이니까. 자, 이럴 게 아니지. 곧 야시가 벌어질 모양인데 거기서 저녁을 때우는 것도 좋겠군."

협은 화린을 말에서 내리게 한 뒤, 야청과 다른 부하들에게도 명령을 내렸다. 벌써부터 사람들이 몰려들기 시작한 야시장은 그리 멀지 않았다. 거리를 가로지르는 등(燈)에 하나둘 불빛이 늘어가는 게 보였다. 해가 짧으니 날이 금세 어두워질 터. 그렇게 되면 어느 등 하나 남김없이 빛을 밝히게 될 것이다. 그들이 야시장의 한복판으로 발을 들여놓았을 즈음엔 이미 완연한 밤인 듯 어두워져 있었다.

왁실왁실 곳곳마다 들꾀는 장사치들은 각양각색이었다. 등불 구경을 하기에만도 바쁜 화린은 이 많은 인파들 틈에 행여 그를 놓칠세라 오졸오졸 뒤따라 걷고 있었다. 자칫 한눈을 팔았다간 즉시 그의 뒷모습을 잃어버릴 것만 같았다. 이런 개미알 같은 인총 속을 누벼본 적이 없었던 화린으로서는 그저 야시장이란 곳 자체가 생소하기만 했다.

두웅—! 두웅—!

"와아아아아아아!"

어디선가 악패듯 굉음이 들려왔다. 땅이 울리고 귀가 먹먹해졌다. 화린의 발걸음이 저도 모르게 멈추어졌다. 앞서 가던 협이 되돌아오더니 안심시키듯 어깨를 감쌌다. 며칠 전의 일이 있은 후 협은 다시 예전처럼 아무 일도 없었던 양 다정하게 대해주고 있었다. 전족을 하던 그 순간 내비쳤던 난폭함은 찾아볼수 없었다. 화린이 달아날까 불신을 가지지도 않았다. 도리어 훨씬 다정해졌다. 차갑고 무뚝뚝하기는 여전했으나 그녀에게만큼은 다르게 대하려는 눈치가 역력했다.

그리고 더욱 눈에 띄게 변한 것은 휘련과의 관계였다.

자신조차 인정하지 않으려 했던 협에 대한 마음을 설득시킨 사람이 다름 아닌 휘련이라는 얘기를 병사 중 한 명에게 전해듣고부터는 그녀에 대한 적개심이 사라지게 된 것이다. 하마터면 자신 때문에 목숨을 잃을 뻔했다고도 하였다. 화린이 조금만 시기를 늦추어 나타났더라면 아마도 죽었을 거라고 말이다. 그 얘기에 화린은 가슴을 쓸어 내렸다. 그만큼 협이 분노하였다는 뜻도 되리라.

화린은 '다친 데는 없니?' 하며 다소 서먹서먹하게 휘련에게 먼저 말을 걸었다. 그때 휘련은 여느 때와 다름없이 명랑하게 대꾸했고, 그 후로 그녀들은 제법 사이좋은 말동무로 지내오고 있었다.

두웅—! 두웅—!

또 한 번 커다란 굉음이 이어졌다.

"무슨 야전(夜戰)이 벌어지고 있는 건가요?"

"아니, 격투를 하느라 그런 거야. 투기꾼들이 자신들의 노예를 앞세워 벌이는 일종의 구경거리라 할 수 있지."

"야만스러운 사람들이군요. 짐승도 아니고 사람을, 아무리 노예라지만……."

화린의 눈가에 실팍한 주름이 잡혔다.

"가람국은 워낙에 많은 소국가들이 군집해 있어서 이런 투기장을 찾아드는 이들이 다양해. 한마디로 그걸 노린 거지."

"와아아아—!"

갑자기 굉음이 커졌다. 비린 핏내도 화악 퍼져 왔다. 누군가의 승리를 자축하는 모양이었다.

"그다지 권하고 싶진 않지만 구경하고 싶다면……."

"아니요, 사양하겠어요. 차라리 다른 걸 구경할래요."

화린은 정색하며 돌아섰다.

훗, 그가 낮게 웃더니 반대쪽으로 그녀를 이끌었다. 귓가에 부드럽게 안착하는 향비파 소리를 따라 무희(舞姬)가 춤을 추고 있었다. 그 건너편엔 야물게 생긴 꼬마 아이가 재주를, 조금 더 떨어진 곳엔 등을 가까이 밝혀 산수화를 그리는 노인도 있었다. 갑자기 앞에 있는 사내가 떡하니 시야를 막았다. 아무리 까치발을 들어도 화린의 자그마한 키로는 어림없었다. 이때, 부웅 그녀의 몸이 허공에 떴다.

"어…… 어?"

"자, 이만하면 보이겠지?"

협이 한쪽 어깨로 번쩍 그녀를 안아 올렸다.

화린의 얼굴이 한밤중에도 확연히 보일 만큼 발갛게 물들었다. 이젠 그 어떤 거구의 사내가 그녀의 앞을 가로막는다 하더라도 끄떡없을 것 같았다. 모든 것들이 그녀의 시야 아래에 놓여 있었다. 화린은 수줍게 고개를 끄덕였다. 이렇게 그의 든든한 팔과 어깨에 의지해 구경하는 것도 재미있었다. 그러다가 그녀의 시선이 저도 모르게 굉음이 울려 퍼지는 곳으로 옮겨갔다.

그야말로 피 튀기는 접전. 박빙의 대결이 펼쳐지고 있는 중이었다.

협의 말대로라면 투기장 한가운데 엎치락뒤치락 싸우고 있는 두 사내는 노예가 분명했다. 옷이라곤 남근만 겨우 가리고 있는 닳고 닳은 천 조각뿐. 어깨로 이어지는 팔뚝 부분에 낙인이 찍히듯 새겨진 문신은 그들이 철저히 노예 신분이라는 표식만을 남기고 있었다. 해는 져서 더욱 춥기만 한 달밤. 무엇 하나 그들을 인간이게 대우해 준 부분은 없었다. 그들은 소나 개처럼 네 발이 아닌 두 발로 걷는 짐승이었던 것이다. 그럼에도 언젠가 월국에서 잠깐 구경했던 투견과는 그 느낌부터가 달랐다.

한 사내는 부얼부얼 살이 올라 움직일 때마다 출렁거렸고, 나머지 한 사내는 아주 강퍅하고 감때사나워 보였다. 울근불근 힘줄이 튀어나온 데다가 견갑골에서 등마루, 허구리에 이르기까지 여기저기 흉터가 난 자국은 말할 것도 없었다.

"카악, 퉤!"

그에게 공격을 당하며 흙먼지를 들이킨 육중한 체구의 사내가 가래침을 내뱉었다. 그는 계속 뒷걸음을 치고 있었다. 승패는 이미 가려졌는지도 몰랐다. 사람들이 '무항! 무항!' 하고 끊임없이 외쳐 댔다. 아마도 사내의 이름인 듯했다. 화린이 저런 잔인한 격투 장면은 보지 말아야지, 그만 보아야지 하면서도 눈길이 가는 까닭은 순전히 이 사내에게 있었다.

그는 격투를 구경하는 투기꾼들을 비웃고 있었다. 화린은 격투가 시작되기 전 투기꾼들을 훑어보는 그의 눈에 스쳐 간 조소를 분명히 엿보았었다. 그뿐인가. 하다못해 자신의 주인에게도 수그러들지 않았다. 두려움이라든지 경외심이라곤 눈을 씻고 찾아볼래야 찾아볼 수 없었다. 화린이 관찰하는 동안 사내가 흘끗 그녀를 쳐다봤다. 사내의 입가가 슬쩍 옆으로 찢어졌다. 그녀에게 던지는 웃음이었다. 그러는 와중에도 상대편이 날리는 공격은 날래게 피하고 있었다.

이윽고 외마디 비명이 거구의 사내에게서 터져 나왔다. 무항이라 불린 자의 승리였다. 무항에게 돈을 걸었던 투기꾼들의 함성이 또다시 굉음이 되어 울리기 시작했다.

그녀를 잠자코 지켜보고 있던 협이 가만히 말문을 열었다.

"저런, 언제부터 격투를 구경하고 있었던 거야?"

"······그, 그냥 어쩌다가 보게 되었어요. 너무 소리가 커서······."

달빛이 기댄 그의 표정엔 우련히 웃음기가 드러나 있었다. 협은 그녀를 안았던 팔을 풀어 가만히 땅에 내려주었다.

"음, 헌데 이상하군. 내가 보기에 저 사내는 상대편의 적수를 많이 봐준 것 같은데······."

협이 희미하게 눈썹을 비틀며 나직이 중얼거렸다.

"그래요? 그게 무슨 말인가요?"

"저렇게 내상을 입히지 않고 압도적으로 승리를 거두는 경우는 흔치 않거든. 대개 한쪽이 목숨을 잃는 경우가 부지기수라 할 수 있지."

그의 말을 듣는 사이 무항이란 자는 어디론가 사라지고 없었다. 무항이 가고 없는 곳엔 벌써 다른 노예들이 격투를 벌이고 있었다.

"그럼 저들은 평생 목숨을 경각에 놓인 채 노예로서 살아가야 하나요?"

"아니, 그렇진 않아. 아까처럼 월등한 기세로 격투에서 이긴 노예는 아주 높은 값에 팔아버리지. 반면에 진 노예는 치도곤을 맞게 되는데······ 아! 격투 중에 상대편을 죽인 노예일수록 몸값은 상당한 편이라고 들은 기억이 나는군. 저들을 면천해 주는 것 역시 주인의 몫이지만 그런 일은 거의 없다고 봐야겠지."

말을 마친 협이 천천히 그녀의 걸음을 야시장 밖으로 이끌었다. 깊어진 어둠만큼 추위도 깊어진 밤. 그 끓어오르는 투기장을 벗어나니 갑작스레 한기가 몰려들었다. 내일만이라도 바람이 한 풀 꺾이기만 한다면 좋으련만. 얕게 되뇌는 협의 어조에 화린은 대답없이 듣기만 했다. 누군가 그들을 주의 깊게 눈여겨보고 있다는 것도 모른 채 그들의 인영(人影)이 야시장과의 거리를 넓혀가고 있었다.

밝게 스민 아침빛. 그러나 여전히 서늘한 냉기를 몰아내지는 못했다. 어제보다 오히려 더욱 성나게 불어대는 바람은 협의 근심을 부채질할 뿐이었다. 잠에서 깬 화린을 보게 된 협은 야청과 나누던 심각한 이야기를 접어버리고 다가왔다.

"이제 일어난 게로군. 그러지 않아도 조식을 들 겸 깨워야겠구나 하던 참이었어."

"결국 오늘도 바람이 말썽을 부리고 마는군요."

"염려 마. 설사 설국에 늦게 닿게 된다 하더라도, 누구보다 그들이 이런 변덕스러운 기후를 알고 있으니까."

"그렇지만……."

때마침 들려오는 목소리.

"미천하지만 소인, 축지법(縮地法)인가 할 정도로 가까운 지름길을 알고 있습니다만."

어제 격투를 펼쳐 보였던 바로 그 무항이었다.

어제와는 달리 해진 옷을 걸치고 있었지만 그를 알아보는 건 그리 어렵지 않았다. 실핏줄이 드러난 두 눈과 높은 산근, 인중 아래 다소 차가움을 지니고 있는 듯한 입 언저리. 말끔한 얼굴 속에 진흙과 땀, 피로 엉겨붙었던 투사의 얼굴은 그대로 잔재해 있었다. 그가 다시 입을 열었다.

"제가 인도하는 길을 이용하시면 늦어도 나흘 안으로 설국에 닿을 수 있을 것입니다."

그러자 한 사내가 허겁지겁 그들의 사이로 내달려 와서는 무항의 멱살을 쥐었다. 자신보다 머리가 몇이나 더 큼직한 무항의 멱살을 잡고 있는 사내는 자세히 보니 어제 투기장에 있었던 무항의 주인이었다.

"네 이놈! 예가 어느 안전이라고 실언을 하는 게냐? 천하의……."

"아니다, 잠깐."

협이 손을 들어올려 사내를 막았다.

단번에 주위가 잠재워졌다. 소란스러움이 바늘 하나 끼어들 틈 없는 정적으로 둔갑했다.

"다시 말해보아라. 설국으로 가는 지름길을 알고 있다고 하였나?"

"네, 그렇사옵니다."

무항이 주인의 손을 밀쳐 내며 대꾸했다.

"그것을 알려주는 대가는?"

"면천(免賤). 그뿐입니다."

짐작하고 있었던 듯 협의 얼굴엔 표정 변화가 없었다.

"만약 거짓임이 드러난다면?"

두 사내의 눈빛이 팽팽히 부딪쳤다.

제법 장신의 축에 끼는 협이건만, 천장에 닿을 듯한 무항에게 비하니 그저 보통 사내에 불과해 보였다. 허나, 그렇다고 해서 협이 주눅 든 건 아니었다. 그의 다부진 힘은 무항에게 대적할 만했고, 실력에서도 어느 투사 못지않았다. 지위만 등에 업은 황족이 아닌 한 사내였고 무사였다.

"목을 내어드리겠습니다."

무항이 더없이 조용하고도 결연하게 대답했다.

허연 달빛에도 설산(雪山)이 보일 만큼 설국은 가까이 있었다. 살을 에는 한기가 칼처럼 도려내며 뼛속에 스몄다. 무항이 그들 일행과 합류한 지 어언 이틀. 무항의 말은 거의 정확하게 들어맞았다. 무항은 이 길에서 설국까지, 다시 설국에서 월국까지의 지름길을 안내하는 대로 면천될 예정이었다.

그날, 협은 아무 말 않고 무항의 주인이 부르는 몸값을 건넸다. 그 어마어마한 금액에 사람들은 입을 다물지 못했다. 짐작컨대 무항의 주인은 협이 흥정하지 않을 것을 미리 간파하여 처음부터 높은 금액을 부른 눈치였다. 값을 치르고 나서 무항의 주인은 협에게 노비 문서를 건네주었다. 이후 무항은 협에게 주인으로서 예를 깍듯이 표해왔고 다른 일행들과도 별다른 마찰 없이 유하게 지내왔다. 누가 그를 싸움판에서 야만의 이름을 떨친 무항이라고 여길까. 본디 생기기를 위협적으로 생겨먹은 외양 덕에 많은 이들이 그를 불편해할 거라고 여겼지만 천만에. 관중들에게 냉소를 머금던 때와는 사뭇 달라 보였다.

무항은 여러 가지 표정을 지닌 사내였다. 나이도 다시 보니 협과 비슷하지 않고 몇 해 정도 더 위인 듯했다. 이따금씩 산세를 살피는 그의 눈매를 보면 더욱 그러했다. 누구 하나 무항에 대해 똑 부러지게 아는 이가 없었지만 그가 태어날 때부터 노예의 신분이 아니었다는 것 하나만큼은 확실해 보였다. 그랬더라면 설국으로의 지름길 같은 건 몰랐을 게 뻔했으니까.

"어쩌다가 노예가 되어 격투하는 신세까지 지게 된 거지?"

협이 이틀 만에 처음으로 꺼내는 질문이었다.

그동안은 무항이 이끄는 길에 묵묵히 오르기만 했을 뿐, 일부러 말을 걸어오지는 않던 차였다. 여행을 지체시킬 만한 일체의 불필요한 말을 삼간 것. 그러나 설국은 이제 고지에 다다랐다. 오늘 하루 야영을 하고 나면 넉넉히 닿을 수 있으리라.

"설국과 월국의 지름길을 안내해 드리는 일 외에 소인의 신상에 대해 읊어야 하는 조항도 함께인 것입니까?"

"말하기 싫다면 굳이 강요하지 않겠다."

언뜻 경계를 내비친 무항의 되물음에 협은 낮게 받아쳤다. 어차피 월국에 도착하면 다시 마주칠 일 없는 사내이다. 그런데도 묘하게 신경을 긁는 면이 있었다. 바로 지금처럼.

"……."

무항이 아직 말 등에 앉은 화린에게 땅에 내릴 수 있도록 손을 내밀고 있었다. 화린이 약간 주저하는 기색을 보이더니 무항의 손에 얹으려 했다. 협은 재빨리 화린을 안아 올렸다. 화들짝 놀란 화린이 손을 조몰락거리며 그의 옷깃을 잡아 쥐었다. 협은 따끔하게 일침을 놓으며 무항에게 경고를 날렸다.

"네가 말했다시피 너의 임무는 길을 안내하면 그뿐. 그 안에 화린을 수행하는 일까진 포함되지 않는다."

"명심하도록 하겠습니다."

"그럼 막사로 돌아가 잠을 청하도록."

고개를 수그려 대답을 대신하는 무항을 뒤로하며 화린을 안은 채 막사로 들어왔다.

무항은 무안해진 손을 다시 한 번 흘끔 내려다보다가 걸음을 떼었다.

달안개 없이 달빛만 고요한 밤, 화린은 완연히 잠에 취한 협의 모습을 찬찬히 보다가 막사를 빠져나왔다.

사린 언니, 어쩌면 좋을까.

나…… 이 사내를 사랑한다는 사실을 이제야 깨달아 버렸어.

돌이켜 보면 훨씬 예전부터 좋아했을 텐데. 그와 헤어져야 하는 시간이 점점 가까워져 오고 있으니 정말 어쩌면 좋을까. 그럴수록 그에 대한 마음도 점점 깊어만 가는데 도저히 억누를 길이 없어. 그의 곁에 있으면, 수련국에서 교우 오라버니와 가례를 꿈꾸던 화린이가 아니고 그저 아무것도 아닌 평범한 여인이고 싶어져. 이대로 그의 곁에 남았으면…….

아, 어찌해야 할지 모르겠어. 그를 떠나는 것만이 진정으로 나와 그를 위하는 길일까? 이렇게 눈덩이처럼 불어만 가는 애절함을 지닌 채, 그 아닌 교우 오라버니와 잘살아갈 수 있을지 확신이 서지 않아. 지금 난, 다른 것 다 잊어버리고 설국에 닿지 않았으면 좋겠다는 생각만이 간절해. 이제까지 가례의 상대를 바꾸기 위해 노력했던 순간들이 전부 다 부질없게만 여겨져. 교우 오라버니에게 죄를 짓는 기분이기도 하단 말야.

"이럴 때, 언니라도 곁에 있었다면 뭐라고 대답해 주었을까. 언니도 안 된다고 반대했을까."

보지 않아도 뻔했다. 산아할멈처럼 극구 반대했을 터였다.

당장 수련국에 돌아가라고 할 테지. 그럴 거였으면 처음부터 혜금의 상대로 놔두지 그랬냐며 변덕을 꾸짖을 게 분명하다. 그녀와의 약속을 지키기 위해 망해 건너 월국까지 온 교우가 불쌍하다면서 말이다.

염조차도 자신을 반대할 거란 생각에 더욱 서글퍼졌다. 휘영청 높게 뜬 달에 사린 언니의 얼굴이 겹치더니 교우 오라버니와 산아할멈, 염, 부모님의 얼굴까지 차례대로 이어졌다. 맨 마지막에 떠오른 얼굴은 협이었다.

달아, 너는 알고 있겠지. 이 사람을 만나게 한 것도 너니까 알고 있을 거야. 그리 말없이 지켜보지만 말고 대답해 주지 않으련?

나의 유온은 처음부터 이 사람이었다고. 이 사람뿐이었다고.

너만이라도 대답해 주지 않으련? 모두가 안 된다고, 아니라 하여도 너만은……. 나와 그가 만월 아래 맺어진 운명이라고 너만은 그리 말해다오.

달은 여전히 침묵을 지켰다.

하아, 터져 나온 한숨. 달이 고였던 화린의 눈망울은 바닥 아래로 떨구어졌다. 정작 칼바람에 쏘인 것은 거죽이 아닌 심장이었던 듯 시리게 아팠다.

"게서 뭐 하고 있는 거야?"

협이었다.

언제부터 그녀를 지켜보고 있었던 걸까. 불시에 들려온 그의 목소리에 화린은 겨우 놀란 표정을 거두며 웃어 보였다. 하지만 웃으면 웃을수록 눈가가 아리고 심장은 더욱 시렸다. 차마 그에게 보일 수 없는 눈물을 심장이 대신 울어주고 있는 겐가. 욱신거리는 통증은, 그래도 이 남자 앞에서만큼은 서럽지도, 서글프지도 않았다. 행복하다.

"그냥 바람을 쏘일 겸 나온걸."

"오래 있으면 고뿔 걸리고 말아."

협이 어깨를 감싸 쥐었다.

"봐, 벌써 이렇게 얼었군 그래."

뺨에 갖다 댄 그의 손바닥이 주는 온기에 파르르 눈이 감겼다.

"나, 부탁이 있어요……."

"……?"

"아까 오는 길에 보았던 이 밑 설원을 다시 한 번 구경하고 싶어요, 지금."

협이 가만히 그녀의 눈 속을 들여다보더니,

"이대로 가는 건 추울 테니 막사에서 옷을……."

"아니요. 괜찮으니 어서 가요."

화린의 고집에 협이 어쩔 수 없이 말에 안장을 얹었다.

"자, 이제 거의 다 왔어."

하얗게 들어온 설원이 장활하게 펼쳐져 있었다. 온통 하얀 일색에 맑은 밤하늘이 대조되어 유난히 검게 보였다. 노란 달빛이 쏟아진 설원은 보이는 각도마다 금가루를 뿌린 것처럼 반짝였다. 그 신비로운 광경에 화린의 입이 감탄으로 벌어졌다.

"낮에 보았을 때와는 느낌이 또 다르군요!"

그녀를 지켜보던 협이 희미한 미소를 담으며 말했다.

"아직 놀라긴 일러. 설국에 닿으면 너무 하얘 눈이 부실 정도니까."

설국에 닿으면…….

그의 말을 되새기던 화린은 표정이 얼어붙고 말았다. 간신히 추스렸음에도 그의 입을 통해 들으니 비로소 실감나는 기분이었다.

"갑자기 어디가 불편해?"

정색하듯 뒤바뀐 그녀의 낯빛을 보더니 그가 걱정스레 물었다.

"아니에요. 그냥 다른 생각을 좀 하느라 그랬어요."

당신을 떠나야 하거든요.

"만약 네가 걱정하는 게 설국에 대한 낯설음이라면 크게 걱정하지 않아도 돼. 설국은 월국처럼 규제가 심하지 않아서 더 편할 거야. 스스럼없는 사람들의 태도 때문에 금방 친해지기도 쉬운 편이야."

건성으로 흘려듣던 화린은 그가 그곳 사람들과 친한지 문득 궁금해졌다. 그중에서도 설국 공주 예아와의 친분은 어느 정도로 두터울까. 어차피 그와 헤어질 마당인데도 그저 신경이 쓰였다. 자신의 이마에 살풋 금이 그어지고 있는 것도 모른 채 화린은 골몰했다. 그러나 그런 궁금증은 그리 오래가지 않았다. 혼담이 오갈 정도면 아주 친숙하단 뜻이 될 테니까. 더욱이 그녀는 아름답다고 했지. 예아 공주처럼 천하일색인 미인을 마다할 사내는 이 세상에 단 한 명도 없노라 했던 다영의 말이 떠올랐다.

"……설국의 공주가 그렇게 아름다울 수 없다고 들었어요, 사실인가요?"

"하하하하."

그가 고개를 젖히며 호탕하게 웃어 젖혔다. 그녀의 등 뒤로 웃음으로 진동하는 그의 가슴이 느껴졌다.

"누가 그런 말을 했지?"

"사실인가 보군요."

자신이 듣기에도 새된 음성이었다. 화린은 괜한 말을 꺼냈다 싶어 후회스러웠다.

"대답해 봐, 누가 그런 말을 했는지."

그가 고삐를 늦추는 동시에 그녀의 허리를 좀 더 세게 조여왔다. 그리곤 귓가에 대고 작게 말했다. 덥게 뿜어져 나오는 입김에 온몸의 솜털이 주뼛거리며 죄다 일어서는 것 같았다. 입 안에 침이 마르기 시작했다.

"다, 다영 황자비가 그랬어요."

화린은 느릿하게 대꾸했다.

"그래?"

더 가까워진 그의 숨결에 겨우 고개만 끄덕였다.

"틀려. 틀려, 그건."

그가 다짐을 주듯 힘주어 재차 말했다.

그제야 고개를 돌려 그를 올려다보았다. 잘생긴 그의 얼굴이 한눈에 들어왔다.

"……정말인가요?"

"음……. 사실, 설국의 공주가 어떻게 생겼는지 기억은 잘 나지 않는군. 내가 알기로 예아 공주보다 아름다운 여인이 한 명더 있어. 훨씬, 훨씬 더 아름답지. 적어도 내 눈에는 말이야."

여인을 회상하는 그의 목소리엔 애정이 담뿍 묻어나 있었다.

대체 어떤 여인일까. 그가 말하는 여인에 대한 궁금증이 한없이 커져만 가는 가운데 부러움과 시기심도 무럭무럭 자라났다. 다영 황자비를 두고 하는 말일까? 아주 가능성이 없진 않다. 화린은 다시 고개를 돌려 푹 숙인 채 조그맣게 물었다.

"그 여인이 누구예요?"

한참 동안 그에게선 대답이 없었다.

누구에게도 말하지 않고 혼자만 간직하고 싶을 정도인가 보지? 차마 입에도 담기 아까울 정도로 소중한 거야.

화린은 그렇게 여기며 그의 대답을 기다리지 않았다. 모서리 진 가슴 한쪽에 알싸한 통증이 내리꽂혔다. 진정으로 그 여인이 부러워졌다. 이때, 그의 입술이 그녀의 목덜미에서 느껴졌다. 화들짝 놀랄 새도 없었다. 목덜미를 가볍고 부드럽게 내리찍던 입술은 귓바퀴를 지나 그녀의 입술로 옮겨왔다.

바로 여기에. 바로 너.

그의 눈이 말하고 있었다.

화린의 눈이 커다랗게 열렸다. 찬 서리가 입혔던 심장은 눈웃을 녹이며 세차게 뛰고 있었다. 아무런 생각도 할 수 없었다. 연하고 말랑한 아랫입술을 빨았다가 물었다가 하는 그의 입술을 고스란히 받아내기만 했다. 꺾일 듯 뒤로 젖혀진 자신의 고개를 받쳐 든 그의 손에 그저 기대기만 했다.

"……한 번 더."

그녀의 턱을 고정시킨 채 그의 입술이 또 한 번 내려왔다.

서로의 숨결이 덥게 교차했고 몽환처럼 여겨지는 부드러움이 아늑하게 입속으로 밀려들었다. 이번엔 그에게 마냥 기대지만 않았다. 그를 한껏 끌어안아 그에게 입맞춤을 돌려주기도 하고 매만지기도 했다. 그의 숨결이 더욱 거칠어졌다. 그럴수록 화린은 갈급해지는 마음만 더해졌다. 이 사내에게 남김없이 녹아들고 싶었다.

문득 허리를 쥔 협의 손이 상의 안쪽으로 미끄러지듯 올라오더니 젖가슴을 덮었다. 그 차가운 손바닥이 주는 감촉에 단박에 유두가 꼿꼿하게 일어섰다. 그의 엄지손가락이 살짝 눌렀다가 쓸었다가를 반복하자 화린은 저도 모르게 커다란 신음을 내질렀다. 협의 어깨가 잠시 굳었다. 그녀의 반응에 그제야 자신의 손이 어디에 머물고 있는지 알아챈 것이다. 협은 가슴을 쥐고 있던 손을 거두려 하였다. 하지만 무엇에 이끌려 그런 행동을 하게 되었을까. 화린은 나중에 돌이켜도 알지 못할 행동으로 그를 막았다.

"……!"

협은 자신에게 일어난 일을 믿을 수 없었다.

놀랍게도 화린이 고개를 내저으며 단의에 묶인 허리끈을 풀어낸 것이다. 옷깃 사이로, 야영하던 그 어느 날 밤에 자신을 괴롭혔던 뽀얀 속살이 그의 시야를 붙잡았다.

이제 저 옷깃을 벌리기만 하면……

그러나 이건 옳지 못했다. 이 매서운 추위 속에 그럴 수 없었다. 그녀의 입술만 욕심내겠다고 벌린 일이 어쩌자고 이 지경까지 몰고 왔을까. 협은 화린에게 옷을 여며주기 위해 손을 뻗었다. 그 틈에 불어온 바람이 비웃듯 화린의 단의를 벌려놓았다. 협은 숨이 멎을 것만 같았다.

허옇게 드러난 젖가슴은 또 하나의 설원이었다. 그 봉긋이 솟은 가슴에 핀 유두는 눈 속에서도 꽃을 피우는 매화보다 붉고 아름다웠다.

그래, 잠시만이라도!

망설임을 던져 버렸다. 맹렬히 유두를 입에 넣었다. 언제부터 눈이 내렸는지 혀끝에 차가운 눈의 맛이 느껴졌다. 그녀가 추울 거란 걸 알았지만, 입 안에 머금은 유두가 단단해질 때까지 세차게 빨아대는 것이 전부였다. 잠시만이라고, 한 번만이라고 기회조차 주지 말아버릴 것을……. 이렇게 갈구할 줄 알았더라면 진작 안 된다고 뿌리쳤을 터인데.

흩뿌려지는 그의 입김에 화린의 가슴이 오르락내리락했다. 협은 낮게 한숨을 지었다. 점점 굵어지는 눈발만 아니었던들 이대로 한기도 느끼지 못한 채 그의 입술은 떨어지지 않았을 것이다.

"하아……!"

가슴에 묻었던 그의 얼굴이 올라와 그녀의 입술을 덮쳤다. 모피로 이루어진 그의 옷깃이 간질이듯 화린의 유두를 스쳤다. 곧 그의 손이 아쉬운 듯 느리게 단의를 여며주었다.

"이렇게…… 내 욕심을 차리도록 놔두어선 안 되는 거였어."

협이 그녀의 머리에 턱을 얹으며 들릴 듯 말 듯 낮게 속삭였다.

"큰일이다. 너를 볼 때마다 욕심이 고개를 쳐드는 걸 막아내지 못하겠으니 정말 큰일이야……."

그녀를 안은 그의 손에 강한 힘이 실렸다. 화린은 아직도 진정되지 않은 가슴에 대고 말했다.

이 사람 곁에 있고 싶어. 안 될까?

이 사람에게 내 몸을 열어주고 싶어.

그러나 여전히 대답을 찾지 못한 채 그의 품에 안겨 말에 올랐다. 설원으로 내려가는 동안 화린의 시선이 말하듯 달에게 닿았다. 여전히 대답없는 달은 언뜻 무뚝뚝한 그를 닮은 것처럼 보인다.

달아, 너를 매정타 원망하진 않으마. 이 사람을 만나게 해준 너이니까.

十八.
설국
雪國

"아하하하."

예화당, 휘옥의 선웃음이 높아만 갈수록 그녀를 지켜보는 미송 부인의 간담이 서늘해지고 있었다. 한켜한켜 쌓여가는 불안함에 사지마저 옥죄는 느낌이었다. 불과 어제까지만 하더라도 빛이 손을 내미는 쪽은 그들이었건만. 그 하루 사이 예화당은 떨쳐 낼 수 없는 흑막에 잠겨지고 말았다.

월국 차비인 그녀가 첩의 소생임이 만천하에 밝혀졌다.

그녀의 나이, 열일곱. 이미 입궁하기 전 다른 사내와 정혼을 한 몸이었음도 낱낱이 드러났다.

이에 황제 재하의 눈을 피해 환관을 비롯한 궐내 사내들과 방

탕한 성생활을 일삼았다는 소문이 잇따라 불거지기 시작했다.

"……!"

서안 모서리를 쥔 휘옥의 손마디가 하얗고 하얗게 탈색되었다.

떠도는 소문은 사실이었고 그것이 사실로 판명되기까지 걸리는 시간은 그리 길지 않을 터였다. 아무것도 몰랐을 그 나이, 그녀는 수동적으로 사내와 관계를 갖는 것만이 전부라고 믿은 적이 있었다. 그러나 미송 부인을 통해, 후궁들을 통해 그렇지 않다는 걸 얼마 지나지 않아 깨닫게 되었다. 이후부터 차츰 방중술이며 온갖 체위를 익혀 나갔다. 그 과정 중에 실수로 몇몇 환관들과 미송 부인이 몰래 들여보내 준 사내들과 관계를 가진 적이 있는데 그 일이 오늘날 이런 결과를 초래한 것이다. 아니, 엄연히 말해 그것은 실수가 아니었다. 순간의 욕망을 이기지 못한 자신의 잘못이었다. 그때는 이제 막 성에 대해 눈뜨기 시작한 터라 자제하는 방법도 서툴렀다. 아, 안 돼. 휘옥은 입술을 즈려물었다. 그렇게 되면 조가 위험해진다. 그녀의 전부인, 조가 위험해지게 된다. 아무리 조가 왕재인 몸이라 하여도 대신들이 나머지 왕재인 협에게 기울 것이 너무나 뻔했다.

"춘서의 짓이 분명하군요."

휘옥이 뒤틀린 입새로 단정 지었다.

다 된 밥에 재를 뿌려도 유분수지. 그것도 감히 내게 위협하려 들어?

"그, 그럴 리가……."

미송 부인은 말을 잇지 못했다.

미송 부인의 추측을 간파한 휘옥은 서둘러 말을 잇기 시작했다.

"아니, 확실합니다. 설마 하니 균이 그런 음해설을 퍼뜨렸을라구요? 아무리 막돼먹은 아이라고는 하나, 제 동생 앞길에 먹칠을 할 녀석은 아닙니다. 춘서 말고는 아무도 없지요, 암요."

춘서는 그녀의 사촌 오라비였다. 그녀에게 들러붙어 야금야금 피를 빨아 마시는 외척들 중에서도 가장 교활하고 믿을 수 없는 자였다. 늘 입버릇처럼 아우를 위함이요, 조카인 조를 위해 일신(一身)을 다 바치고 있노라 감언하지만, 성정 유한 조가 즉위하게 되면 제일 먼저 반역을 도모할 인물이었다. 그런데 그제 예화당을 찾아와서는 적어도 자신이 재상의 자리에 올라야 조카인 조에게 든든한 기반이 되어주지 않겠냐며 넌지시 뜻을 내비치지 않겠는가. 현(現) 재상은 미송 부인의 남편인 도휴가 맡아 지내고 있었다. 휘옥은 차라리 그녀의 외척보다 미송 부인 내외에게 얻는 힘이 컸던 터라 춘서의 제안이 마냥 같지 않았다. 제 잇속을 챙기는 데 혈안이 되어 이제는 재상의 자리를 탐내는구나 싶었던 것. 그 꼴이 하도 뻔뻔하여 단칼에 물리치려는 심사를 꾹 누르고 다독여 돌려보냈거늘. 결국 오늘 아침 이렇게 뒤통수를 가격하고 만 것이다.

황제의 손에 들어간 상소가 뉘의 출처인지 굳이 짐작할 필요도 없었다.

휘옥은 가만히 입을 열었다. 이 무겁게 가라앉은 흑막 속에서도 가느다란 섬광 품은 두 눈이 예사롭지만은 않았다.

"하지만 아직 무너지기엔 이릅니다. 협, 그가 당도하면 곧 알게 될 일이지요. 춘서 그놈은 나중에 어떻게든 주리를 틀고 말겝니다."

그러나 미송 부인의 생각은 달랐다. 그녀가 보기에 가장 위험한 인물은 단연 균이었다.

그의 심복이었던 소노가 제양으로 내려간 것은 누구나가 다 아는 사실. 지금 제양의 도독으로 지내고 있는 자의 조부(祖父)가 효양의 전 도독이었다는 점도 마음에 걸렸다. 그는 오랜 세월 몇 차례씩이나 난을 일으킴으로써 악명을 떨쳐 왔었다.

선왕 때부터 꾸준히 거론되어 왔던 효양, 제양, 경양, 수, 고호. 이 다섯 개 군의 도독들은 유기적으로 얽혀 있었고, 소문에는 이미 파견된 왕사의 절반이 그들의 지휘하에 놓여졌다는 얘기도 들었다. 그들이 무엇을 목적으로 힘을 도모하고 있겠는가. 바보가 아닌 다음에야 쉽게 유추할 수 있는 일이었다. 그리고 결정적으로 왕사의 힘을 이끈다는 것은, 그만큼 막중한 위치에 있는 누군가가 그들의 뒤에 있다는 것일 터.

소노가 노부의 건강을 빌미로 일부러 제양으로 갔을 거라는 생각이 현재로서는 가장 유력했다. 게다가 그녀는 얼마 전, 병 문안차 제양을 다녀왔었다. 그들은 생각만큼 그리 병세가 심하지 않았다. 아니, 홍안에 가까운 건강을 엿볼 수 있었다. 물론 그녀를 의식해 자리보전을 하고 있었지만, 그것이 시늉에 불과하다는 건 금세 알아차릴 수 있었다.

아무래도 사람을 붙여 균의 뒤를 쫓게 해야 할 것 같다. 겉으로 보기에 기루를 전전하며 돈과 시간을 탕진하는 듯 보여도 실제로는 그렇지 않을 것이다. 오히려 그런 평판이 그를 의심에서 자유롭게 벗어날 수 있도록 도와준 것일지도 몰랐다. 미송 부인은 그의 눈에 어렸던 탐욕스러움을 결코 놓치지 않았었다.

하지만 그 추측이 사실이라 하여도 휘옥에게 대놓고 말할 순 없는 노릇이었다. 심증과 물증이 완벽하게 갖추어졌다고 해도 그녀는 말할 자신이 없었다. 세상에 어떤 부모가 자신이 호랑이 새끼를 키웠다는 것을 인정하고 싶어할까. 그 잔인한 현실을 깨우쳐 주는 몫만큼은 피하고 싶었다.

그저 자신의 생각이 빗나가길, 간절히 바라고 또 바랄 뿐이었다.

드디어 설국. 모레가 설국 왕의 탄신일인 것을 감안하면 그럭저럭 빨리 온 셈이었지만 눈사태로 인한 우여곡절이 있어 쉽진 않은 여정이었다. 설국 황실을 눈앞에 두고 협이 야청에게 다가가 다른 말을 건넸다. 그사이, 화린은 무항에게 전부터 물어보고 싶었던 질문을 꺼냈다.

"무항……."

그녀의 부름에 무항이 고개를 들었다.

"말씀하십시오."

"익호…… 라고 들어본 적 있어?"

무항은 눈썹을 한번 들어올리더니 시원스레 되물었다.

"물론 그 자객의 이름이야 들어보았지요. 헌데 그건 왜 물으십니까?"

"그, 그냥 그 사내를 만나봐야 하는 일이 좀 있어서."

"그건…… 소인도 잘 모르겠습니다."

"아, 무항이 모르는 일도 있었구나. 그래도 무항이라면 알지 않을까 했는데."

화린은 실망한 기색을 감추지 못한 채 씁쓸하게 중얼거렸다. 그럼 이제 누구한테 물어본담? 협과 야청에게도 물어볼 순 없는 노릇이었다. 이때 더 이상 아무 말도 하지 않을 것처럼 보였던 무항이 조용히 덧붙였다.

"하지만 그가 자주 찾아간다는 주막은 알고 있습니다."

"그게 정말이야?"

저도 모르게 커다란 목소리가 흘러나왔다. 하마터면 저 몇 걸음 떨어진 협에게까지 들릴 뻔했다.

"네, 그렇습니다."

"그럼 내게 알려줄 수 있을까?"

"바래다드리는 것쯤이야 어려운 일이 아니지만…… 귀하신 몸께서 걸음하시기엔 많이 누추하고 불편할 텐데 괜찮으시겠습니까?"

"상관없어. 바래다준다면야 그것처럼 고마운 일이 어디 있겠어?"

화린은 눈을 빛내며 응했다.

익호의 거처가 아니더라도 그 주막엘 가면 최소한 그를 아는 자들에게 물어볼 수도 있을 터. 이 타국의 땅에서 어떻게 익호를 찾을 수 있을까 한편으로 난제라 여기고 있었는데 참으로 다행이었다. 사실은 진작부터 무항에게 익호에 관해 얘기를 꺼내려 했지만 그때마다 협이 있어서 눈치만 보아왔었다. 아니나 다를까, 마침 야청과 한창 대화 중에 있는 협이 눈썹을 치켜 올리며 이쪽을 주시하고 있었다.

"무슨 얘기를 하고 있었지?"

야청과 대화를 끝내자마자 다가온 협이 화린을 황궁으로 이끌며 물었다.

"아…… 설국에 관한 여러 가지에 대해서요."

"그래?"

협이 눈을 가늘게 떴다. 별로 믿지 못하는 눈치였다.

화린은 최대한 아무렇지 않은 표정으로 슬쩍 말머리를 돌렸다.

"여기 설국은 월국의 황궁에 비해 상당히 견고한 느낌을 주는군요. 궁을 둘러싼 벽이 너무 높아서 위압감마저 들 지경이에요."

"그건 기후 탓도 있지만 가람국과 맞닿은 소국가들의 침입이 잦아서 그래. 겉으론 그저 담이나 마찬가지로 보이겠지만 외부의 침입을 알리는 데 있어서 더할 나위 없이 중요한 역할을 한다고 볼 수 있지."

"그렇군요."

협은 더 이상 무항과의 대화에 대해 캐물으려 하지 않았다. 그들의 앞에 굳게 잠긴 황궁의 문이 열렸고, 높았던 담 때문에 보이지 않았던 황실 내부가 수려하게 펼쳐졌다. 거문고, 가야금, 향비파의 삼현(三絃) 연주가 그들의 발걸음을 환영했다. 그 가운데 빛처럼 눈부신 여인이 고아한 자태로 걸어나왔다.

"오셨군요. 오시느라 고생 많으셨어요."

그러나 꽃인 듯 환하게 웃으며 다가서던 여인은 그의 곁에 있는 화린을 발견하면서 미소를 거두었다.

"반갑소. 폐하의 탄신일을 감축드리러 왔소이다."

"헌데, 소문이 사실이었군요. 혼인을 하셨다기에 그저 소문이려니 하였는데……."

여인이 새치름하게 말끝을 흐렸다.

저 여인이 바로 그 말로만 들었던 예아 공주겠지.

화린은 어쩐지 자신이 협과 예아 공주 사이에 끼어버린 듯해 불편스러웠다. 더욱이 예아 공주는 화린이 있는 것도 신경 쓰지 않고 버젓이 그에게 연모의 눈길을 보내고 있었다. 이 순간 협이 어떤 표정을 짓고 있을지 궁금했지만 차마 대놓고 살펴볼 수도 없는 노릇. 엇비슷하게 맞은편에 놓여진 예아 공주를 관찰하는 게 고작이었다.

빼어난 절색이란 바로 저런 여인을 두고 생긴 말이리라. 다영이 경국지색이라 칭했던 예아 공주의 미모는 가까이서 보니 실감날 정도였다. 예아 공주가 곱게 가꾸어진 난초라면, 자신은 이름조차 주어지지 못한 잡초 같았다.

협은 뒤늦게 혼인 소식을 알리게 된 무심함에 짤막하게 그녀의 이해를 바란다는 말과 함께 화린을 소개했다. 그럼에도 예아 공주는 거듭 서운한 기색을 감추지 않았다. 그 속내에 협을 향한 연심이 깔려 있다는 것은 제 아무리 몽매한 자라도 능히 짐작할 수 있을 터였다.

"기죽을 필요 없으세요."

야청의 곁에 있던 휘련이 화린에게만 들릴 만큼 작은 목소리로 일깨웠다.

"황자비 전하도 그에 못지않게 예쁘시단 말예요."

"정말?"

화린은 저도 모르게 되물었다.

"그럼요."

반신반의하는 표정으로 협을 살폈다. 함께 온 야청의 무리들 중 대부분이 설국 공주의 미모에 반쯤 넋이 나간 듯했으나 협의 얼굴엔 한 점 동요의 기색이 없었다.

휘련의 말에 용기를 얻은 화린은 도도한 척 고개를 꼿꼿이 세웠다. 주눅 들 필요 없어. 흥. 이만큼만 예뻐보라지.

"섭섭하옵니다. 서신으로라도 알려주셨으면 미리 뵈었을 터 인데."

협은 다음 기회를 빌어 그 섭섭함을 만회해 주겠다고 일축하였다. 예아 공주가 기대를 품을 만한 대답은 결코 아니었다. 그의 건조한 어조만 들어도 알 일이었다. 인사가 끝날 무렵, 예아 공주는 애써 밝은 표정으로 이렇게 덧붙였다.

"마침 전하께서 오신다는 소식에 맞추어 여지(荔枝)를 마련해 두었답니다. 곧 아랫것을 시켜 얼음 장고(藏庫)에서 꺼내 대령토 록 하겠나이다."

협이 고개 숙여 감사를 표했다. 예아 공주의 지시가 내려지고 환관이 그들을 쉬게 할 궁으로 안내했다. 여지라……. 화린은 궁금한 나머지 몇 걸음 떨어진 야청에게 귓말로 물었다.

"야청, 여지가 대체 뭐야?"

"전하께서 선호하시는 과실입니다."

그래도 화린의 표정이 명쾌해지지 않자 야청이 설명했다.

"여지는 이곳 가람국과는 상당히 멀리 떨어진 남국(南國)의 상하(常夏)에서만 열리는 과실로 알려지고 있습니다. 가끔 월국 에서도 운반해 오는 일이 있지만 매우 이례적이라 보시면 될 것 입니다."

"그럼 결국 저 설국의 공주가 협을 생각해서 일부러 마련한 것이구나. 그렇지?"

야청은 대답이 없었다. 그의 얼굴엔 난처한 기색이 떠올라 있었다. 휘련의 고운 얼굴에도 먹구름이 끼어 있었다.

"자, 이리 와서 여지를 들도록 해."

협은 샛노란 과육을 한입 베어 물며 그녀에게 권했다.

화린은 고개를 내저었다. 달달하게 풍겨오는 향긋한 향이 입 안에 군침을 감돌게 하였으나 줄곧 그에게서 시선을 떼지 못하던 예아 공주를 떠올리니 식욕이 달아난 탓이었다.

"그럼 평안한 밤 되소서."

여지를 가지고 온 궁녀가 물러났다.

화린은 말문을 잃어버린 표정으로 궁녀가 남기고 간 옷가지들을 펼쳐 보았다. 절로 한숨이 들이켜 졌다. 앞으로 머무는 동안 이걸 입으라고? 화린은 고개를 갸웃하며 중얼거렸다. 수련국에서 입었던 옷들은 차라리 양반 축에 속했다.

이 오한에 춥지도 않단 말인가?

그 따뜻한 월국에서조차 저런 옷차림을 한 궁녀는 보지 못했다. 더군다나 이곳은 바깥에 눈발이 날리는 설국이 아니던가. 궐내라지만 감도는 냉기는 여전히 오한을 자아냈다. 그녀만 해도 모포 자락에 가까운 옷을 두텁게 입고 있는데, 저들은 춥지도 않은 겐가. 만약 월국 황후 계연이 보았더라면 당장 경을 치고 남았으리라. 화린은 그 옷들을 다시 개켜놓았다. 모포 자락을 몸에 말고 다니는 한이 있어도 저런 옷은 입지 않을 것이다.

그런 화린을 줄곧 지켜보고 있던 협이 태연히 말했다.

"때로는 여인들이 입는 옷이 꼭 추위로부터 보호하기 위함만은 아니지. 보온의 목적 외에도 이유는 다양해."

그가 마지막 말을 슬며시 강조했다.

화린은 괜스레 열 오른 자신의 얼굴을 그에게 들키기 싫어 시선을 피했다.

"그럼 이 나라 풍습에 따라 저런 옷들을 입으란 건가요?"

"아니. 화린이 그 옷들을 입으려 했다면 그전에 내가 먼저 반대했을 거야."

"……."

"그러지 않아도 야청에게 월국에서 입었던 옷들을 몇 벌 준비해 두어라 일러놓았어. 너무 갑작스레 정해진 화린이 여행길에 오르게 되어 여벌의 옷을 많이 마련하지는 못했을 게야. 그리고 그 옷들은……."

그의 목소리가 더없이 작아졌다. 그의 입가 가장자리에서 묘한 미소가 피어오르고 있었다.

"내 앞에서만큼은 입어도 좋다."

의미심장하게 덧붙인 말. 협의 눈빛은 어제 달빛 쏟아지는 설원에서의 일을 교묘히 상기시키고 있었다. 그의 눈에 어린 빛무리들이 화린의 심장 곳곳에 깊숙이 침투해 왔다. 화린은 숫제 벌게진 낯빛이 되었다. 서늘한 공기가 덥게 느껴지기까지 했다.

"화린……."

그는 무언가 말을 하려는 것처럼 보였다. 하지만 자꾸만 어제의 대담했던 자신의 행동이 떠올라 도저히 혐을 마주할 수 없었다. 월국의 옷들을 챙긴 그의 배려에 고맙단 말을 하려 했던 일조차 까마득히 잊어버리고 말았다.

"그, 그만 잠을 청하는 게 좋을 것 같아요."

허둥거리는 입술 끝에 미처 가라앉지 못한 떨림이 남아 있었다.

허연 숫눈 쌓인 용마루가 간만에 찾아드는 햇발을 받으며 제 모습을 드러냈다. 가지만 남아 앙상한 우듬지와 눈 속을 뚫고 어엿하게 자라난 솔포기에도 구별없이 쏟아진 빛살은, 왕의 탄신일인 내일을 위해 분주히 내리쬐고 있었다. 소복소복했던 눈더미들이 조금씩 녹기 시작했다. 그 살찬 빛살에 가늘게 눈을 뜬 한 사내가 총총히 궐내를 가로지르는 낯선 여인을 가만히 눈여겨보고 있었다. 여인은 여기 설국 사람이 아니다. 모피를 덧입고 있었으나 안에 입은 옷은 분명 월국의 것이었다.

"……무항!"

비쩍 마른 듯한 여인은 보기 드문 장신의 사내에게 그렇게 부르며 다가섰다. 여인의 부름에 사내가 머리를 조아렸다. 사내의 말소리는 이곳에서 잘 들리지 않았다. 뭐라고 설명하는 듯했던 사내가 궐 밖으로 여인을 이끄는 모습이 그가 지켜볼 수 있는 전부였다.

"이보게, 해근."

"네, 전하."

그림자처럼 보좌해 있던 또 다른 사내가 대답했다.

"이번 월국 황자의 국혼 이후 협이 처를 맞아들였다고 들었는데 과연 사실인가?"

"그런 줄 아뢰옵니다."

그렇다면, 아까 청아하니 고운 태를 지녔던 그 여인은 협의 신부가 분명했다.

"허."

그에게서 놀라움 비슷한 탄성이 흘러나왔다.

지금껏 협은 설국에 오면서 단 한 번도 여인을 대동하고 나선 일이 없었다. 연인이 있었다는 얘기는 얼핏 들은 것도 같았다. 그래서인지 시침녀조차 사양했었지. 그는 협이 이번에도 홀로 올 것이라 예상했었다. 하지만 가례를 치른 지 얼마 되지도 않은 새신부라면 얘기가 다를 터. 신혼, 달포 남짓 되는 기간 동안이라도 떨어지기 싫을 것이었다.

그럼, 예아는 어찌 되는 것인가?

그야말로 닭 쫓던 개 지붕 쳐다보는 격이 되어버렸다. 사실 설국에 올 때마다 목을 매었던 자신의 동생에게 꼼짝을 않아 신기하게 두고 보던 참이었다. 실제로 마음이 없어 마다하는 것은 아니라고 호언장담하던 동생의 얼굴이 기막히게 일그러졌을 터인데…… 쯧쯧, 동정과 연민이 한데 뒤섞여 혀를 차는 소리가 이어졌다.

예아가 아침 나절부터 곤두서 있던 이유를 알 만하군 그래.

사내의 입가가 실팍한 웃음을 그리며 늘어졌다.

설국 황제가 고개를 설레설레 흔들고 궐내 모든 이들조차 포기하고 말아버린, 설국 황실의 한량임을 자처하는 설흔 태자였다.

응달진 길목은 걸음을 뗄 때마다 사박거리는 소리가 이어졌다. 화린은 장신의 몸으로 그늘을 만들며 걸어가는 무항의 곁에서 나란히 걷고 있었다. 드문드문 해가 비친 탓에 녹진녹진 눈이 녹아 개울물 흐르는 소리가 들려왔다. 허름한 대문 앞, 무항의 발걸음이 멎었다. 왁시글덕시글 시끄러운 소리가 문틈에서 새어나오고 있었다. 무항이 그녀에게 잠시만 기다려 달란 말을 남기며 먼저 들어갔다. 화린은 보슬보슬한 1)아얌 속으로 손을 집어넣어 추위를 달랬다. 아직 온기가 있는 귀뿌리에 손을 가져가니 좀 견딜 만했다.

"마침, 저쪽에 앉아 있다고 합니다."

생각보다 시간이 오래 지난 후, 문을 열고 되돌아온 무항이 조용히 알렸다.

"그래?"

----
1)아얌: 부녀자들이 겨울에 나들이할 때 추위를 막기 위해 머리에 쓰던 쓰개. 조바위와 비슷함

"네, 소인 사실인지 다시 확인하느라 조금 늦었습니다. 사실이 분명합니다."

"와, 다행이야!"

화린은 기쁘게 흥분하며 응수했다.

이런 뜻밖의 행운이 기다리고 있을 줄은 꿈에도 몰랐다. 호피(虎皮) 안쪽 저고리에 매단 향낭에 담긴 선요의 밀화가락지를 꺼내 들었다. 이제 익호를 만나 사정을 이야기하고 이것을 전해 주기만 하면 되었다.

"그럼 이쪽으로 따라오십시오."

무항의 뒤를 따라가니 어떤 사내가 다른 몇몇 사내들과 함께 술을 마시고 있었다. 탁하고 자욱한 공기가 깔린 내부엔 요란하게 분칠한 여인들도 사이에 끼어 앉았다. 무항이 그에게 몇 마디 건네니 일제히 말을 멈추고 화린을 바라본다.

"익호? 그래, 나를 찾는 이유가 뭐요?"

사내가 입 안 가득 어귀어귀 씹어 넘기면서 물었다. 가까이 마주하니 한쪽 얼굴에 심하게 얽은 자국들이 보였다. 기다랗게 찢어진 눈매가 사뭇 사나워 보이기도 했으나 생각했던 것처럼 기골은 그다지 장대하지 않았다.

"그대가…… 익호인가?"

화린의 하대에 사내가 인상을 일그러뜨렸다. 여차했다간 금 방이라도 화린을 때릴 기세였다. 그때 무항이 막아서며 화린의 신분을 알렸다.

"이분은 월국의 황자비이시오."

반쯤 의자에서 몸을 일으키려던 사내가 도로 자리에 앉았다. 그리고 못마땅한 듯 눈썹을 치켜뜨더니 대답했다.

"그렇소만. 내가 익호요."

"그럼 선요를 알고 있겠구나?"

"아니, 처음 듣는 이름이오."

그는 조금의 틈도 두지 않은 채 잘라 말했다.

그러나 화린은 인정하지 않았다. 선요의 익호가 맞다고 생각했는데.

"정말로 선요를 모른단 말이야?"

"모른다지 않소?"

사내는 정말로 모르는 얼굴이었다.

이런 낭패가 어디 있을까. 화린은 너무도 실망하여 속에서 쓴물이 올라올 지경이었다. 어쩐다? 염이 말로는 분명 월국의 익호가 설국에 있다고 하였는데. 염이가 잘못 안 것일까? 그를 어떻게 찾지? 여러 가지 의문들이 두서없이 뒤엉켰다.

"그렇다면 혹시 이곳에 익호란 이름을 가진 자가 또 있지 않을까? 월국에서 온 사내인데……."

"……!"

사내의 눈에서 번쩍이는 스침이 일었다. 그러나 하도 찰나의 일이라 헛것을 본 것만 같았다.

"월국이라 하였소?"

"응."

"글쎄…… 그건 잘 모르겠다만 그 사내를 찾는 이유가 대체 뭐요? 보아하니 이런 곳까지 따라나선 걸 보면 예삿일은 아닐 터인데."

"아니, 꼭 전해주어야 할 것도 있고 들려줄 말도 있어서 그래."

"아는 이한테 부탁을 해볼 수도 있소만……."

"아니, 내가 직접 만나야만 해."

사내는 그저 알았단 듯이 고개를 까닥거렸다.

"흠, 뭐 나중에라도 부탁할 마음이 생기거든 이곳으로 오시오."

설국 황궁으로 돌아가는 화린의 어깨가 축 늘어졌다. 너무 기대를 하고 간 탓인가. 기운이 다 빠져 버렸다.

"그래도 무항, 이렇게 애써줘서 고마워."

"아닙니다. 그저 많은 도움이 되어드리지 못해 송구스러울 뿐이지요."

그러고 보니 무항도 장신의 축에 속했다. 옆에서 나란히 걸으니 그녀의 작은 체구 때문에 더 크게 여겨지는 탓인가. 오히려 아까 주막에서 본 익호란 자보다 커 보이기도 했다.

"이제…… 면천이 되면 어디로 갈 거야?"

무항은 한참 동안 말이 없었다.

그녀가 보아오지 못했던 표정이다. 걸어가고 있는 앞만 내다보는 그의 눈은 언뜻 섬뜩하게 느껴질 난폭함으로 단단해졌다가 뭔가 잃어버린 데서 오는 허전함과 애잔함으로 녹슬고 있었다. 투기장에서 단번에 알아챌 수 있는 단순한 감정은 아니었다. 지난 며칠간 함께 지내온 무항의 얼굴이 아니었다.

"곤란한 질문을 한 거라면…….

"아니, 그럴 리가 있겠습니까? 소인, 잠시 옛 생각에 그만…….

"그래. 잘은 모르겠지만 면천이 되거든 다시 예전으로 돌아가 누리지 못한 만큼 행복을 누리며 살아가길 바랄게."

대답없이 다문 무항의 턱이 꿈틀거렸다.

이미 완전히 녹슬어 버린 두 눈에 맺힌 감정은, 화린으로서는 감히 짐작도 못할 종류의 것이었다. 벅차오른 감정이려니 넘겨 짚을 뿐이다. 투기장의 노예가 되기까지 그 얼마나 모진 시련들이 있었으며 우여곡절이 있었을 것인가. 얕은 소견으로 이해를 운운할 순 없었지만, 그가 행복을 되찾길 바라는 마음만큼은 진심이었다. 갑자기 황궁에 다가섰을 무렵, 무항이 결연히 말문을 텄다.

"……소인, 부탁 하나 드려도 되겠습니까?"

예아 공주는 홍사(紅絲)로 엮은 듯한 입술에 아려한 미소를 배어 물고 있었다. 불과 몇 시진까지 다스릴 수 없었던 분기가 완전히 반대로 탈바꿈한 탓이다. 그녀의 무릎엔 월국 정비 계연으로부터 급전이라 도착한 편서가 놓여져 있었다.

후훗, 그랬어. 그랬던 게야.

얼핏 협과 화린의 모습에서 내외하는 듯 서먹한 느낌을 지울 수가 없었는데, 알고 보니 정략결혼을 하였단다. 필시 차비 휘옥의 계략이었으리라. 그래서 그렇게 서신도 없이 서둘러 혼인을 거행한 게지. 그 화린이란 계집에게 연분이 있어 처로 맞아들인 게 아니야. 예아 공주의 안색이 갓 피어난 꽃처럼 더없이 화사해졌다.

오매불망 그렸던 마음을 떨쳐 내지 않아도 되었다. 벌써 몇 해 전부터 담아온 이 마음, 협과 살을 맞대고 살아갈 수만 있다면 정실이 아니라도 좋았다. 물론 그녀의 아버지께서 대노하며 반대할 것은 당연한 이치. 그렇다 한들 이미 굳힌 그녀의 마음을 되돌리기엔 너무 늦었다. 어차피 그녀가 그의 첩실로 들어가게 되면 화린이란 계집은 허울뿐인 정실 자리에 앉는 것일 터. 재력도, 미모도 화린에게 뒤지는 게 없었다.

"기분이 좀 나아진 게로구나?"

어느새 궁에 들어선 설흔이 능갈맞게 말을 건넸다.

"그럼 오라버닌 제가 울화병이라도 도져 자리에 누울 줄 아셨나요?"

"그럴까 봐 구경 온 것이란다."

"흥! 매정하기도 하시지!"

예아는 콧방귀를 끼었다.

오라버니만 아니라면, 오라버니가 이 나라의 황자가 아니라면 저 코를 납작하게 눌러주고 말았을 것을. 어기적어기적 걸어온 그의 발을 힘껏 밟아주고 싶었다.

"옛부터 올라가지 못할 나무는 쳐다보지 말라고 하였다. 이제라도……."

"그거야 두고 보면 알 일이지요."

분한 심사를 다스리며 의기양양하게 말했다.

비로소 동생이 달라진 것을 눈치챈 설흔이 비릿한 웃음을 거두었다. 그의 미간이 사이를 좁히며 몰려들었다.

"그게 무슨 말이더냐? 두고 보면 안다니. 이미 그는 혼인을 하여 처까지 둔 몸이다. 너 설마 그의 첩실이라도 되겠단 얘기는 아니겠지?"

"그러지 못할 게 무어가 있어요? 듣자하니 저들은 서로의 의사와는 상관없이 억지로 연분을 맺은 것이거늘."

설흔의 두 눈이 종지처럼 커다래졌다.

"그것이 참말이냐?"

"그럼은요, 사실이고말고요. 더구나 협의 처는 본래 정인이 있어 아내로서 도리를 제대로 하지 않았다는 소문까지 있던걸요?"

설흔은 귀가 번쩍 열리는 듯하였다. 아침 나절 밝은 햇살 아래 정갈하니 고왔던 태가 유표하게 눈에 띄던 여인이 그려지듯 떠올랐다. 정혼이라……. 그렇단 말이지. 아내의 도리를 다하지 않았다. 허면? 설흔의 눈동자가 날랜 빛을 품어 번뜩였다.

하긴 다시 생각해 보면 이상한 점이 한둘이 아니었다.

월국 황자의 국혼이 치러지던 그날, 협에게는 별다른 혼처가 없었다. 도리어 자신의 동생 예아를 흡족히 여긴 황후 계연이 협과의 혼사에 대해 넌지시 뜻을 내비치기까지 했었지. 그것이 무려 달포하고도 보름이 지난 일이다. 그사이에 대체 어떤 사정이 있어 번갯불에 콩 굽듯이 급하게 혼인을 치른 것인가? 그가 아는 황후 계연은 그렇게 쉽게 말을 바꿀 위인이 아니었다. 허언(虛言)이라면 더 더욱 입에 담을 위인이 아니다.

그의 의중을 읽어낸 예아가 약빠르게 말했다.

"차비 휘옥이 은근히 불안했던 게지요. 저와 협이 가례를 치르게 되면 어찌 되었든 간에 조의 세력을 억누르고도 남았을 테니까요."

"하, 그렇기도 하겠군. 동생아, 늘 느끼는 거지만 너는 사내로 태어났어야 했다."

"후훗, 아니요. 저는 다음 생에도 인간으로 태어난다면 계집으로 태어나겠어요. 그래야 협을 만날 수 있을 터이니."

"눈물겨운 연정을 눈꼽만치라도 알아주던?"

그의 비아냥거림도 예아의 흥을 꺾지는 못했다.

"제가 말씀드리지 않았나요, 두고 보면 알 일이라고?"

마침 그 순간에 그들의 화제에 올랐던 주인공이 모습을 드러냈다. 화린이었다. 외출을 하고 이제 돌아오는 모양인지 어딘지

고단해 보였다. 그런 화린에게 다가서려는 설흔을 붙잡더니 예아가 귓말로 일침을 놓았다.

"제게 맡겨주세요. 서두르는 건 재미없다구요."

그리곤 설흔이 뭐라고 채 대꾸하기도 전에,

"어머, 어딜 다녀오시는 겝니까?"

하며 화린을 반겼다. 예아의 인사에 화린이 걸음을 주춤하더니 공손하게 인사를 했다. 약간의 경계가 어려 있었다.

"그러지 말고 이쪽으로 좀 앉으셔요. 여기 오라버니께서 뉘신가 궁금히 여기던 차였거든요."

화린이 마지못한 기색으로 예아에게 이끌려 왔다. 궐내로 들어서면서 차게 얼었던 피부가 녹아 바알갛게 혈색을 내보이고 있었다. 그 뺨에 어린 홍조가 설흔을 자극했다. 자신의 동생처럼 너무 화려해 향조차 느껴지지 않는 꽃이 아니라서 더 그런지도 몰랐다. 흉내 내거나 배워서도 지닐 수 없는 담아한 미태. 화린은 눈꽃처럼 맑은 여인이었다. 게다가 아얌 안에 보일 듯 말 듯한 상앗빛 귓불은 설흔을 더욱 갈증나게 만들고 있었다. 그는 추위에 강한 설국 여인보다 보호 의식을 일으키는 월국 여인들을 더 선호했다. 바로 눈앞의 화린처럼.

"해가 들었다고는 하나, 이러니저러니해도 밖은 여전히 추워요. 그렇지 않던가요?"

예아가 천연덕스레 물었다. 여유로운 예아의 태도는 굳어 있던 화린의 경계심을 조금씩 느슨하게 풀어놓기에 충분했다.

"그래도 어제보단 추위가 한풀 꺾인 듯해 많이 포근한걸요."

"오, 그런가요? 오전 내내 수놓기에 여념이 없어 그런 줄도 몰랐군요."

보란 듯이 펼친 비단 자수에 화린의 눈이 호기심으로 반짝였다. 갖가지 금수색견들로 엮은 꽃들이 색을 달리한 비단 한겹한 겹마다 정성스레 놓여져 있었다. 예아가 협에게 전해주기 위해 오래전부터 준비해 온 것이었다.

"이건……."

"여기 세모진 꽃은 연리초, 그 옆은 당귀. 각각 후손을 약속한다는 뜻과 연인을 불러오게 한다는 뜻을 지니고 있답니다. 제 나름엔, 연인을 불러 후손을 가지고 싶다는 일종의 구애의 의사를 나타내었지만 말이지요. 후훗."

"예쁘군요."

"그렇지요? 아바마마의 이번 탄신일에 열리는 축제 때 꼭 그 사내에게 전해주고 말 거랍니다."

의미심장한 말이었다. 화린이 이를 놓치지 않고 곧바로 되물었다. 바보가 아니고서야 예아의 말이 누구를 뜻하는 것인지 알리라.

"정인(情人)인가 보군요?"

"네. 아, 모르시는 모양이군요. 제게는 전부터 혼처가 있었어요. 설국에는 탄신제가 열리는 마지막 사흘째 각종 마예를 겨루는 풍습이 있는데, 바로 그때 여인네들이 혼인을 치르기로 한 사내에게 건과 2)요대를 지어준답니다. 일종의 자신의 사내라는 표식이지요. 후훗, 재밌지 않아요? 황자비의 솜씨는 어떤지 한 번 구경해 보고 싶군요. 어때요? 내일부터 저와 함께 만들지 않겠어요?"

예아의 얼굴에는 짓궂은 미소가 떠올라 있었다. 화린을 놀려 보려는 심보였다. 동시에 명백한 도전이기도 했다.

화린은 곤란한 듯 살짝 미간을 찌푸리다가 지지 않겠다는 듯이 예아의 청을 받아들였다.

"좋아요. 아직 자수 같은 건 한 번도 해보지 않았지만 흥미로워 보이는군요. 협에게 지어다 주면 기뻐하겠어요."

"뭐, 안목이 높으신 분이니 황자비께서 수고를 많이 하셔야 될 겁니다."

"괜찮아요. 협은, 적어도 내게는 까다로운 사내가 아니거든요."

맹하게 당하고만 있을 줄 알았더니 제법이었다.

예아가 발끈하며 이마에 핏대를 세우자, 설흔이 헛기침을 하며 끼어들었다.

"아, 소개가 너무 늦었군요. 여기 계신 분은 저의 오라버니, 설흔 태자세요."

"반갑소. 늦게나마 혼인을 감축하는 바요."

설흔은 화린의 손끝에 입술을 가져가며 말했다. 그러나 새하

---

2)요대: 허리띠

얀 섬섬옥수는 금세 그의 입술에서 벗어났다. 당혹스러운 듯 얼굴을 붉힌 화린이 짧게 인사하며 그의 손길을 거부했기 때문이다. 설흔은 멋쩍은 웃음을 지었다. 작은 접촉에도 예민하게 반응을 보이는 걸 보니, 과연 예아가 전한 말이 사실인 모양이었다. 아내의 도리를 다하지 않았다고 하였지. 좋아. 계집으로서의 도리를 몸소 깨우쳐 줄 작정이었다. 기필코!

설흔은 새롭게 다짐을 세웠다. 협이 지금까지 화린에게 손대지 않은 걸 보면, 설흔 그가 건드린다 하여도 크게 문제될 일은 없을 터였다. 생각만으로 피가 들끓고 온몸이 흥분되었다. 벌써부터 저 섬섬옥수처럼 하얄 나머지 부위에 대해 음미하는 상상은 그를 전례없이 흥분의 정상까지 끌어올리고 있었다. 월국 기루에서 맛보았던 그 흥분을 이 메마르고 차가운 설국 땅에서도 만끽할 수 있게 된 것이다.

"이러고 있을 게 아니에요. 아직 황궁 뒤편에 있는 설경을 구경하지 못했을 터인데……. 화향원에 가보셨나요?"

"아니요. 거기가 어떤 곳인가요?"

"그곳은 눈이 꽃처럼 향기를 뿜어내는 곳이랍니다. 날이 풀리긴 했지만 이참에 보여 드리고 싶은데……. 그런 설경은 어디서나 쉽게 볼 수 있는 게 아니거든요."

"아, 그런 곳이 있었군요."

"가만. 저도 곧 뒤따라 갈 터이니 오라버니께서 앞장서서 설원을 구경시켜 드리세요. 눈들이 녹기 전에 서두르셔야 해요."

그다지 솔깃한 제안이 아니었다. 화린은 잠시 망설였다. 그렇다고 무턱대고 예아 공주의 호의를 내칠 수도 없었다. 하지만 저 사내와 함께라면…… 내키지 않았다.

한눈에 호남임을 알 수 있었던 설흔 태자는 어딘지 모르게 교우 오라버니와 닮았지만, 둘은 범과 고양이처럼 달랐다. 아까 그녀의 손을 놓쳤을 때 스친 설흔 태자의 눈빛은 무례했다. 겉으로 드러난 정중함만으로 판단해선 안 될 인물이었다.

"그럼 저를 따르시겠습니까?"

"좋아요. 그런데 저 말고 다른 한 명이 더 있는데 괜찮은가요?"

설흔 태자의 눈썹이 한쪽으로 치켜 올라갔다.

"다른 한 명이라 함은?"

"제 친구예요, 무항."

화린은 설흔의 대답이 있기도 전에 무항을 불렀다.

무항이 들어서자 천장까지 꽉 들어찬 느낌이었다. 설흔의 이마에 살풋 금이 갔다. 예아 공주의 표정은 애매모호했다. 설흔 태자가 자리에 일어서서 무항에게는 눈길도 주지 않은 채 화향원으로 길을 안내했다.

놓칠 수 없는 연심

이른 아침부터 화린은 제일 먼저 휘련을 찾았다. 사실은 어제 늦은 밤부터 휘련을 찾았으나 협이 처소로 돌아오는 바람에 그만 잠을 청할 수밖에 없었던 것. 휘련이 어리둥절한 낯으로 대령했다. 그러자 대뜸 이렇게 물어왔다.

"휘련, 자수 둘 줄 알아?"

"그러믄요. 특히나 쉰네 같은 기녀들이야 두말할 것도 없지요."

"그럼 가르쳐 줘."

휘련이 두 눈을 껌뻑껌뻑했다. 방금 전 자신이 화린의 말을 잘못 들은 건가 싶어 긴가민가하는 표정이었다. 화린은 다시 한 번 크고 또박또박하게 말함으로써 그녀의 의심을 없애주었다.

"오늘부터 가르쳐 줘. 나, 자수 같은 거 한 번도 두어본 적 없단 말이야."

"아니, 이 먼 타국 땅까지 와서 갑자기 웬 자수를 배우시겠다는 건지……. 쇤네 도통 그 이유를 모르겠습니다."

화린은 자초지종을 설명했다. 어제 예아 공주와 은근한 신경전을 벌이며 자수에 대해 내기에 가까운 이야기를 나누었다고 말이다. 모든 내막을 듣고 난 휘련의 입이 떠억 벌어졌다. 그 기가 찬다는 얼굴이라니! 바락 오기를 치솟게 했다. 어제 대놓고 깔보던 예아 공주의 태도보다 더욱 화린의 심기를 긁어놓고 있었다.

"안 되는 거라고 말하려거든 듣지 않을 테야."

"쇤네의 대답을 그렇게 잘 알고 계시니 몸 둘 바를 모르겠군요. 자고로 자수란 그렇게 하루아침에 이루어지는 것이 아닙니다. 황자비 전하께는 안 된 말씀이오나, 이 내기는 예아 공주가 이길 수밖에 없어요."

"그럼 해보지도 않고 포기부터 하란 거야?"

"이럴 때는 그렇게 열성적이신 분이 어찌 그리 전하의 속을 애태우셨는지……."

화린은 휘련의 이죽거림을 못 들은 체했다.

원래대로라면 예아 공주가 어떻게 자극을 하든 무시했어야 옳았다. 그러나 어쩌란 말인가. 예아 공주가 지어주는 건과 요대를 받을 협을 상상하는 것만으로도 분하고 참을 수 없는걸. 그래서 저도 모르게 예아 공주의 꾐에 넘어가고 만 것이었다. 괜한 짓을 했구나 후회스러웠지만 이미 쏟아진 물. 그러겠노라 대답해 버린 마당에 안 하겠다고 할 수도 없는 노릇이었다. 화린은 다짐했다, 적어도 협의 곁에 있는 순간만큼은 뭔가 기억에 남을 만한 일을 한 가지 해주겠노라고.

"할 수 있어. 해보이고 말 테야. 그깟 자수가 무슨 대수라고."

"예아 공주님이야 자수를 벗삼아 지내는 분이시니 식은 죽 먹기이겠지만, 황자비 전하께는 여러모로 많이 불리하단 말예요. 그러지 말고 쉰네가 대신 지어드리거나 아니면 몰래 다른 사람에게 부탁해서……."

"싫어. 예아 공주랑 함께 자수를 놓기로 했단 말야."

휘련이 관자놀이를 매만지며 끄응 한숨을 내쉬었다. 화린은 고집이란 고집은 잔뜩 묻어난 얼굴로 맹렬하게 의지를 불태우고 있었다.

"좋습니다. 뭐, 그러면 하는 수 없지요."

휘련은 영 불안한 얼굴로 마지못해 고개를 끄덕였다.

어쩌면 차라리 잘된 일. 무조건 나쁘다고만도 볼 수 없는 것이, 예아 공주로 인해 화린이 제 감정을 좀 더 똑바로 바라볼 기회를 가지게 될지도 모른다는 생각이 들었기 때문이다. 정혼자와 도주하지 않고 협에게로 돌아온 그날, 화린이 어렴풋이 자신의 감정을 이해하고 있다는 걸 눈치챘지만 아직 그걸로는 부족했다. 적어도 휘련이 보기에는 그랬다.

예아 공주가 여우라면 화린은 담비. 시기적절하게 등장한 예아 공주가 그들 사이를 어떻게 급진전시킬지 두고 보는 것도 재미있을 것 같단 짓궂은 생각마저 들었다. 다만 예아 공주가 문제라면 문제였다. 본디 사내란 계집들의 투기에 둔감한 동물이다. 예아 공주가 일을 더 크게 만들기 전에, 협이 알아서 처신해주길 바랄 뿐이었다.

수틀을 비롯한 반짇고리와 자수본을 가져왔다. 이중에서도 가장 쉬워 보이는 것을 권하자, 화린은 못마땅한 듯하면서도 군소리없이 가르치는 대로 따라 하기 시작했다.

그러나 약 한 시진 뒤, 화린의 수틀을 어깨 너머로 훔쳐본 휘련은 나직이 암담한 신음을 들이켜야만 했다. 모양은 당초문(唐草紋)인데 그 안에 수놓인 형상은…… 참으로 기묘하다고밖에 할 수 없는 문양이었다. 어느 정도 화린에게 손재주가 없을 거란 추측은 하고 있었건만. 무섭게 들어맞은 예상에 등에서 식은땀마저 흘렀다. 게다가 화린의 손은 자잘한 상처투성이였다.

"왜? 너무 이상해?"

그녀의 시선을 느낀 화린이 반짝반짝 눈을 빛내며 물었다. 이때만큼은 그녀가 스승이요, 화린은 제자라 뭔가 칭찬을 기대하는 게 분명하다. 칭찬만큼 좋은 가르침이 없다고 누가 그랬던가. 그러나, 어쩌랴? 그녀의 천성이 거짓말을 못하는걸.

"네, 많이 이상해요. 대체 자수본은 보고 계신 거예요? 하나도 안 똑같잖아요."

"쳇. 처음부터 잘하는 사람이 어디 있어?"

당근과 채찍.

휘련은 골이 난 화린의 표정을 보며 저 두 가지를 상기시켰다. 아무래도 이 기회에 그녀도 인내심을 길러야 할 모양이다.

"흠, 그렇긴 하지요. 마마께서는 처음치고는 매우 꼼꼼하신 편이세요. 다음번에 하실 때에는 자수본의 모양을 근접하게 그려낼 수 있도록 잘 살피시면 더 좋을 듯하군요."

"그래?"

"네. 마마의 말씀처럼 첫술에 배부를 순 없는 거니 처음부터 너무 욕심을 내지는 마세요."

"응, 알았어."

"그런데 마마, 그러다간 손가락이 배겨나질 않겠어요. 여기, 골무라도 끼고 하세요."

"그건 손에 끼니까 답답하던데. 예아 공주도 그냥 하던걸?"

"그거야…… 처음이 아니시니까요. 아마 예아 공주님께서도 처음엔 그리하셨을 거예요."

"그래?"

"네, 그럼요."

"좋아. 하지만 오후에 예아 공주하고 있을 때는 골무 쓰지 않을 거야."

"아프실 텐데요?"

"상관없어."

지기 싫어하는 화린의 오기가 대견스럽기까지 했다.

현재로선 썩 그리 좋은 결과를 기대하기 어려웠으나, 그래도 휘련은 만족을 느꼈다. 한땀한땀 수를 놓는 화린의 모습이 협에 대한 사랑으로 비쳐졌기 때문이다. 저런 정성이면 화려하고 복잡하진 않아도 나름대로 소박한 문양의 자수를 소화해 낼 수 있으리라.

정오가 지나, 화린이 예아 공주의 처소로 거동하였을 때에는 이미 예아 공주는 어디론가 가고 없었다. 남아 있던 시비가 전하는 말이, 얼마 전에 궁터로 갔다는 것이다. 그러면서 함께 각궁을 겨룰 의향이 있다면 좋겠다는 뜻을 내비쳐 왔다고 했다. 시비는 벌써 화린이 입을 활옷과 각궁을 준비해 두고 있었다. 휘련은 왠지 좋지 않은 예감에 가지 않을 것을 권했다.

"이왕 이렇게 되신 거 쇤네와 함께 자수를 놓으시는 게 어떨까요?"

"그럴까?"

그때 건방지게도 예아 공주의 시비가 끼어들었다. 화린이 못 들었다면 그대로 궁터를 지나치고 말았을 결정적인 한마디였다.

"협 황자 전하께서도 함께 계신다고 전해 들었습니다."

"그래? 그럼 곧 가겠다고 전하거라."

틈을 두지 않고 떨어진 화린의 대답에 휘련은 드디어 본격적으로 예아 공주가 뭔가를 꾸미려 한다는 것을 느꼈다. 제발 화린에게 아무 일이 없어야 할 텐데. 무력하게 당하고만 있을 화린이 아님을 알지만, 그래도 강가에 새끼를 두고 온 어미마냥 걱정이 되었다.

그들이 궁터에 다다랐을 때, 협과 예아 공주는 사이좋게 겨루기에 한창이었다.

"마마, 지금이라도 그냥 가시는 건……."

"싫어. 여기까지 온 마당에 물러설 수야 없지."

구슬린다고 한 말이 되레 화린의 승부욕을 부추기고 말았다. 휘련은 어깨를 가볍게 들었다 올리며 저들에게 다가가는 화린을 바라보았다. 어째 예감이 좋지 않더라니. 점점 불안해지기 시작했다.

"화린."

예아 공주에게 시원스런 웃음을 돌려주고 있던 협이 제일 먼저 화린이 다가오는 것을 알아차렸다. 옆에 있던 예아 공주도 화린에게 고갯짓으로 인사하며 걸음을 뗐다. 아마도 과녁을 다시 정할 모양이었다.

"그래, 둘이서 겨루기를 한다고?"

"네. 협이 가르쳐 준 것도 복습할 겸해서요."

그의 눈썹을 치켜 올렸다.

"저런. 화린이 불리할 텐데? 예아 공주는 뛰어난 궁수이기도 해."

"후훗. 과찬이세요. 이제까지 저를 봐주고 계셨던 분께 그런 소릴 들으니 몸 둘 바를 모르겠군요."

그들이 대화를 나누는 동안 과녁을 새로이 정하고 돌아온 예아 공주가 협의 말속에 담긴 칭찬에 새치름하게 미소 지었다.

"저런, 각궁을 다룬 지가 그리 오래되지 않았나 보군요. 일부러 과녁을 멀리 떨어진 곳으로 정했는데, 그렇다면 과녁은 따로 정하는 게 낫겠어요."

"아니에요. 그대로 해볼래요."

화린은 딱딱하게 대답했다. 자존심이 상했지만 드러내기는 더 더욱 싫었다. 예아 공주가 필요 이상으로 염려하며 되물었다. 어딘지 모르게 은근히 깔보는 듯한 어투였다.

"정말 그래도 괜찮으시겠어요?"

"네. 그럼 어서 시작하도록 하지요."

화린의 말이 떨어짐과 동시에 겨루기가 시작되었다. 예아가 가뿐히 과녁을 맞혔고, 화린은 아쉽게 빗나갔다. 협은 잠자코 관망하기만 할 뿐 누구에게도 말을 걸거나 격려를 해주지 않았다. 그러기를 몇 차례. 화린이 겨우 과녁을 한 번 맞추었을 때, 예아는 무려 세 번이나 명중을 한 상태가 되었다.

"잠시 한숨 돌릴까요?"

화린이 발갛게 얼어버린 뺨으로 고개를 끄덕였다. 그제야 협이 다가서며 화린의 차가워진 귓불에 손을 가져다 댔다. 그때였다.

"아얏."

예아가 신음을 내질렀다. 그의 주의가 그녀에게로 향하자 예아는 멋쩍게 웃으며 변명했다.

"너무 오랜만에 각궁을 다루었더니 어깨가 몹시 아프군요."

"반대편으로 각궁을 쥐어보는 건 어떻겠소?"

"음, 좋아요. 대신 궁체 좀 봐주실래요? 반대편으로 하는 건 영 익숙지가 않거든요."

그러면서 예아는 살짝 협의 어깨에 기대왔다. 협은 여전히 무표정했다. 그러나 두 사람의 하는 양을 살펴보는 화린의 표정은 평온치 못했다. 예아가 협의 어깨 너머로 화린을 바라보며 의미심장한 웃음을 입가에 띠었다. 엄살인 것이다.

자신이 궁터에 오기 전까지도 저러고 있었을까?

그 생각에 이르자 화린은 더욱 심기가 상했다.

"저런. 화린이 불리할 텐데? 예아 공주는 뛰어난 궁수이기도 해."

그렇게나 예아 공주를 잘 안단 말이지?

불현듯 설국으로의 여정을 반대하던 협의 모습이 떠올랐다.

그러면 혹시, 그가 자신을 염려해서가 아니고 설국 공주와 단둘이 시간을 보내기 위해서 반대했던 것일까? 씁쓸하게도 지금은 그럴지도 모른다는 쪽으로 생각이 기울었다. 한없이 분한 마음이 솟았다. 이런 감정을 질투라고 부를까? 염이는 가례를 치르고 난 후, 남편과 함께 만월 축제를 즐기는데 어떤 처녀가 염이의 남편을 마음에 두고 미소를 흘리자 속에서 천불이 났었다고 했다. 그때에는 그저 그런가 보다 웃어넘겼는데…… 네가 투기를 부리는구나, 하며 약 올려주었는데 지금은 염이의 심정을 누구보다 잘 알 것 같았다.

있는 듯 없는 듯했던 야청이 다가옴으로써 예아가 자아내고 있던 묘한 분위기가 흐트러졌다.

"전하, 설국 황제께 알현하러 가실 시간이옵니다."

"아, 그래. 시간이 그렇게 되었나 보군."

서로가 떨어지는 게 아쉬운 모양인가 보지.

화린은 예아의 뺨이 수줍게 달아오르는 것을 심술궂은 눈으로 바라보았다. 협은 별다른 말 없이 궁터를 빠져나가고 있었다.

두 사람은 다시 겨루기를 시작했다. 화린이 과녁을 조준하려는 순간 예아가 툭 내뱉었다.

"그는 내 사내예요."

활이 빗나갔다. 그것도 과녁에서 한참 떨어진 곳으로.

"그게 무슨 말이죠?"

화린이 홱 쏘아보았다.

예아는 웃으면서 대답 대신 엉뚱한 걸 물었다.

"어때요? 나와 협 황자, 멀리서 보니 더 잘 어울리지 않던가요? 가끔 그와 겨루기를 할 때면 모두가 입을 모아 잘 어울리는 한 쌍이라고 하던데. 또한 사람은 끼리끼리 어울리는 법이라지요. 더군다나 협과 같은 사내에겐 출신도 분명치 않은 보잘것없는 여인보다 든든하게 내조할 수 있는 여인이 있어야겠지요. 그렇지 않은가요?"

화린의 대답이 이어지기도 전에 예아가 활을 쏘았다. 명중이었다. 그러나 한 치의 오차없이 정확하게 과녁에 맞춰진 화살은 마치 화린의 가슴팍에 꽂힌 듯, 숨 쉴 수 없는 고통이 전신을 관통해 왔다.

다시 화린의 차례가 돌아왔다.

"황후마마께 전해 들었어요. 마음에 둔 정혼자가 있으시다구요?"

화린의 활은 이번에도 빗나갔다.

"편서에 의하면, 설국에 닿는 대로 그의 곁을 떠날 예정이라고 되어 있던데 혹시 무슨 문제가 생긴 건가요? 도와드릴 수 있는 부분이라면 저도 돕고 싶군요. 황후께 아직 답신을 보내지 않았지만, 당신이 떠났다는 걸 확인받고 싶어하신 듯했거든요."

화린의 얼굴이 대번에 흙빛으로 돌변했다. 그것은 명백한 축객령인 동시에 멸시였다. 가슴이 쿡쿡 저려오는 아픔에 입술을 깨물었다. 그제야 자신 앞에서 당당하게 협에 대한 애정을 과시하는 예아의 태도가 이해되었다. 훗. 결국 그거였구나.

예아는 만면에 자신만만한 미소를 띠며 과녁을 조준했다. 명중. 그녀의 활은 계속해서 승승장구였다. 연신 화린의 활만 비루 먹은 말마냥 맥없이 비껴 나가고 있었다.

"휴. 고전을 면치 못하고 있어 안타깝네요. 누군지 스승이 정말 형편없었나 보군요."

"그러게 말이오."

갑자기 끼어든 협으로 인해 팽팽한 긴장감이 깨어졌다. 껄껄. 입가엔 그답지 않은 웃음이 걸려 있었다. 예전에는 저 웃음이 자신을 향한 것이라 믿었는데, 지금은 모르겠다. 화린은 처음으로 위축된 자신을 느꼈다.

"아무래도 그때 엄하게 가르쳤어야 하는 건데."

"저런! 황자께서 가르친 거였군요. 저는 그것도 모르고……."

"아니. 사과할 필요는 없소. 화린은 아직 배워야 할 단계거든."

예아가 황급히 얼굴을 붉혔다.

화린은 협과 시선을 마주치지 않은 채 다시금 과녁을 조준했다. 또 실패였다. 비참함에 눈물이 핑 돌았다. 그러나 불행인지 다행인지 그녀의 실패를 아는 사람은 딱 한 명 휘련밖에 없었다. 적어도 화린이 볼 때, 협과 예아 두 사람 중 어느 누구도 화린에 대해 관심있게 지켜보지 않고 있었기 때문이다. 예아가 뭐라고 농을 걸었는지, 둘은 한참 웃느라 화린 따위는 안중에도 없었다. 각궁을 아래로 내려뜨리며 걷는데 한쪽 어깨가 저려왔다. 예아 공주에게 져서는 안 된다는 부담감에 필요 이상으로 무리를 한 모양이었다.

"화린, 이리 와. 또 견비통이 도진 게로군."

"됐어요. 하나도 안 아프니까 신경 쓸 필요 없어요."

화린은 울컥한 나머지 저도 모르게 팩 쏘아붙이고 말았다. 지금껏 예아 공주와 희희낙락해 놓고는 새삼스레 걱정하는 척은! 협은 두 눈을 가늘게 뜨더니 뭐라고 한마디를 할 것처럼 입을 열다가 도로 닫으며 그녀의 행동을 멀찌감치 바라보고만 있었다. 그런 그의 손에는 이곳에 오기 전보다 미미하게 가벼워진 동개가 들려 있었다. 활의 개수는 그대로였다. 없어진 것은 단 하나, 교묘하게 동개의 안쪽에 감춰놓은 암기였다. 월국 황자 협만의 표식이 새겨져 있는 유일한 암기.

탄신 축제 上

한삼자락 휘날린다. 사알짝 나비처럼 가라앉더니 다시 승천하는 선녀처럼 높이높이 호를 그리며 날아올랐다. 기예를 닦은 궁녀들의 춤사위였다. 삼현육각 울려오고 하늘에는 눈 대신 오색찬란한 꽃비가 뿌려진다. 산해진미 눈앞에 펼쳐지고 온갖 진귀한 선물들이 줄지어 황제께 바치어졌다. 만정제신들 장엄하나 이날은 일 년에 다시없을 왕의 탄신일. 그들의 표정에 어린 기쁨은 진정한 하례라, 하늘조차 그 경사를 알아 구름과 눈을 거둬내고 말간 햇발 담쏙담쏙 안겨주고 있었다.

설국의 황제 류훈은 협에게 먼 길 오느라 수고 많았다며 화린과의 가례를 거듭 치하했다. 화린은 협의 옆에 앉아 연이은 행렬을 지켜보고 있었다. 협의 맞은편에 설흔 태자와 예아 공주는 서로 암묵적인 시선을 주고받으며 아버지의 생신을 경하했다.

"춥지 않아?"

협은 연회의 중간 틈틈이 화린을 챙기는 것을 잊지 않았다. 꽃술 달린 아얌드림을 매만져 주고 소맷부리 밖으로 살짝 언 손을 그의 양손에 포개어놓아 따뜻하게 녹여주었다. 그럴 때면 어제의 서운했던 일도 잊어버린 채 발갛게 홍조가 이는 화린의 뺨. 그들의 손이 산해진미 늘어선 탁자 아래 있었으므로 누구도 눈여겨볼 수 없었다.

"이젠…… 괜찮아요."

그래도 협은 화린의 손을 잡고 놓아주지 않았다.

오늘은 그나마 설국답지 않게 화창한 날씨였지만 바람은 여전히 냉기가 짙었다. 더욱이 여인네들 옷감은 올이 가늘어 방한용이라 하여도 제 구실을 다 하지 못한다. 하여 야청에게 따로 여벌의 단의를 마련해 두어라 명한 참이었다. 협의 눈빛이 잠시 흐려졌다.

설국의 땅에 들어서기 전날 밤 그 일이 있은 후, 화린은 변화를 보이고 있었다. 그리고 그 변화는 최근 들어 더 뚜렷해지고 있었다.

자욱하게 분홍빛이 섞여들기 시작하는 오늘 새벽, 잠들어 있는 줄 알았던 화린이 침상에서 일어나 얕게 포옥 한숨을 내쉬었다. 협은 가만히 실눈으로 응시했다. 화린이 막 잠에서 깬 협에게 숨죽이며 다가왔다. 그러다가 실수로 심지가 다 타버린 유경을 쓰러뜨리고 말았다. 화린의 이마에 내천(川) 자가 새겨졌다.

몰래 자리에서 일어나는 그녈 보고 제일 먼저 떠오른 생각은, 그녀가 정혼자를 찾아 도주하는 건 아닐까 하는 것이었다. 가례를 치르기 전과 얼마 전 그녀가 도주하였던 기억이 주마등처럼 스친 탓이었다. 급기야는 그녀를 전족으로 괴롭혔던 기억이 뇌리를 강타한 탓이었다.

결국 침상에 누워 그녀를 관찰하던 그는 망설임없이 그녀를 불렀다. 그녀가 도망가지 못하게.

"무슨 생각을 그리 하시는지요?"

술잔 속에 고인 시선을 들어올리니 예아 공주가 만면에 웃음을 띠고 있었다.

"자, 한잔 받으시어요."

어느 틈에 화린은 자리를 비우고 없었다. 그의 맞은편에 앉았던 설흔 태자도 보이지 않았다.

어제 어둠이 해를 삼키고 뭉긋이 달을 띄울 무렵, 화린이 설흔 태자의 안내를 받아 무항과 함께 화향원엘 다녀오는 길이었다. 협을 따르는 부하 중 한 명이 침소에 들려던 화린에게 편서를 전했다.

"황후마마께서 설국에 도착하거든 전하라 이르셨던 편서입니다. 진작 드렸어야 하는 것인데……. 아무도 모르게 전하란 명령이 있사와 이제야 드리게 되어 송구스럽습니다."

보지 않아도 그 내용이란 뻔했다. 그럼에도 화린은 크게 한번 심호흡을 내쉬며 편서를 펼쳐 들 수밖에 없었다.

"……!"

역시 짐작했던 대로다.

적당한 때를 보아 협의 곁을 떠나라는 내용이었다. 화린은 자신의 얼굴이 구겨진 것도 모른 채 침상에 누웠다. 아릿아릿하니 가슴을 들쑤시는 감각에 잠을 이룰 수가 없었다. 오후께에 만났던 예아 공주의 비수 같은 말들도 되살아났다. 그러자 통증은 더욱 심해졌다. 반 시진쯤 지났을까. 협이 침상으로 다가오는 소리가 들렸다. 화린은 자신의 몸 위로 그의 그림자가 드리워지는 것을 느끼며 재빨리 눈을 감았다. 그녀의 이마 위로 그의 온기가 내려앉았다.

"화린……? 이런, 곤했던 모양이군."

그가 가만히 살피더니 자리로 되돌아갔다. 감았던 두 눈이 열렸다. 지금은 그를 마주할 자신이 없었다. 이렇게나 목이 따끔거리고 눈앞이 부옇게 흐려지는데 어떻게 그를 마주할까. 까닭 모른 채 가만히 그녈 달래고만 있을 그가 아니다. 애써 그녀가 거짓말로 둘러댄다 하여도 거짓말이 통하지 않을 사람.

이제 누구에게서 듣나? 규비의 노래를…….

다음 찾아드는 만월에 누가 이 마음을 알아 규비의 노래를 머리맡에서 불러줄까.

끝내 새벽녘이 되도록 잠 한숨 청하지 못했다. 화린은 조용히 몸을 일으켜 앉았다. 이제까지 잠든 그의 모습을 본 적이 한 번도 없었지. 그래, 마지막까지 얼마 안 남았으니 그때까지만이라도 이 망막에 새겨보리라. 심장 가득 울려오는 떨림을 담아보리라.

그런데 그에게 다가가다가 갑자기 실수로 유경 촛대를 쓰러뜨리고 말았다.

"화린, 벌써 일어난 거야?"

협의 눈동자가 번들거리며 그녀를 주시하고 있었다. 방금 전까지 잠에 취해 있었다는 것이 믿어지지 않을 정도로 맑은 눈이었다. 화린은 조심성없는 자신의 행동을 속으로 탓하며 둘러댔다.

"……응. 그냥 일찍 일어났어요. 나 때문에 잠이 깬 거예요?"

"아니야. 원래 이맘때쯤이면 깨곤 해."

그를 훔쳐보려던 계획이 틀어졌다. 곱절로 찾아든 아쉬움을 접으며 원래 누웠던 자리로 돌아가려 했다. 이때 성큼 거리를 좁혀온 협이 그녀의 이마에 손을 갖다 댔다.

"아픈 건 아닌 듯한데……."

"……협."

"응?"

"너무 이른 아침이긴 하지만, 지난번에 들려줬던 규비의 노래 지금 들려줄 수 있어요?"

저도 모르게 꺼낸 말이었다.

협은 의아한 표정을 지었지만 이내 그녀를 침상에 눕힌 후 나직나직 노랠 읊어주었다. 화린은 겨우 해갈하듯 잠에 빠져들었다. 그의 목소리, 그가 불러주는 유온의 노래 한 자도 빠짐없이 새기리라 다짐하면서.

"나와 함께 있는 것이 그리도 지루하오?"

옆에서 같이 걷고 있던 설흔 태자가 그녀를 일깨웠다.

무항을 찾기 위해 협 몰래 연회석을 빠져나오는데 그녀의 뒤를 밟은 것이었다. 어제 화향원에서 설흔 태자는 매우 유창한 말재주로 웃음을 자아내게 했다. 그 능수능란한 언변은 그의 잘난 외모와 더불어 두드러지는 특징 중 하나인 듯 보였는데, 때문에 더 이상 첫인상처럼 그에게 거부감이 일진 않았다. 다만 그의 관심이 버거운 것만큼은 사실이었다.

"아, 죄송해요. 그런 게 아니고⋯⋯."

설흔 태자에게 말하는 도중 화린의 입이 다물어졌다. 멀리 협이 앉은 연회석으로 가까이한 예아 공주가 보였기 때문이다. 오늘따라 예아 공주는 한 송이 요화(妖花)와 같이 신비로웠다. 저렇게 둘이 있으니 그들을 맺어주려는 황후 계연의 심정을 이해할 수 있을 것 같았다. 인정하고 싶지 않았으나 두 사람은 정치적인 목적이 아니더라도 매우 잘 어울리는 한 쌍이었다. 처음부터 화린 자신만 아니었던들 지금쯤 예아 공주는 협의 아내가 되었을 것이다. 그 생각에 뱃속이 뭔가에 세게 걷어차인 듯 아파 왔다.

갑자기 설흔 태자가 그녀를 한쪽 벽면으로 밀어붙이더니 입술을 눌렀다. 미처 놀랄 틈도 없었다. 이리저리 피해보지만 견고한 사내의 힘을 요령으로 막는 것엔 한계가 있었다. 허리춤에 닿은 그의 손이 거칠게 향낭을 잡아챘다. 그 바람에 허리를 조인 끈이 느슨해졌다. 풀어진 단의 사이로 바람이 숭숭 불어왔다. 허연 계집의 살결에 설흔의 눈이 먹이를 발견한 짐승처럼 눈을 빛냈다. 그가 또 한 번 입술을 맞추려 하자 화린은 고개를 돌렸다. 그러나 그의 손에 잡혀 다시 그를 마주할 수밖에 없었다.

"이런 것, 얼마든지 줄 수 있소. 내 사람이 되어주겠다고 말만 하면…….."

"싫어요! 그보다 더한 것을 준다 해도 당신과는 아니에요."

화린은 살차게 그를 밀어냈다.

"……상처가 되었다면 죄송해요."

설흔 태자는 잠자코 침묵을 지키다가 어느 순간 커다랗게 껄껄 웃음을 터뜨렸다.

"괜찮소. 이렇게 직접 확인해 보는 것이 가장 확실한 방법이지."

"……."

"그대가 죄송할 일이 무어 있을까? 오히려 그대를 놀라게 해서 내가 미안할 따름인 것을. 어렴풋이 날 거절할지도 모른다고 여겼던 참이라 그리 많이 쓰라리진 않다오."

나름의 어색한 분위기를 재치있게 무마시키려는 그의 노력 덕분인지 조금 전의 일이 크게 불쾌하지는 않았다. 너무 경황에 없던 일이라 다소 혼란스럽긴 했으나 잘못을 뉘우치는 그 앞에서 더 이상 화낼 엄두가 나지 않은 것도 사실이다. 말은 저렇게 해도 내리깐 그의 눈빛이 쓰게 젖어 있음을 알 수 있었다. 그러는 와중에도 화린은 저도 모르게 협과 예아 공주가 있는 곳으로 시선을 옮겼다. 방금 전까지 앉았던 협의 자리가 비어 있었다. 예아 공주는 그의 빈자리를 보며 뜻 모를 미소를 품고 있었다.

"걱정하지 마시오. 예아가 아무리 기를 쓴다 하여도 그대의 낭군을 유혹하진 못할 테니."

설흔 태자가 진중히 단언했다.

"그건……."

화린은 말끝을 흐렸다.

"동생이 그대의 낭군에게 오래전부터 연심을 품어온 건 사실이오. 그건 설국에서 협을 아는 이들과 월국에서 예아를 아는 이들치고 모르는 이가 없을 거요. 허나, 거기에 협이 넘어간 적은 맹세코 한 번도 없었다오. 뭐, 예아를 동생으로 둔 나로선 무척 흥미로운 구경거리였지. 예아가 퇴짜맞는 걸 이제까지 본 적이 없었거든."

설흔 태자가 어깨를 으쓱이며 말을 마쳤다.

"예아 공주와 협 사이에 혼사가 오갔단 얘기는 들은 기억이 있어요."

"전혀 신경 쓸 것 없소. 이런 얘기 행여 예아에게 들키면 이 몸이 좀 곤란해지겠지만……. 예아는 지금 어디서 뜬소문을 듣고 저러는 거요."

"……뜬소문이라뇨?"

그러자 설흔 태자가 헛기침을 하며 말했다.

"그대와 그대의 낭군이 정상적인 부부가 아니라고 하더군. 하지만 어디까지나 근거없는 소문일 뿐이라고 믿는 바요. 적어도 내가 보기에는. 그러니 동생이 나를 닮아 좀 어리석긴 해도 곧 깨닫게 될 거요. 장담하리다."

정상적인 부부가 아니라는 그의 말에 화린의 얼굴이 순식간에 벌게졌다.

"저런, 내 말이 무례했다면 사과하겠소."

이 사내, 말만 그럴듯하게 하는 줄 알았더니…… 제법 괜찮은 구석이 많았다. 앞으로의 불확실한 인연만 아니었던들 그와의 우정을 기대해 볼 만할 터인데. 협, 휘련, 야청, 무항…… 그리고 설흔 태자까지. 이 땅을 떠나게 될 때 안타까워할 인연이 하나 더 늘어난 셈이다.

"황궁을 나선다고 하지 않았소?"

"네, 아까 왔던 길로……."

"아니, 지금 그쪽은 연회 때문에 상당히 번잡해. 저기 검은 돌들로 쌓아올린 곳이 보이오?"

그의 손이 가리키는 곳에 하얀 눈더미들을 고이 담장에 이고 있는 흑색의 담벼락이 보였다.

"노해관(露階館) 후문으로 빠져나가는 것이 지금으로선 가장 편할 거요."

"고마워요."

설흔은 씁쓸함을 감추며 잘생긴 입가를 늘어뜨렸다. 패배와 포기. 둘 중 하나를 고르라면 현재의 그는 포기를 택했다. 애당초 다른 사내의 계집에겐 눈길을 주지 않는다는 나름의 사고방식을 가지고 있었음에도 화린에게 마음을 품었던 까닭은 무엇이었을까.

답은 이미 정해져 있었다. 누각 아래 화린을 본 순간, 그답지 않게 첫눈에 반해 버리고 만 것이다. 그리고 나서 알아버린 사실. 협의 신부라 하였지. 차라리 그때 접어버렸더라면 이리 쓰디쓴 기분은 들지 않았으련만…….

어쩌면 오늘 아버지의 생신을 감축하는 연회석에서 담뿍 정이 깃든 협과 화린의 모습을 보지 못했더라면, 설흔 그조차도 예아처럼 깊은 골을 만들어내고 있었을 터였다. 다행이라면 다행. 그제야 자신이 자칫 커다란 잘못을 저지를 뻔한 사실을 알아버린 것이다.

'답답한지고……. 예아야, 넌 나보다도 똑똑한 녀석이지 않더냐. 그의 눈을 자세히 보아라. 그러면 저절로 답이 얻어지는 것

을 너는 왜 고집을 피우려 하느냐.'

연회가 끝나도록 화린은 나타나지 않았다. 그 맞은편에 설흔
태자도 마찬가지였다. 귀찮게 달라붙는 예아 공주만 아니었던
들, 끊임없이 술잔을 권하는 설국 황제 류훈만 아니었던들 화린
을 찾아나서는 건데……. 조용히 야청을 불러 화린을 찾아보아
라 명한 것이 전부였다.

"잠깐."

갑자기 예아 공주가 그의 앞을 막아섰다. 관심을 배제한 협의
눈이 그녀에게 머물렀다. 이젠 슬슬 짜증이 일기 시작했다.

"이거…… 가져가세요."

건과 요대였다.

"요즘은 황자비께서도 수놓기에 한창이시죠."

화린이 이런 걸?

문득 월국에서 화린의 하얀 섬섬옥수를 통해 건네받은 머리
끈이 떠올랐다. 기실은 믿어지지 않았으나 방금 전까지 짜증으
로 솟구치던 기분이 상승되는 것만큼은 어쩔 도리가 없었다.

"전해주어 고맙소."

"뭘요. 대신 탄신제의 마지막 날 착용하시기만 하면 됩니다."

예아 공주가 산뜻한 미소를 배어 물며 응수했다. 그리고 한마
디 덧붙였다.

"그건 황자비가 아닌 저의 손을 거친 것이랍니다."

건과 요대를 받아 쥔 협의 얼굴이 굳었다. 어쩐지 화린답지 않다고 여겼거늘.

무섭게 돌변한 그의 표정을 읽어낸 예아 공주 또한 얼굴이 굳어졌다.

"그렇다면……."

"사양하지 말아주세요. 그것들에 커다란 의미를 두실 필요는 없으세요."

"미안하오. 정성만큼은 고맙게 간직하겠소."

단호한 거절이었다.

예아 공주는 쓴웃음을 배어 물며 고개를 내저었다.

"이미 저의 손을 떠난 물건. 되돌려 주신다 해도 받지 않겠습니다. 저를 비참하게 만드실 생각인가요? 정말로 저의 정성을 고마워하신다면 받으셔야 합니다. 이 한땀한땀을 놓기까지 제가 어떤 마음이었는지 모르시지 않을 것인데, 너무 매정하군요."

"그렇기 때문에 더 받을 수 없는 거요."

"허면 아버지께서 하사하시는 거라고 여겨주세요. 아버지께서도 이 건과 요대의 주인은 협 황자뿐이라고 인정하셨으니까요."

마침 곁에 있던 설국 황제가 딸의 간청을 거들었다.

"죽은 사람 소원도 들어주는 마당에, 그리 까다롭게 굴 건 없잖소? 허허, 이러다가 이 좋은 날, 산송장을 치르게 생겼소. 그만 받아주시오."

어느덧 예아 공주가 손수 지은 건과 요대는 대의적 명분을 지니게 되었다. 야청의 얼굴에는 한껏 긴장감이 서려 있었다. 협의 한마디에 설국 황제의 심기가 좌우지될 것은 너무나 자명한 일. 더구나 그의 말대로 오늘은 일 년 중 가장 기억에 남을 탄신일이다. 다혈질인 그의 심기를 거스를 것인가, 아니면…….

아슬아슬한 곡예를 구경하는 기분으로 모두가 그들을 주시하고 있었다. 협은 난감한 기분을 다스리며 완곡한 거절의 말을 생각해 냈다. 하지만 달리 마땅한 사유가 떠오르질 않았다. 이때, 저 구석에 있던 휘련이 어전으로 모습을 드러냈다.

"아뢰옵기 황공하오나, 이미 황자비께서 전하의 건과 요대를 만들고 계시는 것으로 알고 있사옵니다."

"화린이?"

"네. 마마께서는 탄신제 때 전하께 드리기 위함이지요."

예아 공주가 싸늘한 눈초리로 휘련을 노려보았다. 그녀의 얼굴에는 한줄기 노여움이 가로지르고 있었다.

"건방진……. 예가 어느 안전이라고 함부로 끼어드는 게냐? 설령 그렇다 하더라도 황자비는 이제 처음으로 수를 놓기 시작하였다. 이틀 남짓한 기간 안에 만들기는 무리가 될 성싶은데, 자신할 수 있겠느냐?"

"네, 황자비께서 완성하실 것을 믿어 의심치 않습니다."

예아 공주는 다시 한 번 휘련을 살기 섞인 눈으로 바라본 후에 협에게 제안하였다.

"좋습니다. 그럼 탄신제의 마지막 날인 모레. 그때까지 황자비께서 건과 요대를 완성하시면 깨끗이 물러나도록 하지요. 허나, 그렇지 못하면 저의 성의를 받아주시는 겁니다. 더는 양보를 해드릴 수 없습니다. 이 정도의 인정은 베풀어주시겠지요?"

"그렇게 하리다."

협은 나직이 그녀의 제안을 받아들였다.

"황자비께서 완성하시면 이것은 버리셔도 됩니다. 어차피 주인은 협 황자 당신뿐이었으니까요."

뚝 끊어졌던 삼현육각 연주가 다시 이어졌다. 그럼에도 좌중은 쥐 죽은 듯 고요했다. 예아 공주가 이렇다 할 인사도 없이 제 처소로 돌아가는 바람에 더욱 썰렁해진 탓이었다.

설국 황제는 헛기침을 하며 어색함을 달래고자 했다. 겸연쩍으면서도 섭섭한 기색이었다.

눈에 넣어도 안 아플 내 딸, 예아를 마다해? 감히!

협이 국빈만 아니었던들 크게 호통 치고도 남았을 일이다. 물론 그들이 주군 관계에 놓여 있다 하더라도, 협은 끝까지 자신의 의지를 관철시킬 사내라는 것을 알고 있었다. 그가 조금만 야심이 있었더라도 절대 예아를 거절하지 않았을 텐데. 어차피 홀대받는 정실 따위 눈감아 버리면 그만이 아닌가? 그런데도 그소용을 저렇게 냉정히 물리치다니. 허허.

그래서 더 탐이 나는지도 몰랐다. 진작부터 부마로 점찍어왔

있는데. 놓친 물고기가 더 커 보인다고 그렇게 속이 쓰릴 수가 없는 것이었다. 그러나 이대로 물러나면 예아가 아니지. 조금 더 두고 볼 만했다. 그의 시선이 빼어난 무사답게 넉넉한 기골을 드러내는 협의 뒷모습에 꽂혔다.

협은 침중하게 가라앉은 분위기에도 아랑곳하지 않고 가던 길을 그대로 고수했다. 예아 공주가 건네준 건과 요대는 야청에게 맡겨둔 참이었다. 어서 화린을 찾고 싶은 마음이 간절해졌다. 발걸음을 재게 놀렸다. 화린이 보이지 않아 조급증이 묻어난 발걸음이었다. 그러나 일순, 협의 얼굴은 무섭게 굳어지고 말았으니.

"……!"

그가 없는 곳에서 설흔 태자가 화린을 억지로 품으려 하고 있었다. 이제껏 수많은 한량 짓을 일삼은 것도 모자라 자신의 화린에게까지 욕심을 부리다니. 협의 입매가 단단하게 굳어졌다. 연회가 시작될 무렵, 화린을 스쳐 가는 눈빛이 어딘지 그의 신경을 긁어놓았었는데……. 태자로서 분별력을 기대한 것이 협의 실수라면 실수였다. 협은 단숨에 거리를 좁혀 화린과 설흔 태자가 있는 곳으로 모습을 드러냈다.

협의 등장에 설흔 태자의 얼굴이 대번에 얼어붙었다.

"설흔 태자, 그대가 지금 나에게 보인 행동들을 월국과 설국과의 화친을 깨뜨리고자 부추기는 거라 믿어도 되겠소?"

나직나직 잇새로 흘러나온 말은 귀를 곤두세워야 들릴 정도로 낮았다. 그러나 누구도 그의 말을 놓치지 않았다. 설흔 태자는 협의 냉엄한 기세에 섣불리 나설 엄두를 내지 못했고 화린도 마찬가지였다. 반정 세력을 들어내고 어렵사리 되찾은 평화. 협의 조력이 커다란 몫을 차지했던 이 평화. 바야흐로 화친이 깨어질 위기에 놓인 것이다.

"저의 무례를 용서하여 주옵소서."

설흔 태자가 엄숙한 예를 갖춰 그의 분노를 달랬다. 한량기 넘치던 표정이 아니다. 적어도 이 순간만큼은 자신의 잘못에 너그러운 용서를 구하고 있었다.

협의 기세는 누그러지지 않았다. 더는 위로 치닫지 않을 뿐.

협은 화린을 한쪽 품에 안은 채로 설흔 태자를 지나쳐 갔다. 얼마간이었을까. 커다란 보폭에 맞추기 버거웠던지 화린이 가쁘게 숨을 몰아쉬었다. 별안간 걸음을 멈추자 동그랗게 치뜬 화린의 두 눈이 그의 얼굴에 부딪혀 왔다. 다른 사내에게 짓밟힌 입술이 벌겋게 부풀어 있었다. 소매 끝동 밖으로 나온 손목엔 거칠게 포박당한 자국도 있었다. 그리고 손가락에는 점점이 피가 딱지를 이루고 있었다. 수를 놓다가 생긴 상처이리라. 탄신제 마지막 날 그에게 건네줄 건과 요대를 위해서겠지. 그러자 순식간에 그녀를 다그치려던 마음이 말끔히 사라졌다. 애초에 그녀의 의지로 벌어진 일이 아님을 알았음에도 설흔 태자에게 틈을 보인 것에 못내 화가 났었거늘.

"목욕물을 대령하라 일러놓으마. 기다릴 테니 다 씻고 나서 나를 부르도록 해."

처소로 돌아와 화린의 둥근 이마를 빗듯이 만지며 작게 말했다.

끄덕. 그의 이런 심란하고 혼란스러운 상태를 아는지 모르는지 화린이 대답을 대신했다.

"전하."

단의를 벗으며 침의로 갈아입으려는데 야청이 그를 불렀다. 협의 얼굴이 잠시 짜증으로 굳어졌다. 더 이상은 방해받고 싶지 않았기 때문이다.

"말해보아라."

"예아 공주께서 처소에서 뵙고자 하셨습니다."

"예아 공주가?"

협이 눈썹을 치켜 올리자 야청이 의미심장한 눈으로 한 걸음 앞으로 다가왔다.

"그리고 이것을 전하라 하셨습니다."

그것은 언뜻 침의를 가지런히 개켜놓은 듯 보였지만 실상은 달랐다. 그 안에는 편서가 있었다. 그것을 확인하기에 앞서 협은 다시금 고요해진 주변에 주의를 집중시켰다. 오늘 같은 국경일에는 되레 첩자들이 드나들기 쉬웠다. 양기가 강할수록 음기도 강해지는 법. 설국 황제는 그것을 노렸고, 때문에 혹시 모를 첩자의 이목을 피해 끼워놓은 것이 분명했다. 봉인을 풀자 안장에는 가장 먼저 옥새로 찍힌 낙인이 보였다. 설국을 상징하는 백호 두 마리가 엉켜 있는 모습이었다. 편서를 펼쳐 든 협의 얼굴에 신중함이 묻어났다. 밀지(密旨)였다. 황제가 이렇게 조심스럽게 알려올 만한 일은 오로지 하나. 끈질기게 남아 있는 반정 세력에 관한 것뿐이었다. 제양에서 날렸던 전서를 받으며 황제 또한 짐작이 가는 몇몇 이들을 거론해 왔었다. 아마도 그가 풀어놓은 덫에 미끼가 걸려든 모양이었다.

협은 다시 단의를 집어 들었다. 그의 서늘한 시선 끝이 반듯이 개켜진 화린의 침의에 머물렀다.

"화린에게는 금방 올 거라 전해라."

"네, 전하."

목욕을 마치고 처소로 돌아온 화린은 정작 협이 있어야 할 곳에 그는 없고 야청이 있자 어리둥절해졌다.

"협, 그는……?"

"전하께서는 막 예아 공주님의 처소로 걸음하신 상태입니다. 곧 돌아오신다고 전하셨으니……."

화린은 얼굴을 찌푸렸다.

"예아 공주의 처소엔 무슨 일로?"

"미열로 자리에 누우셨다고 합니다."

울컥, 분함이 치솟았다. 그건 빤한 속이 내비치는 거짓말이었다.

"아프긴 어디가 아파? 아까까지만 해도 멀쩡했으면서."

야청은 무안한지 대답을 잇지 못했다. 졸지에 그들의 중간에 애매하게 끼어버린 신세. 기실, 그는 협의 말을 전했을 뿐이지만 결론적으로는 두 사람을 갈라놓은 간접적인 원인을 제공한 셈이었다. 그러나 그렇다고 해서 사실대로 털어놓을 수는 없는 일이었다. 다만 화린이 너무 가슴 아파하지 않기만을 바랐다.

"이건……."

그가 벗어놓고 간 침의 옆에 낯익은 무언가가 눈에 들어왔다.

"……!"

예아 공주가 한땀한땀 수놓았던 비단 자수였다. 화린의 눈동자가 침착함을 잃고 흔들렸다. 서걱이는 신음 소리. 가슴에서 비롯된 예리한 통증이 호흡을 어렵게 했다. 꿈꾸는 듯한 연모의 시선을 협에게 던지던 예아 공주의 모습이 눈에 선하게 그려졌다.

"걱정하지 마시오. 예아가 아무리 기를 쓴다 하여도 그대의 낭군을 유혹하진 못할 테니."

비로소 화린은 깨달았다, 그때 자신은 안도하고 있었단 걸.

짐짓 그를 떠나야 한다 마음먹고 있었으나 그것은 건성으로 읊조린, 한낱 구실에 불과하지 않았음도 깨달았다. 망연하게도, 진실로 그의 곁을 떠나리라 다짐한 적은 단 한 번도 없었음을 그예 알아버린 것이다.

비단 자수를 쥐지 않은 나머지 한쪽 손이 아프도록 살 속을 파고들었다. 그러나 정작 생채기가 난 쪽은 손바닥 아닌 심장이었다.

때마침 얄궂게도 예아 공주가 보내온 시비가 정적을 깨뜨렸다.

"무슨 일이지?"

"협 황자께서 오늘 밤 침소에 들지 못하니 미리 주무시라는 전갈이 있었습니다."

"누, 누가 그렇게 전했지?"

시비가 머뭇거리자 저도 모르게 언성을 크게 높이고 말았다.

"누가 그리 전했느냐고 묻지 않느냐?"

"……공주마마께서 전하라 하셨습니다."

시비에게서 떨어진 한마디가 가슴을 할퀴고 지나갔다. 생경한 아픔에 화린은 움찔했으나 재빨리 평정을 가장한 채 태연하게 대꾸했다.

"그렇다면 가서 전하도록 해, 기다리겠다고. 오늘 밤이 아니라 날이 밝은 다음날 아침까지도 기다릴 거라고 전해."

시비의 종종걸음치는 소리가 점점 멀어져 갔다.

내일 아침 몫으로 남겨두었던 자수를 꺼내 들었다. 아직 절반도 손대지 못한 요대는 오늘 밤을 새우고 나면 어느 정도 제 형태를 갖추게 되리라. 화린은 차분히 마음을 가라앉히며 한 땀씩 수놓기 시작했다. 어쩐지 손에 속도가 붙질 않았다. 예아 공주와 협이 그날 궁터에서처럼 부둥켜안고 있을 걸 생각하니 더욱 참을 수 없었던 탓이었다.

"그는 내 사내예요."

예아 공주의 자신있는 한마디가 자꾸만 화린을 괴롭혔다.

"마마."

휘련이었다.

아마도 위로가 필요한 화린의 기분을 헤아린 야청이 그녀를 들여보낸 모양이었다. 잠에서 깬 상태에서 급히 서둘러 왔는지 조촐한 자리옷 차림이었다. 그럼에도 화린은 휘련에게 눈길 한 번 주지 않고 묵묵히 수를 놓았다. 마음속으로는 협을 떠올리기에 여념이 없었다.

그러기만 해봐, 협. 그러면 정말로 교우 오라버니에게로 가버릴 거야. 정말로 교우 오라버니의 신부가 되어버리고 말 거야.

마음 같아서는 예아 공주의 처소로 들이닥쳐 당장 협을 끌어내고 싶었지만, 야청이 굳건히 처소를 지키며 출입을 통제하는 바람에 그럴 수가 없었다. 한편으로는 실체를 확인하는 게 두렵기도 했다. 자존심도 상했다.

이곳에서 자리를 지키며 그를 기다리리라. 그가 자신을 믿고서 기다려 준 것처럼. 자신은 결코 나약해진 게 아니라고 다독였다. 그에 대한 믿음이라고 여겼다.

"그이도 그때 이런 기분이었을까."

한참을 수틀에서 고개를 들지 않던 화린이 겨우 한숨처럼 내뱉은 말이었다. 휘련은 가만히 그녀의 다음 말을 기다리기만 했다.

"내가 그의 곁을 떠나려 했을 때 말이야. 그이도 이렇게 바짝바짝 타 들어가는 심정이었을 거야. 그렇지?"

"바짝바짝 타 들어갔다 뿐이겠어요? 전하는 그때 정말 대단하셨다구요. 오죽하면…… 에구머니! 내가 지금 무슨 소릴 하고 있담."

휘련은 자신의 주책없음을 탓하며 입을 단속했다. 그러자 뜻하지 않게 화린이 반응을 내보이며 재촉했다.

"그게 무슨 말이야?"

"그냥…… 무척 살벌했단 거지요. 쉰네는 물론이고 야청도 함께 죽는구나 싶었어요. 그 험악한 기세에 눌려 모두가 꼼짝을 못했을 정도였다구요. 마마께서 한 발자국만 늦게 오셨더라면 분명 사단이 났을 거예요. 에휴. 그나저나 화향루 기생 휘련이도 마마를 모시면서 많이 변했나 봐요. 이젠 말 많고 촐싹거리는 촌부가 다 되었다니까요. 누가 지금의 쉰네를 그 멋들어지던 명기 휘련이라고 믿겠어요?"

영 속상하다는 투로 말하는 휘련을 보다가 화린은 가볍게 웃음을 터뜨렸다.

"나 때문에 고생해서 그런 게로구나?"

"아시니 다행이네요."

휘련이 샐쭉거렸다.

"흥! 예나 지금이나 건방지기는 매한가지인걸."

"쉰네만큼만 충직해 보라지요."

일부러 거드름을 있는 대로 피우는 그녀를 보며 그제야 화린은 깨달았다. 휘련은 일부러 자신을 웃게 해주려고 그런 거였다.

"마마, 이제부터는 마음 약한 생각을 담으셔서는 아니 되어요. 아셨죠?"

"응, 그럴 작정이야."

싫어. 떠나지 않아. 협, 지금까지는 당신이 날 잡아두었을지 몰라도 이제부터는 아니야.

어느 순간 가벼워진 고개가 이상해 화린은 번쩍 눈을 떴다. 그새 잠이 든 모양이었다.

"먼저 자라고 일렀을 텐데?"

귓가 가까이 울리는 저음에 또 한 번 화들짝 놀랐다.

"협."

"새벽 내내 이러고 있었던 게로군."

어쩐지 이상하다 했더니 그가 어깨를 대주고 있었던 것이다.

가만. 그러면, 건과 요대는?

새벽 안으로 절반 이상은 해놓아야 오늘 중으로 무사히 끝낼 수 있을 텐데. 화린은 재빨리 무릎으로 시선을 떨어뜨려 비단

천을 확인하려 했다. 그러나 그가 더 빨랐다. 그녀가 손을 뻗기도 전에 이미 가로채 간 것이다.

"탄신제 때문에 애먼 너만 고생하는구나."

그의 커다란 손이 고사리처럼 작고 가는 화린의 손가락을 하나하나 어루만졌다. 자수를 놓다가 생긴 상처를 조심히 쓰다듬고 있었다. 찌릿찌릿. 손끝에서 전해져 오는 온기가 서늘한 아침 공기를 데우고, 화린의 가슴을 두근거리게 했다.

"차라리 이런 것 하지 말라고 하고 싶은데. 너는 또 고집을 피우겠지?"

쿵쾅거리던 가슴이 멎었다.

왜? 예아 공주에게서 받으려고?

그제야 지난밤 그가 예아 공주의 처소에 머물렀단 걸 상기했다. 그러자 방금 전까지 화린을 감싸던 온기가 싸늘히 식어버렸다. 그에게서 잡힌 손을 홱 잡아 뺐다. 얼어붙은 마음은 저도 모르게 진실과는 상관없는 말들을 내뱉고 말았다.

"협 주려고 만드는 거 아니에요."

"그래?"

협이 살짝 눈을 치떴다.

후회해도 어쩔 수 없다. 이제 와 아니라고 할 수도 없는 노릇.

"응, 그러니까 염려 마요."

"그렇다면 다행이군. 신경 쓰지 않아도 되겠어."

협은 덤덤하게 툭 받아치더니 그대로 화린의 무릎을 베고 누

웠다. 화린이 무겁다며 꼼지락거렸지만 소용없었다. 그는 꿈쩍
도 않았다. 오히려 한쪽 팔로 그녀의 허리를 휘두르곤 잠을 청
했다.

정말로 잠들어 버린 건가?

금세라도 열릴 듯했던 그의 눈꺼풀은 움직이지 않았다. 잠시
후 콧날 아래로 규칙적인 숨소리가 들려왔다. 화린의 반듯한 이
마가 구겨졌다. 다리가 저려오는 건 둘째 치고 그에게 묻고 싶
은 말이 있었는데. 한 번만 더 물어봐 주면 못 이기는 척 협에게
줄 거라고 사실대로 말해 버릴 작정이었는데. 어서 일어나란 말
이야.

그의 입매가 슬쩍 위로 올라갔지만, 화린은 그것을 놓쳐 버렸
다. 발끈해 버린 스스로를 책망하기에 바빴다.

숨겨진 반정 세력을 밝혀내는 일은 생각보다 수월하지 않았
다. 탄신제가 시작되던 어제, 잡혔던 첩자는 문초가 있기 전 암
기에 꽂혀 죽은 채로 발견되었다. 그렇다면 내부에도 적이 있다
는 얘기였다. 첩자를 가둬두었던 곳은 그를 비롯한 소수의 제신
들만이 알고 있었기 때문이다. 협과 설국 황제는 함께 모였던
제신들의 이름과 지난 행적, 그리고 근황에 대해 차근차근 짚어
가며 범위를 좁혀가기 시작했다. 그중에서도 소유한 무기고와
병사력의 규모에 초점을 맞추었다. 그렇게 해서 산출된 인물이
단둘. 그러나 설국 황제는 반박하며 그 가능성에 대해 부정했

다. 두 사람 모두 지난해 반정 세력의 난을 제압하는 데 있어 커다란 힘을 뒷받침해 준 탓이었다.

협은 오랜 침묵 끝에 입을 열었다. 그의 눈은 애초에 설국 황제조차 유력한 인물에서 배제했었던 규강이란 자의 이름에 닿아 있었다. 규강은 품계나 재력에 비해 무기고의 규모가 턱없이 작았으며, 특히 남국의 무역상인들과 잦은 접촉을 한다고 알려져 있는 인물이었다. 물론 주로 그가 취급하는 물품은 그렇고 그런 귀족들의 사치품에 지나지 않았다.

"남국의 무기고를 누군가가 헐값으로 사들이고 있다는 소문을 들은 적이 있습니다."

"규강은 천성부터가 심약한 자요."

설국 황제가 또 한 번 반박하려 들었다.

"아니, 섣불리 단정짓기엔 이릅니다. 잊으셨습니까? 난을 일으켰던 자들은 모두 전하의 충복들이었습니다. 그리고 겉보기에는 한없이 유약한 자들이었지요."

협이 건조하게 일침을 놓자 설국 황제는 입을 다물었다.

"사람을 시켜 남국의 상인들과의 접촉을 하도록 명하겠습니다."

약 반 시진 후, 협은 화린의 무릎에서 몸을 일으켰다.

아무래도 야청에게만 따로 지시를 내려야 할 것 같았다.

탄신 축제 下

드디어 탄신제의 마지막 날.

야청이 그의 지시를 받고 은밀히 남국 쪽 상인들을 만나고 돌아온 시각은 오늘 늦은 새벽에 이르러서였다. 협은 야청의 명쾌하지 못한 표정을 보며 그의 대답을 예측했다. 아마 기대한 만큼 정보를 캐오지는 못했을 터였다. 그리고 역시나 추측대로 야청은, 남국 무기고를 거래하는 자가 워낙 익명에 둘러싸여 있어 쉽게 알아낼 수 없었노라 보고해 왔다. 좀 더 파헤쳐 볼 요량으로 상인들 중 몇몇에게 의뢰한 상태이지만 기대하기는 어렵다고 덧붙였다. 협은 조용히 야청에게 물러가라 이른 뒤, 설국 황제에게 긴밀히 소식을 전했다. 심증에 불과했지만 그의 의심은 점점 규강에게로 굳혀져 가고 있었다.

이른 아침, 화린이 머뭇거리는 기색으로 다가왔다.

"협."

어제까지만 해도 있는 대로 심통을 부렸던 화린의 손에는 건과 요대가 보기 좋게 개켜 있었다. 협은 일부러 무관심을 가장하며 무뚝뚝하게 물음을 던졌다.

"무슨 일이지?"

화린의 안색이 무안함으로 붉어졌다.

"이거."

말똥말똥 눈을 빛내고 있는 모양새가 그가 받을 때까지 들고 있을 작정인 것이다. 저러다 팔 떨어지겠군. 협은 난처한 얼굴을 했다.

"이를 어쩌지?"

"응?"

"이미 예아 공주에게 받아놓은 상태다."

화린의 얼굴이 대번에 흙빛이 되었다.

"그, 그래요?"

"어제까지만 해도 내게 주려고 한 게 아니라고 하지 않았던가? 마침 예아 공주가 전해주기에 잘됐다 싶어 받았지."

침묵으로 응축된 붉은 입술이 질끈 깨물려 있었다.

협은 그녀의 입술에 손을 가져가며 그녀를 관찰했다. 저 입술 안에 숨겨놓은 말들을 듣고 싶었다. 그래서 그 말들을 그녀 스스로가 털어놓도록 실컷 약 올려줄 속셈이었다.

"설마 내게 주기 위해 손수 만든 건…… 아닐 테지?"

그러나 화린은 그의 손길을 허락지 않았다. 고개를 휙 돌리며
그를 피한 것이었다.

"……그럼, 당연한 거 아니겠어요."

당연히 그에게 주기 위해 밤새도록 만들었다는 걸 알고 있었
다. 그런데도 이런 심술이 이는 까닭은 역설적이지만 화린이 너
무나 귀여운 탓이었다. 화린은 당장이라도 펑펑 울음을 쏟아낼
기세였다. 옳지. 조금만 더. 저 눈물을 쏟아내며 그의 품에 안겨
오기를 기다렸다. 그러나 그의 예상은 빗나갔다. 그에게 안기는
대신 출구 쪽으로 몸의 방향을 튼 것이었다.

쿵! 하는 소리가 들렸다.

검과 요대를 품에 안고 달려가던 화린이 치맛자락에 걸려 넘
어지고 만 것이었다.

"화린!"

"괜찮아, 안 다쳤어요."

화린은 바닥에 시선을 고정시킨 채 말했다. 그렇다고 해서
떨어질락 말락 위태하게 속눈썹에 대롱대롱 매달려 있는 눈물
방울까지 숨길 순 없었다. 화린은 협이 뭐라고 말하기도 전에
그를 지나쳐 휘련의 처소로 향해가고 있었다. 가서 붙잡아야
하나, 망설이던 협은 잠시 화린을 두고 보기로 했다. 예아 공주
에게 받은 건 사실이나 그녀의 것을 한다고 말한 건 아니었으

니까.

"휘련."
"아니, 마마께서 여기엔 어쩐 일로……."
휘련의 표정이 놀라움으로 굳어졌다.
"에구머니, 아침 댓바람부터 웬 눈물이시래요?"
"이거, 받을 수 없대."
"네?"
휘련은 자신이 잘못 들었겠지 싶어 다시 물었다.
"협이 예아 공주한테서 벌써 받아놓은 상태래. 그도 예아 공주를 좋아하고 있었던 거야. 이제 어쩌지? 이대로 물러설 순 없단 말이야."
급기야는 화린이 울음을 터뜨렸다. 그녀를 다독이던 휘련은 뭔가 곰곰 생각하는 듯하다가 가만히 말문을 열었다.
"전하께서 마음이 있으셨다면 진즉 예아 공주와 가례를 치르셨을 텐데. 아닐 거예요. 속단하기엔 이르다구요. 그래도 사내란 모름지기 계집의 미태에 눈이 멀기 마련이니……. 그렇다면 마마, 쇤네가 가르치는 대로 한번 따라 해보시겠어요?"
"뭐 하려는 건데?"
화린이 훌쩍거리며 되물었다.
휘련은 흠흠 헛기침을 내뱉으며 최대한 점잖게 표현하려 애썼다.

"이를테면 사내들을 현혹시키는 몸가짐이라고……."

"일전에 궁터에서 예아 공주가 했던 그런 것 말야?"

화린의 얼굴이 혐오감으로 잔뜩 일그러져 있었다.

"꼭 그렇다기보다 마마께서 좀 더 고운 자태를 드러낼 수 있도록 하자는 것이지요."

그러면서 천천히 여성스러운 몸가짐에 대해 설명했다. 걸음걸이부터 말투, 표정에 이르기까지 그녀의 말을 빠짐없이 새겨듣던 화린은 그다지 내키지는 않았으나 그녀가 하라는 대로 조금씩 따라 하기 시작했다.

"마마."

휘련이 잠깐 헛기침을 하며 불렀다.

"응?"

"그리고 그렇게 걸으셔도 안 됩니다."

알지 왜 모르겠는가? 이건 태용녀한테도, 산아할멈에게서도 귀에 딱지가 내려앉도록 들은 말이다. 계집이란 무릇 다소곳이 걸어야 한다고. 멋모르는 사내아이마냥 툴툴거리며 걸어선 안 된다고 수도 없이 들었었다. 그래서 조심조심 걷는다고 걷는 편이지만, 특히나 지금처럼 못 견디게 불안하거나 속에서 천불이라도 나려 치면 걸음걸이가 더욱 투박해지는 걸 어쩌란 말인가!

"또?"

"사내란 열이면 열, 은근한 것에 약한 동물입니다. 너무 많이 드러내도 아니 되어요. 정말로 좋아도 보일 듯 말 듯 살짝 내비치는 눈웃음 정도만 보여주란 얘기지요. 그래야 더 안달을 하게 됩니다."

"어떻게? 예아 공주가 하듯 웃으란 말이야?"

"여정 길에서처럼 입 벌리고 하품을 하셔도 아니 됩니다."

화린이 포옥 한숨을 내쉬며 귀밑을 긁적였다. 영 어려운 모양이었다.

"저, 마마⋯⋯."

"응?"

"너무 부자연스러우세요. 좀 더 눈을 내리깔고⋯⋯."

뻣뻣하게 경직된 뺨과 펄럭이는 눈썹의 움직임은, 안타깝게도 휘련 혼자만 지켜본 게 다행이라는 안도감이 들 정도로 화린에게는 안 어울렸다. 데구루루 눈알을 굴리는 것이 어째 꼭 싸우러 가는 표정이지 않은가.

한참 만에 고개를 설레설레 저으며 말했다.

"마마, 이건⋯⋯ 아무래도 안 하시는 편이 낫겠습니다."

"내 생각도 같아."

화린이 울상을 지으며 말했다.

정오가 되자 통각 소리가 길게 울렸다. 마상재의 시작을 알리는 소리였다.

누군가 두 마리의 말을 한꺼번에 부리며 부채를 들고 공연했다. 그저 고삐 하나에 의지한 채로 넓게 이은 안장에 곧추서 있는 쌍마도립의 자세는 보는 이들의 이목을 단번에 집중시키기에 충분했다. 뒤늦게 대전에 당도한 화린도 그들의 대열을 바라보았다. 반대편에서 날아오는 화살을 피해 말의 옆구리로 몸을 숨기는 등리장신의 자세는 또 한 번 보는 이들의 간담을 서늘하게 했다. 사내는 재주 부리는 원숭이처럼 온갖 기술을 펼쳐 보였다.

하지만 화린의 눈에는 이렇다 할 감흥이 없었다. 기예를 부리는 사내들은 복장은 하나같이 똑같았지만, 건과 요대만은 달랐다. 아마도 미래를 약속한 정혼녀나 아내가 지어준 것이리라. 곧 있으면 협도 보일 것이다. 예아 공주가 지어준 건과 요대를 하고서.

부우웅―!

통각 소리가 재차 울렸다.

양쪽 선두에서 막대를 쥔 채 말을 타고 달려오는 무리가 보였다. 휘련이 옆에서 알려주길 기마격구를 하는 모양이라고 했다. 한쪽은 설국 황자 설흔이, 반대편은 협이 이끌고 있었다. 그들 가운데로 한 명의 기녀가 걸어나왔다. 흥겨운 노랫가락에 맞추어 기녀가 흔들어대는 몸 동작에 관중들은 넋을 잃고 바라보았다. 물오른 듯 신명난 춤사위는 곧 시작될 경기에 대한 흥분을 더욱 가중시켜 주고 있었던 것이다. 그러다가 춤과 음악이 한순간 고조에 달했을 무렵, 기녀는 유혹적인 동작으로 가지고 있던 공을 던졌다. 공이 커다란 호선을 그리며 높이 솟아올랐다. 동시에 양편에서 말을 몰며 달려왔다.

"저 막대기로 쳐서 구문 밖으로 보내는 횟수가 많은 쪽이 이기는 거랍니다."

그러나 휘련의 설명 따위는 귓가에 들려오지 않았다. 화린은 애오라지 점점 가까워 오는 협의 모습만 지켜볼 뿐이었다.

부옇게 먼지를 일으키며 다가오는 선두에 힘차게 내달리는 협은 사내대장부다운 위용이 넘쳐 나고 있었다. 창공을 뚫고 쏟아지는 햇살이 검고 반질반질한 그의 머리 위로 꽂혀 내렸다. 윤곽을 따라 내린 또렷한 명암 아래 잘생긴 이목구비가 한층 더 두드러지게, 다부진 체격이 훨씬 더 거칠게 드러났다.

그의 모습이 뚜렷해질수록 화린의 가슴은 세차게 뛰었다. 그가 이마에 휘두른 건, 예아 공주가 만든 것이 아니었다. 낭패감을 곱씹으며 처소에 놔두고 온 자신이 만든 것이었다.

"세상에나! 마마, 전하께서 하고 계신 건과 요대를 보시어요!"

한껏 들뜬 목소리로 휘련이 흥분했다.

화린은 대답하는 것도 잊은 채 마냥 설레는 기분으로 협을 응시했다. 그때 맞은편에 앉았던 예아 공주가 자리에서 벌떡 일어났다. 그녀의 얼굴이 불쾌함으로 얼룩졌다. 그녀가 만든 건과 요대는 오라비 설흔이 하고 있었다.

협은 질풍처럼 내닫는 기세로 공을 날렸다. 이로써 경기 초반부터 한 점을 먼저 취득하게 된 것이다. 그의 입가에 멋진 미소가 걸렸다. 화린의 가슴을 또 한 번 붕 뜨게 하는 미소였다. 그러나 설국의 기수들도 만만치 않았다. 단번에 공을 빼앗아 한 점을 취득하고 연이어 또 한 점을 취득했다. 역전을 거듭한 셈이었다.

그러나 월국의 기수들은 뒤처진 점수에 쉽게 좌우지되지 않았다. 협이 있기 때문이었다. 과연 그는 무리를 이끄는 동량답게 수비와 공격에 대해 조리있게 지휘하고 있었다.

"야청, 수비는 네게 맡기겠다."

야청이 대답하며 방어전을 펼쳤다.

그러는 동안 월국의 기수 중 한 명이 한 점을 올렸다. 다시 동점이 되었다. 그러자 설흔 태자가 그때를 놓치지 않고 구문 밖으로 날아갔던 공을 잡아챘다. 쏜살같이 날아든 공이 간소한 차로 월국의 방어막을 뚫었다. 다시 한 점 차로 설국이 앞섰다.

"난형난제라……. 우열을 가리기가 힘드네요."

눈코 뜰 새 없이 지켜보느라 손바닥이 땀에 흥건한 화린은 마른침을 삼키며 고개를 끄덕였다.

"응. 하지만 달라."

"네? 무슨 말씀이신지요?"

"잘 보면, 설국은 전투적이다 싶을 만큼 공격적이야. 하지만 월국은 수비에 대해서도 꽤 충실하게 균형을 맞추고 있어. 그렇지 않니?"

화린의 지적에 휘련이 입을 다물지 못했다.

"전하만 보고 계신 줄 알았더니 언제 그런 것까지 보셨대요?"

"그냥, 그렇게 느꼈을 뿐이야."

그랬다. 설국의 기수들은 무조건 공을 구문 밖으로 보내는데 혈안이 되어 있었다. 그에 반해 월국의 기수들은 공격과 수비의 역할을 체계적으로 분담하고 있었다. 그런데도 그들이 우세하지 못한 까닭은 무엇일까. 아무래도 기후라든지 지형적인 요소가 설국 기수들에게 더 유리하게 작용했을 터였다. 특히나 설국의 매서운 강추위는 적응하기 힘든 요소였으리라.

월국과 설국. 양쪽을 응원하는 함성이 하늘을 찌를 듯 커졌다. 경기는 얄궂게도 한 점을 차이로 계속 오락가락했다. 잠시도 눈을 뗄 수 없을 정도로 반전과 반전을 오갔던 것이다. 설국 황제조차 자신의 딸 예아가 손수 지어준 건과 요대를 마다한 협에게 섭섭함을 잊을 만큼 경기에 몰입돼 있었다. 경기는 그렇게 어느 한쪽의 기울어짐없이 팽팽하게 진행되었다.

"저런!"

여기저기서 탄성이 터져 나왔다.

뛰어난 경기력을 과시하던 협이 어깨에 부상을 입었다. 공을 빼앗기지 않기 위해 막아내던 설국의 기수가 그만 협의 한쪽 어깨를 내려치고 만 것이었다. 즉시 경기가 중단되었다. 불행 중 다행히도 말에서 떨어지는 건 야청 덕분에 피할 수 있었지만, 상처가 깊은 모양이었다. 협의 얼굴이 격심한 통증으로 일그러졌다. 얼마나 세게 내려쳤으면……. 그 통증이 화린에게도 전해질 정도였다.

"마마! 어딜 가세요?"

"놔! 협이 다쳤잖아. 얼마나 다쳤는지 눈으로 확인해야겠어."

휘련이 앞을 막아서며 반대했다.

"안 돼요! 위험하다구요. 저 경기장 가운데로 끼어드시겠다니. 그러다가 도리어 마마께서 상처를 입으실 수도 있단 말예요!"

"그럼 이렇게 무력하게 보고만 있으란 거야?"

화린이 발을 동동 구르며 되받아쳤다. 절대 물러서지 않을 기세였다. 반항의 기운으로 똘똘 뭉친 눈빛이 제법 호전적이었다. 휘련은 나지막이 한숨을 내쉬었다. 그럴 때 그녀의 고집을 꺾을 수 있는 이는 단 한 명, 협뿐이지만 이 순간 그는 자리에 없다. 개똥도 약에 쓰려면 없다더니, 그 무뚝뚝한 야청마저도 경기장 한복판에 있는 상태. 자신 혼자 화린을 막기엔 턱없이 부족했다.

"마마! 기다리세요!"

다급하게 외치며 걸음을 놀렸다. 빠르기도 하지. 이리저리 통밥을 재고 있는 사이, 화린은 벌써 저만치 시야를 벗어나고 있었다. 편두통인 듯 한쪽 골이 지끈지끈거렸다.

"에이, 모르겠다. 내가 막는다 해서 어차피 귀 기울이실 분도 아니고."

여정길에 오른 얼마 동안, 아니, 화린과 가까워진 그 짧은 기간 동안 십 년은 폭삭 늙어버린 기분이었다.

"협!"

부축을 받으며 말에서 내려서던 협이 표정을 굳혔다. 순간 자신이 잘못 들었겠지 싶어 두리번거리는데 아니나 다를까, 그곳에 화린이 있었다. 먼지란 먼지는 있는 대로 죄다 뒤집어쓴 화린의 모습도 가관이지만, 그 작달만한 체구 뒤로 숨을 헐떡이며 쫓아오는 휘련의 모습도 차마 눈뜨고 볼 수 없을 지경이었다.

"여기까지 오다니! 대체 무슨 생각인 거지?"

버럭 화를 내자 화린이 우뚝 걸음을 멈췄다. 그리고는 아까보다 조금 더 빠른 보폭으로 다가와서 이렇게 되쏘는 거였다.

"아프잖아요! 그렇게 다친 몸을 하고도 경기를 고집할까 봐 걱정이 되어서 온 거란 말예요! 내가 온 게 싫어요? 그렇다면 도로 가도록 하지요."

싫을 리가 있나.

여기가 어딘지 잊어버릴 만큼 반가웠다. 찰나의 깨달음만 없었더라면 팔불출마냥 그녀를 반겼을지도 모를 만큼 그는 동요하고 있었다. 그러나 무모하게 위험을 무릅쓰고 경기장 한복판을 가로질러 그에게 다가온 건 마땅히 야단쳐야 할 일이었다. 하마터면 화린은 다칠 뻔했다. 말발굽에 채이거나 넘어졌으면 어찌 되었을까? 상상만으로 등골이 서늘해졌다.

협은 홱 돌아서는 그녀를 끌어당기며 야청에게 말했다.

"야청, 곧 경기를 재개할 테니 준비를 마치도록 해라."

"협!"

강한 거부 의사가 드러나는 목소리였다.

야청은 그의 명령에 일절 토를 달지 않은 채 휴식을 취하고 있는 기수들에게로 가버렸다. 곁에 남아 있던 화린이 다시금 그가 결정을 번복하길 재촉했다. 협은 조용히 거절하며 덧붙였다. 그의 시선은 여전히 화린에게 고정시킨 채였다.

"물론 기수들은 나 하나가 빠진다고 해서 오합지졸이 될 만큼 형편없지 않아. 게다가 그들에게 이번 경기가 처음은 아니고."

"그러니까……."

"하지만 내게는 처음이다."

화린이 무슨 말이냐는 눈으로 미간을 찌푸렸다. 그는 대답 대신 자신의 이마를 가로지른 건을 가리켰다.

"……?"

그래도 시큰둥. 재차 가리킨 그의 손길에도 반응은 달라지지 않았다. 미간에 패인 골만 더 깊어질 뿐이었다. 그러다 한참 만에야 말뜻을 알아들었는지 그녀의 얼굴에 놀라움이 번졌다.

"아."

그러니까 지금…….

쿵쿵 가슴이 뛰었다.

그는 지금 그녀의 사내로 경기에 임하고 있다고 말하는 것이다. 제대로 해석한 것일까? 화린이 다시 한 번 확인하는 눈으로 바라봤지만 그는 대답을 들려줄 생각이 없어 보였다. 그저 뜻

모를 미소 한 번 비치는 듯하더니 자리에서 일어서기만 했다.

고백할 거야.

반드시 월국이 이길 것이다. 그리되면 더는 기다리지 않고 그에게 마음을 고백하리라.

멀어져 가는 협의 뒷모습을 응시하며 다짐했다. 어느덧 들려온 통각 소리에 경기가 시작되었다. 말들이 움직이자 디디고 있던 땅이 울렸다. 그러나 귓가에 들려오는 이명은, 천지를 뒤흔드는 말발굽 소리가 아니라 내게는 처음이라던 그윽한 그의 목소리뿐이었다. 눈조차 멀어버린 모양이었다. 멍해진 시야는 바로 코앞까지도 분간을 못했다. 여기저기 부딪칠 뻔한 걸 휘련이 붙잡은 덕택에 겨우 자리로 돌아올 수 있었다. 반쯤 넋이 나갔다며 투덜거리는 휘련의 목소리가 들려올 리는 더욱 만무했다.

"전하, 정말 괜찮으십니까?"

"그냥 엄살 한번 피워본 거라는 걸 너도 알지 않느냐?"

매사에 늘 이런 식인 주군의 모습에 야청이 쓴웃음을 지었다. 주군의 거짓말에 속아주는 심복 노릇은 습관처럼 굳어버린 지 오래였다.

"무리하지는 마십시오."

야청은 본래 그가 맡았던 수비 구역으로 말을 몰았다.

협은 막대를 들지 않은 반대편 손을 들어올려 코끝에 가져갔다. 스치기만 했을 뿐인데도 소매 끝동에서 화린의 향기가 밴 것 같았다.

반드시 월국이 이길 거라던 화린의 예상과는 달리, 설국과의 점수 차는 좀체 벌어지지 않았다. 한 점 차로 실랑이를 벌이는 고전의 연속이었다.

잘 벼린 칼날처럼 첨예한 긴장이 극명하게 대립되는 마지막 순간, 설흔 태자가 막대로 공을 쳤다. 누구도 끼어들 여지 없이 빠른 속도였다. 그러나 이때, 협은 설흔 태자의 수중에 있던 공을 역으로 가로채 구문 밖을 향해 던졌다. 저 먼 거리를, 삼삼오오 뭉쳐 있는 설국의 기수들을 돌파하고 무사히 공이 날아갈 수 있을까? 반 시진에 걸친 경기의 시간이 그야말로 찰나만 남은 상태였다. 모두가 숨죽였다. 모두의 시선이 허공을 가르는 공의 행방에 주목되었다. 이대로 무승부로 끝나는 것인가. 경기의 끝을 알리는 통각이 높이 쳐들어졌다. 공은 가뿐히 구문 밖에 닿았다.

부우웅—!

경기의 종료를 알리는 통각 소리가 둔중하게 이어졌다.

우레 같은 함성이 통각 소리를 뒤덮었다. 화린은 너무나 기쁜 나머지 휘련을 부둥켜안고서 흥에 겨운 몸짓을 했다. 나중에야 점잖지 못한 행동이었다고 휘련이 나무라더라도 어쩔 수 없었다. 이 통쾌한 기분을 어떻게든 터뜨리고 싶었다. 벚꽃 같은 눈발이 때마침 축복하듯 흩날렸다. 우려와는 달리 휘련은 감격에 겨운 얼굴이었다. 두 여인은 먼지로 뒤범벅이 된 채로 기쁨을 나누었다.

설국의 서늘한 대기를 달구던 열기는 경기 종료 후에도 식을 줄 몰랐다. 맹활약을 펼친 두 사내, 협과 야청에게 아낌없는 찬사가 쏟아졌다. 설국 황제는 비록 경기에는 패했지만 끝까지 최선을 다했던 설흔에게도 못내 자랑스러워하는 기색을 감추지 못했다. 단지 한 명 예아만이 침묵을 고수하고 있었다. 협은 승리를 자축하기도 전에 관중석을 훑었다. 이 순간, 화린이 어떤 표정을 짓고 있을지 가장 궁금했다.

이윽고 화린과 시선이 얽혔다.

밝게 개인 얼굴 위로 엷은 홍조가 번져 가고 있었다.

어떤 화장이나 뛰어난 미모로도 이에 견줄 수 없는, 그가 아는 한 가장 사랑스러운 여인의 표정이었다.

"전하······."

야청이 조용히 협을 따로 불렀다. 어딘지 모르게 화린을 의식하는 눈치였다. 그가 건넨 이야기인즉슨 대전에서 쓰러지고 만 예아 공주의 차도에 대한 것이었다. 탄신제가 끝나는 순간까지 함께했던 예아 공주는 썩 안색이 좋아 보이지 않는다고 걱정해 주던 설흔 태자를 무시하며 처소로 돌아갔다. 그러다가 휘청거리더니 몸을 가누지 못한 채 쓰러지고 말았다. 설국 황제는 지금까지 그녀의 머리맡을 지키고 있다고 들었다. 의관의 말에 따르면 미열도 없거니와 이렇다 할 증세가 없다고 하니 더욱 답답할 수밖에.

"황제께서 전하를 뵙고자 하신다 합니다."

곤란하게 생겼군.

협은 흐린 표정으로 곱씹었다. 아무래도 화린과의 약속을 미루어야 할 것 같았다. 겨울 날씨에 활을 쏘면 시수가 는다고 미끼처럼 던진 한마디에 화린은 귀를 쫑긋 세우며 반응을 보였다. 내심 잘되었다 하며 복습 겸 가르치기로 하였는데……. 이제까지의 미지근하게 유지해 왔던 거리를 좁힐 수 있는 기회였거늘.

"그래, 곧 뵙겠다고 전하여라."

야청이 조그맣게 대답하며 물러났다.

"화린, 지금 나가봐야 해. 어쩌면 늦을지도 모르니까……."

"어딜 가시는 건데요?"

"설국 황제께서 예아 공주의 처소에서 기다린다고 들었다. 무슨 일인지는 모르겠다만 될 수 있는 한 빨리 돌아오겠다고 약속하마. 봐서 날이 늦지만 않으면 약속은 그대로 오늘로, 늦으면 내일로."

"싫어요!"

화린이 팩 토라져서 말했다.

"화린."

"허면 야청이 오늘 저한테 대신 활 쏘는 걸 가르쳐 주면 안 되나요?"

"야청은 다른 일이 있어서 안 돼."

치졸한 질투가 빚어낸 거짓말이었다.

제 아무리 야청이라 하여도 안 된다. 화린에게 활을 쥐고 당기게 가르치는 이는 오직 그 하나뿐이어야만 했다.

"그럼 무항에게 가르쳐 달라고 해야겠군요."

폭발할 것처럼 화를 내며 화린의 어깨를 잡았다.

"그건 더 더욱 안 돼!"

"왜 안 되는 건데요?"

왜냐고?

그 아닌 다른 사내가 그녀의 어깨를 만지고 허리를 잡는 상상만으로도 속에서 천불이 날 지경인데, 저 작은 여자는 정말 모르고서 묻는 말인가? 그날 가졌던 둘만의 야릇했던 접촉을 까맣게 잊고서 하는 말인가?

"왜 안 된다는 건지 모르겠어요. 타당한 이유를 말씀해 주세요."

화린이 되알지게 쏘아붙였다.

"그 이유는……."

말끝을 흐리며 느릿하게 주시했다. 저 야무진 입술이 살짝 틈을 벌리자 그의 호흡이 거칠게 한번 흩어졌다. 고집스레 맞물린 턱 아래, 쇄골이 귀엽게 드러난 목선으로 인해 아예 호흡이 멎어버렸다. 순간적으로 화린을 저 침상에 눕힐 뻔했다.

"돌아오는 대로 대답해 주도록 하지."

오늘, 설국 황제를 만나고 되돌아오는 시간이 낮이든 이른 저녁이든 밤이든 그녀를 가질 것이다. 바로 그게 그의 정확한 대답이었다.

"그런 대답이 어디 있어요? 무항에게 부탁하겠어요."

"맘대로 해! 하지만 정말로 내 말을 어겼을 시엔 각오하는 게 좋을 거야."

협은 더 이상 참지 못하고 화린을 가까이 끌어당기며 잇새로 말했다. 그리곤 성큼성큼 문밖을 나섰다.

휘청.

그가 가고 난 뒤 화린은 중심을 잃으며 비틀거렸다.

협이 예아 공주의 처소인 설연정(雪蓮亭)에 닿았을 즈음, 설국 황제 류훈은 이미 가고 없었다. 밤새 앓은 것치고는 화색 도는 얼굴로 예아 공주가 정좌해 있을 뿐. 협을 발견한 예아의 눈에 금세 싱그러운 빛이 감돌았다. 협은 살풋 인상을 그었다. 눈 씻고 살펴봐도 아팠던 기운이라곤 찾아볼 수가 없다.

엄살이로군.

짜증이 치밀었다. 이런 달갑지 않은 그녀의 행동에 나름대로 단호히 거절의 뜻을 못 박았다고 생각했는데. 그것은 기우인 모양이다.

다만, 그녀가 자신의 아버지의 권위를 동원하면서까지 교태 부리는 걸 황제가 알고 있는지, 그렇지 않다면 그도 이 일에 동참했는지에 대해 의문이 들기는 하였다. 물론 어느 쪽이 되었든

간에 협의 심경에 변화를 일으키지는 못했지만.

"와주셨군요."

처소에 들었음에도 그대로 서 있기만 하자, 자리에 앉으라는 듯 예아 공주가 말을 걸어왔다. 협은 애써 못마땅한 기색을 숨기려 들지 않았다.

"황제께서 이곳에 계신다 들었습니다."

"아, 아버지께서는 급한 일이 있으셔서 이제 막 제 처소를 떠나셨답니다. 대신 제가 전하여도 좋다고 허락을 내리셨기에 굳이 알리지 않았지요."

"그래, 하시고자 하는 말씀은?"

협의 물음에 예아 공주는 자리에서 일어나 큰절을 했다. 그리고는 고개를 들어 예의 경국지색이라 일컬었던 미모를 과시하며 부드럽게 웃어 보였다.

"저의 지아비가 되어주셔요."

"⋯⋯!"

"이제부터 당신을 저의 단 하나뿐인 지아비로 섬기고 싶습니다."

"나는 이미 한 여인의 지아비인 몸이오."

일언지하의 거절인 셈.

협은 여전히 서늘한 표정을 고수했다. 그러나 예아 공주는 조금도 개의치 않는 듯 미소를 거두지 않았다. 협만큼이나 예아 공주도 그리 만만한 상대는 아니었다.

"상관없어요. 알면서도 드리는 말씀입니다. 저는 누구보다 당신에게 힘이 되어드릴 수 있고, 사랑할 자신도 있으니까요. 황족의 지위에 연연할 필요는 없다고 여기는 바, 정실 아닌 첩실의 자리라도 기꺼워할 것입니다."

이때 협은 미비한 인기척을 느끼고는 문지방 너머로 시선을 던졌다. 그들의 이야기를 엿들으려는 게 아니라 우연히 지나치다가 멈칫거리는 걸음 소리를 들었던 것이다. 아니, 더 정확히는 예아 공주의 말이 떨어지자 곧바로 날카로이 터져 나온 신음을 들었다. 표정없이 단정히 맞물린 협의 입술이 미소로 벌어졌다. 누구인 줄 어찌 몰랐으랴.

"화린, 밖에 있지 말고 안으로 들어와라."

"……!"

예아 공주의 미소가 살짝 일그러졌다. 방해를 받은 데에 대한 언짢음이리라. 그러나 본인은 직접 깨우치기 전엔 모를 것이다. 처음부터 방해를 한 쪽은 화린 아닌 그녀였음을. 찬 서리 맺힌 협의 눈에 은근한 비웃음이 스몄다.

하지만 화린은 혼자가 아니었다. 그녀의 등 뒤로 설흔 태자도 보였다. 협은 눈가를 이지러뜨렸다.

이런! 무항과 어울리지 말라고 으름장을 놓았더니! 설흔 태자가 그 빈자리를 꿰차고 화린의 곁을 졸졸 따라다녔을 줄은……. 바로 협, 그가 없는 동안 말이다.

그야말로 혹을 떼어내려다 되레 덤으로 붙이고 만 셈.

협은 설흔 태자에게 모락모락 솟아오르는 앙심을 억누르며 다시 화린에게 시선을 던졌다. 왜 저렇게 사내들에게 경계심이 없는 겐지 언제고 언질을 주어야 할 것 같다.

"자, 앉으세요. 하긴 그러잖아도 제가 따로 전해 드려야 하지 않을까 생각하고 있었답니다."

예아 공주는 달갑지 않은 표정과는 대조적인 음성으로 화린을 반겼다. 머뭇거리던 화린이 분위기를 살피며 조심스레 다가왔다. 협은 자신에게서 멀리 떨어져 앉으려는 화린의 손목을 붙잡아 곁에 앉게 했다.

"이런 자리인 줄 알았더라면 처음부터 널 대동하고 왔을 텐데."

"……."

협은 화린에게만 들릴 정도로 낮게 말했다. 그리곤 물러나려는 설흔 태자에게도 같이 앉을 것을 권했다.

"그대도 함께 앉는 게 좋겠소."

"……."

"그럼 자리에 모이실 분들은 다 모이신 것 같으니 말씀드려도 될까요?"

예아 공주가 그들 가운데에서 의기양양한 어조로 운을 떼었다. 뭔가를 지극히 암시하는 미소는 오로지 협을 향해 있었다. 여리박빙(如履薄氷)이라, 일순 긴장감이 최고조로 팽배해졌다. 예아 공주는 협의 대답을 기다리지 않은 채 말을 이었다.

"황자께서는 이미 한 여인의 지아비라 하셨지요? 그러나 이건…… 알고 계신지요? 애초에 황자비가 이곳까지 따라나선 건 숨겨둔 정혼자와 도주하기 위함이었다는 것을요. 가례를 치를 무렵부터 황후마마와 약조를 마쳤었다고 들었습니다."

화린의 얼굴이 새하얗게 질렸다.

그러나 예아 공주는 거기서 그치지 않았다. 그녀의 미소가 한층 더 깊어졌다.

"지금 하고 계신 건과 요대는, 떠나기 전 마지막으로 해드릴 수 있는 이별의 선물이라 하여 양보해 드린 것이었습니다. 며칠 전부터 궐 밖에서 서성이는 사내가 바로 황자비의 정혼자라는 건, 어렵지 않게 알아낼 수 있었지요. 그는 황자비가 오기만을 기다리는 눈치였습니다. 그의 이름이…… 교우라 하였던가요?"

예아 공주는 화린을 철저히 벼랑 끝으로 내몰고 있었다.

이젠 하얗다 못해 새파래진 화린의 안색을 보며 그는 예아 공주의 말이 하나도 틀리지 않음을 알아챘다. 어머니가 화린을 내쳤을 거란 건 충분히 짐작할 수 있는 일이었다. 때문에 가례를 치르던 날 그의 곁을 떠나겠단 약조를 했단 말에도 그다지 놀라지 않았다. 그래도 조금은 마음이 기울었다고 여겼건만. 그에게 지어준 건과 요대를 보며 한가닥 희망이 샘솟았거늘. 이번에는 그가 이렇듯 무방비해진 틈을 타 도주를 계획한 것이다.

화린, 결국 넌!

지독한 배신감이 온몸을 강타했다. 이렇게 비참할 수가…….

그러나 협은 최대한 분노를 감췄다. 그가 허락하지 않는 한 누구도 이 쓰라린 배신감과 고통을 읽어내지 못하리라. 그는 바닥으로 시선을 떨군 화린을 거칠게 흔들며 당장 따져 묻고 싶은 것을 애써 참았다. 그렇다면, 그날 넌 무슨 변덕으로 내게 돌아온 것이냐? 왜 내게 기대를 갖게 했지? 너의 웃음 한 번에 얼간이처럼 넋을 잃는 내 모습이 그토록 우스워 보였느냐?

"어찌 보면 수고를 덜어준 셈이 아닌지요? 그러니 이쯤에서 원활하게 일을 마무리 짓는 것이 어떻겠습니까?"

"훌륭한 제안이구려."

"이제야 소녀의 뜻을 알아주시니 몸 둘 바를 모르겠습니다."

"그래. 바보가 아니고서야 그럴 수 없겠지. 어찌 날 기만한 황자비를 용서하고 예아 공주 그대를 뿌리칠 수 있겠소?"

일순 바닥을 응시하던 화린이 고개를 쳐들었다.

그의 마음이 돌아섰구나.

커다란 충격과 상심으로 얼룩진 화린의 눈동자가 그렇게 단정 짓고 있었다. 그는 여전히 무표정했지만 그의 눈은 무섭게 소용돌이치고 있었다.

"그대의 말이 백번 옳소. 시기적절하게 정혼자까지 기다리고 있는 마당이니 온전한 정신을 가진 자라면 당장 황자비를 내쳐야 하지 않겠소?"

"그럼 황자비가 떠날 채비를 마칠 수 있도록 시비를 부르도록 하지요."

창백하게 굳어진 화린은 금방이라도 쓰러질 것처럼 보였다. 짙은 절망의 기운이 그녀를 좀먹고 있었다. 그랬던 그녀가 억눌린 목소리로 그를 부른 건, 시비를 대령하라는 예아 공주의 명령이 떨어지고 난 뒤였다.

"협!"

그는 냉담한 눈길로 화린을 한번 노려본 후 무뚝뚝하게 말문을 열었다.

"아니, 그럴 필요 없소."

예아 공주의 미소가 금세 거두어졌다. 설흔 태자는 가만히 지켜볼 따름이고, 화린은 협에게 한쪽 허리를 잡힌 채 다시 시선을 떨구었다. 냉기 가득한 정적 속에 네 사람의 묘한 구도가 짙은 한기를 더했다.

"아무래도 난 온전한 정신이 박힌 사람이 아닌가 보오. 날 비웃어도 좋소. 바보가 되는 쪽을 택하기로 했으니까."

"무, 무슨 말씀이시온지……?"

"지금부터 내가 하려는 말은, 앞으로 다시 번복하지 않았으면 하는 바람이오. 나와 가연을 맺은 이는 여기 화린뿐이고 그건 이후로도 변함없는 사실로 남게 될 거요. 예아 공주 아닌 다른 어떤 여인이라 하여도 말이오."

"……!"

화린의 두 눈이 휘둥그레졌다.

예아 공주는 일그러진 얼굴로 입술을 즈려 물며 자리를 박차

고 나갔다. 단지 홀로 남은 설흔 태자만이 그럴 줄 알았단 듯이
고개를 끄덕이며 다시 한 번 어제의 무례함에 용서와 이해를 구
했다.

二十二.
꽃잠

'정녕 그의 말이 사실일까?'

처소로 돌아오는 동안 화린은 입을 꼭 다문 채 골몰했다.

이 상황이 믿어지지 않았다. 우연히 예아 공주와 협의 대화를 엿듣게 되었을 때에는 눈앞이 다 노래지는 느낌이었는데……. 더욱이 교우 오라버니를 거론하였을 때에는 하늘이 무너지는 듯했는데……. 앞서 가는 그의 걸음걸이가 채 가라앉지 못한 분노를 여실히 드러내고 있었다.

"화린."

너무나 골몰해 있던 나머지 화린은 엉겁결에 그대로 그를 지나치려 했다. 그러자 협이 단번에 그녀의 허리를 잡아챘다. 서늘하고 매끄러운 비단 침상이 등에 닿았다. 일어나 앉으려 했지만 협의 손이 지그시 어깨를 누르는 바람에 그럴 수 없었다.

"이, 일어나겠어요. 비켜주세요."

"그렇다면 대답해 봐. 정말로 정혼자를 따라갈 생각이었나? 그래?"

폭력적이다 싶을 만큼 거친 숨결.

협의 눈이 흔들림없이 화린을 주시했다. 활을 당길 때처럼 과녁을 조준하듯 빈틈없는 시선이었다. 피할 수 없었다. 화린은 두 눈의 깜빡임도 잊은 채 그의 과녁이 되어주고 있었다. 숨죽인 입술 새로 그의 입술이 닿을 듯이 내려왔다.

"대답하기 힘들다면 이 한 마디면 된다."

"……?"

"이 밤부터 내 진정한 신부가 되겠다고."

번뜩이는 그의 눈빛은 거부할 수 없는 강요를 담고 있었다.

화린의 입가에 차란차란 떨림이 일었다. 그 작은 떨림조차 놓치지 않으려는 듯 협이 가만히 엄지로 입술을 쓸어 내렸다. 그러자 이번엔 심장까지 강하게 떨림을 일으켰다. 이불 자락을 꼭 쥐고 있던 손을 뻗어 그의 가슴에 가져갔다. 이제 비로소 결심을 굳힌 것. 어쩌면 교우의 일로 오해한 그가 자신을 내치려 할지도 모른다는 불안감에 휩싸였을 때, 바로 그때부터 결심이 섰는지도 몰랐다. 그 아찔한 순간은 두 번 다시 떠올리고 싶지 않았다. 예아 공주가 그의 아내가 되는 상상은 더 더욱.

고여 있던 협의 두 눈이 흔들렸다.

"……결국 안 된다는 것인가?"

그녀가 밀어낸다고 여겼던 모양이다.

"……아니요."

신음하듯 작게 쏟아낸 말을 협은 듣지 못했다. 말보다 확실한 행동. 화린은 나머지 손까지 모두 뻗어 그를 껴안았다. 입술을 먼저 맞댄 쪽도 그녀였다. 놀라움으로 굳어졌던 협은 한동안 아무 말도 하지 않고 있다가, 그제야 힘껏 화린의 입술을 빨기 시작했다. 그 강한 흡입에 혼이 다 빠져나갈 것만 같았다.

"다시는, 다시는 물릴 수 없는 말이다. 알고 있겠지?"

그의 목소리가 거칠게 흘러나왔다.

"알아요, 알고 있어……."

화린은 고개를 끄덕이며 그의 품에 얼굴을 묻었다. 꽃보다 붉고 아름답게 물들어진 홍조가 그의 옷자락에도 번질 것만 같았다. 정말로 다시는 그의 얼굴을 볼 수 없을 줄 알았는데.

쉽사리 풀어질 것 같지 않았던 그의 분노는 다소 적극적인 화린의 태도에 점차적으로 누그러지는 기미를 보였다. 하지만 이번에는 반드시 고백할 작정이었다. 그에게 다시 돌아온 순간부터 그를 떠날 마음은 단 한 번도 품지 않았노라고. 그를 진심으로 사랑하고 있노라고.

그래 봤자 그녀가 그의 곁을 떠나려 했던 모든 일들이 감쪽같이 사라지진 않겠지만, 조금이나마 그의 가슴에 얹어진 배신의 고통을 줄여주고 싶었다. 그러나 그 기회는 또다시 안타깝게 놓치고 말았다.

"……전하."

바깥에서 야청이 헛기침을 두어 번 하더니 협을 불렀다.

"무슨 일인가?"

"설흔 태자께서 두 분을 초룡지(焦龍池)로 모시라 하였습니다."

협은 눈썹을 치켜 올렸다.

"훗, 제법이군. 그래, 곧 가볼 터이니 그리 전하여라."

문지방에 드리워졌던 야청의 그림자가 물러났다. 놀랍게도 맞물린 그의 입술 곡선이 희미한 웃음을 그리고 있었다. 화린은 잠자코 협을 지켜보다가 물었다.

"초룡지가 어디죠?"

"초룡지는 다른 주변국에까지 널리 알려진 이름난 목욕탕이란다. 아마 가보면 알겠지만 설국에 온 이상 한 번쯤 그곳에서 목욕을 하는 것도 좋겠지."

"그렇다면 협, 당신은 아직 한 번도 안 했다는 얘기인가요?"

갑자기 협이 파안대소를 하다가 덧붙였다.

"음…… 화린. 거긴 남녀가 혼욕을 하는 곳이다."

화린의 얼굴이 벌겋게 달아올랐다. 그런 곳이 있었다니…….

교접.

아마도 초룡지에 닿으면 혼욕만 할 게 아니라 이 사내와 돌이킬 수 없는 선을 넘게 될 것이 분명했다. 하지만 두렵지 않았다. 오히려 생각만 하여도 가슴에 뜨거운 기운이 일었다. 기대를 넘어선 감정이 파닥거리는 심장에 불꽃을 돋올리고 있었다.

"다 왔구나. 바로 여기란다."

협이 문을 열며 그녀를 이끄는 곳에, 오롱조롱 옥(玉)으로 쌓고 호박(湖泊)으로 수로를 낸 탕이 보였다. 탕을 가득 메운 물도 그냥 온수가 아닌 듯 기분 좋은 향이 진동했다. 아마도 난초 같은 꽃을 삶아 우려낸 물인 모양이었다. 협이 탕으로 들어가는 동안 나인들이 화린이 옷 벗는 것을 도와주었다.

이윽고 실오라기 하나 걸치지 않은 몸으로 그 앞에 마주 섰다. 가례를 치르기 며칠 전, 미약에 취해 그의 처소에 있었던 날 이후로 처음이었다.

"너를 만났던 그때가 떠오른다."

화린은 함초롬히 드러난 가슴을 양팔로 가리며 수줍게 고개를 떨구었다. 그는 고개를 내저었다.

"가리지 마. 보여다오. 너를 보여줘."

그의 눈에 짙게 드리워진 암영도 맹렬히 품은 화염을 숨기진 못했다. 화린의 손이 스르르 아래로 떨어져 내려갔다.

"가만, 이대로 가만히……."

그의 손이 한겹한겹 꽃잎을 어루만지듯 옷 대신 가려주고 있는 머리카락을 떼어냈다. 작게 긴장한 어깨가, 벌써부터 아리게 부풀어 오른 가슴이 온전히 드러났다. 그의 시선을 받아내고 있으니 숨조차 쉴 수 없었다. 그가 옷을 벗긴데도 이런 느낌이 들진 않을 것 같았다. 높으락 낮으락 들썩이던 심장은 이젠 아예 우박 떨어지듯 요동을 치고 있었다.

"이러고 있으니 마치 교인 같구나."

"……!"

화린은 그대로 굳어지고 말았다. 교인이라고? 설마……. 협은 계속 말을 이어나갔다.

"아느냐, 사실은 엉뚱하게도 해안가에서 자꾸만 머뭇거리는 너를 발견하면서 어쩌면, 만에 하나 정말로 어쩌면 네가 교인이지 않을까 생각했었다. 지금도 이렇게 물속에서 더 고운 미색을 드러내는 널 보고 있노라면, 그때의 기분에 다시 사로잡히고 만다."

갈비뼈가 있는 곳을 따라 그의 손이 천천히 올라왔다. 하나, 둘…… 뼈마디를 섬세히 짚어가는 그의 손길. 그럴수록 화린의 심장은 커다랗게 울려댔다. 방향을 튼 그의 손이 뭉긋하게 솟은 젖무덤을 들어올렸다. 더운물 묻어난 그의 손길은 3)바리안베보다 부드러웠다.

"어여쁘게 꽃이 피었구나."

화린의 유두는 느리게 조몰락거리는 그의 손가락 사이에서 곱게 여물어갔다. 몽그작몽그작 뭉싯하니 스멀거리는 느낌. 그의 혀끝이 가슴 끝에 닿았다. 몸 전체가 날카롭고도 날카롭게

----
3)바리안베: 한 필 접어서 밥그릇 안에 넣을 만큼 고운 베. 썩 고운 베

지르르 울려왔다. 이때 화린의 시중을 들던 나인 중 한 명이 소복한 꽃더미를 들고 왔다.

"설흔 황자께서 전하라 하셨습니다."

나인은 두 사람의 눈을 맞추지 않은 채 작게 말했다.

"고맙다고 전해주세요."

화린은 진한 향을 머금은 꽃더미에 코를 묻으며 중얼거렸다.

설흔 태자가 보낸 꽃이라.

협의 입가에 단단한 힘이 실렸다. 아주 끝까지 약을 올릴 참이로군 그래. 배려랍시고 난탕을 하게 해줄 때는 언제고, 뻔히 화린 앞에 내가 있음을 알면서도 꽃을 보내? 참으로 미워할래야 미워할 수 없는 녀석이지만 언젠가 반드시 이 빚을 톡톡히 갚아주고 말리라 생각하는 그였다. 한편, 화린은 그가 이렇게 질투로 째근거리는 것도 모른 채 하릴없이 결 고운 꽃잎만 매만지고 있었다.

"젠장!"

그의 입가에 나직한 욕설이 실렸다. 녀석만 아니었더라면 지금쯤……. 협은 마치 저 꽃이 설흔 태자라도 되는 양 죽일 듯이 노려보았다.

"이리 와라. 지금 네 손길이 닿아야 할 곳은 그 꽃이 아니라 바로 나다."

그가 거칠게 잡아당겼다.

별안간 엉겨붙기 시작한 그의 입술은 떨어질 줄 몰랐다. 화린은 영문도 모른 채 입 안 가득 들어찬 그의 숨결을 고스란히 받아냈다. 밀도 높아지는 그 격정적인 몸짓에 열락의 꽃이 불처럼 타올랐다. 이른 봄 새순처럼 도독히 솟아난 가늠할 수 없는 희열 속으로 서서히 잠겨들었다. 파들파들 애잔한 떨림이 입가에 내려앉았다. 탕으로 떨어진 꽃더미가 제각각 흩어지며 둥둥 떠다녔다. 그 바람에 꽃향이 더욱 진해졌다.

나만 봐라. 나만.

그의 숨결이 화린의 심장에 맹렬한 열기를 불어넣었다. 무던히도 참아왔다. 양보하려 했다. 그랬던 만큼 네게 욕심을 부릴 것이야. 탐할 것이다.

얕고도 작게, 깊고도 크게 새어나오는 숨결을 족족 빨아들이며 협은 투정을 부렸다.

"하아……."

화린은 참았던 숨을 몰아쉬자 협이 갑자기 그녀를 안아 올려 따로 마련된 침상에 눕혔다. 천천히 물기를 닦아주던 협의 손길이 길게 뻗은 다리에서 멈추었다.

"다리가 있는 게 신기할 정도야."

"……."

"그날, 너의 허리까지 차 올랐던 바닷물이 바닥을 드러내었다면, 어땠을까……."

사람의 신체 부위 중, 발이 이토록 예민한 부위였구나. 화린은 그를 통해 깨달아가고 있었다. 그의 손이 발바닥 한가운데를 가만히 짓눌렀다. 오그라드는 그녀의 발가락. 모든 신경이 일제히 저 작은 발에 쏠리고 있었다.

"갓난아기의 발바닥 같아. 어쩜 이렇게 군살 하나 없을 수가 있지?"

무릎 안쪽에서 그의 입김이 쏟아졌다. 일순 심장 밑이 작게 진동하더니 더욱 격한 속도를 올려붙이기 시작했다. 스멀스멀거리는 게 온몸이 간지러워졌다. 서서히 다리 안쪽으로 그의 얼굴이 향해오고 있었다. 물컹거리며 쓸어 내리는 혀의 감촉이 점점 가깝게 내려갔다.

"안 돼요, 거긴……! 허읍!"

드디어, 금지(禁地). 누구의 손길도 닿지 않았던 그곳에 그의 숨결이 들어왔다. 여린 살을 쓸어 내리는 혀의 감촉에 화린의 고개가 뒤로 젖혀졌다. 눈덩이처럼 새하얀 젖가슴도 작게 흔들렸다. 한쪽 가슴을 받쳐 드는 그의 손이 오돌오돌한 유두를 가지고 놀았다. 그의 혀는 아직도 금지에 머물러 있었다. 그의 혀가 안쪽으로 파고들어 왔을 때에는 화린은 저도 모르게 엉덩이를 내빼려다가 들어올린 꼴이 되고 말았다. 그의 혀가 더 깊이 와 닿게 도와준 셈이었다. 그러다가 그의 날카로운 이가 간질이듯 그곳을 잘근거리자 화린은 갓 잡아 올린 물고기처럼 상체를 휘었다. 점점 이 감각에 길들여지는 듯하면서도 끝내는 참아낼 수 없을 것만 같았다. 홧홧하게 퍼지는 기운을 도저히 당해낼 재간이 없었다.

바로 그 순간에 협은 겨우 입술을 떼어내 화린을 내려다보았다. 땀과 채 닦지 못한 물기가 구슬처럼 흘러다니는 싱그러운 여체는 그윽하리만치 신비로웠다. 월궁의 항아라 할지라도 이같이 신비롭지는 못할 터였다.

화린은 연꽃이었다.

누군가 읊어댔던 애련설(愛蓮說)처럼, 진흙 속에서 태어나 더러움에 물들지 않고 맑은 물로 씻어도 사람에게 요염한 모습을 보이지 않는, 꽃 중의 군자 연꽃이었다.

그는 불현듯 그가 모르는 화린의 다른 모든 부분들도 혀끝으로 확인해 보고 싶은 충동을 느꼈다. 방금 전 아쉽게 그녀를 놓아준 그의 입술이 미끄러지듯 목덜미로 내려앉았다. 그리곤 쇄골과 어깨, 가슴으로. 그의 혀놀림에 점점 가속도가 붙었다. 가빠지는 숨결, 그것은 짙은 갈증. 그는 지금 본능이 지시한 충동을 그대로 따르고 있는 중이었다. 그의 입술은 끊임없이 화인(火印)을 찍어 내려가고 있었다.

달게 감겨오는 입속, 뜨겁고도 습한 숨결은 오롯이 그만의 공기여야만 했다. 그 무엇과도 나누기 싫은 독점욕이 그의 흡입을 더욱 강하게 부추겼다. 애달음으로 뭉쳐진 신음이 하나로 뒤엉킨 채 서로의 심장을 옭아맸다. 그의 손이 아직 몽정도 치르지 못한 소년처럼 허겁지겁 젖가슴을 찾아 쥐었다. 향긋한 과육을 품은 말랑한 감촉 끝엔 탐스럽고도 단단히 솟아오른 정점이 그의 손길을 반겨주었다. 협은 입술을 놓아주자마자 그 도톰하게 차 오른 유두를 세차게 빨아들였다. 산수유 열매처럼 붉고 단단하게 여문 유두가 그의 날카로운 이 끝에서 과즙을 내는 듯했다. 그녀의 상체가 격하게 들썩였다.

"감로수(甘露水)로다!"

짙붉게 피어난 가슴꽃. 타액에 머금어진 가슴은 한동안 그의 차지가 되었다. 능놀아가며 감았다 쥐었다 하는 그의 입술 때문에 화린의 얼굴빛도 덩달아 붉어졌다. 그 견딜 수 없는 사랑스러움에 협의 입가엔 미소가 자리 잡았다. 그래도 부족함이 있는 듯, 그것을 손에서 놓아주지 않았다.

그러면서도 협은 그녀도 모르는 새 자세를 잡아가고 있었다. 그의 몸 아래, 백설이 내려앉은 피부는 천녀처럼 하얗다.

드디어 그가 옥문을 열고 들어왔다.

"허읍!"

화린은 숨을 삼켰다. 사내의 일부가 온전히 자궁 끝에 닿은 것이다. 더할 나위 없이 완벽한 맞물림. 그것은 아픔이라기보다 맹렬히 관통하고 들어온 그가 이렇게 가까이 느껴지는 것에 대한 당혹스러움과 신비로움이었다. 단단하고도 묵직한 무언가가 꽉 채운 느낌에 그대로 마비되어 버렸다.

'이제 두 번 다시는 수련국으로 돌아가지 못한다.'

화린은 그가 이끄는 움직임에 맞추어 꽃잎처럼 떨었다. 다시는 수련국에 가지 못해, 그녀는 스스로에게 말하듯 생각했다.

'그래도 좋아. 이 사람과 함께라면.'

썰물처럼 후퇴했던 그의 일부가 다시 거대한 파도를 타고 밀물처럼 힘있게 전진했다. 화린의 눈이 결연히 빛났다. 이 사람 곁에 영원히 있을 거야. 주어진 생(生)을 포기하는 일이 있더라도.

그가 점점 빨라졌다. 화린의 동공에 맺힌 별들이 명멸을 반복하는 속도도 점차적으로 빨라져 갔다. 그의 일부가 커다래질수록, 강하게 부딪쳐 올수록 묘한 쾌감이 치솟았다. 더 깊이, 더 가까이 닿기 위해 그가 그녀의 다리를 넓게 벌리자 화린은 아예 그의 허리를 옥죄듯 휘감았다. 잔뜩 흥분으로 굳어진 그의 허리에 가늘고 부드러운 화린의 다리가 감겨오자 협이 참을 수 없는지 신음을 터뜨렸다. 내밀한 곳을 나왔다가 들어가기를 반복하는 마찰은 더욱 격정적이 되어 두 사람을 가늠할 수 없는 무아지경의 세계로 몰아갔다. 그의 세찬 움직임에 어느덧 자신도 모르게 엉덩이를 들썩이고 있었다. 화린은 그를 받아들이기 위해 온몸을 열어주고 있었다.

"화린, 화린아!"

협은 신음을 터뜨리며 화린을 불렀다. 그녀의 귀는 더 이상 붉어질 수 없을 정도로 진한 꽃물이 번져 있었다.

이윽고 마지막, 강하고도 힘있는 삽입. 그녀의 엉덩이를 움켜쥔 채 거세게 밀어붙였다. 그간 참아두었었던 뜨거운 열망이 폭발하듯 분출했다. 그녀의 자궁에 몸을 묻은 채 협은 그대로 눈 감아 버렸다. 천 길 깊이를 알 수 없는 창해(滄海) 속으로 그저 아득하게만 빠져드는 것 같았다.

　총총히 수놓인 별들을 건져 올린 화린의 눈동자. 그녀를 응시하는 협의 시선은 달이 무색해질 정도로 은연했다. 어둠 깊었던 밤하늘은 점점 새벽을 향해 기울어가고 있었다.

　"이리 와라, 내 신부."

　협은 화린을 끌어당겨 자신의 무릎에 앉혔다. 내일이면 월국으로 되돌아가야 하는데. 그들의 처소에 돌아와서도 화린을 그토록이나 수차례 가졌으니 지치진 않았을까 벌써부터 걱정이 앞섰다. 하지만 그런 염려와는 반대로 이미 벌어진 섶 사이로 손을 집어넣어 말랑한 감촉을 만끽하고 있었다. 그의 손끝이 가슴 끝을 누를 때마다 화린이 달뜬 신음을 내질렀다. 이러다간 남은 시간도 자제할 수 있을 것 같지가 않다. 큰일이라면 큰일이었다. 그녀를 이리 몰아치게 해선 안 되는데……

　그답지 않은 무기력한 한숨에 화린이 의문 가득한 눈으로 마주했다.

　"아니다. 네가 너무 고와서 그래."

　협은 화린의 목덜미에 얼굴을 묻으며 말했다. 쇄골 사이 오목한 곳에 입술을 누르자 그를 안은 화린의 손에 힘이 더해졌다. 성나게 일어서기 시작한 유두가 그의 가슴, 작은 정점을 아찔하게 스쳐 갔다. 순간, 참지 못해 터져 나온 신음은 협의 것이었다. 곧 반원을 그리던 여인의 젖가슴이 제 모양을 잃어버리고 사내의 가슴에 짓눌려졌다. 다시 한 번 더운 소용돌이가 이어졌다.

"후……."

최대한 자제하려 애썼건만.

협은 곤하게 잠든 화린의 얼굴을 손으로 쓸어 내리며 나직이 되뇌었다. 아직 겹쳐 있는 다리를 빼내려 하자 화린이 살짝 이마를 찡그렸다. 연한 안쪽 살갗이 쓰라린 모양이었다. 하긴 처음인 몸인데 그를 받아들이느라 아파도 진작 아팠을 것이었다. 협은 조용히 나인을 불러 4)개짐을 가져오라 이른 뒤, 초롱지에서 온수를 떠오라 일렀다.

"으음……?"

화린이 잠에 취해 웅얼거렸다.

"일어난 게로군."

"뭐예요, 지금?"

예민한 부위에 맞닿은 뭔가가 협의 신체가 아님을 깨닫고는 금세 놀란 얼굴이 되었다.

"이대로 있어. 그러지 않으면 내일 말에 올라타서도 고생할 게다. 언젠가 초롱지 물은 약수(藥水)로 쓰인다고 들은 적이 있어서 개짐에 적셨단다."

"개짐?"

화린이 갸우뚱했다. 협의 얼굴에 곤혹스러움이 스쳤다.

----
4)개짐: 여자의 생리 때 차는 헝겊

"이런, 혹시 화린 너 몸엣것을 한 번도 안 해본 건 아니겠지?"

화린은 개짐이 무어냐고 물으려다가 입을 꾹 다물었다. 몸엣것이라……. 머리를 굴리니 산아할멈이 지나치는 말로 얘기한 게 언뜻 기억이 났다. 인간들은 교인들과 달리 달거리를 통해 아이를 가진다 하였지. 그때 달거리로 나온 피를 몸엣것이라 그런 것 같았다.

"으, 으응……. 아니에요, 그럴 리가."

화린은 성급히 둘러댔다. 묘한 협의 시선이 마음에 걸리기는 했지만 아닌 척 넘겨보는 수밖에.

"그래, 그렇겠지. 화린 네 나이 정도면 다들 하는 걸로 알고 있으니까."

협은 별다른 말 없이 수긍하며 화린을 마주했다.

"더 자도록 해라. 날 밝아도 월국으로 떠날 채비를 마치기 전까지 화린이 넌 더 자두어야 한다. 내가 깨울 때까진 푹 자렴."

"협, 잠깐."

"응?"

"나 할 말이 있어요."

그는 대답 대신 지그시 그녀를 응시했다. 어서 말해보란 뜻이었다.

"정비마마께 당신 곁을 떠난다고 약조한 건 사실이지만…… 그날, 당신에게로 돌아오고 나서 결심했어요. 다시는 당신 곁을 떠나지 않겠다고."

그에게선 아무런 대답이 없었다.

믿지 않는 걸까? 그런 생각에 불안해질 즈음, 그가 와락 그녀를 끌어안았다.

"나 역시 널 처음부터 놓아줄 마음 따위 없었다. 절대 정혼자에게 보내주지 않겠다고 했었지."

돌이켜 보니 정말로 그답다는 생각이 들었다.

"만약 교우 오라버니가 가례를 치르기 전에 돌아왔다면요?"

"그래도 놓아주지 않아."

화린은 쿡쿡 웃었다.

"이만 자라."

"응. 당신도 이만 자요."

"그래, 네 곁에서."

비로소 두 사람은 진정한 꽃잠을 자게 되었다.

二十三.
익호의 정체

"형님, 드디어 월국으로부터 소식이 왔습니다."

사내의 눈언저리가 희미하게 접혔다. 그다지 놀란 얼굴은 아니었다. 조만간 휘옥으로부터 연락이 올 것을 예상하고 있었으니까. 그들의 눈에 설국 황제 류훈에게 공손히 작별 인사를 하는 협의 모습이 비쳐졌다.

"예상대로겠지. 결국 저 월국의 사내를 암살하라는 게 아니냐?"

"네. 하오나 형님의 명 없이는 함부로 행동에 옮기지 말라 하셨기에 모두들 준비만 마친 상태입니다."

"잘하였다."

사내의 입술이 만족스럽게 휘어졌다. 그것을 다른 뜻으로 받아들인 수하가 말했다.

"하오면?"

"거행하라. 단, 저 사내는 아니니라."

"……?"

당최 못 알아들을 말이었다. 죽이기는 죽이되, 저 사내는 아니라고?

"그때 월국 만월에 있었던 일을 기억하느냐?"

그 일을 기억하지 못할 것이라 생각해 묻는 말은 아니었다. 사내는 수하에게 뭔가를 상기시키려 하고 있었다. 차비 휘옥의 지시대로 해안가를 서성이던 협을 공격했던 그날, 그들은 소중한 가족 하나를 잃었다.

"어찌 잊을 수 있겠습니까? 부사형께서 봉변을 당하셨던 그날을……."

"허면 이번에도 그런 불상사가 일어나지 않을 거라 누가 장담할 수 있을까?"

그의 눈빛이 분노로 번뜩였다.

그들이 그렇게 만만하게 보였음인가? 그의 심복을 죽이고도 무사할 거라 여겼다니, 가소로웠다. 이제 곧 그녀의 아둔함을 깨우쳐 줄 때가 다가왔다. 아마 그녀는 꿈에도 짐작치 못하고 있겠지. 자신이 사들인 살수가 적수가 아닌 자신을 노리고 있다는 것을 말이다.

"……!"

"우리가 먼저 선제하자는 게다."

그제야 수하의 얼굴이 밝아졌다. 협이 이끄는 무리들 중에 월국 황실, 아니, 차비 휘옥의 앞잡이를 가려내란 얘기였다.

"놈을 가려내거든 바로 그 자리에서 처단하여라. 어차피 저들은 우리가 만월의 자객단과 동일인임을 모르니 상관없다. 그리곤 놈의 죽음을 위장시켜 월국에 전하면 그뿐이다. 물론 저 황실의 사내가 죽지 않았음은 나중에 밝혀지겠지만, 나머지는 다 내게 맡겨라."

"존명."

사내의 명령이 떨어지자 거의 동시에 수하의 대답이 이어졌다. 수하의 그림자가 찰나의 틈을 둔 채 사라져 갔다.

자리에 남겨진 사내는 조용히, 묘학으로서의 표정을 지워냈다. 사내가 그늘진 곳에서 걸음을 옮겨 모습을 드러냈을 때, 협과 그 일행들은 말에 올라 월국으로 떠날 채비를 거의 끝마치고 있었다.

"이제 뚜쟁이 노릇은 다 했군."

휘련은 흐뭇한 얼굴로 중얼거렸다.

간밤에 협과 화린의 합방하였다는 사실은 굳이 화린에게 확인하지 않아도 알 수 있는 일. 이 뿌듯함이란! 기방에서 동기(童妓)들을 가르칠 때보다 더욱 즐겁고 기뻤다. 둥실둥실 춤이라도 추고 싶은 마음이었다.

야청이 타박하는 눈길을 던지며 툭 내뱉었다.

"말 조심하시오. 전하와 황자비마마는 이미 혼약하신 사이가 아니오?"

휘련은 실눈을 뜨며 되쏘았다.

"흥! 말이야 바른말이지, 어디 두 분이 진정한 부부셨소? 명색이 전하의 심복이라면서 정작 가장 중요한 건 나 몰라라 하고. 내게 이렇듯 성을 낼 게 아니라 도리어 고맙다고 인사하는 게 순서 아닌가요?"

나름대로 정곡을 찌른 말이었다. 그러자 뜻밖에도 그가 보일 듯 말 듯 웃음을 내비쳤다.

저 사내가 지금 웃고 있는 게 맞나?

설마, 그럴 리가 없지.

휘련은 몇 차례 눈을 껌뻑이다가 결론을 내렸다. 이런 한겨울 날씨에 더위를 먹다니. 제정신이 아닌 게지.

그러나 곧 한겨울에도 더위를 먹을 만큼 놀라운 일이 벌어졌다. 야청이 처음으로 소리 내어 커다랗게 웃음을 터뜨린 것이다.

"고맙소."

휘련이 대답없이 그를 빤히 쳐다보기만 했다.

"왜 그러시오? 내 얼굴에 뭐라도 묻었소?"

그녀의 침묵에 무안함을 느낀 그가 멋쩍은 얼굴로 물었다. 그때처럼 딱딱하지 않은 부드러운 목소리였다. 하긴 그녀가 아니었다면 지금쯤 어찌 되었을까. 주군과 화린은 아직까지도 애간장을 태우고 있었을 것이 뻔했다.

야청은 오늘 아침 주군을 모시며 있었던 일을 떠올렸다.

그가 협과 함께 갈 채비를 하는 동안, 화린이 궐내를 종종걸음 치며 쏘다니는 것이 보였다. 아마도 휘련의 처소에 찾아가는 모양이다. 그러나 어쩐 화린의 걷는 폼새가 영 불안했다. 밤새도록 내린 진눈깨비 때문에 바닥은 어지간한 빙판보다 훨씬 미끄러운 상태. 자칫 넘어지기 십상이라, 도저히 눈을 뗄 수가 없을 지경이었다. 아니나 다를까, 협도 그와 비슷한 생각을 했던지, 조마조마 불안한 마음으로 화린을 지켜보고 있었다. 그런 주군을 슬쩍 곁눈질하며 야청도 똑같이 화린을 바라보고 있었다.

그때 쿵 하고 화린이 엉덩방아를 찧었다. 우려했던 순간이 현실로 드러난 것이다.

"아야야!"

전 같았으면 아프다고 호들갑을 떠느라 정신이 없었을 텐데, 이젠 달랐다. 화린은 재빨리 주변을 두리번거렸다. 그사이 비호와 같은 동작으로 반쯤 드러난 속치마를 가리는 것은 물론이다. 일순 야청의 눈에 화린의 속내가 빤히 읽혀졌다. 누가 보았으면 안 되는데. 아니, 협에게는 특히. 그 다음으로는 예아에게. 아마도 그러했겠지. 쿡쿡.

당장은 엉덩이가 꽤나 아플 텐데도 되레 이를 악무는 화린의 모습에 야청은 겨우 터져 나오려는 폭소를 집어삼켰다. 글썽글썽 눈물이 맺힌 채로, 화린은 아무 일도 없었다는 듯 금세 태연한 표정을 지었다. 조신하지 못하게 넘어지기나 한다고 한껏 비웃을 예아의 얼굴이 떠오른 탓이리라. 그리고는 빙판에서 행여 또 넘어질까 엉덩이를 쑥 뒤로 빼고 어기적어기적 걷는데 그 걸음걸이 하며, 잔뜩 인상을 쓴 우거지상 하며 가관이다. 참으로 볼 만한 광경이 아닐 수 없었다. 그새 변하신 겐가? 다른 때 같았으면 다른 사람들의 시선에도 아랑곳하지 않았을 텐데.

"전하, 뭘 그리 보고 계십니까?"

야청은 실실 웃음을 쪼개고 있는 협을 일부러 이상한 눈으로 쳐다보며 물었다. 뻔히 알고 있으면서도, 주군의 별스런 모습에 심술기가 발동한 것이다.

"음, 아니…… 아닐세."

협은 아무것도 아니라는 듯 본래 그의 모습으로 되돌아왔다.

그러나 눈가에 서린 웃음기까지는 감출 수 없었다. 그의 눈은 거의 터질 듯한 웃음으로 가득 차 있었다.

"흠."

협의 헛기침에 야청은 날래게 화린으로부터 시선을 거두며 장비를 꾸렸다.

다시 생각해도 슬그머니 웃음이 스미는 기억에 야청의 입가가 또 한 번 훈훈한 곡선을 그렸다. 그러나 다음 순간, 휘련이 비죽거리자 웃음기는 잦아졌다.

"만날 못 잡아먹어 오만상을 찌푸리더니, 흥."

그의 눈썹이 꿈틀거렸다. 그게 무슨 말이냐는 뜻일 터였다. 휘련은 내친김에 꽁꽁 묶어두고 있던 속엣말을 모조리 털어놓았다.

"진작 그렇게 웃었으면 적어도 노총각 신세는 면했을 거 아니에요? 뭐라고 물으면 마지못해 대답하는 시늉이나 보이고, 하도 쌀쌀맞아 북풍한설이 몰아치는 줄 알았다구요."

그가 흠흠 헛기침을 터뜨렸다. 아무래도 또 심기가 상한 모양이었다. 쳇, 노총각을 노총각이라고 하지 그럼 뭐라고 불러주기 바랐담?

"왜요? 노총각이라고 해서 화났어요?"

그는 대답하지 않았다. 단지 아까보다 좀 더 큰 헛기침 소리가 이어졌을 뿐이다. 내색하진 않았지만 그녀의 말에 조금은 자존심이 상한 듯했다. 그럼에도 휘련은 안색 한번 바꾸지 않고 참았던 나머지 말들도 거침없이 내쏟았다. 워낙에 타고나기를 남의 불알을 긁어주지 못하는 그녀였다.

"흥, 그러게 평소에 인덕을 잘 쌓으란 거예요. 알겠어요? 부하들한테는 살갑게 대하는 듯싶은데, 천한 기생년이라 업신여기는 거라면 할 말이 없지만 그게 아니라면 성격을 고치도록 해요. 다른 사내 같았으면 벌써 처자식을 거느리고도 남았을 나이라구요. 전하의 곁을 보좌하는 것도 좋지만 어서 처를 맞아들여야 하지 않겠어요?"

"그럼, 휘련이 그 상대역을 해주면 되겠구려."

언제 그랬냐는 듯 불편한 심기가 어렸던 사내의 눈엔 평소의 그다운 능글맞음이 물씬 풍겨 나오고 있었다. 이 사내가 지금 나한테 수작을 걸려는 겐가?

"시답잖은 농일랑은 입에 담지 마세요."

휘련은 딱 잘라 말했다.

갑자기 그의 표정이 무섭게 굳어졌다. 그의 말을 농으로 치부해 버린 행동에 심기가 상한 게 분명했다.

참내, 사내가 되어서 웬 변덕이 그리도 죽 끓는담. 방금 전까지만 해도 좋아서 싱글벙글이더니. 혹여 정말로 마음이 있는 거라면 우직하게 밀어붙이던가! 옛말에도 있지 않느냐고. 열 번 찍어 안 넘어가는 나무 없다 하는데…….

그러나 이는 진심에서 비롯된 마음이 아니었다. 아무리 그가 진심이라 해도 받아들일 수 없었다. 그와 그녀는 엄연히 다른 세계에 속한 사람들이었다. 특히나 그녀에게 그는 너무나 과분했다. 야청은 그녀보다 훨씬 좋은 여인과 혼인을 치를 자격이 있는 사내였다.

"그러니까 내 말은 그런 뜻이 아니라, 소박하고 반듯한 처자를 아내로 맞아들이란 얘기였어요. 누구처럼 사내란 사내는 모두 거쳐 간 퇴기(退妓)는 제외하고."

그의 얼굴이 더욱 딱딱하게 굳어졌다.

내가 무슨 말실수라도 한 겐가?

휘련은 머리를 긁적거렸다. 하지만 아무리 돌이켜 봐도 그녀가 했던 말들은 지극히 지당한 사실들이었다. 그런데도 저렇게 험악하게 인상을 일그러뜨리는 까닭이 무얼까? 정말 이해할 수 없었다.

"아무래도 주제넘게 괜한 소릴 했나 보군요."

"자신을 그렇게 비하하지 마시오."

그 한마디를 끝으로 그는 멀어져 갔다.

휘련의 입가로 꺼질 듯한 탄식이 내려앉았다. 그가 그렇듯 자신을 열어 보인 것에 관심을 보이지 말았어야 했다. 이거야 원 스스로만 우스워진 꼴이 되고 말았으니. 괜스레 비참한 기분이 들어버린 휘련은 옹잘옹잘 자신의 경솔함을 꾸짖으며 걸음을 옮겼다.

저만치 떨어진 곳에서 화린이 그녀를 불렀다.

모두들 말에 올라타 그녀가 오기만을 기다리고 있었다.

"협."

"음?"

협은 화린의 아얌 위로 턱을 갖다 대며 말했다.

"월국에 도착하거든 무항은 면천하게 되는 거죠?"

"아마도. 그런데 그건 왜 묻지?"

"그냥, 갑자기 궁금했어요."

화린은 뒷덜미에 꽂힌 협의 시선을 느끼면서도 뒤돌아보지 않았다. 난데없이 무항에 대해 얘기를 꺼내는 것이 아니었는데……. 여전히 쫑긋이 귀가 선 말에게 시선을 고정시킨 채 입술을 깨물었다. 그러나 지금은 아니더라도 나중에, 월국에 닿기 전에 때를 봐서 반드시 협에게 얘기해야만 했다.

익호의 거처를 알기 위해 설국 땅을 거닐었던 그날, 무항은 갈 곳이 없다며 허락만 내려준다면 그들과 함께하길 원한다고 말했었다. 화린은 곤란한 뜻을 내비쳤다. 마침 그때는 언제고 협을 떠나야 할지도 모른다고 생각했던 참이었기 때문이다. 그러자 무항은, 그간 투기장에서 사람 아닌 격투를 보였던 노예로서의 신분 때문에 면천을 하게 되더라도 그 어디서든 환영받지 못할 거라고 덧붙였다. 정작 그런 시선엔 전혀 의식하지 않을 사람처럼 보였지만 말이다. 하여 화린은 섣불리 된다고 말할 수 없는 상황임에도 덜컥 그러마 대답하고 말았던 것이다.

"여기서 잠시 쉬고 가도록 하지."

협은 모두에게 명령을 내린 뒤, 화린을 안아 말에서 내리게 하였다.

"어제 제대로 잠을 이루지 못해 곤할 텐데……."

"으응, 아니에요. 견딜 만해요."

협의 염려 섞인 어조에 금세 고개를 내저으며 대답했다. 그럼에도 그의 눈에 스민 걱정은 쉬이 가라앉지 않았다. 화린은 다시금 함박웃음을 띠며 그의 어깨에 기댔다.

"정 힘들고 고단하면 도중에 꼭 말할 터이니 너무 걱정하지 않아도 돼요."

"화린……."

"응?"

협은 그녀의 이마에 더운 입김을 내리누르며 말했다.

"월국 가거든, 너 닮은 딸을 낳아다오."

"……."

"아들 녀석은 낳지 않아도 돼. 너 닮은 딸만 있으면……."

어느덧 사내의 입술은 가녀린 목 언저리에 내려와 있었다. 그의 코가 수분을 흡수하는 토양처럼 그녀의 체취를 끌어 모으고 있었다. 도도록 도도록 잔소름이 일었다. 벌써부터 태어나지도 않은 아들에게 질투하는 협을 보고 있노라니 진정으로 그의 아이를 갖고 싶었다. 그런데 과연 교인인 그녀가 아이를 갖는 일이 가능할까? 생각이 거기까지 미친 화린은 돌연 굳어지고 말았다. 교인이 인간과 부부의 연을 맺었다는 일은 멀고도 먼 옛이야기. 그 가운데서도 교인이 인간의 아이를 낳았단 얘기는 듣지 못했다.

화린의 굳어진 얼굴을 다르게 받아들인 그가 정색하며 덧붙였다.

"이런! 내 이리 이기적인 놈이었던가. 산고의 고통…… 을 헤아리지 못하고 아이마냥 보채기만 하는 꼴이라니."

"아니에요, 그런 게 아니야. 나도 협 닮은 아이를 낳고 싶어요. 딸이든 아들이든."

"그래?"

"응."

협이 긴장을 풀며 다시 그녀를 품에 안았다. 저쪽에서 그를 부르는 야청의 목소리가 들려왔다. 그때까지 화린을 안은 결박은 풀어지지 않았다.

"곧 다녀오도록 하마. 이대로 쉬고 있어."

멀어지는 뒷모습을 바라보는 화린의 심경이 복잡했다.

스스로에게 떨어질지 모르는 재앙 같은 건 저 사내의 사랑과 맞바꾸게 되어도 두렵지 않다. 그러나 그의 아이를 잉태할 수 없는 것이라면 문제가 다르다. 그것만큼은 진정으로 두렵다. 납작한 아랫배를 움켜쥔 화린의 손이 잔약하게 떨렸다. 불과 어제까지만 해도 사랑밖에 갈구할 줄 몰랐던 그녀는 이제 막 겯가지 친 모성애에 욕심을 피우고 있었다. 그 닮은 아이를 이 안에 담고 싶다.

문득 곁으로 다가온 인기척에 시선을 움직였다. 무항이었다.

"무항."

"……."

좀체 표정을 얼굴에 드러내지 않던 무항은 어딘지 심각해 보이기도 했다. 무슨 일이 있는 걸까? 혹시 협이 면천을 해주기로 한 일과 관련이 있는 겐가? 화린은 협이 있는 쪽으로 시선을 던졌다. 오늘 설국을 나서면서 이런저런 것들을 챙기다가 무항의 노비 문서를 맡게 되었다. 협의 부탁으로 대신 보관하게 된 것이었다.

하지만 다음 순간 무항이 꺼낸 말은, 화린의 모든 사고를 일시에 정지시켜 버리기에 충분했다.

"수련국엔 돌아가지 않을 작정이신 게로군요."

"……!"

화린은 고개를 홱 쳐들어 무항을 올려다보았다. 그제야 무항을 다시 천천히 뜯어본 화린의 눈동자가 쏟아질 듯 커다래졌다. 이제까지 곁에 두고도 몰랐다니! 어쩜 이리도 등잔 밑이 어두웠을까. 어떻게 그런……. 하도 놀라 제대로 떨어지지도 않던 입술이 겨우 소리를 내었다.

"네가, 네가…… 익호였어. 그렇지?"

"나는 일개 졸부에 지나지 않아. 언젠가 이 자릴 누구에게 넘겨주려 하였다. 오늘부터 너희들이 모실 사람은 여기, 상휼이다. 익호라는 이름은 상휼 네가 거두어다오."

화린을 목롯집에 데리고 가기 바로 전날이었다. 익호는 상휼에게 몇 해 동안 대신 맡아왔던 사형의 자리를 넘겨주었다.

익호의 검은 눈이 안개 끼듯 흐려졌다.

그 오래전, 자신을 죽음의 문턱에서 건져 주었던 사형을 떠올리고 있었다. 기구하게 노예로 팔려 국경 넘어 설국까지 오고만 그를 살려준 은인. 그 사형이야말로 이 무리들을 이끌어 나갈 장부 중에 대장부였다. 공교롭게 사형의 이름도 익호였다.

"이름이 같다니, 그것도 인연인 게지."

사형은 넉넉한 웃음으로 그를 보살폈다.

하지만 처음부터 익호가 그를 따른 것은 결코 아니었다. 그는 사형을 만나기 전에 이미 인간들에게서 신뢰를 잃어버린 뒤였다. 태어나 처음으로 사랑한 그의 아내를 잃었고 살아갈 의미와 자유도 잃었다.

"산아할멈, 선요를 부탁하오. 내, 오늘 중으로 돌아오지 않으면 기다리지 말고 선요 먼저 수련국으로 돌려보내 주시오."

익호는 살의로 가득한 얼굴로 말하며 집을 나섰다.

산아할멈이 버선발로 뛰쳐나와 그를 저지했다.

"미련한 사람 같으니. 그래, 지금 가서 무얼 어쩌겠다는 게야!"

"어쩌지 않으면요? 이대로 당하고만 있으란 겁니까? 다 죽여 놓고 말 테요. 선요의 털끝이라도 건드린 연놈들 죄다 짓이겨 놓고 말 테니 어서 비키시오."

분명 얼마 전부터 출입한 황궁과 관련이 있을 것이다. 그럴 줄 알았다면 애초에 황궁을 드나들지 못하게 막았을 텐데. 만월의 축제를 구경하고 싶어하는 그녀의 성화에 못 이겨 청월루에 간 것이 화근이었다. 아니면 그곳에서 우연찮게 선요를 보게 된 황후가 자신을 몹시 마음에 들어했다며 황궁 가마를 보내왔을 때 허락하지 말았어야 했거늘. 이미 목소리를 잃은 터라 선요에게서는 아무런 대답도 들을 수 없었지만 쉽게 유추할 수 있었다. 그 황후로 인해 자신의 사랑하는 아내가 이 지경에 처한 것일 터다. 선요는 아직도 극심한 공황 상태에서 벗어나질 못해 그조차 알아보지 못했다. 정비와 차비. 결국 두 명의 황후 중 한 사람의 짓이 분명한데 과연 누구란 말인가.

늦어도 오늘 초저녁 안으로 오겠다 말해놓고선 소식없던 그의 아내는 날이 저물어서야 허겁지겁 옷깃을 움켜쥐며 집으로 돌아왔다. 아니, 그것은 돌아왔다기보다 몸을 숨기기 위해 찾아들었다는 표현이 옳았다. 군데군데 피가 엉겨붙은 맨발인 채로 선요는 산아할멈에게 안겼다. 그녀의 모습에 당황한 나머지 자신도 모르게 언성을 높이며 어찌 된 일이냐 다그치자, 산아할멈의 품에 숨어 그를 보려고도 하지 않았다. 그를 두려워하고 있었던 것이다. 공포에 떠는 그 모습이라니! 익호는 그예 이성을 잃고 말았다.

"제발 날 보아서라도 참으시게. 자네 처가 불쌍하지도 않은가?"

그러나 복수심에 멀어버린 그의 귓가에 산아할멈의 목소리는 더 이상 들리지 않았다.

누가 당신을 그렇게 만들었지? 내 곱던 색시, 누가 이리 만들었느냔 말이야!

엄격하기로 명성이 자자한 정비 계연인가? 뛰어난 미색으로 황제를 사로잡은 차비 휘옥인가? 선요가 끝끝내 대답을 회피한 탓에 범인은 알아낼 수 없었다. 익호는 속으로 절규하며 달음박질로 집을 뛰쳐나갔다.

그리고 바로 그때 정체불명의 자객들과 마주쳤다. 아마도 선요의 뒤를 밟고 온 모양이었다.

"오호라, 네놈들 짓이었던 게로군. 그러잖아도 네놈들을 찾고 있었는데 잘되었구나."

그는 일부러 산아할멈이 들을 수 있도록 커다랗게 언성을 높였다. 눈치 빠른 산아할멈이니 그가 시간을 벌고 있는 틈을 타 선요와 함께 도망칠 것이었다.

자객 중 하나가 앞서 걸어오며 그의 목덜미에 칼을 겨눴다.

"계집을 어디다 숨겼나?"

"계집이라, 내 아내를 두고 하는 말이렷다? 허면 네놈들이 내 아내를 겁간하였더냐?"

"쓸데없는 소리 집어치우고 어서 계집이 있는 곳을 말해!"

사내는 으스스하게 내뱉으며 그의 목숨을 위협했다.

"선요는 벌써 떠나고 없다. 아니, 찾게 내버려 두지도 않을 것이다."

나머지 자객들에게 집을 뒤져라 명한 후, 사내가 허공 위로부터 칼을 내려쳤다. 검푸른 섬광이 달 아래에서 번뜩였다. 짧은 간격을 두고 선혈이 바닥에 흩뿌려졌다. 익호의 피였다. 그러나 용케도 피한 탓에 가까스로 급소는 보호할 수 있었다.

바로 그 순간 익호는 집에서 빠져나가던 산아할멈의 눈과 마주쳤다. 산아할멈은 움직임을 멈추며 간절한 눈빛을 보냈다. 그가 도망치길 재촉하는 눈빛이었다. 그녀의 옆엔 선요가 무사히, 그러나 아직도 두려움에 떤 표정으로 웅크리고 있었다.

　'나는 걱정하지 않아도 되니 서둘러 피하시오.'

　다행히 산아할멈과 선요는 자객들이 있는 곳과 반대 방향에 있었다. 하지만 경각을 다투는 이때, 언제 놈들의 눈에 발각될지 모른다. 그는 단호한 뜻을 내비치며 눈빛으로 촉구했다.

　'선요를 부탁하오. 내 꼭 돌아오리다, 할멈.'

　산아할멈은 더 이상 지체할 수 없음을 깨달았는지 마지못한 얼굴로 선요를 끌고 도망쳤다. 집 안팎을 샅샅이 뒤지던 자객들이 우두머리에게 부복하며 선요를 찾지 못했음을 보고했다. 우두머리의 살기 어린 눈빛이 익호에게 닿았다. 동시에 칼끝이 목젖의 가장 도드라진 부분 위로 맞닿았다. 잘 벼린 칼날 위로 육점을 도려낸 혈 향이 물씬 풍겨왔다. 그럼에도 익호는 눈 하나 깜짝하지 않았다.

　"계집이 어디에 있는지 알고 있지만 말하지 않겠다?"

　익호의 입가에 대답 대신 비릿한 웃음이 물렸다. 우두머리의 턱이 신경질적으로 팽팽히 당겨졌다.

　"이 자리에서 너 하나쯤 죽이는 건 일도 아니다. 허나, 바른대로 실토하면 더는 피를 보지 않게 해주지."

　놈은 날 죽이지 못한다.

익호는 애초부터 알고 있었다. 선요를 잡기 위해서라면 더 더욱 그럴 수 없으리라. 선요가 있는 곳을 알려주어 소용이 없게 된 후에야 그를 죽인다면 모를까. 그는 사내의 비열함을 최대한 역으로 이용해 놈들의 소굴을 알아낼 작정이었다.

"이런, 건방진……!"

익호의 침묵에 발끈한 그가 칼끝에 힘을 넣었다. 하지만 그것도 잠시, 선혈 한 줄기가 저고리 위로 흘러내리자 재빨리 칼을 거두었다. 우두머리는 분에 찬 신음을 내뱉으며 돌아섰다.

"놈을 묶어라!"

익호는 포승에 묶인 채 어디론가 끌려갔다. 이제 곧 소중한 아내를 헌신짝으로 만들어 버린 장본인을 만날 수 있을지도 모른다는 기대감과 함께.

그렇지만 그런 계산은 그의 착오임이 얼마 지나지 않아 드러났다.

두 눈을 가린 채 약 하루쯤 암흑 속에 갇혀 있었을까. 바깥에서 나직한 욕설이 들려오는 듯했다. 우두머리란 작자의 음성인 것으로 보아 뭔가 일이 틀어진 모양이었다. 익호는 더욱 귀를 곤두세웠다. 격분한 목소리. 어쨌거나 선요를 죽이지 못했기에 중도금도 채 받지 못한 상태로 궐에서 쫓겨났다는 것이었다.

젠장. 선요를 그렇게 만든 원수의 낯을 볼 수 없단 말인가.

익호 역시 상심하기는 마찬가지였다. 허면 위험을 무릅쓰고 미끼가 되어 복수를 하겠다는 계획은 철저히 틀어지고 만다. 더구나 영영 선요를 볼 수 없게 될지도 몰랐다. 이렇게 일이 틀어진 마당에 한낱 살수들이 자비를 베푼다? 그건 아니 될 말이었다. 놈들이 그를 살려두지 않을 것은 불을 보듯 자명했다.

'선요, 결국 너를 보지 못하고 눈감게 되는 운명인가!'

익호는 찢어지는 고통에 누가 그랬느냐, 어쩌다 그리되었느냐 윽박지르기만 했던 자신의 못난 행동들을 후회했다. 차라리 네 다친 상처를 한 번만이라도 보듬어주었다면 내 이리 한으로 남지 않았을 것을.

아니나 다를까, 그를 죽여라, 하는 우두머리의 명이 떨어지고 있었다.

"아니 됩니다."

기다렸다는 듯 되돌아오는 부하들의 준비된 대답.

처음엔 그저 잘못 들었겠거니, 환청이구나 익호는 생각하였다. 그런 생각이 익호에게만 해당된 것은 아니었던 듯, 우두머리도 놀라 격하게 소리친다.

"뭐라? 네놈들이 내 뜻을 거스르겠다는 것이냐?"

부하들은 수그러들지 않았다. 여기저기서 바닥난 식량고와 제때 챙겨 먹지 못하고, 제때 치료 받지 못해 악화된 가솔들의 병세를 호소하며, 우두머리를 설득했다. 그러자 우두머리가 허탈한 웃음으로 탄식을 터뜨린다. 이런 열악함의 근원에는 수장의 역할을 다 하지 못한 자신의 본분이 가장 먼저 존재했기 때문.

"우리야 본래 계집을 죽이는 것이 목적이었지 저 사내놈을 죽이는 것은 아니지 않습니까?"

또 다른 목소리가 그에 동조하였다.

"명예도 중요하지만 실리를 무시할 형편은 더욱 못 되지 않습니까?"

"설국 노예 시장에 팔면 값을 후하게 받을 수 있을 겝니다. 그 머나먼 설국이니 후환도 없을 테구요."

우두머리는 침묵했지만 익호는 감지할 수 있었다.

구사일생. 정말로 달의 가호가 있었던 것일까. 저도 모르게 입가로 내려앉는 안도의 한숨과 함께 어깨의 긴장이 일시에 풀어져 내렸다. 우두머리가 무력한 명령을 내리며 걸음을 돌렸다.

"끌고 가라. 가서 너희들 뜻대로 처리해. 대신 놈을 놓쳤을 시엔 각오하는 게 좋을 것이다."

"네, 명심하겠습니다."

그리하여 익호는 자객들의 손에 이끌려 춥고 척박한 설국 땅으로 팔려가게 되었다.

노예 시장이라……. 그때까지만 해도 그곳을 알 턱 없는 익호서는 그저 '사람이 살아가는 또 하나의 터전' 쯤으로 치부해 왔었다.

하지만 그것은 얼마나 안일한 생각이었던가.

비부(秘部)까지 남김없이 드러낸 데에 대한 치욕은 두 번째. 경매에 붙여지고 나서야 익호는 비로소 깨달을 수 있었다. 비록 죽음은 피했지만 그 이상의 난관이 그에게 닥쳐왔음을 말이다.

저 무수한 시선들이 뜻하는 바가 무엇이랴. 소처럼 두고두고 일을 부려먹을 수 있는지, 개처럼 주인에게 충실할 수 있는지, 닭처럼 요긴하게 쓰일 수 있는지 하나부터 열까지 꼼꼼하게 평가하는 시선은 여러 가지의 목적을 담고 있었지만, 뜻하는 바는 오직 한 가지였다. 노예란 세상에서 가장 비천한 동물이라는 점. 치욕을 넘어선, 인간들에 대한 맹렬한 혐오가 전신을 엄습해 왔다.

이때부터 설국과, 아니, 인간들과의 악연은 또 다른 뿌리를 내리며 그를 형성해 가기 시작했다. 죽음의 목전에서 생의 기회를 얻은 것과 마찬가지로, 처절한 고통으로 점철된 증오가 그의 가슴에 더 굳건히 자리잡게 된 것이었다.

모두가 저 인간들 때문이다. 저들을 자신의 손으로 죽일 수 없다면 스스로 목숨을 끊어버리고 싶을 정도로 분노의 뿌리는 깊었다. 그러나 노예이기 때문에 죽는 것조차 허락되지 않았다. 그는 생이 주어진 마지막까지 그들의 가축으로, 때로는 가축만도 못한 버러지로 살아가야 했다. 그것만이 허락되어진 삶, 허락되어진 사치였다. 증오로 숨 쉬는 익호에겐 이 세상이 그저 무간지옥(無間地獄)일 따름이었다.

처음부터 그가 인간들의 장단에 맞춰 싸운 것은 결코 아니었다.

얼마 전에야 바뀌기는 했지만 원래는 싸움에서 한 번 이기면 한 끼니가 주어지고, 지게 되면 하루치의 끼니를 먹을 수가 없었다. 그야말로 짐승인 셈. 그들은 싸우지 않으면 자신이 죽을 수밖에 없는 지독한 먹이사슬에서 벗어나지 못한 채 싸우고 또 싸웠다.

그 혐오스런 싸움에 방관하며 그곳을 달아날 궁리만 하던 어느 날, 한 꼬마 아이를 만나게 되었다. 아이는 다른 사내들보다 유달리 체구가 큰 그에게 호기심을 가지며 접근했지만 익호는 모르는 체했다.

"이거……."

아이가 손에 쥐며 그에게 건넨 것은 차갑게 식은 주먹밥.

익호는 여전히 무시하며 아이에게 시선을 주지 않았다. 그러나 벌써 몇 끼니를 굶은 그의 뱃속은 아이의 손길에 무관하지가 못했다. 당장은 비참하고 화가 났지만 일단 기운을 차려야 도망을 가도 갈 것이 아닌가. 그는 애써 스스로를 설득하며 한참 후에 아이의 주먹밥을 받아 먹었다.

"여기 또 있어요. 이건 나중에 드세요."

약간의 배고픔이 충족되고 난 후, 익호는 그제야 눈앞의 아이를 천천히 훑어보았다. 정상적인 부모라면 이런 곳에 아이를 데리고 오지 않는다. 아이의 옷은 군데군데 해져 천조각을 깁은 흔적이 역력했다. 그뿐인가. 가까이 보면 이마며 뺨, 얼굴엔 희미한 멍자국마저 있었다.

"아까 아저씨, 막 맞는 거 봤어요. 많이…… 아프지 않아요?"

"꼬마, 이곳은 네가 올 곳이 못 된다. 네가 준 밥은 잘 먹었다만 앞으론 다신 오지 마라."

다소 엄중하게 이르며 익호는 아이를 물러가게 하였다.

하지만 아이는 다음날에도, 그 다음날에도 그의 말을 듣지 않고 그를 찾아왔다. 더러는 눈물을 쏙 빼게 할 만큼 무시무시하게 호통을 쳐보기도 하고, 보다 부드러운 어조로 달래보기도 했지만 허사였다.

아이의 질긴 고집에 더는 말리지 않게 되었을 무렵, 익호는 생각지도 않게 아이와 가까워지고 말았다. 그리고 아이에 대해 알게 된 몇 가지 사실들. 아이의 아버지는 오래전에 낙마해서 죽고, 계모가 아이를 보살피고 있었다. 그런데 처음 남편이 죽은 얼마간은 상냥하게 잘하는 듯하더니, 기둥서방을 얻어 노름빚이 늘고 나서부터는 점점 매질이 심해진 것이다. 이 근방에서 그녀의 모진 학대를 모르는 사람이 없을 정도라 했으니 아이가 이렇게 바깥으로 도는 것도 당연한 일. 그러나 야시장을 떠돌던 아이가 이렇게 노예에게 직접 다가와 제 먹을 것을 건네준 일은 처음 있는 일이라고들 하였다.

아이에게 물으니 대답은 선뜻 간결하고 쉬웠다. 비록 흐린 기억에 지나지 않지만 죽은 제 아비를 몹시도 닮았다는 것이었다.

그때부터였을까, 익호는 더 이상 아이에게 오지 마라는 호통을 치지 않았다. 아이는 그의 변화를 기쁘게 받아들이며 하루도 거르지 않고 빠짐없이 찾아왔다. 보자기에 주먹밥을 여전히 싸들고서.

보아하니 계모 몰래 주먹밥을 가지고 오는 것 같아 그러지 말라고 했지만, 아이는 그에게 뭐든 주고 싶어했다. 아이의 말수는 점점 늘었고, 표정은 밝아졌으며 그로 인해 침울했던 익호의 마음까지도 정화되는 듯했다. 마음 한 켠은 아직도 선요로 인해 울혈이 져 있었지만 전보다는 견딜 만했다. 도주를 하는 그날, 아이도 함께 데리고 가 산아할멈에게 맡길 생각이었다.

그러나 그런 그의 계획은 행동에 옮기기도 전에 잔인하게 틀어지고 말았다.

아이가 부엌에서 주먹밥을 꺼내오다가 기어이는 계모에게 들통이 나버린 것이었다. 그렇게 계모의 손에 덜미가 잡힌 채 아이는 노예 시장에 끌려왔다. 아이의 얼굴은 심하게 부어올라 얼굴조차 제대로 알아볼 수 없을 지경이었다. 분노에 찬 익호가 어금니를 사려 물며 으르렁거리자 계모는 신랄하게 빈정거렸다.

"좋아. 네놈이 노예가 되는 것이 소원이었다면, 원대로 해주지."

제정신이 아니었다. 아무리 친자식이 아니라지만 아이를 노예로 팔겠다니. 그러다가 갑자기 계모의 눈에 번쩍이는 스침이 일었다.

"아니, 좋은 수가 떠올랐는데 말이다. 이 아이가 그동안 네놈의 끼니를 대주었으니 이번엔 네놈이 아이의 밥값을 해줘야겠어."

"무슨 수작을 부리려는 거지? 당장 아이를 놓아줘!"

계모의 입가에 탐욕스러운 웃음이 물렸다.

"지금부터 내가 시키는 대로만 해준다면 얼마든지. 그러잖아도 불어만 가는 노름빚을 어떻게 처리해야 하나 골치가 아팠는데, 네놈이 그 돈을 충당해 주기만 한다면 이 쓸모없고 은혜도 모르는 녀석쯤은 기꺼이 넘겨주도록 하마."

그러니까 즉, 그 더러운 격투에서 이기란 뜻이었다.

이제까지 익호는 허우대만 좋았지 싸움터에서 늘상 패하기만 하는 노예였다. 그러나 계모는 그를 이렇게 가까이에서 대면함으로써 그가 다른 노예들을 충분히 이길 수 있었음에도 일부러 그러지 않았다는 것을 간파해 냈다. 그래서 아이로 미끼로 싸움에 임하도록 조건을 내건 것이다.

만약 그녀의 제안을 거절한다면……?

저 눈에 떠오른 혐오스런 광기를 보건대 아마도 아이를 죽음으로 이끌어낼 것이 분명하다. 능히 그러고도 남을 인물이었다. 결국 익호는 그녀의 뜻을 받아들였다. 해서 양자간에 거래는 성립되었다. 그녀가 천 냥을 내건 싸움에 모두 이기기로. 총 세 번에 걸친 싸움만 이겨내면 아이를 놓아주기로.

하지만 우려했던 바와 같이 계모는 약속을 지키지 않았다.

세 차례에 걸친 싸움을 승리로 거두자, 이번엔 아이의 몸값을 요구해 왔다. 그가 격분하며 받아들이지 않자 아이는 죽지 않을 만큼 두드려 맞았고, 끼니도 며칠째 주지 않아 앙상하게 뼈만 남고 말았다. 그가 싸우는 동안에도 아이의 끼니를 제때 챙겨주지 않은 것 같았다. 뿐만 아니었다. 초기에 제대로 된 치료를 받았다면 금세 나았을지도 모르는 동상이 이미 온몸에 퍼진 상태. 아이의 얼굴에 드리워진 죽음의 그림자는 누가 보기에도 확연했다. 주위에 있던 다른 노예들은 저마다 혀를 끌끌 차며, 아이의 목숨이 경각에 달했음을 안타까워했다. 그런데도 아이는 다 죽어가는 그 까만 입술로 자신 때문에 억지로 싸우지 말라고, 아프지 말라고 말했다.

그 물기 어린 눈이 왜 그리도 선요를 떠올리게 하였을까.

말갛게 솟았다가 주룩 아래로 흘러내리는 아이의 눈물방울을 손으로 닦아내며 그는 이번에야말로 정말 마지막이라는 계모의 다짐을 받으며 싸움에 임했다. 싸우는 내내 피폐해진 선요의 얼굴이 눈앞에 아른거렸다. 그것은 제 것을 지켜내지 못한 서글픔. 꼬마, 내게서 그런 기회를 앗아가지 마라. 죽지 마. 살아, 반드시 살아라.

하지만…… 매정하기도 하지.

승리를 거머쥐며 돌아왔을 때에는 아이는 이미 싸늘한 시체로 굳어 있었다.

언젠가 아이가 머뭇거리며 조심스레 말을 건네왔던 기억이 났다.

"한 번만, 한 번만 아빠라고 부르면 안 돼요?"

그는 차갑게 뿌리치며 그런 부탁은 들어줄 수 없노라 말했다. 불현듯 선요의 모습이 뇌리에 파고든 탓이었다. 그런 불행한 일만 없었던들 벌써 저 아래 수련국에서 아비 소리를 들으며 오순도순 살고 있었을 터인데. 아이는 슬금슬금 그의 눈치를 보다가 작게, 알았다고만 대답하였다.

그 모습이 하도 마음에 걸려, 아이와 함께 예정대로 설국을 벗어나기만 하면 대부(代父)가 되어줄 작정이었는데…… 그러했는데!

익호의 분노는 드디어 극에 달했다. 선요의 일 이후 차곡차곡 쌓여왔던 증오심이 끝내 폭발한 것이다. 발목에 차꼬를 차고 있었지만 그깟 계집 하나쯤 잡는 것은 일도 아니었다. 그가 뿜어내는 살기에 짓눌려 뒷걸음치던 계모는 그의 손아귀에 붙잡혀 숨통이 끊어지고 말았다. 그의 생애 첫 살생이었다.

노예가 사람을 죽이다니. 격투장은 순식간에 파란에 휩싸였다. 그중에서도 사건을 일으킨 장본인인 익호는 요주의 인물로 낙인찍혀 감시는 더욱 철저해졌다. 전처럼 도주를 계획할 틈새가 모두 차단되고 만 것. 살인을 했으니 노예도 마땅히 죽여야 하지 않겠느냐는 비난이 쏟아졌지만, 격투장의 주인은 거액의 돈으로 사건을 무마시켰다. 이 일이 크게 번지면 자칫 노예 격투장을 폐쇄하게 될지도 모른다는 우려 때문이었다. 또한 익호의 가치를 격투장에서 몸소 확인한 터라 이대로 포기할 순 없었다.

하지만 과연 익호가 그의 뜻대로 따라줄까. 노예들을 비롯한 투기꾼들은 많은 의문을 가졌다. 허나, 그런 예상은 보기좋게 빗나갔다. 익호는 강압적인 권유 없이도 맹렬하게 싸움에 뛰어들어 모두를 놀라게 했다. 격투에 있어 철저하게 마성을 드러내는 익호의 명성은 그때부터 비롯된 것이었다.

그리고 이듬해 한층 추위를 더해가던 설국에서의 어느 날, 익호는 사형을 만났다.

격투에서 떨치는 그의 명성은 동시에 많은 노예들의 반발심을 불러일으켰다. 하여 그들은 집단으로 익호를 공격하기에 이르렀다. 마침 일행들 중 한 명이 부당하게 노예로 팔려오지 않았더라면, 그래서 그 순간 부하를 빼내기 위해 사형 일행들이 들이닥치지 않았더라면 익호는 어딘가 불구가 되었거나 목숨을 잃었을지도 몰랐다.

눈을 뜨자 가장 먼저 시야를 파고든 것은 낯선 내부. 하나의 작은 세계를 형성하고 있는 소굴과 그 안에 머무는 사람들.

그럼에도 상처를 치료 받는 동안 익호의 경계심은 사그라들지 않았다. 인간들이란 본래가 믿을 수 없는 족속. 소용에 따라 얼마든지 손바닥을 뒤집을 수 있는 매몰스런 동물. 그래서일까, 목숨을 건진 것에 대해 불행 중 다행이라는 안도감보다 또 어떤 비열함을 겪어내게 될까 하는 냉소적인 기대만이 그의 사고를 지배했다.

그랬으니 사형을 따르는 이들의 눈에 곱게 보일 리 만무. 엎드려 구명(救命)을 감사해하지는 못할망정 꼿꼿하게 그들의 지존을 내리깎는 모습은 적의를 사기에 충분했다.

하지만 그런 크고 작은 소란에도 불구하고 사형이 그를 깨우치는 데 걸린 시간은 그리 오래지 않았다. 사형은 익호를 어떻게 다루어야 하는지 누구보다 정확하게 파악하고 있었다. 그가 거둔 식구들 대부분이 피치 못할 사정으로 악한이 되고 범법자가 된 사람들이었으며 증오라는 상처에 고름을 짜낸 자들이었기 때문이다. 여러 차례의 경합과 냉전도 그 단단한 외피를 뚫기 위한 과정에 지나지 않았다. 마침내 허물을 벗듯 제 본성을 되찾았을 때, 익호는 사형 앞에 무릎을 꿇었다.

익호와 사형은 이름이 같을 뿐 아니라 체구도 비슷해, 자연스레 그의 옷을 얻어서 입게 되는 일이 잦았다. 그런 탓에 익호를 모르는 이들은 두 사내를 형제로 착각하기도 했다. 익호는 증오를 잠재우는, 혹은 다스리는 방법을 터득한 이후 사형에게서 배울 수 있는 것이면 무엇이든 악착같이 배우고자 했다. 그의 습득 능력은 대단한 것이었고 체력도 오히려 사형에게보다 뒤지지 않았으니 청출어람이라 칭하는 데 무리가 없었다.

그리고 오 년 후 사형은 익호에게 자리를 물려주고 지병으로 세상을 떠났다. 사실 사형은 익호에게 족쇄가 될 만한 짐 같은 건 유언으로 남기지 않았으나, 그의 죽음으로 인해 이곳의 기반이 불안정해질 건 뻔했기에 익호 스스로가 임시로 자처한 것이었다. 사형은 임종의 순간까지도 익호의 과거에 대해 묻지 않았고 다만 증오의 뿌리를 거둬내어 더 이상 또 다른 증오가 가지를 치지 못하게 하란 말만을 되풀이했다. 익호는 나직이 남은 증오들의 싹만 베어내겠다고 대답했다. 그것이 그들의 마지막 대화였다.

다시 살아간다면, 자신을 거둔 사형만 아니었다면, 철저한 살수이고자 하였었다. 만약 그랬다면 지금쯤 꽤나 악명을 떨치는 살수가 되고도 남았을 터였다.

하지만 익호라는 사형의 이름을 더럽힐 수는 없는 노릇. 아우들이 보는 앞에서 악행을 벌인다? 그것은 살아생전 사형이 쌓아온 모든 것들을 무너뜨리는 짓이었다. 사형이 그에게, 아우들에게 검술과 궁술을 가르친 까닭은 그들의 피폐한 정신을 단련시키기 위함이지 악(惡)을 도모하기 위함이 아니었다. 더러는 패악을 떨치는 자들을 응징하기도 하였으나 그뿐. 이제까지 철저히 강호이길 거부해 왔었다. 그것이 도리어 그들의 존재를 두드러지게 하는 효과를 낳았지만 말이다.

여기저기 그들을 한낱 자객단쯤으로 치부한 사람들은 암살을 청탁해 오기도 하였는데 실제, 그들이 응하는 경우는 거의 드물었다. 그러나 익호 그의 경우는 달랐다. 익호는 묘학이란 또 다른 이름으로 암암리에 흑의 자객의 활동을 펼쳐 왔다. 그것은 순전히 제 아내 선요의 일을 파헤치기 위한 것이었다. 곱던 목소리 잃고 부패한 살덩이마냥 온몸을 심하게 구타당한 채 자신의 품에서 넋을 놓아버린 아내……. 아직도 미어지던 아픔과 절망, 분노가 잊혀지질 않았다. 사형을 만나 비로소 삶을 되찾게 된 순간에도 잊은 적이 없었다. 사형의 임종 앞에서도 그리 말하지 않았던가. 남은 싹을 베어내겠다고.

익호는 수하를 통해 화린이 선요의 밀화가락지를 가지고 있단 말을 전해 들은 후, 곧장 월국 산아할멈의 집으로 걸음을 돌려야 했다. 자신의 선요를 망친 중요한 단서가 될지도 모른다는 기대에 다름 아니었다. 그러나 산아할멈의 이야기는 전혀 뜻밖이었다.

화린이 교인이었다니! 그저 월국 황실을 드나드는 고관대작의 딸이겠거니 여겼건만…….

산아할멈은 교인인 그녀가 어찌 된 연유로 인간 사내 협과 가례를 올리게 되었는지 소상히 알려주었다. 직접 대놓고 말하진 않았지만 익호는 산아할멈의 그늘진 표정을 보아, 자신과 선요에게 일어났던 일이 다시 재현될까 두려워하는 것을 미루어 짐작할 수 있었다. 어떤 식으로든 화린이 월국에 오지 못하게 막았어야 했다고 한탄하는 할멈. 익호는 비장한 어조로 산아할멈의 근심을 잠재우고자 했다.

"정 화린 공주가 마음에 걸리거든 이번 여정에 저자를 해치워줄 수도 있소."

어차피 월국 황족인 놈.

설혹 선요의 일과 관련이 없는 자라 하여도 그들이 월국 황족이라는 이유 하나만으로 처단할 이유는 충분했다.

"허허. 그러지 마시게."

산아할멈이 시름시름 앓는 소리를 내며 만류했다.

"이 무슨 조화인지 모르나 마침, 월국 황후께서 화린이 도주를 할 수 있도록 도와준다 하였으니, 속은 타더라도 믿고 지켜봄세."

"놈들이 어디 믿을 족속이랍디까?"

익호는 신랄하게 비꼬았다.

"이렇게 또 손을 놓고 있다가 무슨 일을 어떻게 당할지 누가 알겠소?"

"……."

산아할멈은 할 말을 잃고 금세 겁에 질린 얼굴이 되었다.

"허나, 그리 걱정하시지 않아도 될 거외다. 소인 곁에서 공주님을 지켜보도록 할 터이니 그리 아시오."

"정말 그래 주겠는가?"

"화린 공주의 개가 되겠단 얘기는 아니니 오해 마시오. 소인은 단지 이 직감을 믿고서 하는 일이오. 선요와 관련된 일들을 이참에 모두 알아낼 수 있을 거란 확신 같은 직감."

익호는 벼린 칼날처럼 날카롭게 눈을 빛내며 그렇게 읊조렸었다.

만약 그날 산아할멈을 만나지 않았더라면, 결코 예전의 그 치욕스러웠던 무항의 시절로 돌아가 협의 무리들에게 나타나지는 않았을 것이다. 그뿐이던가.

골육상잔(骨肉相殘).

제 뱃속에서 태어나진 않았다고 하나 엄연한 혈육을 끊임없이 죽이고자 하는 월국 황실에게 일조를 해줄 요량도 있었다. 바로 협, 저 사내를 죽이는 것. 적어도 화린만 아니었다면 그랬을 것인데…….

그들과 합류하기 전, 익호는 산아할멈의 만류가 있었지만 때를 봐서 협을 죽일 수도 있다고 생각했었다. 더욱이 화린이 협과 억지로 혼례를 치른 것이라 하니 망설일 까닭이 없었음이라. 그깟 황실의 애송이쯤…….

협을 실제로 만나기 전까진 적어도 그리 생각했었다. 간간이 먼발치에서 살펴보면서 약골은 아닐지 모르나, 그 자신의 적수는 되지 못할 거라 판단한 것이다.

그러나 그것은 오판에 불과했다. 그들을 직접 만나고 나서야 익호는 자신의 생각이 얼마나 짧았는지 깨닫게 되었다. 협은 절대 '그깟'의 부류에 포함될 수 없는 사내였고, 화린은 강제혼인이라던 산아할멈의 말과는 달리 협을 애모하고 있었다. 어느 하나 그의 예상에 들어맞은 부분이 없었다. 그래서 익호는 조용히, 그저 노예 무항으로서 그들을 관망할 수밖에 없었다. 게다가 익호 자신을 찾는 화린을 보고 있노라니 스스로가 혼란스러

운 탓도 있었다. 그래서 그날 화린과 함께 목롯집을 걸어나오며
그답지 않게 교인 익호로서의 상처를 드러내고 말았던 것이다.

"이제까지 날 속이다가 갑자기 정체를 드러낸 이유가 뭐지?"
화린이 제법 차갑게 물음을 던졌다.
"공주마마……."
"대답해 봐. 그토록 익호를 찾겠다고 헤매는 사람 곁에서 즐
거웠어?"
저 맑은 눈을 흐리게 한 얼룩은 배신감.
익호는 밀려드는 죄책감에 화린을 똑바로 마주할 수 없었다.
어쩌다가 자신이 교인임을 밝히게 되고 말았을까. 월국에 다다
라 선요의 일을 밝혀내는 마지막 순간까지도 화린에게 털어놓
지 않을 작정이었거늘……. 그런 얘기치 못한 충동에 그녀만큼
이나 익호 역시 놀랐다.
화린이 교인으로서의 생을 포기한 채 협과 초야를 치르지만
않았던들 이리 말해 버리는 게 아니었는데. 갑자기 모든 일이
틀어지고 만 느낌이었다. 아무리 협을 사랑한다고는 하나 이렇
듯 그와 연을 맺을 거라곤 미처 예상치 못한 것이 실수라면 실
수였다. 산아할멈에게 화린을 지켜주겠다고 호기롭게 큰소리쳤
던 그가 아니던가. 이제 산아할멈을 무슨 낯짝으로 보나.
"대답하기 곤란하다면 더는 묻지 않을게."
화린이 등을 돌리며 협에게 돌아가려고 했다.

"죄송합니다, 공주마마. 소인을 용서하여 주옵소서. 맹세컨대 다른 저의가 있어 숨긴 것은 아닙니다."

그러자 화린은 아까보다 화가 조금 누그러진 표정이 되었다.

"……마음 같아서는 별로 믿고 싶진 않지만, 지금에라도 밝혔으니 참아줄게. 내가 네게 전하려던 건 바로 이거야."

꽃향 은은한 향낭에서 나온 밀화가락지가 화린의 손바닥에 놓여 있었다. 그의 아내, 선요의 것이었다.

"……!"

"받아. 그리고 제 주인에게 직접 돌려주도록 해."

그 말인즉슨……?

밀화가락지를 손에 쥐며 되묻듯이 화린을 바라봤다.

"선요, 그녀를 만난 건 고작 한 번뿐이지만 널 얼마나 기다리는지 알 수 있었어. 백일가례를 며칠 남겨두지 않았을 때 우연찮게 만난 그녀는 손이 아프도록 밀화가락지를 움켜쥐고서 그 소리도 내지 못하는 입술로 당신 이름만 되풀이했다구."

간신히 지탱하고 있던 서리 낀 표정은 화린의 말이 이어질수록 한켜한켜 벗겨져 결국엔 그 몇 년 전 선량했던 익호의 얼굴을 드러내고 말았다. 허물 벗겨낸 뺨 위로 뜨거운 눈물이 흘러내렸다.

"가, 어서 가. 선요 그녀에게 되돌아가서……."

"아니, 그럴 수 없습니다."

격하게 소리치며 화린의 말을 뿌리쳤다.

"왜? 왜 그럴 수 없다는 거야? 너도 선요를 사랑하고 있잖아!"

"이대로는 돌아갈 수 없습니다."

"그럼 복수라도 하겠다는 거구나, 그렇지?"

목울대가 힘겹게 오르내렸다. 북받친 감정에 목이 메어오고 심장이 메어와 도저히 말이 나오지 않았다. 그 침묵의 뜻을 알아차린 화린이 붉어진 눈으로 언성을 높였다.

"그런 게 무슨 소용이야? 정작 널 사랑하는 사람이 그렇게 기다리고 있는데 그게, 그게 다 무슨 소용이냐구!"

"그녀가…… 많이 아팠습니다. 그런데도 그녀를 지켜주지 못했습니다. 그녀가 상처와 두려움으로 망가지고 있는 그 순간에 저란 놈은 어디서 무얼 하고 있었을까요? 그녀의 피맺힌 고통을 어째서 듣지 못했을까요? 그래서 이 쓸모없는 귀를 잘라냈습니다. 정작 필요한 그녀의 외침을 듣지 못한 이 귀를 잘라냈단 말입니다. 아십니까? 소인은 사랑한다고 말할 자격이 없는 놈입니다."

기다란 머리카락으로 가렸던 오른쪽 귀를 드러내자 화린의 입에서 놀란 숨이 들이켜졌다. 나머지 왼쪽의 귀도 잘라내려 했건만, 벙어리 노예가 되면 가치가 떨어진다고 해서 겨우 그의 주인이 막아낸 것이었다. 아직도 남아 있는 상흔을 보며 익호는 조금이나마 선요의 고통을 기억하려 애썼다.

"색사(色事)를 강요당하고 온몸을 구타당하는 순간에도 못난 저의 이름을 불렀을 것인데……. 못난 지아비를 믿노라 버렸을 것인데…….”

월국의 두 황후 중 한 명의 짓이란 것만 알 뿐 나머진 아직도 오리무중이었다. 선요의 목소리를 잃게 하고 그렇게나 심하게 매질을 가한 이가 누구인지는 아직도 잡히는 바가 없었다.

“……정녕 마음을 돌릴 순 없겠어?”

“죄송합니다. 절대 이대로는 되돌아갈 수 없습니다.”

“복수를 갚고 돌아가면 그녀가 정말 기뻐할까? 자신 때문에 피 묻은 남편의 손을 잡으며 감사해할까? 스스로를 해하려 한 널 보며 선요가 더 아파할 거란 생각은 조금도 들지 않는 거야?”

“…….”

“그래, 잘 알지도 못하는 내가 너무 주제넘었구나. 미안해. 하지만 자꾸만 어려운 길로, 먼 길로 돌아가려는 네의 모습이 너무 안타까워 그런 거야. 그래도 굳이 월국에 가야겠다면 마음대로 해.”

“…….”

“하지만 혹시…… 가는 중에 결심이 바뀌면 언제든 말해줘. 협 모르게라도 수련국에 갈 수 있도록 도와줄 테니. 노비 문서는 내가 가지고 있기 때문에 그런 건 걱정하지 않아도 돼.”

그는 묵묵히 화린의 말을 듣기만 했다. 화린은 무언가 더 말하려 했지만 근처에 협이 가까이 다가오고 있었기 때문에 그러지 못했다.

다시 월국으로의 남은 여정이 시작되었다. 익호는 그의 자리로 돌아와 말에 오르기까지 신체의 일부인 양 쥐고 있었던 밀화 가락지를 한참 동안 바라보았다.

선요……. 미안하구려, 내 아내여.

원수를 갚고도 당신 곁으로 떳떳이 돌아갈 수 있을까?

희멀건 밀화가락지를 담아낸 동공이 또 한 번 덥게 흐려졌다.

이틀이 지났다. 능숙하게 길을 안내하는 익호 덕분에 이윽고 가람국의 국경에 무사히 닿을 수 있었다. 익호의 말로는 길어도 나흘 정도면 월국에 도착할 거라고 했다. 산속에서의 야영도 내일이면 끝이었다.

화린은 야영을 하기 위해 천막을 치고 간단한 저녁 식사를 끝내는 중에도 익호와 눈을 마주치지 않았다. 생각하면 생각할수록 울적한 마음을 가라앉히기 힘들었다. 익호를 찾아내기만 하면, 만나기만 하면 모든 일이 일사천리로 술술 풀어질 거라 기대한 스스로에게 비웃음을 날리기도 하였다. 그토록 소원하던 대로 익호를 만났지만 정작 이룬 것은 아무것도 없다. 자꾸만 익호의 없어진 오른쪽 귀가 눈앞에 아른거렸다. 침상에 누워서도 마찬가지였다. 눈을 감으면 안 보이겠거니 하였건만 되레 선명히 그려지고 있으니…….

결국 화린은 바람이나 쏘일 요량으로 침상에서 몸을 일으켰다. 이때 어깨 너머로 협의 목소리가 들려왔다.

"어딜 가려고, 이 밤중에?"

"……뒤를 보려고 일어났어요."

필요 이상으로 화들짝 놀라며 대답했다.

그러자 협이 아무 말 없이 그녀의 곁을 따라나섰다.

"왜……. 뭐 하려는 거예요?"

"캄캄한 밤에 뒤 보는 거 무섭다고 하지 않았어?"

"괘, 괜찮아요. 혼자 갔다 올게요."

세차게 도리질을 쳤다. 화린의 얼굴은 어떻게 설명하기 힘들 정도로 새빨갛게 익어 있었다.

협은 입가에 슬그머니 미소를 실었다. 지난밤 일을 떠올리는 것일 터였다. 간밤에 화린은 잠들기 전 그의 침상으로 다가오더니 그의 자리옷을 살짝 잡아당겼다. 무슨 일이냐 묻는 협의 표정에 뒤를 보고 싶다고 했지. 그제야 무서워 그런 게로구나 알아서 망을 봐주는데 장난기가 발동한 것이다. 그래서 뒤를 보고 온 그녀에게 아까부터 전부 다 훔쳐보았다고 하자 화린은 울상을 지었다. 그 모습이 못 견디게 귀여워 한입에 입술을 삼켜 버리고 말았다. 화린의 입술을 하루 새에 무려 일곱 번이나 가진 셈이었다.

"어제는 장난 친 거야. 오늘은 그런 장난 안 칠 테니 염려 마라."

협은 자리옷만 걸친 화린에게 자신의 겉옷을 걸쳐 주며 막사

를 나왔다. 협이 웃음기를 완전히 거둔 얼굴로 대답하니 화린은
그제야 믿는 눈치였다.

"이번엔…… 정말로 그러면 안 돼요. 알았죠?"

그러면서도 이렇듯 그에게 재차 다짐을 주는 화린이었다.

하지만 협의 인내심은 오래가지 못했다. 다시 또 한 입에 말
랑한 꽃잎을 삼켜 버린 것이다. 화린이 끙끙대며 그에게서 벗어
나려 했지만, 그럴수록 더욱 거세게 입술을 빨아당겼다. 향기롭
고 흐벅진 여체는 점차적으로 반항을 멈추고 그에게 안겨들었
다.

이제 사나흘 뒤면 둘만의 오붓하고 정겨운 시간을 마음껏 가
질 수 없는 월국. 아쉬움 배인 한숨을 한 움큼 내쉬는 그의 얼굴
위로 걱정 아닌 걱정의 그늘이, 다시 그 위로 결연한 표정이 차
례대로 입혀졌다. 어머니 계연 황후는 여전히 예아 공주를 마음
에 두고 있을 게 분명하다. 그러니 혹여 또다시 그런 미련을 품
지 못하도록 돌아가는 대로 단호히 뜻을 밝히리라. 달 아래 해
죽이 웃는 이 작은 여인 아니고서는 애초에 누구도 그의 아내가
될 수 없음을.

만삭을 앞둔 조각달이 옅게 홍조를 띤 채 그들을 굽어보고 있
다. 그리고 또 다른 그림자, 얼룩덜룩 기괴하게 붉어진 얼굴로
야청은 재빨리 바지춤을 끌어올리며 막사로 향했다.

젠장. 나날이 정도를 더해가는 주군의 애정 행각이라니. 이젠
볼 일도 못 보게 생겼다. 당장 오줌소태가 날 판국인데 주군께

서는 이제 막 한참 여인의 입술을 찾고 있었다. 해서 오줌 줄기가 쏟아지는 망측한 소리를 감추기 위해 그는 눈물겨운 노력을 해야만 했다. 그런 탓에 오줌을 싸도 전혀 싼 것 같지가 않아 찝찝했다. 역시, 충신의 길은 멀고도 험한 것이리니. 저러다 바깥에서 날을 새시는 건 아닌지.

그러나 그의 투덜거림 끝엔 완연한 흐뭇함이 묻어나 있었다. 저렇듯 행복에 겨운 주군의 모습을 볼 수만 있다면 까짓 오줌소태쯤이야 무슨 대수랴. 야청은 실실 웃음을 쪼개며 걸음을 뗐다.

막사로 들어가 부하들을 살피는 그의 눈은 방금 전까지 어렸던 웃음기를 지우고 진중해졌다. 역시나 머릿수가 하나가 모자랐다. 주군의 추측대로 죽은 것일까. 아니면 행방불명?

만월의 그날 밤 주군을 습격했던 일과 관련 짓지 않을 수 없었다. 더욱이 설국 여정에 협이 갈 것을 적극 앞장선 터라, 휘옥이 배후 인물이라는 심증은 커져만 갔다. 없어진 부하놈은 워낙 있는 듯 없는 듯 존재감이 희미해 아직까지 놈의 부재를 문제 삼은 일이 없었지만, 주군이 명한대로 수하들에게는 미리 심부름 차 설국으로 다시 돌려보내었다고 일러둘 생각이었다.

불안했다. 주군은 덤덤하게 대처했지만 그는 그렇지가 못했다. 월국에서 그들을 기다리고 있을 음모의 한 자락을 본 듯하기만 해 그저 걱정이 앞섰다.

정인

부옇게 달무리 진 월국의 하늘. 그러나 곱게 뿌려진 달빛도 사내의 굳어진 얼굴 윤곽을 풀어주지는 못했다. 장신의 사내가 건네준 간자를 펼쳐 든 교우는 처음엔 자신의 눈을 의심해야만 했다. 이게 대체 무슨 날벼락인가? 자신을 철석같이 믿고 따르던 화린이 무어? 다른 사내, 그것도 인간의 여인으로 살아가겠다고? 아니다, 그럴 리가……. 그럴 리 없다. 이건 뭔가 잘못되어도 한참 잘못된 것이다.

화린을 따로 산속에서 만났을 때, 어딘지 모르게 불안했었는데……. 아마도 이런 일이 있으려고 그랬던가 보다. 그때 화린의 손을 이끌어 억지로라도 가람국으로 데리고 갔어야 하는 것인데……. 아아, 이 일을 어쩌면 좋단 말인가!

휘청휘청 갈지자로 휘어진 교우의 걸음이 얼마 후 산아할멈의 집에 닿았다. 가람국에 머물다가 다시 월국으로 돌아온 것은 최근 며칠 전의 일이었다. 막 잠을 청할 참이던 산아할멈이 이 야밤에 무슨 일인가 싶어 놀란 어조로 물었다.

"왜 그리 얼빠진 얼굴을 한 게야? 젊은 사람이……."

"화린이, 화린이가……."

마음만 앞서 서툰 입술은 얼른 속엣말을 꺼내지 못했다. 교우는 말 대신 구겨질 대로 구겨진 간자를 펼쳐 보이며 천천히 말문을 열었다.

"화린이가 그 사내의 진짜 아내가 되겠다지 뭐요. 하하…… 제정신이 아닌 게 틀림없어. 그게 아니라면 그 황실의 사내가 순진한 화린을 어떤 식으로든 꾀어낸 거겠지. 아니 그렇소, 산아할멈?"

간자에 적힌 내용을 한 자도 빠짐없이 모두 읽어 내려간 산아할멈은 머리에 손을 짚으며 고개를 내저었다. 예상했어야 했다. 그날, 황실 사내와의 가례를 앞두고 도주할 수 없노라 고집 피우던 화린을 보며 진작 알아챘어야 했다. 그저 교우에게 실연당한 아픔으로 사내를 대하는 것이라고 대수롭지 않게 넘겨 버렸거늘. 어떤 일이 있어도 사내에게 몸을 허락하지 않겠다고 약속한 화린이었다. 그 사내가 아무리 자신을 마음에 담아도 두 사람은 사는 세계가 다르니 화린이 스스로 단속하리라 믿기도 하였었다. 아주 조금은 설국으로의 여정에 오른 두 사람을 보며 찜찜함을 곱씹었건만, 그 잔재를 무시한 대가가 이리 엄청난 결과를 몰고 온 것이다.

"이제 어쩌면 좋지? 무슨 수를 써서 화린의 마음을 돌려놓느냐 말이야!"

억장이 무너지는 듯 교우가 처절하게 소리쳤다.

"이미 벌써 그 사내에게 몸을 내주었을 텐데 영영 돌이킬 방법은 없는 거요, 그래? 이대로 화린을 놓아주어야 하느냐구!"

"잘한다, 잘해. 네놈이 혜금이한테 홀리지만 않았더라면 공주 아기씨도 그렇게 마음고생 하지도 않았을 것을."

"무슨 말이오, 그게?"

"이놈이! 아니라고 시치미 뗄 참이더냐?"

"그럼…… 화린도 그렇게 알고 있단 말이오?"

교우가 핏기 가신 얼굴로 재차 물었다.

"뻔뻔스럽기는! 모두가 알고 있는 사실을 새삼 부정하려는 이유가 무엇이더냐?"

차갑게 빈정대는 그녀의 말에 교우는 그 자리에 풀썩 주저앉았다. 그리고 넋이 나간 듯이 '그럴 리가……' 만을 연발하며 고개를 내저었다. 그 모습에 산아할멈은 왠지 불안해졌다. 그녀가 아는 한, 교우는 절대 이렇게 흐트러질 청년이 아니었다. 그때 갑자기 그가 미친 사람처럼 허허롭게 웃어대기 시작했다. 깊은 절망이 그대로 전해져 오는 웃음소리였다.

"교우야!"

웃음보를 터뜨렸을 때와 마찬가지로 갑자기 그의 웃음소리가 뚝 그쳤다. 두려움은 한층 가중되었다.

"무…… 무슨 일이 있었던 게냐? 응?"

"화린을 만나러 가야겠소."

"대체 무슨 일이냐니까!"

그녀의 다그침에 교우는 메마른 눈으로 중얼거렸다.

"나도, 나도 모르겠단 말이오. 이게 대체 무슨 일인지, 나조차도 모르겠소."

"교우야!"

교우는 그녀의 부름을 무시한 채 급히 밖으로 내달렸다.

월국으로 돌아와 여독을 풀고 있던 협은, 그를 만나고자 회덕헌에 찾아든 이가 있다 전하는 야청의 말에 기다리는 중이었다. 옆에 앉은 화린이 뺨에 어린 홍조를 감추며 귀엽게 웃어 보였다. 야청의 전갈이 있기 전, 그들은 또 한 번의 달디단 입맞춤을 나눈 참이었다. 협은 화린에게 잠시 금원에 가 있을 것을 부탁했다. 옛 정인과 부군이 함께라, 그녀에게는 이루 말할 수 없을 만큼 난처한 자리일 터였다. 화린이 회덕헌을 나서자 곧 야청이 들여보낸 자가 문지방을 넘어왔다.

"처음 뵙겠습니다. 소인, 교우라 하옵니다."

"반갑소. 그래, 날 찾아온 이유는?"

설흔 태자처럼 이목구비가 미려한 사내는 그의 질문이 떨어지자마자 망설임없이 대답을 꺼냈다.

"그동안 떨어져 지낸 소인의 정혼녀를 찾기 위함이옵니다."

"정혼녀라⋯⋯."

협은 날카로이 눈을 치떴다.

"그간에 소인의 정혼녀를 잘 보살펴 주셨다지요? 해서 조졸하나마 송구스런 인사드리고자 뵈었습니다."

건방진군.

이는 그에게 화린을 내놓아라 당돌하게 요구하는 것이나 다름없었다. 그럼에도 크게 분노가 일지는 않았다. 가진 자의 여유일까? 협은 자신의 앞에서 아내인 화린을 아직도 제 정혼녀인양 구는 교우의 모습이 언짢으면서도 한편으로는 딱해 보이기도 하였다. 가늘게 이지러진 눈으로 그를 훑어내렸다. 어떻게 해서든 돌아선 연인을 되찾고 싶어하는 절박함이 그대로 읽혀지고 있었다. 마냥 서늘하지만은 않았던 눈빛은 그러나, 다음 순간 이어진 교우의 말에 자연 경직되고 말았다.

"전하께서는 화린에 대해 얼마나 알고 계십니까?"

"가지지 못해 험담이라도 늘어놓겠단 수작이려거든 거두는 게 좋을 거다."

협은 불쾌하게 받아쳤다. 사내 된 도리로 깨끗이 물러나지는 못할망정⋯⋯ 축복해 주지는 못할망정⋯⋯. 뻴이 꼬여 뒤를 들추려는 추한 속내이겠거니 짐작하니 실로 괘씸한 것.

"아니, 그런 게 아닙니다. 화린은 전하와 맺어질 수 없습니다. 아니, 맺어져서는 아니 됩니다."

"허면 화린이 선계에서 내려온 여인이라도 된단 말인가? 허튼 농조를 걸려거든 다른 데서 알아보시오."

그는 신랄하게 비웃으며 자리에서 일어섰다. 겉보기엔 그렇지 않은데 실성한 사내가 분명했다. 그나마 화린의 정인이라 하대하지 않은 것이다.

"그것이 정녕코 사실이라면 어찌하시겠습니까? 소인, 원하신다면 이 하나뿐인 목숨을 걸고 맹세하겠습니다. 아뢰는 사실 그 어디에도 한 점 거짓 없음에 혈서를 쓰라 하시면 혈서라도 쓸 각오가 되어 있습니다."

"……!"

협은 망설였다. 모서지리고 그늘진 마음 한 켠에서는 저자의 말을 듣지 말라 외치고 있었다. 음지에서만 자생하는 불길함이 슬슬 똬리를 풀며 거슬러 올라와 숨통을 억누르기 시작했다. 금기(禁忌)를 건드려 궁극엔 가장 소중한 것을 잃어버리고 마는 호기심일 수도 있었다. 하지만 화린에 관한 것이니 쉬이 지나칠 수도 없다. 더군다나 저 사내의 눈빛은 악의가 아닌 진심이 깃들어 있다. 그것이 협을 더욱 동요케 했다.

길고 긴 무언의 침묵을 깨고 사내의 입술이 협의 허락없이 벌어졌다.

"소인과 화린은…… 수련국 사람입니다. 아니, 수련국이란 생

소한 나라 이름을 아뢰느니 교인이라 말씀드리는 것이 좋겠군
요."

"당치 않은 소리!"

협은 부정했지만 이미 그녀에게서 들은 바 있었던 수련국이
란 이름에 차갑게 얼어붙고 말았다. 화린을 처음 만난 그날, 그
가 방심한 틈을 타 날렵하게 물속으로 몸을 감추었던 화린의 모
습도 떠올랐다. 검고 기다란 머릿결에 송알송알 주렴처럼 매달
려 있던 물방울. 찬연하게 드러내었던 그 신비로움. 무의식중에
그조차도 화린이 교인이지 않을까 여기지 않았던가.

"화린은 소인과 백일가례 의식을 치른 후 다시 수련국으로 돌
아가게 되어 있었습니다. 허나, 화린이 교인 아닌 인간 사내의
여인으로 살아가고자 한다면 그때에는 목숨이 위태로워……."

"더는 듣지 않겠소!"

협이 노엽게 교우의 말을 잘라냈다.

어디서 저런 흰소릴!

진작 듣지 말았어야 했다. 당장은 저 사내의 멱살을 잡아 치
도곤을 안겨주어도 시원찮을 판이었으나, 화린의 옛 정인인 몸
이니 최소한의 체모 정도는 지켜주는 것이 도리일 터였다. 그러
나 그런 살기 섞인 분노에도 아랑곳하지 않고 사내는 다시 말을
이었다.

"진정으로 화린을 아끼신다면……."

"그만 하라지 않았소!"

"화린의 생명이 위험합니다. 전하께서도 그 화를 입으실 수 있습니다."

협은 가까스로 참았던 화를 터뜨리며 보기보다 섬약한 체구를 가진 사내의 멱살을 잡아 올렸다. 그리곤 으깨도록 깨문 입술 새로 스산하게 내뱉었다.

"잘 들으시오. 내가 화린을 그렇게 내버려 두지 않아! 무슨 일이 있어도 지켜낼 거요. 그대 아닌 수련국 황제의 명이라 하여도 화린은 변함없는 내 아내, 내 사람이오. 그깟 협박에 넘어갈 거라 착각했다면 그건 커다란 오산이야. 알아들었소?"

협의 우악스런 손길에 사내의 몸이 장작개비처럼 뒤흔들렸다. 한기를 품은 살찬 눈빛은 어느 순간이든 마음만 먹으면 가장 잔혹한 흉기가 되고도 남을 정도로 살벌했다. 서슬 퍼런 기세에 눌린 사내가 입을 꾹 다물며 돌아섰다.

'역시나 이 방법으로는 안 되는 거였어.'

교우는 낙담하며 처소에서 빠져나왔다.

우려했던 것보다 일이 수월하게 풀리지 않을 거란 예감은 정확히 들어맞았다. 시간이 갈수록 더해만 가는 불안함에 사로잡혀 그러잖아도 조급증이 일던 마음이 더욱 급해지는 것을 느꼈다. 큰일이었다. 다음 만월이 얼마 남지 않았는데……. 그때까지 협, 저 사내는 제쳐두더라도 화린을 설득시켜야 했다.

"화린아!"

금원의 고즈넉한 정자에 앉아 차를 마시는 화린이 보였다. 자신을 부르는 소리에 고개를 돌린 화린의 얼굴이 살풋 굳어져 있었다. 아마도 그가 협을 찾아왔노라는 이야기를 전해 들은 모양이었다.

"교우 오라버니, 이제 가는 거야?"

"갔으면 좋겠니?"

"……."

"정말 내가 아주 떠나 버렸으면 좋겠어? 대답해 봐. 널 기다리는 많은 사람들을 생각해 보라구. 황제 폐하와 황후마마, 그리고 사린 공주님과 염이도 널 몹시 보고 싶어해. 염이에겐 너와 꼭 함께 회귀 의식을 치르겠다고 약속까지 해두었단 말이다."

염이는 화린이 협과 함께 설국에서 돌아오기 전 가례 의식을 무사히 마치고 수련국으로 돌아간 상태였다. 산아할멈이 전해준 말로는 회귀 의식을 치르고 얼마 전에 임신을 하여 오붓하게 지내고 있다고 하였다.

"공주님, 꼭 교우 도련님과 돌아오셔야 해요."

염이를 생각하니 갑자기 염이가 신신당부하며 그녀에게 건넨 말이 귓가를 울려댔다.

이윽고 단정하게 닫혀 있던 화린의 입술이 가만히 열렸다.

"미안해."

미안하다라……

그건 자신이 어쩔 수 없이 궁지에 몰려 그녀를 버렸을 때 했던 말이었다. 그런데 지금 그 미안하다던 말이 몇 곱절의 비수를 품은 채 도로 그의 가슴에 꽂혀 버리고 말았다.

　화린아, 그때 너의 심정도 이러했느냐? 이렇게 아팠던 게야? 날…… 많이 원망했겠구나.

　"솔직히 말해봐. 그가 널 억지로 잡은 거지? 널 놓아주지 않았기 때문에 내게 오지 못한 거야. 그렇지?"

　"그렇지 않아. 협을 함부로 말하지 마! 아무리 오라버니라 하더라도 그런 식으로 그를 헐뜯는 것은 용서치 않을 거야."

　"나는…… 산속에서 너와 헤어진 후 며칠 밤이 새도록 가람국에서 설국을 오가며 네가 오기만을 기다렸다."

　화린에게 죄책감을 심어서라도 마음을 돌려보고자 꺼낸 말이었다. 하지만 곧바로 되쏘는 그녀의 말에 교우는 그것이 얼마나 얕은 생각이었는지 깨닫게 되었다. 조금만 생각을 신중히 했더라면 절대 입에 담지 못했을 터였다.

　"며칠? 이제 와 오라버니를 책망하잔 얘긴 아니지만 오라버니, 난 편서에도 답장이 없는 오라버니를 두 번의 달포가 지날 때까지 기다렸어. 알아? 때로는 피가 마르는 심정으로 기다렸다구. 헌데 오라버닌 고작 그 며칠을 가지고 날 비난하고 있었네."

　"화린아!"

　질끈 두 눈을 감았다.

　굳이 마주하지 않아도 화린이 얼마나 차가운 눈으로 자신을 보고 있을지 알 것 같았다. 화린의 말끝에 베인 한기는 이미 그에게 한 옴큼 미련조차 없음을 여실히 드러내고 있었다. 그럼에도 교우는 이대로 포기할 수 없었다. 화린이 진정으로 저 인간 사내를 사랑한다고 인정하기 싫었다. 기실은 교우 자신을 사랑하지만 혜금의 일로 상처를 받아 저러는 것이라고, 그와의 약속을 잊어서 그러는 것뿐이라고 스스로를 다독였다.

이제, 최대한 피해가고 싶었던 잔인한 방법을 이용할 차례였다.

"정말로 생각나지 않는 게냐?"

"무슨 말이야, 오라버니?"

"네가 월국으로 올라가던 날, 망해를 건너기 전 나와 함께 한 약속 말이다."

화린이 양미간을 모으며 부정했다.

"무슨 말인지 하나도 모르겠어. 오라버니와 내가 약속을?"

교우는 무겁게 한숨을 내쉬며 못가로 다가섰다. 최악의 상황을 대비해 수련국 황제가 건네준 구슬을 꺼내 들었다. 그것은 초례주의 결정체로 만든 것으로, 망해에서 잃어버린 기억을 가지고 있는 물의 정령을 불러낼 수 있는 구슬이었다. 이 구슬을 저 연못에 떨어뜨리면…… 모든 게 드러날 것이다.

한 걸음 옮길 때마다 가슴 저 아래가 자근자근 아파왔다. 이제부터 그녀에게 보여주게 될 현실은 그 무엇에 비할 수 없는 비수가 될 터였다. 미안하다, 화린. 또다시 네게 상처를 안겨주게 되어 너무나 미안하구나. 이런 식으로 비수를 꽂을 수밖에 없는 오라비를 용서해 다오.

구슬이 연못 속으로 사라지자, 곧 기포를 뿜어내며 물의 정령이 나타났다. 망해에서 화린으로부터 기억을 갈취해 간 샷된 정령이었다. 교우는 주저없이 나머지 구슬을 물의 정령을 향해 던졌다.

"너에게 소멸과 동시에 훔쳐 간 기억의 일부를 내놓을 것을 명한다."

물의 정령이 깊게 고두하며 잔잔한 파랑을 일으켰다. 그 속에 물의 정령이 멸하여지고 점점 또렷해지는 영상이 가라앉은 파랑의 자리를 대신해 펼쳐지기 시작했다. 교우는 조용히 숨죽이고 있던 화린을 이끌었다.

"지금이다."

수련국. 그곳엔 화린과 똑같은 여인이, 아니, 월국으로 오르기 전 초례주를 마시는 화린이 있었다. 화린의 눈이 커다랗게 떠졌다. 처음엔 그저 눈가를 지나치기만 하던 영상들이 어느 무렵엔 뇌리를, 저 먼 망각의 기억을 헤집어놓고 있었다. 어느 순간부터 영상을 보지 않고도 떠올릴 수 있게 되었다.

"거짓말!"

화린은 바들바들 떨리는 입술로 격하게 외쳤다.

"거짓말이에요, 그건. 그렇죠?"

재차 내던지는 그녀의 질문에 수련국 황제는 죄인처럼 고개를 떨구기만 할 뿐 말을 잇지 못했다. 그녀에게, 황제에게 붉게 충혈된 눈은 이미 수많은 눈물을 쏟아내고 난 뒤의 상흔이었다. 그녀의 손에서 힘없이 빠져나간 초례주 잔이 겨우 화장대 모서리에 놓여졌다.

"마, 말도 안 돼. 그럴 리가 없어요. 어떻게 그런……."

갑자기 황제가 털썩 그녀 앞에 쓰러지듯 무너져 내렸다.

"나를…… 용서하지 말아라."

"아…… 버지?"

건드리면 그 자리에서 산산조각날 것처럼 그녀의 표정이 얼어붙었다.

그녀를 지켜보다 못한 그가 자학하듯 절규했다.

"딸자식을 사지로 몰아넣는 이런 아비 따위! 절대로 용서하지 마라. 나는, 나는 네게 용서받을 자격조차 없는 부모다. 나는…… 죄인이다."

"이것으로 끝? 그럼 난, 앞으로 아버지도 어머니도 언니, 오라버니들과도 영영 작별이네. 그래요? 그런 거예요?"

발작적으로 오르내리는 목울대를 통해 꺽꺽 울음을 삼키는 소리가 들려왔다. 화린에게는 그것이 더 잔인한 대답으로 여겨졌다.

"나, 달의 제물 같은 거 하지 않으면 안 돼요?"

알고 있었다. 그녀가 이렇게 애원하기도 전에 황제가 백방으로 알아보았지만 소용없었단 걸 굳이 말하지 않아도 알 수 있었다. 황제의 얼굴이 더욱 참혹하게 일그러지는 것으로 대답은 충분했다. 할 수만 있다면 그녀 대신 그가 자처하겠다고 그랬을 테지. 어떻게든 그녀를 구해내고자 하였을 테지. 말랐다고 생각했던 눈물샘이 다시금 차 올랐다. 창자 마디마디가 끊어지는 듯한 아픔에 그녀의 이성은 혼란 상태에 빠져들고 말았다. 다 타버린 재처럼 감정만 남은 화린의 목소리가 격하게 끓어올랐다.

"싫어! 왜 나야? 왜 내가 가야 하는 거죠? 가기 싫어. 아버지, 봐요. 여기 화린이에요. 그렇게 애지중지하던 막내딸을…… 그럴 리가 없어. 아니라고 해주세요. 가례 앞두고 떠나는 딸자식이 눈에 밟혀 일부러 그러시는 거죠? 그렇죠? 응?"

하지만 황제는 화린을 마주하지 못했다. 깊게 고두한 채로 흐느끼고 있었다.

"난…… 못 들었어요. 아무것도 못 들은 거야."

갈라진 그녀의 음성은 절망과 슬픔에, 고통에 젖어 있었다.

"몰라. 사해가 되든 말든."

사해라니. 화린은 저도 모르게 담아버린 말에 질겁하며 가까스로 정신을 차렸다.

아니, 그렇지 않다.

어떻게, 어떻게 그럴 수 있을까? 속 모르는 철부지 어린아이마냥 모질게 아비의 가슴에 못을 박고 있지만 그렇게는…… 못한다. 절대로.

그녀를 낳아주고 길러주신 부모님과 언니며, 오라버니, 동무들이 차례로 스쳐 갔다. 그녀가 사랑하는 이들. 그녀를 사랑해 주는 이들.

이들이 사해에서 허우적대도록, 물의 정령이 되어 원귀(寃鬼)처럼 떠돌도록 만들 순 없다. 제아무리 이기적으로 발버둥을 치고 있는 지금이라 하더라도, 버려진 기분에 가슴이 문드러져도, 희생양이 되어버린 것이 저밀 듯 아파와도.

화린은 분노를 터뜨리는 대신 처연하게 웃음을 흘렸다. 체념이었다. 아직 받아들인 건 아니었다. 살아가는 동안 이 숙명을 받아들일 수 있을지 과연 의문이었지만.

"……가겠어요."

자신의 목소리가 아닌 것만 같다. 말하고 있는 자신은 텅텅 비어버린 껍데기 같았다.

"화, 화린아!"

"무탈하세요. 모두에게도 전해주세요."

그가 자신의 넉넉한 품 안으로 끌어안았다.

"제 딸 하나 지켜내지 못하는 왕좌가 무슨 소용인고! 딸 하나 지켜내지 못하는 왕이 어찌 백성들을 거느리겠냐 말이다."

화린은 미동없이 그의 말을 듣기만 했다. 누구의 잘못도 아님을 알았지만 이 순간 그 스스로가 자신의 부족함에 통탄하고 있는 지금, 그의 말처럼 그녀를 지켜내지 못한 아버지를 원망하고 싶은 마음이 없는 건 아니었다. 아까까지만 해도 순전히 그의 탓으로 돌리고 싶었다.

천천히 그의 품에서 벗어나려다가 화린은 문득 전과는 달라진 한 가지를 깨달았다. 이제까지 그렇게 넓어 보일 수 없었던 아버지의 어깨였는데 지금은 왜 이리 한없이 왜소하게만 느껴질까. 격하게 흔들리는 그의 어깨가 너무나 무력해 보였다.

입구를 향해가는데 그 앞에 홀연히 홍노가 나타나 길을 가로막았다. 그녀는 엄숙한 표정으로 고두를 한 뒤 조심스레 아뢰어 왔다.

"간지에 나타난 이름을 피하셔야 합니다."

지금은 무엇이든 떠올리고 싶지 않았다. 그럴 여력도 없었다. 화린은 그대로 홍노를 지나쳐 가려 했다. 홍노가 또 한 번 강조하듯 말했다.

"아마 공주마마께서 뽑으신 간지에는 인간 사내의 이름이 나타나 있을 겝니다. 그 사내만큼은 무슨 일이 있어도 피하셔야 합니다. 그렇지 않으면…… 목숨이 위태로워지십니다."

돌연 화가 치밀었다.

목숨이 위태로워진다고?

홍노는 자신을 염려해 주는 척하지만 그게 진심이 아니란 건 보나마나 뻔했다. 흑월이 뜨던 날부터 이리될 것을 알고 있었을 그녀가 아닌가. 산호석을 구해오면 교우 오라버니와 가례를 치를 수 있노라 한 것도 전부 다 계략일 터였다. 그로 인해 낯선 인간 사내에게 능욕을 당할 위기에 처하기도 했었다. 그때, 화린은 백일가례에 대한 꿈으로 부풀어 무사히 수련국에 돌아와서도 이에 대해 질책하지 않았다. 처음부터 산호석을 만드는 방법을 알고 있었으면서 한마디 언질조차 주지 않았던 홍노에게 말이다. 백일가례라니. 애초에 자신에게는 주어지지 않은 것을……. 홍노가 자신을 손바닥 위에 올려놓고 이리저리 조종했다고 생각하니 더욱 화가 났다. 가증스럽게만 느껴졌다. 태어나 처음으로 가져보는 증오심이었다. 앙숙인 혜금에게조차 가져보지 못했던.

"똑바로 말하지 그래? 내가 아니라 수련국이 위험해지는 거겠지."

홍노는 화린의 말을 인정하는 대신 침묵으로 점잔을 뺐다.

"어쨌든 알아들었으니 비켜."

"공주마마."

"홍노 너 때문에 이렇게 되었다고 생각하진 않아. 너 아닌 다른 누구였다 하더라도 내게 닥쳐온 이 운명을 피할 순 없었겠지. 하지만 그간에 네가 보여준 행동들을 떠올리면 아직도 불쾌해. 무슨 말인지 알겠어? 가는 마지막 순간까지 널 대하고 싶지 않구나."

그럼에도 홍노는 물러서지 않았다.

"달에서 태어나 달에서 죽는 것. 그것이 공주마마께서 지니신 숙명입니다. 허나, 방금 전 쇤네가 드린 말씀은 한 점 거짓 섞이지 않은 사실이옵니다. 흑월의 운을 타고나는 교인이 있는가 하면, 바로 그 순간 만월의 운을 타고나는 인간 사내도 있기 마련이지요. 간지에 나타나는 이름이 바로 만월의 운을 타고난 자의 이름이 될 것입니다. 흑월은 만월을 견뎌내지 못합니다. 결국엔 만월에게 가려지고 말지요. 공주마마께서 만에 하나, 만월의 운을 타고난 사내와…… 교접을 하게 되면 원래대로의 달의 이치에 따라 공주님의 생명도 꺼질 수밖에 없습니다."

문득, 그렇게 되면 수련국은 어떤 위험에 빠지게 되는지 의문이 들었으나 이내 떨쳐 버렸다. 그런 걸 따질 마음의 여유가 없었던 것이다. 한편으로 화가 났던 마음은 한결 누그러졌다. 홍노의 말을 들어보니, 적어도 이번만큼은 진심으로 화린 자신의 안위를 걱정해 주는 것 같았기 때문이었다.

화린은 날이 선 눈빛을 거두며 홍노와 다시 눈을 마주쳤다. 그것이 긍정을 대신하는 대답이었다.

그리고 곧장 그 길로 수련국을 떠났다.

어머니 소운 황후의 옥안을 뵈면 더욱 떠나기가 힘들어질 것이므로. 아니, 그녀뿐 아니라 누구에게도 작별 인사를 할 자신이 없었다. 그들에게 애원이라도 하게 될 것만 같았다. 날, 구해줘. 이 운명에서 벗어날 수 있도록 도와줘. 응? 난 헤어지기 싫은데. 아직 누구와도 이별할 준비가 되어 있질 않은데. 날 좀 도와줘, 제발!

"화린아!"

누군가 그녀의 어깨를 붙잡았다. 교우 오라버니였다. 그녀의 연(緣)이 아닌 사내.

"오라버니."

눈물이 끝도 없이 눈가를 채우기 시작했다. 그의 손이 눈가에 글썽이는 눈물을 훔쳐 내며 뺨을 매만졌다.

"……난 너, 이대로 보낼 수 없다. 보내지 않아."

그 절절한 말에 화린은 그만 툭 울음을 터뜨리고 말았다.

어쩌면 그래, 어쩌면 누군가 이렇게 붙잡아주길 바랐는지도 모른다. 안 된다고, 가지 말라고, 보낼 수 없다고 그렇게 말해주기를 기다렸는지도 모른다. 무의식중에서도 아주 깊숙한 무의식에 존재한 소망이었을까. 교우의 이 한마디를 들으니 이젠 정말 떠나도 여한이 없을 거란 생각마저 들었다.

"분명 홍노는 뭔가 다른 해결책을 가지고 있을 거야. 틀림없어. 같이 따라가고 싶지만 지금으로선 여의치가 않아. 네가 월국에서 기다리는 동안 홍노의 동태를 살피면서 방법을 알아내서 찾아갈게. 기다려 줄 거지?"

"……오라버니!"

"믿음을 주지 못해 미안해. 널 볼 면목이 없구나. 하지만 혜금과 가례를 치르겠다고 네게 말하던 순간에조차 널 사랑하지 않은 적이 없었단다. 그때는 나약하게 너에 대한 사랑을 접으려 했지만, 그럴 수…… 없었어. 바보같이 지금에야 깨달았지. 이제, 지켜줄게. 날 용서해 주지 않겠니?"

"정말…… 이야?"

"응, 그럼."

"고마워. 고마워, 오라버니. 기다릴게."

"그래, 나 역시 고맙다. 다시 나를 받아주어서."

인간만사 새옹지마라.

얽히고 설킨 길흉화복 속에서는 누구도 예측할 수 없다던 변방 노인의 말이 떠올랐다. 그것은 그녀가 어릴 적, 언니 사린이 머리 맡에서 들려준 이야기였다. 화린은 다시금 그 말을 되새기며 그의 품에 얼굴을 묻었다. 교우 오라버니를 다시 만나게 될 줄이야 어디 꿈엔들 상상이나 했으랴? 다시 사랑하게 될 거라 기대만이라도 품을 수 있었으랴?

하지만 그는 지금 그녀의 곁에 있다. 혼자가 된 그녀에게 가지 말라 한다. 보낼 수 없다 한다. 아득한 절망의 순간, 잃었다고, 끝이라고 생각한 인연이 한줄기 빛이 되어 그녀를 감싸 안았다. 변방 노인의 말처럼 앞으로 또 어떤 시련이 닥쳐올지 예측키 어렵겠지만, 적어도 교우에게 안겨 사랑을 다지는 동안만큼은 행복한 것이다.

화린은 망해 앞에서 또 한 번 그와의 약속을 다진 후 헤어졌다.

물의 정령이 산다던 망해. 이번에는 염과 함께했던 지난번과는 달리 그녀 혼자였다. 투명한 듯 부옇기만 한 물결 속에 물의 정령들이 하나둘 모습을 드러냈다. 기포를 터뜨리며 다가오는 몸짓이 마치 그녀를 반기는 것 같았다.

"너희들이 내 가족, 동무들을 대신해 위무하려는 거니?"

물의 정령은 대답없이 무리를 늘려 나갔다. 본디 그들은 말이 없는 종족. 그렇지만 이렇듯 무리를 지어 다니는 광경은 너무나 생소했다.

"하지만 난 괜찮아. 교우 오라버니가 내게로 온댔으니까. 달의 제물이 될 운명, 반드시 바꿔놓고 말 테니까."

물의 정령이 경청하듯 그녀에게 주의를 기울이며 가까이 다가왔다. 그리곤 편서를 내밀었다.

"이게 뭐지?"

누가 그녀에게 보낸 것일까? 화린은 그 자리에서 편서를 펼쳤다. 그와 동시에 갑자기 기포가 거세게 일었다.

"뭐야! 이건…… 아무런 내용도 없잖아!"

장난을 치는 겐가?

주춤 뒤로 물러났다. 단숨에 긴장하며 신경을 곤두세웠다. 확실히 지난번과는 다르다. 그땐 염이가 있어서 그랬을까? 어쩐지 망해로 모습을 드러낸 물의 정령들이 그녀 하나만을 집요하게 주시하고 있다는 기분이 들었다. 평소에는 초점없다 여겨지던 그들의 눈빛이 묘하게 번뜩이고 있었다.

'조심해야 돼! 방심하지 마.'

그렇게 스스로에게 경고를 주입하는 순간이었다. 머리 속에서 펑 하는 소리와 함께 뭔가가 공허하게 비워지는 것을 느꼈다.

"응? 뭐지?"

꼬집어 말할 수 없는 허전함에 고개를 갸우뚱했다. 그녀를 쳐다보고 있던 물의 정령들이 서서히 모습을 감추고 있었다. 방금 전까지 편서를 들고 있던 손은 아무것도 쥐고 있지 않았다. 반 시진도 채 안 되는 시간 동안 일어난 일인데도 아득한 과거를 되짚는 것마냥 불분명하게 느껴진다.

화린은 관자놀이에 손을 가져가며 멍하니 되뇌었다.

"그런데…… 나, 여기엔 왜 온 거지?"

…….

점점이 흩어져 가는 기포들. 화린의 눈이 정처없이 망해 깊숙한 곳을 더듬었다.

이때 허리춤에 매달린 아기 복어가 팽창낭을 커다랗게 부풀리며 제 주인을 일깨웠다.

"아, 맞아. 가례를 치르려고 온 거였어. 그래, 고맙다."

낭자하는 혼란

망 해에서 물의 정령을 통해 받았었던 그 백지의 편서가 잠시 부유하는 듯하더니 이내 물속으로 사라졌다. 잃어버린 기억의 파편을 되찾은 화린의 얼굴이 창백하게 굳어졌다.

그것이 무력으로도 이겨낼 수 없는 망각이라는 걸 그때는 알지 못했다.

망해를 건너는 순간, 스스로에게 왜 망해를 건너게 되었는지 묻고 있다면 그것은 이미 반쯤 물의 정령이 되었단 말과 같다. 물의 정령은 망각의 결정체. 그렇기 때문에 그들이 존재하는 곳은 망각의 바다. 그것이 바로 망각수.

왜 망해로 오게 되었는지 기억하지 못하는 자들은 그것을 기억해 내기 위해 앞으로, 뒤로도 물러나지 않은 채 망해에서 맴돈다. 그러다가 왜 기억하려는지조차 잊어버리게 되면 그때서야 비로소 물의 정령이 되는 것이다.

화린은 중심을 잃고 비틀거렸다. 기억들은 잊고 있었던 시간만큼이나 감당하기 힘든 무게로 그녀를 짓눌렀다.

"하아……!"

"이제 기억이 돌아온 모양이구나."

교우가 쓸쓸하게 말했다.

"그렇다면 지금까지 내가 보낸 편서들은 받아보지 못한 게 분명하구나. 전하께서 이르시길, 물의 정령들은 자신이 앗아간 기억에 한해서는 편서를 전해주지 않는다고 들었거든. 그래서 서로가 엇갈린 동문서답의 편서만을 주고받았던 거야. 황제 폐하의 편서엔 답장도 없었고."

"어떻게…… 어떻게 이럴 수가!"

투둑투둑. 눈물방울이 우박처럼 바닥에 떨어졌다. 혼란스러움과 경악, 고통으로 물든 눈동자를 초점없이 이리저리 굴리며 화린은 같은 말만 되풀이했다.

"자책은 하지 마."

"아니, 그럴 수 없어. 모든 일들이 나로 인해 비롯되었다는 건 부인할 수 없는 사실이잖아. 그것도 모르고 난 오라버니를 원망했어. 오라버니와의 약속을 까맣게 잊고 있었단 말이야."

"그게 어떻게 네 잘못이니? 초례주를 한 모금 남기게 된 건네 부주의가 아니었어. 누구라도……."

"그만!"

귀를 틀어막았다. 봇물처럼 터지기 시작한 기억들은, 한때나마 잊고 싶다고 생각했던 현실과 그로 인한 상처들을 헤집기 시작했다. 그렇다고 해서 정말로 이렇게까지 새까맣게 잊어버릴 줄은!

"화린아."

"오라버니 말대로 내 부주의가 아니었다 하더라도 그건 면죄부가 될 수 없어."

"그런다고 해서 달라지지도 않잖아. 차라리 다행이라고 생각하자."

"다행?"

화린이 반박하듯 되물었다.

"그래. 적어도 날 기억하지 못하는 정도는 아니잖아. 네가 만약 초례주를 마시지 않은 채 망해를 건넜다면 네 기억은 모조리 저 편서 속에 담겨지고 말았겠지. 그리되면 넌…… 이곳에 없었을 거야. 그들의 틈에 섞여 물의 정령으로 살아갔을 거라구."

그의 한없는 염려가 그 어떤 비수보다 아프게 파고들었다. 그녀가 깨뜨려 버린 사랑을, 그는 어떻게든 되찾기 위해 애를 쓰고 있었던 것이다.

"오라버닌 내가 밉지 않아? 난 오라버니와의 약속을 어겼어. 오라버니를 기다리지 않았다구."

"지금이라도 기억했으니 된 거야."

화린은 이를 앙다물었다. 이제 현실을 마주할 차례였다.

"아니, 소용없어."

그가 불안하게 눈을 빛냈다.

"무슨…… 말이니?"

천천히 심호흡을 했다. 얼어붙은 세 치 혀는 좀체 움직여 주질 않았다. 그 한기를 알아 그들 사이를 비집고 헤엄치는 정적도 싸늘하기 그지없었다. 싸한 통증이 그녀의 가슴을 때려댔다. 그래도 아플 자격은 없었다. 이제부터 교우에게, 그녀는 아파서도 안 될 만큼 상처를 주게 될 테니까. 차라리 그런 기억 같은 거 되찾지 않았더라면.

"난…… 그의 곁에 있을 테니까."

뱉듯이 내던져진 한마디에 그가 휘청거렸다. 뺨이라도 한 대 맞은 듯 그의 얼굴이 딱딱하게 경직되었다.

"화린아!"

"미안해. 미안해, 오라버니."

"안 돼! 그럴 수 없다."

교우는 완강한 눈빛으로 고개를 내저었다.

"농을 치는 게야, 그렇지?"

언젠가 자신이 수련국에서 그에게 매달리며 했던 말을 그가 똑같이 되돌려 주고 있었다. 죄책감은 더욱 깊어졌다.

"그러지 마. 오라버니, 그만 날 잊어."

"어떻게 잊으란 거니? 어떻게 널 잊으란 말을 그렇게 쉽게 입에 담을 수 있는 거니?"

돌연 그의 눈빛이 뒤바뀌었다. 그는 한층 의미심장한 표정으로 말을 이었다.

"홍노가 네게 꼭 전해달라고 하는 말이 있었다. 월국에 오르기 전에 신신당부했던 그 말을 잊지 말라고 했다더구나."

"홍노가?"

"흑월 때 받은 간지를 반드시 펼쳐 보라고 하더구나."

"아!"

또 한 번 지나칠 뻔한 기억.

하지만 화린은 그다지 대수롭지 않게 여겼다.

간지에 적힌 이름을 피하라고 하였었지. 누구의 이름일까?

뭐, 누구의 이름인들 어떠랴? 단 한 사람의 이름만 아니면 된다. 굳이 확인할 필요가 있을까마는 홍노의 부탁이니 들어주는 수밖에.

"알았어. 곧 확인해 볼게."

과연 화린의 행동이 달라질까?

교우는 반신반의하면서 화린이 처소에서 나오길 기다렸다. 그리고 초례주를 마실 무렵, 황제가 홍노의 처소에 방문하기 전에 홍노와 나누었던 마지막 대화를 떠올렸다.

"무슨 말씀이신지요?"

수련국을 떠나던 그날, 간지를 확인하라는 홍노의 말에 교우는 연유를 물었었다.

　"네놈은 알 것 없다."

　"무슨 일인지 알아야 전해 드리지 않겠습니까? 덮어놓고 홍노의 말을 들을 거라 생각하셨다면 그거야말로 커다란 오산입니다. 물론 저는 아직도 나약하지요. 당신께서 얼마든 마음만먹으면 그때처럼 협박에 무릎 꿇을지도 모릅니다. 그러나 이제부터는 예외가 있다는 걸 아셔야 할 겁니다. 실수는 두 번 하지않습니다. 화린에게 해가 되는 일인지 아닌지 알기 전에는 어림도 없습니다."

　"이놈이!"

　홍노는 자신에게 대드는 그를 향해 노성을 내질렀다. 잠시 교우의 어깨가 위축되는 듯했지만 물러서지는 않았다. 그것은 그때처럼 화린을 버리지 않겠다는 다짐이요, 약속이었다. 무엇보다 사랑하는 마음이 컸다. 한 번 잃어버리고 나서야 깨달은 소중함이기 때문에 더 그랬다. 교우는 최대한 의연함을 유지하려애썼다. 그러자 홍노가 분을 가라앉힌 뒤 아까보다 한결 누그러진 어조로 말을 잇기 시작했다.

　"그래, 그리 원한다면 알려주지 못할 것도 없지. 공주마마께서 뽑으신 간지에는 다른 교인들과는 반대로 절대로 맺어져서는 안 되는 이름이 나타나게 되어 있다. 그런데 지금 공주마마의 곁에 머물고 있는 사내가…… 바로 그 사내란 말이지."

"그것이 정녕 사실입니까?"

"그럼 내가 네놈을 데리고 거짓부렁을 늘어놓겠느냐! 만에 하나 그 사내와 부부의 연을 맺게 되면 공주마마는 단명하실 게다. 교인들이 가례를 치르는 백일 동안 피어 있는 섬백리향을 알 것이다. 백일이 지나면 시들어 버리는 그 꽃을 돌려놓는 방법 또한 없다는 것을 알 터이고. 알겠느냐? 아직 그 사내의 곁에 있으면서도 목숨이 붙어 있는 건 섬백리향이 피어 있기 때문이다. 그 꽃은 망해의 결계를 연결하는 구실일 뿐만 아니라, 공주처럼 흑월의 운을 타고난 자에게는 마지막 유예 기간이기도 한 셈이다. 늦어도 세 번의 만월이 찾아오기 전까지는 둘을 갈라놓아야 해. 돌아오는 이번 만월이 마지막 달이니 서둘러라. 그때를 넘기면 공주마마를 구해낼 수가 없게 된다. 그러니 반드시 전해! 내 말을 전하기 전까지는 공주마마께서 쉽사리 네 녀석의 뜻대로 따라주지 않을 테니 말이다."

"좋습니다. 화린에게 전하도록 하지요. 하지만 하나만 묻겠습니다. 만약 제가 화린을 따라 월국에 가지 못했더라면, 홍노 당신은 화린이 처한 위험을 가만히 보고만 계셨을 작정이셨습니까?"

"되레 성을 내는구나. 쯧쯧, 네 녀석을 보내지 않고 다른 방법을 써서 막으려 했을 뿐이다. 때마침 네가 그렇게도 고집을 꺾지 않고 가겠다고 하니 알려준 것이고. 자, 이제 되었느냐?"

홍노를 믿어선 안 된다는 황제의 말이 마음에 걸렸지만 지금으로선 이 방법밖에 달리 떠오르지 않았다. 화린을 어떻게든 저 사내에게서 떨어뜨려 놓아야만 했다.

그때 화린이 사색이 된 표정으로 처소에서 걸어나오고 있었다.

"오라버니는 이리될 것을 알고 있었지?"

절망으로 가득한 그녀의 눈을 마주하자 가슴에 뻥하니 구멍이 뚫린 것만 같았다. 그것은 그가 가장 접하고 싶지 않은 진실이었다. 그녀의 절망은 순전히 협이란 인간 사내에게서 비롯된 것이었다. 그자를 그토록이나 사랑한단 말이지? 너를 보고 있는 나는…… 정녕 보이지 않더란 말이냐!

못난 질투심이 그를 급하게 부추겼다.

어서 화린을 데리고 가라. 데리고 가서 마음을 돌려놓아. 다시 예전의 화린의 모습을 되찾으란 말이다!

"화린아, 이제 그만 가자."

"싫어! 떠나지 않을 테야!"

화린이 단연히 그의 말을 끊으며 고개를 가로저었다.

그의 얼굴이 아프게 일그러졌다.

"제정신이 아닌 게로구나. 어떡해야 네 마음이 돌아서겠니? 처음부터 혜금이와 가례를 치르고 싶지 않았다고, 너와의 약속을 어기는 순간에조차 너를 신부로 맞아들이고 싶었노라고 말해도 안 되는 거니?"

"미안해, 오라버니. 설국에 가까워서야 오라버니를 만났을 때에도 난…… 그 사람뿐이었어. 잔인하다 해도 좋아. 독하다 욕해도 좋아. 모질다고 날 비난해. 한 번이 아니라 열 번도 넘게 말해줄 수 있어."

결연한 눈빛이었고 비장한 어조였다.

"난 그의 곁에 있을 거야. 오라버니를 따라갈 수 없어."

"그럴 리가 없어. 믿을 수 없다."

그의 가슴이 밑바닥으로 툭 떨어졌다. 그의 두 눈이 초점을 잃은 채 방황했다.

"아니, 난 그 어느 때보다 확고해."

"네 목숨을 버릴 만큼 그를 사랑한다는 게냐? 그래? 다시 생각해 보렴. 지금이라도 네 운명을 바꿀 방안을 찾아보도록 하자. 응? 제발, 부탁하마."

그의 목소리는 거의 흐느끼고 있었다.

"싫어."

화린이 거세게 도리질을 쳤다.

"후회할 게다. 분명히……."

"걱정해 줘서 고맙지만, 두렵지 않아."

한 치의 흔들림조차 찾아볼 수 없었다. 화린은 확고부동했다.

그 모습에 교우는 쓰디쓴 패배감을 맛볼 수밖에 없었다. 그 아닌 다른 사내를 사랑하는 화린이라니! 홍노의 말만 전하면, 그녀의 마음이 다시 자신에게 돌아설 거라 믿었는데…….

고작 한 걸음뿐이지만 그와 그녀의 사이는 헤아릴 수 없이 멀다. 일순 그녀가 낯설게 느껴졌다. 그가 알아오던 화린이 아닌 것만 같다.

그제야 깨달았다. 겨우 몇 달 떨어져 있는 동안 화린은 몰라보게 달라져 있었다. 더 이상 풋내나는 동생 화린이 아니었다. 그 교태롭던 혜금조차도 감히 흉내 내지 못할 만큼 화린에게선 진정한 여인의 농익은 향기가 뿜어지고 있었다. 부푼 꿈에 동경하던 시선은 차분하고 곧게 가라앉아 있었고, 사내를 알아버린 입술은 신비롭게 붉었다. 화린의 크고 작은 모든 부분들이 더없이 탐스럽게만 여겨졌다.

그러나 이대로 널 죽게 내버려 둘 순 없다. 나 아닌 다른 사내를…… 사랑하게 되었어도 네가 죽는 모습을 방관하고 있지만은 않겠어.

어깨를 축 늘어뜨리며 쿨내는 나서는 그의 뒷덜미에는, 식어버린 옛정과 연민으로 뭉쳐진 시선만이 따라붙고 있었다. 하지만 교우의 표정은 낙담한 이의 그것이 아니었다. 화린의 눈이 미처 닿지 않는 곳에서 교우는 금석같이 각오를 다지는 얼굴을 하고 있었다. 포기라든지 좌절과는 동떨어진 표정이었다.

이게 마지막이라고 생각지 마라. 망해 앞에서 네게 약속한 것처럼 어떻게든 널 구해내고 말 것이다.

"……딱한 사람."

화린은 거듭 중얼거리며 그에게서 눈길을 거두었다.

어차피 영겁의 생(生)은 처음부터 그녀의 몫이 아니었다. 물론

천겁토록 영생을 누린다 하여도 그와의 사랑을 맞바꿀 순 없었다. 하지만……

한 번 그녀를 버렸던 운명은 벼랑 끝에서 겨우 붙잡은 인연마저 끊어내라 강요하고 있었다. 아직도 선하다. 간지를 펼쳐 들었던 그 순간, 그녀를 덮쳐왔던 고통이. 오장육부가 끊어지던 단장(斷腸)의 고통이. 그 자리에 무너져 내리고 말았던 슬픔은 어디에도 비할 수 없는 것이었다.

"정말이지 인간만사 새옹지마가 아니고 뭐겠어."

애잔하게 내려뜬 눈가가 습하게 젖어들었다.

설마 하니 간지에 적혀 있는 이름이 협의 이름이었을 줄은.

찰나의 순간 스치듯 불길한 예감이 들었던 것은 아마도 이 때문이었으리라.

'벌…… 받은 건지도 몰라. 교우 오라버니와의 사랑을 지켜내지 못한 벌.'

애써 고통을 밀어내며 한숨을 꾹꾹 눌러 삼켰다.

"마마, 잘하시었어요."

건너편 화계를 통해 흘러나오는 소리. 휘련이었다. 아마도 그녀가 교우를 떠나보내는 모습을 멀리서 지켜본 모양이었다. 혹시 눈가에 맺힌 눈물을 보았을까? 휘련의 얼굴에 걱정이 서려 있었다. 화린은 최대한 아무렇지 않은 척하며 장난스레 툭 내뱉었다.

"왜? 내가 오라버니를 따라 도주라도 하는 줄 알았니?"

"아니요."

"그럼?"

휘련이 조금 더 가까이 다가오더니 화린의 이마에 드리워진 잔머리를 쓸어주었다. 이럴 땐 꼭 수련국에 있는 사린 언니 같았다. 늘 부단히 자신을 아끼고 보살펴 주는 고마운 사람. 다른 때 같았으면 건방지다며 웃으며 한마디 던졌겠지만 그래서인지 오늘은 그러고 싶은 마음이 일지 않았다.

"쇤네, 이미 마마께서 어떤 일이 있어도 전하의 곁을 떠나지 않으실 걸 알고 있었어요. 그래도 이렇게 의젓하게 옛 연인을 떠나보내시는 걸 보니 조금은 걱정이 들었답니다. 그러면서도 한편으로는 이제야 마음을 완전히 굳히신 듯해 덩실덩실 춤이라도 추고 싶을 만큼 기쁘기 그지없네요."

"지금 보니 휘련이 넌 내 언니를 무척 닮았어. 왜 처음엔 그걸 몰랐을까?"

"그거야 마마께서 쇤네를 너무 미워하셔서 그랬겠지요."

휘련이 눈을 흘겼다.

화린 역시 지지 않고 눈을 흘겼다.

"뭐라고?"

"흠, 기억이 나지 않으시는 모양이네요. 첫날에만 해도 마마께서는 쇤네를 못 잡아드셔서 내내 분해하셨지요."

화린은 얼굴이 벌겋게 달아오르는 것을 느꼈다. 그때는 자신이 떠올리기에도 좀 심했다 싶을 정도로 천방지축에 제멋대로

였었다. 물론 지금도 그렇지만.

하기야 안에서 새는 바가지 밖에서도 샌다고, 늘 어머니 소운 황후가 못 말리는 왈가닥 막내딸이라며 푸념을 늘어놓았는데 월국이라고 달라졌으랴? 사실, 따지고 보면 휘련이 웃은 건 하등 이상할 게 없었다. 그렇게 우스운 꼴을 보였으니 말이다. 오히려 돌이켜 보면 야청을 비롯한 나머지 사람들이 이상할 지경이었다. 아마도 그들 모두 겉으론 아무렇지 않은 척했지만 속으로 웃음을 참아내느라 고생깨나 했을지도 모를 일이었다.

"내가 성질 부린 건 너 때문이 아니었어. 나중에야 네가 부추 겨서 쏘아본 것뿐이지."

"후훗. 알았어요, 인정해 드리지요."

갑자기 휘련이 물러섬과 동시에 어깨로 이어지는 목 언저리에서 온기 섞인 미풍이 내려앉았다. 놀라서 시선을 돌리니 어느덧 협이 그녀의 등 뒤로 다가와 있었다. 교우 오라버니와 얘기하는 걸 들었을까? 순간적으로 그런 생각이 들었지만 협이 귀의 뒷부분에 입술을 갖다 대는 바람에 연기처럼 날아가고 말았다. 누가 볼세라 한쪽 손으로 나무의 곁가지를 끌어당겨 그늘을 만든 협은 나머지 한쪽 손으로 화린의 턱을 받쳐 든 채 입술을 겹쳐 오고 있었다. 화린은 가만 눈을 감았다. 그의 혀가 흡착해 오는 감촉에 온 신경이 모아졌다. 평소보다 거칠다 싶은 그의 숨결은 그만큼이나 밀도가 높고 뜨거웠다.

"……오늘도 저곳에 앉은 야합화가 보이는구나."

겨우 입술을 떼어낸 그가 잔뜩 가라앉은 어조로 말했다.

"야합화요?"

뺨에 핀 홍조를 느끼며 그의 시선을 따라가니 일전에 그녀가
협에게 건네주었던 그 꽃이 보였다. 사람 손길이나 작은 저항에
마주 보던 두 잎사귀를 오므리던 신기한 꽃. 아마도 이름이 야
합화인 모양이었다.

"자귀나무 꽃. 마영화(馬纓花), 또는 야합화(夜合花)라고 하지.
햇빛이 약해지는 밤이 되거나 바람이 불면 이 잎사귀들은 닫히
고 말아. 속뜻이 많은 꽃이기도 한데 상대방의 노여움을 달래기
위해, 구애하기 위해 쓰이는 편이지. 그래서 야합이라 부르곤
해."

화린은 눈을 빛냈다. 용의주도하게 야합화를 건네받고 싶어
했던 협의 모습을 떠올리니 자연 미소가 머금어지는 탓이었다.

"그럼 그때 전, 아무것도 모른 채 당신한테 구애를 한 거였군
요."

"아니, 여자가 건넸을 때에는 보답의 의미가 되기 때문에 그
렇지 않다."

"그래요?"

"응."

협은 손에 가장 가까이 잡히는 야합화를 한 송이 꺾더니,

"이렇게 한 송이를 건네주면 구애를 받아들이겠다는 뜻이고,
그게 아니라 두 송이일 경우에는 다른 연인이 있다는 거절의 뜻

이 되지."

하면서 화린의 손에 쥐어주었다.

"그런 뜻이 있었을 줄은……. 재미있군요."

다시 뜻을 되새기던 화린은 돌연 표정을 흐리고 말았다. 탐색하는 협의 시선이 화린의 얼굴에 닿았다.

"……?"

"……그때에는 교우 오라버니를 정인으로 여기고 있었는데, 그것도 모르고."

"지금은 이렇게 내 신부가 되었잖나. 그거면 넘치도록 충분해."

그가 또다시 입술을 봉해 버리며 달게 속삭였다.

"아니, 충분치 않아. 그래도 질투가 나. 다른 누구도 널 눈에 담지 못하게, 넘보지 못하게 숨겨두고 싶어. 나는 질투에 눈 먼 사내다."

화린은 쿡쿡 웃었다.

"만약……."

문득 궁금한 듯이 말끝을 흐리며 협을 바라봤다.

"음?"

"만약 그때 제가 한 송이 아닌 두 송이를 건네주었다면 어쩌려고 했어요?"

그녀를 안은 협의 어깨가 가만 굳어졌다.

"정 대답하기 곤란하면……."

"아니, 그렇지 않아. 설령 화린이 두 송이의 야합화를 건네준다 하더라도 이 마음, 절대 접어버리지 않겠다고 다짐했었지."

"맞아요. 당신…… 교우 오라버니가 돌아오면 날 놔준다고 했던 거, 거짓말이라고 했었죠?"

그가 대답 대신 한참 동안 뚫어지게 화린을 응시했다.

문득 서글프게 비껴간 그들의 첫날밤이 떠올랐다. 그날 밤 화린은 시리디시린 허전함을 곱씹으며 겨우 잠을 청해야만 했다. 이후로도 혼자인 밤은 구멍난 가슴에 찬바람을 심어놓아 서러움마저 들었었다. 그가 품지 않겠다고만 했지 그렇게 그녀를 홀로 내버려 둘 줄은 전혀 몰랐기 때문이다.

"어떠한 경우에도 놔주지 못해. 이렇게 미치게 좋은걸 어떻게 그럴 수가 있나. 어떻게……."

그가 격하게 화린을 끌어안았다. 그의 넓은 품 안에서 안식을 찾은 화린은 다시 한 번 결심을 굳혔다. 그래, 난 이 사람의 신부야. 이 사람의 신부가 되었어. 비록 그가 자신과 맺어져선 안 될 만월의 기운을 타고난 사내라 하더라도 그녀는 그의 신부였다.

"그래요, 나도 당신 곁을 떠나지 않아."

비로소 돌아온 월국의 하늘 아래, 진정 그의 아내가 되었구나 싶은 생각에 충만한 기분을 느꼈다.

"단 한 번도 너를 마음속에서 몰아내지 못했다. 매 순간 너만 아는 심장은, 너밖에 모르는 이놈은 주제를 모르고 날뛰더구나.

그래서 알았지. 널…… 다른 사내에게 보내준다 말한 것은 스스로를 기만한 것에 지나지 않다는 걸."

협은 가슴속에 있는 감정을 남김없이 드러내는 중이었다. 잠시나마 화린이 교우란 사내와 함께 있었던 것에 질투심을 느끼고, 바로 이전엔 그녀를 잃어버릴지도 모른다는 불안감에 사로잡혔었다. 옥골 같은 그 사내가 감히 협 앞에서 제 여자라며 운운하였을 때, 화린이 그의 손을 잡아주지 않았더라면 벌써 평정을 잃어버리고 남았을 일이다. 만에 하나 화린이 교우를 따르겠다고 하면 그대로 놓아줄 수 있었을까.

백 번을 돌이켜도 답은 똑같았다. 절대로 그럴 수 없었을 것이다. 가례를 치르던 그날 너그러운 척, 점잖은 척 보내주겠다 말한 것이 얼마나 가당치도 않은 거짓말인지…….

"혹시…… 교우 오라버니가 별다른 말을 하진 않았어요?"

"아니."

협은 망설임없이 대답했다.

설령 네가 교인이 맞다 하여도, 다른 무엇이었다 하더라도 상관하지 않겠다. 너는 이대로 나만의 화린이 될 테니까. 이미 족쇄가 되어버린 마음, 어떻게 돌릴 수도 없을 만큼 와버렸다. 이게 소유욕인가? 질투심인가? ……사랑이던가? 처음이라면 난생처음 겪어보는 감정의 홍수 속에서 협은, 불안감을 부추기던 교우의 말을 잊어버리기로 했다.

어디에도 맺어질 수 없는 인연 같은 건 없다. 화린 네게 불운의 구름이 드리워진다면 전부 내가 막아내마.

협은 눈을 내리깐 화린의 얼굴을 보면서 치열하게 다짐했다. 그의 대답이 있은 후 화린은 더 이상 교우에 대해 그 어떤 말도 일체 꺼내지 않았다. 그저 다급하게 그녀의 숨결을 찾는 그에게 입술을 내어주고, 단단히 일어선 그의 일부에게 말없이 몸을 열어줄 뿐이었다. 허옇게 드러난 그녀의 맨살에 하체를 맞댄 그는 거친 숨을 터뜨리며 불안함을 이겨냈다. 동그랗게 솟은 이마에 입을 맞추고, 달게 터져 나오는 화린의 신음을 허겁지겁 한가득 삼켰다. 협은 그렇게 자각하지 못하는 새 감당키 힘들 정도로 커져 버린 질투심을 솔직하게 풀어냈다. 어느 때보다 거칠게, 서툴게 그녀를 취한 스스로를 나무라며 어깨에서 엉덩이에 이르는 부위까지 천천히 쓰다듬으며 입술을 눌렀다. 여전히 화린의 몸에 묻은 채로 곳곳을 핥았다. 그의 입술이 지나가는 곳에 불긋한 잇자국이 남겨졌다. 화린만의 향긋한 향기가 비로소 그에게 안정을 가져다 주는 것 같았다.

그러나 교우가 예언처럼 던져 놓고 간 한마디는 믿을 수 없게도 현실로 벌어지고 말았다. 그것은 그로부터 이튿날 밤, 칠흑의 어둠이 건져 올린 달이 산중턱으로 떨어지고 나서야 깨달을 수 있었다.

그를 받아들인 지 정확히 달포를 채우던 날이었다.

선혈처럼 붉은 처녀꽃들이 만발한 회덕헌의 아침, 협은 식은땀으로 흠뻑 젖은 화린을 보며 놀라서 침상에서 몸을 일으켰다.
하룻밤 새 화린의 얼굴은 많이 수척해져 있었다. 얼마나 땀을
많이 쏟았는지 자리옷까지 전부 다 젖어버려 화린의 몸에 달라
붙었다. 벌린 듯 말 듯 보이는 입술 새로는 아픈 신음이 새어나
와 단내를 풍겼다.

"화린, 눈을 떠봐라."

목소리는 다급하기 그지없지만 손길만큼은 비할 데 없이 부
드럽고 조심스러웠다. 죽은 듯 잠들었던 화린의 눈이 천천히 열
리기 시작한 건 아주 한참이 지나서였다.

"으…… 응, 협……."

반쯤 핏기 잃은 입술에서 꺼질 듯한 음성이 흘러나왔다. 그녀
의 목소리를 확인하고 나서야 협은 겨우 숨을 돌릴 수 있었다.
가슴이 철렁 내려앉는 기분이 이러할까.

"그래. 나다, 협. 많이 아픈…… 거냐? 응?"

아직 여독을 풀지 못해 그런 것인가?

그 고된 설국으로의 여정에서조차 단 한 번의 병치레도 없던
그녀였다. 때문에 협은 더 더욱 놀라고 걱정할 수밖에 없었다.

"아니, 괜찮아요. 조금 기운이 없어서 그래요."

화린의 대답이 이어진 후 곧바로 밖에서 시비가 조식을 대령
하였다. 협은 시비에게 미음을 지어오라고 명한 뒤에, 화린이
녹진해진 자리옷을 갈아입는 것을 도와주었다. 후문에 이어진
처녀꽃이 오늘따라 더 붉어 보이는 까닭은 화린의 혈색이 머미

해서인가? 가당치도 않았지만, 밤새 화린의 양기를 모두 저 처녀꽃이 빨아들인 건 아닌가 하는 부질없는 생각마저 드니 협, 그도 어지간히 놀란 모양이었다. 저 붉음에 대조된 화린의 창백함 때문에 더욱 그러했다.

"입에는 맞지 않겠지만 조금이라도 먹어보렴."

협은 시비가 지어 올린 미음을 한술 떠올리며 화린에게 권했다. 하지만 화린은 한술도 채 넘기기 전에 헛구역질과 함께 뱉어내고 말았다. 협은 지체할 필요 없이 야청에게 노율을 불러오라 일렀다. 비겁하게도 사내의 욕심 한구석엔 화린이 수태를 해서 비롯된 증상이 아닐까 희망을 품어보지만 당장은 정확한 원인을 알아보는 게 더 중요했다.

"전하, 노율이옵니다."

"어서 오게."

조식도 들기 전 시각인지라 이른 아침 협의 부름에 회덕헌으로 불려온 노율의 얼굴엔 한가득 걱정이 번져 있었다. 노율이 회목에서 맥을 짚는 동안 화린은 그의 안타까운 시선을 그대로 받아내고 있었다.

"태기가 보이진 않습니다."

"허면?"

협은 한쪽 눈썹을 치켜 올렸다. 노율이 양미간에 주름을 잡고는 화린에게 물었다.

"……별다른 이상은 보이질 않습니다. 다만 소첩 여쭈고자 하

는 것이 하나 있습니다. 어제 취침하시기 전에 무얼 드셨는지
요?"

"그냥 간단한 과일과 차를 들었을 뿐이에요."

화린의 대답에 노율의 이마에 고였던 주름이 더욱 깊게 패였
다. 협은 더 이상 참지 못하고 다그쳐 물었다.

"말해보거라, 노율. 왜 그런 게지?"

"……아뢰옵기 황공하오나 현재 마님께서는 눈에 보이는 증
세와 달리 그 원인을 찾을 수 없을 정도로 건강하십니다. 여독
에 의한 후유증과 단순 체기(滯氣)로 처방을 내리도록 하겠습니
다."

"수고했다. 그만 가보도록 하여라."

협은 뭔가 더 말할 것처럼 입을 벌렸다가 도로 닫으며 화린의
이마를 어루만졌다. 아직도 식은땀이 질척거리며 손에 묻어났
다. 노율을 믿지 못하는 것은 아니었으나 이번만큼은 어쩐지 신
뢰가 가질 않았다. 혹여라도 차도가 없을 시엔 노율 아닌 다른
의관을 통해 화린을 진맥케 하리라. 정말로 노율의 말처럼 단순
한 체기 정도라면 좋으련만……. 그런 바람과는 반대로 자꾸만
불안해지는 마음을 억누를 길이 없었다.

게다가 곧 어머니 계연 황후의 처소인 혜운궁에도 가보아야
하기 때문에 이대로 화린을 놔두고 가는 것이 영 마음에 걸렸
다.

"가보세요. 황후마마께서 기다리실 텐데……."

"내가 없는 동안 더 아프면⋯⋯."

"아프지 않을 거예요. 노율이 말한 것처럼 그냥 체한 것뿐이니까."

화린이 야무지게 잘라 말하며 그를 배웅하기 위해 침상에서 일어섰다.

"금방 돌아오도록 하마. 밖에 야청과 무항이 있으니 필요하면 그들을 부르도록 해."

"응, 알았어요."

화린의 고집으로 무항은 그들 밑에서 지내고 있었다. 여전히 탐탁지는 않았지만 화린이 워낙 고집을 꺾지 않아 못 이긴 척 들어주고 만 것이다.

무항⋯⋯.

야청이나 협, 자신처럼 다른 사람들의 눈에 속을 알 수 없는 사람처럼 비쳐진다는 점에서 비슷하긴 했지만 간혹 느껴지는 어두운 기운은 자꾸만 그의 신경을 건드렸다. 비록 노비였다곤 하나, 그의 직감은 무항이 범부가 아님을 말해주고 있었다. 그래서 일부러 야청과 함께 있게 한 것이었다. 야청도 그의 뜻을 알아 최대한 무항이 눈치채지 못하게 거리를 두며 살피는 중이었다. 아직까지 이렇다 할 이상한 점은 발견치 못했으나, 경계를 늦출 수 없는 인물이었다.

협의 걸음은 어느덧 혜운궁의 처마 끝 그늘에 닿아 있었다. 이제 대면하게 될 황후 계연의 입에서 어떤 말이 흘러나올지는 안 봐도 뻔했다. 얼마 전, 설국 예아 공주의 일로 성마른 푸념을 늘어놓았던 기억이 떠올랐다. 그와 화린이 월국에 닿자마자 계연은 득달같이 그를 다그쳤었다. 이후로도 그녀는 미련을 버리지 못하고 종종 그에게 강권하다시피 해왔다. 오늘도 그런 날 중 하나이리라.

"예아 공주의 청을 물리쳤다 들었다. 그게 사실이더냐?"

첫날 황후는 그의 예상대로 묻고 싶은 것만 직설적으로 물었었다.

"그렇습니다."

쯧쯧, 황후의 혀 차는 소리가 이어졌다.

"어찌 그리 앞날을 내다보지 못하누. 예아 공주는 네게 연정을 품은 여인이기 이전에 귀하게 떠받들어 자란 몸이다. 그런 그녀가 체모도 버리고 따르겠다 한 것을 내쳤다고? 그깟 저 출신도 모르는 계집 때문에? 허허, 얌전한 줄로만 알았더니 내 이리 뒤통수를 얻어맞는구나. 설국으로 떠나는 길에 분명 네 곁을 떠난다 약조까지 해놓고는! 요사스러운 것 같으니……."

협의 얼굴이 딱딱하게 굳어졌다.

어머니의 말이 아니더라도 화린이 그렇게 한사코 설국에 따라가겠다고 한 이유가 어머니에게 있었음을 모르지 않았다. 둔하게도 화린의 얼굴에 종종 내비쳤던 근심을 그저 정인에 대한 그리움이 아닌가 속 모르고 심통을 부린 적이 있었지만 말이다.

가례가 있은 지 벌써 두 달이나 지났다. 아니, 석 달이 다 되어가고 있었다. 그런데도 화린을 인정하지 않는 그녀가 이제는 야속했다. 오로지 아들인 그의 영달을 바란 일심이 너무도 강해 그런 것이라 이해를 하기엔 그도 많이 지친 상태였다. 인내심이 한계에 다다른 것이다. 그동안 화린이 혜운궁에 불려갈 때마다 어머니 계연 황후의 타박을 눈감아주었건만 어찌 이리도 그의 마음을 몰라준단 말인가!

이제 와 그의 어머니가 지난 일을 털어놓는 까닭이 무엇이랴?

협은 그리 어렵지 않게 짐작할 수 있었다. 그가 이런 사실에 격노하길 바랐기 때문일 것이다. 그러나 화가 나기는커녕 도리어 한없이 안타까운 마음이 일기만 하였다. 그간에 얼마나 마음 고생이 많았을까. 온기라곤 눈곱만큼도 없는 그의 어머니가 화린을 어떻게 내치려 하였는지는 굳이 지켜보지 않아도 알 일이었다. 어서 처소로 돌아가고 싶었다. 이제 더는 그녀 혼자 힘들게 하지 않겠다는 다짐이 협의 눈동자에 선명한 빛을 심어놓았다. 아프다면 함께 고통을 나눌 것이고 즐겁다면 함께 기쁨을 나누리라.

오늘도 마찬가지로 그에게 푸념을 늘어놓는 어머니.

협은 단단히 각오를 다지는 눈으로 그녀를 마주했다.

"화린 이외에 다른 여인은 첩실로도 두지 않겠습니다. 그 점은 예아 공주에게도 분명히 하였으니 어머니께서도 헛된 미련은 버리십시오."

"성에 차지 않는다, 그 아이는!"

계연의 얼굴이 더욱 심하게 일그러졌다. 푸념만 늘어놓던 며칠 동안과는 달리 더는 물러서지 않겠다는 듯 격하고 단호한 음성이었다. 그건 협 또한 마찬가지였다.

"화린은 제가 사랑하는 여인입니다. 당장은 못마땅한 점이 있더라도 화린을 점차적으로 가까이서 보시게 되면 어머니의 생각이 많이 달라질 것입니다."

"어림없는 소리!"

그녀의 냉혹한 어조가 채찍처럼 날아들었다.

갑자기 그녀가 뭔가를 서안 위로 올려놓았다. 그것을 본 협의 눈동자가 잠시 얼어붙었다. 엄연한 주인이 있는 물건이거늘, 어머니께서는 어찌하여 이걸 지니고 계신단 말인가. 치미는 궁금증을 억누르며 가만히 그녀를 주시했다.

"이게 무엇인 줄 아느냐?"

정녕코 모를 거란 뜻에서 묻는 게 아니었다. 그것은 바로 황실의 위용을 금빛 찬란하게 아로새긴 옥쇄였다.

"내, 조식을 하기도 전에 노율이 회덕헌으로 급히 가더란 얘길 들었다. 그런 허약한 계집이 무어가 좋다고……. 뭐, 정 네가 그렇게 아낄 정도라면 더는 입에 담지 않겠다. 허나, 예아 공주의 일은 이대로 묻어둘 수 없다."

"어머니!"

"이 옥쇄는 장차 네 것이 될 터이다. 언제까지 그런 작은 부분에 연연하고 있을 게냐? 대의(大儀)를 위해선 소의(少義)를 버릴 줄도 알아야 하느니라. 내가 이만큼 양보하겠다는 것인데 어찌 이리 답답하게 군단 말이더냐? 이 어미의 내리사랑을 기어코 불효로 갚을 셈이냐?"

"저의 뜻은 변함이 없습니다. 그 옥쇄의 주인은 마땅히 형님이 되어야 한다고 여기는 바, 어머니께서 말씀하시는 대의 역시 받아들일 수 없습니다."

협도 강경하게 대꾸했다.

어려서부터 지금에 이르기까지 그에게 왕위를 물려받아야 할 정당성에 대해 신물이 나도록 들었지만, 왕좌에 대한 그의 생각은 여전했다. 자신과 형 중에 누구의 그릇이 더 큰가를 떠나 조는 협이 보기에 왕좌를 이어갈 가장 적합한 인물로 비쳐졌다. 조는 민심을 헤아릴 줄 알았고, 통치자로서의 치밀한 계산력도 남달랐다. 강하게 이끄는 힘보다 조화로운 올곧음이 몸에 밴 사람. 그것은 월국의 미래를 열어나갈 황제에겐 없어선 안 될 중요한 덕목이었다. 만약 반대로 협이 황태자의 자리에 오른다면, 그 상당한 무게로 인한 위압감에 못 이겨 스스로 물러나고 말 것이다.

"이러면 이럴수록 나는 그 아이를 더 못마땅하게 여길 수밖에 없단 걸 알아두어라. 대세가 우리에게 기울었느니라. 그리 기고 만장하던 차비는 이제 이빨 빠진 호랑이가 되었다. 아니, 퇴물이 되었지. 이번 일은 다시없는 기회이다. 더욱이 이러한 때, 설국 예아 공주가 너의 내조를 한다면 그야말로 금상첨화가 아니겠느냐? 이런 적기를 놓치는 것은 진정한 사내로서의 도리가 아닐 터. 더 이상 이 늙은 어미의 진력을 빠지게 하지 말아다오."

협은 단호히 그녀의 뜻을 뿌리쳤다.

차비 휘옥에 관한 이야기는 며칠 전 월국에 닿을 무렵부터 알고 있었다. 어머니 계연 황후에게는 듣던 중 반가운 소리였으리라. 왕좌에 더한 집착을 보이는 것은 지극히 당연한 반응이었다.

"황후마마께서 그토록 원하는 것을 들어드릴 수 없음에 유감일 따름입니다. 소인, 단 한 번도 형님의 왕위 계승에 대해 다른 뜻을 품어본 적이 없습니다. 마지막으로 화린은, 언제고 곧 아시게 되겠지만 앙심을 가지고 대할 수 없을 정도로 성품이 선하고 고운 사람입니다. 때문에 황후마마의 못마땅함이 머지않아 씻은 듯 사라지게 될 것이라 믿어 의심치 않습니다."

황후라는 호칭을 사용함으로써 일부러 깍듯한 거리를 두려하는 협의 의도에 그녀가 눈을 치떴다.

"내가 끝내 인정하지 않는다 하더라도 말이냐?"

"결정을 번복하는 일은 없을 겁니다."

그녀의 앙다문 입술 아래로 참다못한 분기가 파르르 내려앉았다.

협의 의사가 바뀔 거란 확신만 주어진다면 몇 번이고 되풀이해서 말할 수도 있었지만 틀렸다. 누구도 그의 의사를 바꿀 순 없었다. 더구나 이렇게 쐐기를 박은 마당이니, 설령 그녀 아닌 부왕(父王)의 명이라 하여도 절대 바뀌지 않으리라. 결정을 번복하지 않는다던 그의 말은 단 한 번도 지켜지지 않은 적이 없었다.

잠시 후 계연의 입에서 한기 섞인 말이 흘러나왔다.

"답답한지고! 내 더 말해 무엇하랴. 벽창호를 대한들 이보단 나을 터. 그만 가보아라!"

"무항, 선요가 어찌 지내는지 알고 싶지 않아?"

화린은 꺼낼 듯 말 듯하더니 근심이 배어난 목소리로 한숨 어물었다.

협이 혜운궁으로 가고 난 후 서너 시진이 흘렀다. 그사이 식은땀을 몇 차례나 흠뻑 쏟아야만 했다. 노율이 처방전을 내린 약마저도 온전히 삼키지 못한 지금, 제대로 몸을 가누는 일조차 몹시 힘들었다. 단순한 체기라든지 여독으로 인한 후유증치고는 예사롭지 않은 이 증상이 어디서 비롯되었는지는 화린 자신이 가장 잘 알았다. 서서히 운명의 끈이 죄어오고 있는 것이리라. 하필이면 그 많은 이름 중에 그였을까. 고통이 심해질수록 얄궂은 운명을 향해 원망과 비난을 하게 되는 건 어쩔 수 없는 일이었다.

무항은 그저 굳은 얼굴로 침묵을 유지했다.

화린은 뜸을 들이다가 결연히 입을 열었다. 죽음을 목전에 두고 있다고 생각하니 어떻게든 무항의 마음을 되돌려 보리란 결심이 선 것이다. 그때는 그저 선요가 불쌍하고 안되어 보이는 동정 그뿐이었지만 이젠 달랐다. 협을 향한 사랑을 온전히 가슴에 품은 지금은, 그 애달는 선요의 심정을 누구보다 잘 알 것 같았다.

"무항, 아니, 단둘만 있으니 익호라고 부를게. 그 일이 있고 나서 선요는 거의 혼자 지내오다시피 했대. 아예 교인들과 격리된 채 살아가고 있다구."

"……."

예상대로 무항은 일언반구도 하지 않았다.

그 안타까운 속내를 어찌 모르랴만은 그래도 화린은 답답했다. 그녀의 언성이 찌를 듯 높아졌다.

"그날 그녀는 네가 아니라는 걸 알고는 날 무서워했어. 알아? 날 피해 달아났단 말이야! 정말 그녀를 그렇게 내버려 둘 참이야? 그래도 복수가 중요해? 그렇다면 너는 선요를 진정으로 사랑하는 게 아니야!"

"함부로 말씀하지 마십시오!"

"아니면 뭔데? 그녀가 아플 때 곁에 있어주지 못해 스스로가 증오스럽다면서 지금은 왜 외면하는 건데? 그렇게도 복수가 중요해? 그녀보다 더? 그녀가 이렇게 버림받은 채로 있게 놔두는 것보다 잘못한 일이 어디 있을까? 대답해 봐. 정말로 그녀를 사랑하기는 한 거야? 복수는 의무감을 져버리기 위한 도구는 아니었어?"

드디어 무항의 화가 폭발했다.

"그만 하십시오! 아무리 공주마마라 하여도 더는 참고 있지만은 않을 것입니다."

"참고 있지 않으면? 그 다음엔 어쩔 건데?"

화린은 내친김에 더욱 바락바락 그의 성질을 건드려 놓았다.

"결국엔 너도 그들과 똑같아. 선요에게 상처를 준 놈들과 다를 게 하나도 없어!"

일순 무항의 눈이 위험하게 빛을 발했다. 그러나 그 눈빛을 알아채기도 잠시, 화린은 그에게 멱살을 잡히고 말았다.

"이 자리에서 공주마마를 죽일 수도 있습니다."

"그래, 그럼 죽이렴."

그의 손에 힘이 가해지기 시작했다. 숨통이 점점 조여오는 느낌에도 화린은 그에게 애원하지 않았다. 이렇게 죽는 것일까? 그것도 나쁘진 않다. 그러면 적어도 그녀가 아파하는 동안 협이 무력감에 고통스러워하는 일은 없을 테니까. 그를 위해서라면……

그런데 갑자기 무항이 손을 놓아버렸다. 화린은 콜록콜록 기침을 하면서도 그를 향해 되쏘는 것을 잊지 않았다.

"왜! 죽이지 그랬어? 그의 곁에 남아 시름시름 병들어가는 모습을 보여주느니 네 손에 죽는 게 나았을 텐데. 그가 아파할 모습을 보는 것보다 차라리 나았을지도 모르는 일인데! 이렇게 욕심을 부리면서까지 그의 곁에 있는 게, 어쩌면 더 이기적인 것일 수도 있는데 말이야. 죽는 것은 사는 것보다 힘들다고 하더니 그 말이 맞는 게로구나. 후후."

"공…… 주마마? 그게 무슨……."

무항은 얼어붙은 채 말을 잇지 못했다.

화린은 터져 나오려는 눈물을 꾹꾹 눌러 삼키며 끝까지 말을 내뱉었다.

"혼자서 어려움이란 어려움은 모두 짊어진 척하지 마! 그래도 네가 아직까지 복수를 운운할 수 있는 건 앞으로도 시간이 많이 남았다는 뜻이겠지. 그녀를 만날 시간, 그녀에게 용서를 빌 시간, 그녀와 함께 행복을 누릴 수 있는 시간. 이 모든 것들이 충분하니까 여유를 부리고 있는 거야, 넌. 만약 네게 남은 삶이 얼마 남지 않았다면 이럴 순 없었겠지. 하지만 이것만은 알아둬! 누군가는 네가 복수에 허비하는 그 시간만큼이라도 간절히, 사랑하는 이의 곁에 머물고 싶어한다는 걸. 그만큼의 시간조차도 곁에 있을 수 없어 가슴이 문드러져 간다는 걸!"

"마마, 대체 그게 무슨 말씀이십니까?"

"됐어. 그만 가보도록 해."

"마마!"

"됐다고 하지 않느냐! 널 보고 싶지 않구나. 너무 화가 나. 더 이상 널 대하고 있기가 힘들어."

야멸찬 뿌리침에도 야청은 자리에서 일어서지 않았다.

이때, 회덕헌 화계에 기댄 인영(人影)이 움직일 줄 모르는 미생물처럼 가만 굳어 있었다. 그 어둠 속에도 한 쌍의 눈동자만큼은 빛을 품어 번뜩이고 있었다. 협이었다. 놀라움을 수습한 그의 얼굴은 누구도 의중을 읽어낼 수 없을 만큼 무표정했으나, 이 순간 이어지는 화린과 무항의 대화에 잔 떨림을 보이는 눈매는 숨길 수 없을 만큼 확연히 감정을 드러내고 있었다. 그는 지금 동요하고 있었다.

"그냥…… 실언을 입에 담은 것뿐이야. 놀랄 것 없다."

"안 되겠습니다. 마마께서야말로 어서 수련국으로 돌아가십시오. 망해를 건너는 방법은 찾아보면 분명히 어딘가에 있을 겝니다."

"내가 있을 곳은 앞으로도 여기밖에 없어."

순간 협은 뜨끈하고 뭉클한 뭔가가 가슴에서 북받쳐 오는 것을 느꼈다.

이제껏 화린을 먼저 사랑해 온 그였기에 그 사랑의 크기 또한 그가 더 크다고 믿어왔었다. 자신이 그녀를 사랑하는 만큼 그녀가 사랑하지 않아도 부족한 부분을 채워가며 더 사랑해 주면 된다고 여겨왔었다. 그러나 그것은 얼마나 얕은 착각에 지나지 않았던가? 저 작은 가슴에 품은 커다란 사랑에 협은 화린과 무항이 나누는 대화도 잊은 채 뿌리내린 듯 그 자리에 서 있었다. 당장 안으로 들어가서 그녀를 안아주고 싶은 마음 가득했지만 이렇듯 무턱대고 끼어들 순 없는 노릇이었다. 무엇보다 헛소리이길 바랐던 교우의 말이 사실임을 믿어야 할 때가 온 것이다. 그저 옹졸한 질투심이 지어낸 간교한 거짓말이길 바랐거늘…….

교인(鮫人)이었구나.

월궁의 항아가 눈앞에 나타난들 그의 화린보다 신비롭지 않을 거라 상상하며 황홀감에 젖었던 순간순간들이 주마등처럼 스쳐 갔다. 그렇다 하여도 화린은 변함없는 내 아내다. 화린이 내뱉은 말들이 마음에 걸렸지만 그는 결연히 눈빛을 다졌다. 이미 한 번 결심을 굳혔듯 어떤 위기 앞에서도 화린과 헤어지는 일은 맹세코 없을 것이다. 어림없다. 보내주지 않아. 네가 죽도록 내버려 두지도 않겠다!

"죄송합니다. 아까는 소인이 잠시 무례를 범하고 말았습니다. 벌하시겠다면 기꺼이 받겠습니다. 그 먼 설국 땅까지 밟으며 미천한 이놈을 찾아주셨는데, 백골난망 그 은혜도 모르고……. 소인께 벌을 내려주옵소서!"

그래서 그렇게 된 거였군.

협은 비로소 무항에게서 느껴지던 석연치 않은 기운을 이해할 수 있었다. 알게 모르게 화린을 유심히 살피며 주위를 맴도는 무항에게 절로 신경이 곤두섰었는데……. 그런 치졸한 질투심을 비웃기라도 하듯 무항은 화린에게 철저히 주군으로서 대하고 있었다.

"되었다지 않느냐. 네게 잘못을 탓할 생각은 없어. 먼저 선요의 얘기를 꺼낸 건 나니까."

더는 이대로 있을 수 없었다. 협은 문간에서 헛기침을 내뱉으며 인기척을 냈다. 무항은 얌전히 처소에서 물러났다.

"협……."

화린이 반기듯 그의 품에 안겨왔다.

협은 여전히 식은땀에 젖어 있는 화린의 이마를 애틋하게 쓸어 내리며 걱정 섞인 신음을 삼켰다. 노율이 처방전을 내린 이후 나아질 법도 하건만 전혀 나아지는 기미가 보이질 않았다. 다시 한 번 노율을 불러들여야 할까? 아니면 다른 내의원이라도…….

자꾸만 화린의 말이 걸렸다.

만에 하나 교우의 말처럼, 그가 놓아주어야만 그녀가 살 수 있는 그런 것이라면!

화린을 안은 그의 팔에 더욱 강한 힘이 실렸다. 너무 연약해 바스러질 것만 같은 화린의 체구에 절박함은 곱절로 무게를 늘려가고 있었다.

「이제 망해가 없어지는 건 시간 문제가 아닌가?」

"아닙니다!"

몸은 하나요, 목소리는 둘이라.

홍노는 격하게 고개를 내저었다. 스스로에게 하는 말이었지만 그녀는 분명 대화를 하고 있었다. 남들이 보기에는 미쳤다고 할 게 틀림없을 터였다. 수련국에서 가장 깊은 심해의 한가운데. 그곳은 홍노의 처소였다.

「아니긴! 이미 망해가 반쯤 없어진 상태라는 걸 그대도 모르진 않을 텐데?」

거칠고 스산한 음성이 그녀의 성대를 통해 흘러나왔다.

그 목소리는 홍노에게 오늘날의 지위를 있게 한, 물의 정령이었다.

"교우도 가만히 지켜보고 있지만은 않을 겝니다. 그리고 그 인간 사내 역시 공주를 아끼고 있기 때문에 제 욕심만을 고집하지는 않을 테구요."

「그럴까? 공주는 이미 마음을 굳힌 듯한데?」

"두고 보십시오."

「흥, 그동안 너무 키워놨군 그래. 만약 망해가 사라지면 어찌 되는지 알고 있겠지?」

가래가 끓는 듯한 사내의 목소리는 언짢은 기색이 역력했다.

「필요하다면 공주를 죽여서라도 나를 향한 그대의 충성심을 보여라. 그래야 인지상정이 아니겠는가, 응? 다시 묻겠다. 망해가 사라졌을 때 처할 그대의 운명은 잘 알고 있는가?」

나직하지만 그 무게만큼은 어떤 협박에도 비할 수 없는 섬뜩함이었다.

그러나 홍노는 늘, 언제나처럼 주눅 드는 법이 없었다.

"그나마 흑월에만 볼 수 있던 눈은 완전히 멀고, 반신불구에 귀머거리가 되겠지요. 그리고 그런 쓸모없는 존재가 되었을 때,

황제는 물론 저조차도 목숨을 끊을 수 없다는 것 역시 알고 있습니다. 죽느니만 못한 목숨을 주어진 생의 순간 동안 업으로 받아들여야 것 아닙니까?"

「그래, 잘 알고 있구나, 어리석은 자여! 그렇다면 더 말하지 않겠다. 망해의 층이 얇아질수록 내 신경이 점점 날카로워진다는 것은 몸소 체험하고 있을 테니, 나머지는 그대에게 맡기도록 하지. 그대가 이렇게 말을 하고 움직이는 것 모두가 내 덕분임을 잊지 마라.」

그랬다. 사내의 말처럼 망해가 얇아질수록 그의 신경은 몹시 예민해지고 있었다. 반대로 그녀는 뼈 마디마디가 고통을 호소하며 차츰 마비되어 가는 몸 때문에 하루에도 몇 번씩 불안함에 시달려야 했다. 두려움의 엄습으로, 무뎌지는 육신과는 달리 잔뜩 날이 선 정신은 어찌 보면 그를 닮아가는 모양이었다.

더는 그의 음성이 들리지 않았다. 홍노는 나직이 한숨을 내쉬었다.

'교우 녀석이 일을 잘 처리해야 할 터인데.'

처음부터 교우에게 맡기지 말았어야 했을까?

황제에게 들키지 않고 처리할 수 있는 방법이라 여겨 교우에게 맡긴 것이거늘.

그녀 스스로가 나서기에는 아무래도 많은 위험이 뒤따랐다. 제일 먼저 황제를 속이는 게 불가능에 가까웠고, 다음으로 공주를 죽이도록 교우와 협, 두 사내가 가만히 있지도 않을 터였다. 공주가 협과 헤어질 생각이 아니라면 망해를 지켜낼 방법은 단

하나, 공주를 죽이는 수밖에 없었다. 홍노는 재차 한숨을 들이켰다.

알고 있었다. 예전이라면 몰라도 지금의 자신은 결코 화린을 죽이지 못한다는 사실을.

더욱이 화린의 편에서 도울 방안까지 모색하려 했던 자신이 아닌가? 지금이야 급작스레 모습을 드러낸 물의 정령으로 인해 조금은 냉정해지긴 했지만, 근래에 그녀는 너무 감상적이고 나약해져 있었다. 무엇보다 문제는 그런 약점을 물의 정령이 하나하나 놓치지 않고 주시한다는 점이었다.

'쇠잔의 징조인가!'

이제 그만 이 자리에서 물러날 때가 되었다는 적신호인지도 몰랐다. 이 모든 일들이 몹시도 힘에 부친다는 생각을 하며 홍노는 자리에서 일어났다. 그러다가 과연 정말로 힘에 부쳐서인가, 하는 의문이 일었다.

아니, 그렇지 않았다.

홍노는 자신이 언제부터 이렇게 마음이 약해졌는지 거의 정확하게 기억하고 있었다. 막내딸 화린을 보내고 난 후 처절하게 무너져 버린 황제 지륜을 곁에서 지켜보고 난 후부터였다. 그때 찾아든 감정은 고통을 동반한 혼란스러움. 이미 어린 시절 단념해 버린 줄 알았던 그를 향한 연심이 불현듯 꿈틀대기 시작한 것이다. 홍노는 그런 결과를 몰고 온 물의 정령에게 분노했고, 스스로에게 혐오스러움을 느꼈다. 그것은 지독한 자괴감이기도 했다. 그러지만 않았던들, 다른 많은 교인들에게 그러했듯이 그들이 삭이는 고통을 묵묵히 관조하고 말았을 터인데.

해서 어떻게든 화린을 구해보겠다고 발버둥 치는 그를 보면서 마음을 독하게 다잡을 수가 없었다. 그를 닮은 화린의 눈망울을 떠올릴수록 더 더욱 그랬다. 행하는 순간엔 몰랐지만 저지르고 나서야 깨닫게 된 자신의 추레함은 몹시도 견디기 힘들었다. 교우에게 이번 일을 맡긴 가장 근본적인 이유가 바로 그것이었다. 그녀는 자신이 할 수 없는 일을 교우를 통해서, 무사히 끝마칠 수 있기만을 바랐다.

달의 기운이 완벽한 화합을 이룰 때, 비로소 망해는 소멸하게 된다. 교인들의 가례가 백일이라는 기간 동안 완벽해지듯, 달의 기운이 온전히 차 오르는 기간 역시 백일.

앞으로 달포가 채 남지 않았다. 그전에 하루라도 빨리 그들을 떼어놓아야만 했다.

그 시각 교우는 다시 협과 만나기를 청하고 있었다. 저 깊디깊은 아래, 수련국에서 홍노의 바람이 마치 주문처럼 그의 행동과 맞아떨어진 것이었다.

망해의 열쇠는 바로 화린에게 있다. 바로 그 협이란 인간 사내를 통해서만이 이룩할 수 있는 것이지. 하지만 망해의 소멸과 동시에 화린은…… 죽고 만다. 그러니 무슨 수를 써서라도 막아야

해. 살겠느냐?

황제로부터 전해진 편서였다. 곧 황제가 보낸 물의 정령은 그에게 편서를 보여주자마자 기포를 터뜨리며 물속으로 사라졌다. 아마도 황제가 홍노의 기력이 쇠해진 틈을 타 망해에 관한 정보를 빼낸 모양이었다.

망해가 화린으로 인해 소멸된다니!

교우는 놀라움을 금치 못했다. 그제야 홍노가 화린과 협을 떨어뜨려 놓으려고 갖은 애를 쓴 것이 이해되었다. 문득 어떤 깨달음에 그의 얼굴이 어둡게 흐려졌다.

"그렇다면 화린은 영영 그 운명에서 벗어나지 못한단 말인가……."

망해를 없애는 방법을 찾기만 하면 화린을 구할 수 있을 거라 여겼다. 그러나 그것이 도리어 화린을 죽음에 이르게 하는 것일 줄은!

"달아, 너는 정말…… 무정하구나. 이토록 궁지에 몰아넣다니, 너무나 잔인해! 정녕 화린을 구할 방법은 없는 게냐?"

그는 깊게 탄식하며 절망했다.

숯처럼 검은 어둠에 반쯤 몸을 숨긴 달이 차갑고 창백한 얼굴로 그를 내려다보고 있었다. 어딘지 모르게 한기까지 자아내는 푸르스름한 빛이었다.

너그럽다고? 뭐가?

항시 달을 일컬어 교인들의 자애로운 어머니라 칭했던 예 부인의 말을 오늘만큼은 도저히 찬성할 수가 없었다. 조금만 자비를 베풀 줄 알았다면, 그의 순박한 소원에 분명히 귀 기울여 주었을 테니까.

그의 짝이 되어 평생 오누이처럼 오순도순 화린과 함께이게 해달라고, 평생 제 짝만을 마음에 품는 원앙처럼 살아갈 수 있게 해달라고 빌었었다. 수련국의 평화로운 그늘 아래, 화린이 건강하게 오래 살기를 기원했었다.

달은 하나도 제대로 들어준 것이 없다. 이제는 화린의 목숨마저 빼앗으려 한다. 교우는 그래서 달이 밉고 원망스러웠다. 그나마도 절반쯤 남은 몸뚱이가 전부 저 어둠 속에 뒤덮이는 날엔, 두 번 다시 화린을 볼 수 없게 된다.

그뿐인가. 망해의 소멸은 수련국에도 많은 위험을 가져다 줄 것이다.

화린과 같은 희생양이 없어지는 대신, 선대(先代)의 수련국이 그랬던 것처럼 인간들의 약탈이 끊이지 않을 것이고, 교인들은 무분별하게 인간들의 세계를 드나들 것이다. 그리되면 또다시 인간들로부터 납치당해 이리저리 팔려가는 신세가 되겠지. 평생을 수치스럽게 살아가거나 비참하게 죽어갈 터이다.

유하고 순한 인상을 풍기던 그의 얼굴이 비장하게 확 굳어졌다.

화린을 처로 맞아들이고픈 개인적인 욕심에만 걸린 일이 아니었다. 수련국의 안위가 걸린 문제이기도 했다. 어떻게든 그와 갈라놓아야만 하는 명분이 생긴 것이다. 화린을 얻기 위해서라면 얼마든 버릴 각오가 되어 있다 여겼던 '하찮은' 명분이었다. 그러나 이제는 달라졌다. 이 명분을 역으로 이용하면 화린을 얻을 수 있게 될 것이다. 이제 그에게 있어 명분은 하나의 무기인 셈. 그 사실에 교우는 처음으로 힘을 얻었다. 마주하기만 하면 압도되어 버리는 협이란 사내 앞에서도 당당하게 화린을 데려가겠다고 말할 수 있는 용기를.

二十六.
암연
黯然

"**그**래서?"

협은 냉소를 지으며 되물었다.

벌써 네 번째였다. 그의 앞에 앉은 교우는 그에게서 화린을 데리고 가야 할 이유들을 조목조목 나열하는 것을 무려 세 차례나 반복한 상태였다. 이번에도 마찬가지로 하나도 못 알아들었다는 듯 협이 눈썹을 치켜 올리며 물음을 던지자, 교우의 얼굴에 분노가 스쳤다. 그예 인내심이 다한 모양이었다.

그러나 분노라니. 지금 그의 속내를 조금이라도 눈치챘다면, 당장 궐 밖으로 몸을 피하는 것만이 가장 안전한 길임을 알았을 터였다.

"건방진!"

협은 이제껏 내내 고수해 왔던 따분하고 지루한 표정을 벗어던졌다.

"그대가 놓아주란다 해서 내가 고분고분 따를 거라 생각했나? 그래?"

"말씀드리지 않았습니까? 화린이……."

"화린의 이름을 입에 담지 마!"

불쾌하게 인상을 일그러뜨리며 협박하자 교우가 입을 꾹 다물었다. 자신도 모르게 그의 형형한 분노 앞에 위축된 것이리라. 협은 고요했던 방금 전과는 천지 차로 폭풍처럼 그를 몰아붙이기 시작했다.

"수련국, 아니, 세상이 무너져도 화린을 놓아주지 않겠다! 교인들이 섬기는 달에게도 그녀의 목숨을 맡기지 않아, 절대! 내가 그대였다면, 홀로 망해를 건너려는 그녀를 그대로 보내지 않았을 거다. 정말로 사랑했다면, 불안과 두려움 속에 그녀를 방치하지 말았어야 했어. 누군가의 예언 한마디에 오가는 얄팍한 마음으로 누굴 지켜낸다는 거지? 그렇게 금방 돌아서 버릴 마음으로 쉽게 사랑을 운운하지 마라. 누구의 힘도 빌리지 않겠다. 내 여인은 내가 지켜낼 것이다!"

교우의 왜소한 체구가 움찔 굳어졌다. 백우(白雨)처럼 쏟아지는 말들은 거친 폭력 이상으로 그를 강타하고 있었다. 그럼에도 정작 상처 입은 눈을 한 것은 교우가 아닌 협이었다.

"화린에게는 그대가 온 것을 알리고 싶지 않아. 그만 가도록 하시오."

교우의 대답은 필요없었다. 야청이 교우를 밖으로 이끌었기 때문이다.

"하지만."

걸음을 옮기던 교우가 우뚝 멈춰 서며 말했다.

"사랑의 힘으로도 어쩔 수 없는 것이 있기 마련입니다. 정히 화…… 아니, 그녀에게 차도가 없으면 저를 찾아주십시오. 늦어도 만월이 다가오기 전이어야 합니다."

"야청, 손님을 궐 밖까지 모셔다 드려라."

힘없이 늘어진 뒷모습을 하며 교우는 처소에서 빠져나갔다.

협은 미동없이 자리에 앉은 채로 기다란 한숨을 토해냈다. 한 일 자로 꽉 다물렸던 입매가 풀어졌다. 한순간이나마 흔들리지 않았다면 그건 거짓말이었다.

만월의 기운을 타고난 사내라…….

"그래서였군."

선정대에 봉화를 피워 올릴 수 있었던 건 바로 그 까닭.

역시나 자신은 왕재가 아니었던 것이다. 그렇게 놀랄 만한 일은 아니었지만 어쨌든 교우의 말을 인정하지 않을 수 없었다. 그냥 헛소리로 치부해 버릴 수가 없었던 것이다. 산호석에 관한 이야기도 어느 정도 일리가 있었다. 흑월과 만월. 이 둘 중 하나의 기운을 타고난 자라면, 그 어떤 상대방과 산호석을 만들려고

하여도 실패할 수밖에 없다고 하였다. 만월을 충족시킬 수 있는
건 오로지 흑월뿐이었으므로, 그 더할 나위 없는 완벽한 결합이
도리어 재앙을 불러들이는 것이리라. 그렇다면 연부에 이에 관
한 자료가 없는 까닭은, 아마도 이런 사실을 밝혀내지 못한 채
남기는 기록이 그들의 자긍심에 흠집을 남기는 것이라 여긴 때
문이 아닐까? 협은 가만히 추측해 볼 뿐이다.

만월이 오기 전까지 이제 보름 정도밖에 남지 않았다.

그때 화린은 정말로 죽게 되는 것일까?

그는 지난밤 화린을 안았던 일을 떠올렸다.

낮엔 그렇게 아프다가도 날이 어두워지기 시작하면, 화린은
완연한 병색을 거두어내고 요염한 자태로 그에게 안겨왔다. 병
중에 있는 그녀를 안을 수 없다고 안간힘을 다해 뿌리쳐도 소용
없었다. 매 순간 그와 사랑을 나눌 때마다 반짝이던 그녀의 눈
빛 때문인지도 몰랐다. 마치 오늘 하루만 살다 죽을 것처럼 필
사적인 그 눈빛은 어떤 유혹보다 아찔했다. 해탈의 경지에 들어
선 수도승조차 감히 그녀의 손길을 거부하지는 못하리라.

그때만 잠시 화색이 도는 얼굴. 관계를 끝낸 후, 잠들어 버리
면 날이 밝은 아침엔 다시 고통에 몸을 뒤척였다.

교우의 말이 사실이라면 교인들의 결계에 해당하는 망해가
거의 파괴되어 가고 있음이 분명했다. 밤에만 활기를 되찾는 그
녀의 생명력은 망해가 소멸하는 순간 함께 꺼지고 말 터였다.

협은 거칠게 되뇌었다. 격렬하게 대립하는 두 마음이 갈등

했다.

어떻게 얻은 마음인데! 이제 겨우 그녀가 마음을 열어 보이기 시작했는데, 그녀를 놓아주어야만 한다고?

그것만이 그녀를 살리는 길이라면, 반대로 그것은 그를 죽이는 길이기도 했다.

그렇게 점점 불안감이 가중되어만 가는 가운데 수일이 지났다. 잿빛 새벽이 아침을 열었다.

"콜록, 콜록!"

이제 화린은 잠결에 기침까지 했다. 게다가 무슨 악몽을 꾸는 모양인지 소리 내지 않는 입술은 계속 웅얼거리는 모양만 그리고 있었다. 협은 침상에서 몸을 일으켰다. 축축이 젖은 이마 위로 그의 따스한 손이 내려앉았다. 그의 손바닥에 그대로 덮여지는 자그만 이마는 그의 간담을 서늘하게 할 만큼 차가웠다. 협은 불안한 숨을 토해내며 화린의 뺨을 감싸 쥐었다.

설국의 혹한에도 고뿔 한 번 걸려본 일 없었는데…….

그저 듣기에도 지나칠 수 없을 정도로 기침 소리는 심했다. 입 안이 말라 입술까지 거칠해져 허연 소금꽃이 일었다. 이미 식은땀으로 베갯잇은 젖은 지 오래였다. 다시금 노율을 불러 맥을 짚게 하였는데도 별반 신통치 않았다. 다른 의원도 마찬가지 인지라 원래대로 노율을 부른 게 며칠 전의 일이었다.

여전히 보이지 않는 병마와의 싸움에서 고전을 면치 못하고 있는 화린.

노율은 그저 식은땀으로 흠뻑 젖은 화린의 이마를 짚으며 이번에도 역시 마찬가지로 5)자금산을 내리는 게 고작이었다.

"거참, 곡할 노릇이지. 태기가 있어 그러는 것도 아닌데⋯⋯."

회덕헌을 나서는 노율이 혼잣말을 하며 안타까운 표정으로 혀를 찼다. 젊디젊은 사람이 저리 섬약해서야⋯⋯.

밤새 앓은 화린의 얼굴은 말이 아니었다. 협 또한 잠을 이루지 못하기는 마찬가지였다. 화린이 밤새도록 아팠다면, 협은 그런 그녀를 곁에서 돌보느라 한시도 눈을 붙일 수 없었기 때문이다. 고열을 가라앉히기 위해 몇 번이고 찬 수건으로 화린의 온몸을 닦아내고 또 닦아내야 했던 것.

이제는 작한작열(作寒作熱). 바로 한 시진 전에 고열로 앓는가 하면 곧바로 오한으로 얼굴이 시퍼래졌다.

다음날 아침, 화린이 질퍽하게 쏟아낸 각혈에 협은 온몸의 피가 그대로 말라 버린 듯 꼼짝도 할 수 없었다.

"왜 아픈 거냐, 왜⋯⋯."

말은 그렇게 했지만 협의 눈엔 말로도 담아내지 못할 고통이 아프게 서려 있었다.

"이렇게 작은 네가 아플 데가 어디 있다고⋯⋯."

"괜찮아요, 괜찮아⋯⋯."

---

5)자금산(子芩散): 심폐가 허약하고 가슴이 두근거리고 꿈이 많으며 식은땀이 나고 입 안이 마르는 데 쓰는 동약처방

화린의 맑았던 두 눈이 고통으로 흐려 있었다.

협은 화린을 품에 가두며 그녀의 머리 위로 턱을 내렸다. 까칠한 입술을 더듬는 그의 손끝이 떨렸다. 어제보다 가늘어진 듯한 턱 선, 앙상하게 도드라진 쇄골을 어루만지는 그의 손길은 마치 흐느낌 같았다. 이제는 전처럼 힘 주어 안을 수도 없었다. 금세라도 꺼져 버릴 것만 같은 화린의 병약함 때문이었다.

이렇게 아픈 널 병마로부터 구해내지 못한 채 무력하게 바라보아야만 할 때, 내가 어떤 기분이 드는지 아느냐? 협은 간신히 잠든 화린의 얼굴을 쓸어 내리며 탄식했다. 그 며칠 새 해쓱해진 얼굴이 끝내는 그의 가슴을 피멍지게 하였다. 그것은 두려움이기도 했다. 이대로 화린을 잃을지도 모른다는 두려움……

스스로에게 비웃듯 협은 입매를 비틀었다. 좀체 분노를 다스릴 수가 없었다.

널 구할 수 있다고 그리도 자신했건만! 네가 이렇게 아픈데 마냥 손 놓고 불구경하듯 지켜보아야만 하는 것인가.

다시 노율을 불렀다. 노율은 화린의 맥을 짚더니 놀라서 가만히 대답했다.

"이리 몸을 가눌 수 있다는 것만으로도 신기할 정도입니다."

"무슨 말인가? 알아듣게 얘기하게."

협은 심하게 날선 목소리로 다그쳤다. 화린이 앓은 며칠간 그 자신도 곡기를 끊은 데다가 점점 엄습해 오는 두려움에 신경이 날카로워진 탓이었다. 그런 협의 일거수일투족을 전해 들은 황후 계연은 화린을 더욱 못마땅하게 여기기만 했다. 궐내 다른 이들의 이목을 의식하여 별수없이 회덕헌으로 거동하였을 때조차 살가운 한마디는커녕 질책 어린 비수를 꽂아 협을 분노케 했다.

"현재 마님께서는 6)장유오십혈의 절반을 제외한 나머지 스물다섯 개의 혈이 거의 막힌 셈이나 다름없습니다. 또한 오장의 기, 혈, 음, 양도 매우 허한 편이십니다."

노곤해진 협의 몸이 바닥에 주저앉았다. 다른 내의원을 불러도 하나 다를 것이 없었다. 하나같이 입을 모아 노율처럼 말하는 것이었다.

"아무리 사랑하면 무얼합니까? 화린을 이대로 곁에 묶어두는 것만이 만사는 아닙니다."

그날 화린 몰래 다녀간 교우가 했던 말이었다. 더는 건방진 말이라고 일축해 버릴 수 없었다. 그의 눈빛이 서늘해졌다. 쓰게 인정해야만 했다. 어쩌면 사랑이란 이름 아래 맹목적인 이기심을 부리고 있는 건 자기 자신인지도 몰랐다.

"하지만…… 어떻게, 어떻게 널 보내주나. 널 떠나보내고 어찌 살까……."

상상만으로도 격렬한 고통이 밀려왔다.

----

6)장유오십혈(臟兪五十六): 오장과 연결된 다섯 가지 경맥의 다섯 개 유혈인데, 정, 형, 경, 합, 혈 등 다섯 개, 혈씩 한쪽에 스물다섯 개, 양족을 합하여 오십 개 혈을 통틀어 이르는 말

"너 교인으로 되돌아가면, 나만 볼 수 있도록 아무도 모르는 곳에 못을 만들어 그곳에서 단둘이 살면 안 될까?"

협은 한동안 화린에게서 떨어지지 않던 시선을 들어 올려 달을 쳐다보았다. 결심이 선 눈동자에 살점을 떼어낸 고통까지 함께 스며 있었다. 이 밤이 마지막이었다. 화린을 보는 것도, 달을 보는 것도 내려앉은 어둠이 물러가기 전까지가 마지막이었다.

"너 가버리면 이젠 더 이상 달을 볼 수 없게 되겠지. 저 달을 볼 때마다 네가 미치도록 그리워질 테니……."

그의 눈에 고인 달이 애잔하게 빛을 발하고 있었다. 끝내 접을 수밖에 없는 사랑에 심장이 피를 흘리며 아프게 허덕였다.

날이 밝아올 무렵, 협은 폐부까지 깊게 잠식한 고통을 제 것이 아닌 양 뭉뚱그린 채 야청에게 부탁하여 교우를 불러들이라 하였다.

"폐위라니요!"

같은 시각, 같은 월국의 하늘 아래에 놓여진 예화당.

예서 감도는 시린 기운은 창공에 거린 태양마저 얼릴 정도로 냉엄했다. 휘옥의 단정한 입술 선이 보기 흉하게 일그러졌다. 기어이는 우려했던 일들이 현실로 나타나고 말았다. 금관조복 정갈히 차려입은 황제 재하가 나직이 말을 이어나갔다.

"오늘부터 월국의 옥새를 물려받을 자는 오직 한 명, 협뿐이다. 일을 더 크게 만들고 싶은 마음은 없다. 널…… 폐비에 봉하는 일만큼은 피하고 싶구나."

황제는 저들 편에 서 있었다. 그녀를 한없이 믿어주고 지탱해 주었던 그가 등을 돌리겠다 말하고 있는 것이다. 한때 뭣 모르고 저질렀던 그녀의 실수에 조의 태생까지 인정하지 않겠다 말하고 있는 것이다. 황후 계연을 따르는 자들부터 휘옥 자신에게 기생하던 일부 외척들까지 이번 일에 가담하였으리라. 그것은 굳이 들추려 하지 않아도 짐작할 수 있었다. 그러나 휘옥은 이대로 물러서지 않았다. 도리어 침착한 미소를 만면에 띠며 가지런한 자세를 유지했다.

"정녕 폐하의 뜻이 그러하시다면 미천한 소첩, 그저 받들 수밖에요. 허나, 은밀히 모반을 추진하려 하였던 그에게 왕좌를 주신다하시니 그것이 못내……."

"다시 말해라! 무어? 협이 모반을 해? 그것이 사실인가?"

재하의 안색이 대번에 뒤바뀌었다.

"소첩, 뉘 안전이라고 감히 실언을 입에 담겠습니까?"

"……!"

"그가 설국으로 외정을 나간 것도 다 그 이유 때문이라고 합니다. 전하께 괜한 심려를 끼치기 싫어 사실은 그간에 눈여겨보며 알아보던 차였습니다."

휘옥은 흙빛으로 변해 버린 재하의 안색을 보며 회심의 미소를 지었다.

일전에 미송 부인이 말했던 자객은 괘씸하게도 협을 없애지도 못했을뿐더러, 그녀에게 협을 해치웠다는 거짓 보고까지 해왔다. 미리 협의 일행 중에 첩자를 심어놓았으나, 어찌 된 영문인지 소리 소문 없이 자취를 남기지 않고 사라져 그것이 사실인지 아닌지 확인할 길이 없었던 상태에서 금화 오만 냥을 넘겨주고 말았다. 어찌나 분한지 다시 생각해도 이가 갈렸다. 그것들을 당장에 잡아들이라고 미송 부인에게 이른 상태이니 곧 꼬리가 잡히겠지. 잡히기만 하면 네놈들의 사지를 갈가리 찢어 사자밥을 만들어놓고 말 테다. 겨우 그렇게 위안하며 분을 삭일 따름이었다.

아니면 혹, 협이 미리 알아채고 손을 쓴 것일 수 있겠단 추측도 들었지만 절대 이대로 당하고 있을 그녀가 아니었다. 그가 설국으로의 여정을 감행한 그때부터 이미 스스로가 덫에 빠지고 만 것임을, 깨닫게 해줄 순간이 온 것이다.

더욱이 적기라면 지금이 바로 더할 나위 없는 적기. 화린이 이름 모를 병에 시달리는 동안 협은 얄미울 정도로 냉정하던 본연의 모습을 잃었다고 하니 이런 기회를 놓칠 순 없었다. 그녀로선 천재일우나 다름없었다.

"아니…… 그럴 리가 없다. 그 올곧은 아이가……."

재하는 눈알을 굴리며 망연히 되뇌었다.

"믿지 못하시는 게 당연합니다. 소첩조차도 사실이 아니길 바랐으니까요. 허나, 지금이라도 설국에서 그가 모반하였다는 증언을 해줄 이를 대령시킬 수도 있습니다."

"바른대로 말하여라. 사실이 아니지?"

"……."

"농이야. 자네, 지금 내게 앙갚음을 하려 실없는 농을 건 게 야. 그렇지?"

"……."

이럴 때일수록 말을 아껴야 하는 법.

재차 묻는 재하 앞에서 휘옥은 처연할 정도로 안타까운 표정 만 지어낼 뿐 그 밖에 구차스런 대답은 일절 하지 않았다. 그녀 의 그러한 태도는 불분명한 확신으로 흔들리는 재하에게 제법 먹혀든 것처럼 보였다.

"이것이 정녕 사실이 아님이 드러나게 되면……."

"극형에 처해지게 되겠지요. 소첩의 하찮은 목숨이 칼끝의 한 줌 이슬로 변해 버리게 될지도 모른다는 걸 누구보다 잘 알고 있습니다."

휘옥은 서늘하게 평정을 고수하며 말했다. 그러나 재하는 그 렇지가 못했다. 좀체 잃지 않던 평정이 그예 바닥을 드러내며 사라져 버린 것. 곧 그의 흐벅진 입에서 거센 포효의 음성이 내 리쳐졌다.

"여봐라! 당장 협을 불러들여라!"

역린이라. 바야흐로 재하의 눈에 핏빛 섬뜩한 분노가 실팍한 금을 긋던 순간이었다. 이제 협을 가엽게 여기면 되는 일만 남 은 것이다.

그러나 휘옥은, 놓치고 말았다.

의도대로 되었다는 만족감에 취한 나머지 재하의 눈빛이 아주 잠깐 묘한 빛을 발하는 것을 보지 못한 것이다.

화린은 주변을 두리번거리며 밖에 야청이 있는지 살펴보는 중이었다. 아까까지만 해도 처소에 함께였던 협은 아무리 찾아도 보이질 않았다. 뭐가 급해 한마디 언질도 없이 자리를 비웠을까. 스러지는 해질녘, 그림자가 엿가락마냥 길게 늘어지고 있는 마당이건만…….

이때 마침 회덕헌을 지나치려는 야청이 보였다. 언뜻 옆얼굴이 희미하게 굳어져 있는 듯했다. 하지만 그것은 착각이었나 싶게 그녀의 부름과 함께 굳은 표정은 종적을 감추었다.

"야청, 협은 어딜 갔지?"

"……전하께서는 막 월영당으로 거동하셨습니다."

"월영당? 이 시간에 어인 일로?"

야청이 조금은 망설이는 듯한 기색으로 뜸을 들인 뒤 대답했다.

"자세한 연유는 소인도 알지 못하나, 폐하의 급한 부르심이 있는 줄 아뢰옵니다."

늦은 시각엔 좀체 협을 부르지 않던 황제였다. 헌데 무슨 중한 일이 있어 이렇게 불렀단 말인가? 화린은 슬그머니 불안한 생각마저 들었다. 이때 다영 황자비의 목소리가 들려왔다.

"화린아!"

"전하……."

"그래, 여기에 있었구나. 소식을 듣자 금방 달려오긴 했다만, 그래도 네가 없으면 어쩌나 했는데. 걱정이 이만저만이 아니겠구나. 황후마마께서도 심려가 크시다 들었단다."

다영 황자비가 한걸음에 다가오더니 가쁘게 말을 늘어놓았다.

소식? 걱정을 하다니…… 누가?

화린으로선 도통 못 알아들을 소리였다. 더욱이 황후의 심려다 크다니. 며칠 전 아침, 매서운 호통이 있긴 하였으나 아픈 와중에도 협의 곁에 남아 있겠다고 한 화린의 말에 마땅찮은 어조로 허락을 내린 황후였다. 짐작컨대 뭔가 심상치 않은 일이 벌어지고 있음이 분명했다.

"야청은 알고 있지? 말해봐. 대체 무슨 일이지?"

야청의 얼굴 위로 어두운 근심의 그늘이 드리워졌다. 섣불리 대답을 들려줄 것처럼 보이진 않았다. 그의 입매는 천 근 무게를 단 마냥 신중히 다물어져 있었다. 평소의 넉살 좋은 모습은 온데간데없었다. 침통한 낯짝으로 그녀의 시선을 피하려는 야청을 보니 화린은 더욱 초조해졌다.

보다 못한 다영이 답답한 듯 말을 꺼내기 시작했다.

"여태 모르고 있었던 게야? 협, 그가 설국 외정을 나갈 때부터 반역을 계획하였단다. 나도 믿기진 않지만 증언을 해줄 이가 나타났대."

화린은 그만 땅바닥에 털썩 주저앉았다.

"마, 말도 안 돼. 그렇지 않아……. 믿을 수…… 없어요."

누가 일부러 꾸며낸 거짓말이리라. 혼란스러움에 모든 사고를 침식당한 와중에 겨우 생각해 낼 수 있는 것은 그것뿐이었다. 모함이었다. 누군가 악의적으로 이런 짓을 벌이고 있었다. 하지만 누가? 협, 그는 누구에게 원한을 살 만큼 악한이 되질 못하는데 누구란 말인가. 당치 않아. 그럴 리가 없다. 곰비임비 일어나는 일들이 그저 꿈만 같이 여겨졌다.

"야청…… 월영당으로 길을 안내해 줘. 직접…… 가보아야겠어."

그러나 월영당은 화린은 물론 황자비인 다영까지도 출입이 통제된 상태였다. 아무도 함부로 들이지 말라는 황제의 명이 떨어졌기 때문이다. 다영이 황자비의 지위를 도도하게 들먹이며 그들을 위협하였으나 어림없었다. 그들은 오로지 황제의 명을 받들어 철옹성같이 굳건히 막아서고 있었다.

"여기서 그가 올 때까지 기다릴 거야."

"몸도 성치 않은데 이렇게 기다리겠단 말이야?"

다영은 정색하며 말했다.

저렇듯 창백한 얼굴을 하고 협을 기다리겠다니. 과연 제정신인가 싶었다.

그 정도로 협에 대한 마음이 깊은 것인가?

설국에 다녀오는 사이 두 사람의 애정이 더욱 돈독해졌다고 말하는 조의 말은 아마도 사실인 모양이었다. 그러자 괜스레 허탈한 듯 서글퍼졌다. 처음엔 자신이 먼저 끈을 놓아버린 인연임에도 협이 화린에게 보이는 범상치 않은 관심에 심술궂은 투기가 일었었다. 그럼에도 협은 그것을 꿰뚫고 있었으면서도 그녀의 심사 따위 아랑곳하지 않고 화린을 보살폈다. 못나디못난 부아가 솟아 화린을 괴롭히려 하면 할수록 자신을 향한 협의 눈빛이 차가워지는 것을 느끼며 다영은 그제야 비로소 깨달았다. 그가 자신을 사랑한 적은 결코 한 번도 없었음을 말이다. 속으론 황비로서 누리게 될 부귀에 마음이 동하여 협의 곁을 떠난 거라고 하지만 저 깊이 꽁꽁 숨겨둔 진실은 그게 아니었다. 그에 대한 사랑을 확신할 수 없었기 때문이었다. 한 치 앞도 내다볼 수 없는 불확실한 외사랑이 싫어 쉬워 보이는 조에게 마음을 돌린 것이다.

처음부터 협을 마음에 두고 있었던 그녀의 아버지는 그녀의 뜻을 받아들이려 하지 않았다. 만월의 축제를 기념하며 사냥을 하는 협의 모습에 마음을 빼앗겼던 딸이다. 그런데 다른 상대도 아닌, 협의 형인 조에게로 마음을 바꾸겠다니 그로서는 충분히 반대할 만했다. 하지만 이미 산호석의 일로 완전히 심기가 상해버린 그녀에게 아비의 호통은 먹혀들지 않았다. 단 한 번만이라도 정인다운 눈길과 손길을 받아보길 바랐건만.

다영은 기본적인 애정조차 내비치지 않는 협의 모습 속에서 그것을 기대하기란 거의 불가능하다는 걸 깨달았다. 아니, 확신했다. 그는 그녀를 사랑하는 게 아니라 언제든 일생에 한 번은 의무감에 치러야 할 배필로서 마지못한 기색으로 대하고 있었다. 이대로 그와 국혼을 치르게 되면 평생을 마음고생 하며 살게 될 터였다. 외정을 다녀오겠다며 한마디만 남긴 채 훌쩍 떠나가 버린 지금처럼 말이다.

바로 그렇게 상심해 있을 때, 우연찮게 조와 가까워지게 되었다. 그때의 조는 평복 차림으로 장터를 누비며 온갖 군상들을 살피고 있었고, 달랑 시비 하나만 거느리고 나온 다영은 복잡한 심사를 달래기 위해 색색의 비단들과 화려한 장신구들을 구경하고 있었다. 그러다가 마음에 드는 장신구를 발견해 값을 치르려는데 어찌 된 일인지 두둑히 챙겨온 금화를 아무리 뒤져도 찾아낼 수가 없었다. 아마도 아까 밀치며 지나간 사내가 금화를 가로채 간 것 같았다.

"여기 이걸 찾고 있었소?"

당황스러움을 가누지 못하며 발길을 돌리려는데 문득 중후하게 들려오는 목소리가 있었다. 준미한 외관을 지닌 사내는 금화를 훔쳐 간 도둑을 붙잡고서 다영에게 금화 꾸러미를 내밀었다. 다영은 꿈뻑꿈뻑 눈을 깜빡이다가 금화를 받아 쥐었다.

"감사합니다."

그때까지만 해도 서로에 대해 일면식이 없었던 그들은 그렇게 첫 만남을 가졌다.

설레는 호감은 아니었으나 다정하게 풍기는 온후함에 이끌림을 느낀 다영은 몇 차례의 만남 끝에 그가 자신이 바라는 배필의 이상향에 가깝다는 것과 공교롭게도 협의 이복형인 황자 조라는 사실도 알게 되었다. 협은 왕좌에 욕심이 없으니, 그가 이나라의 황제가 될 가능성이 높았다.

'그렇다면 조를 택하고 말겠어.'

다영은 결심을 굳혔다.

그야말로 일석이조가 아니고 무엇인가. 황후의 자리까지 거머쥐게 될 것이니.

조를 보건대 이미 반쯤은 그녀에게 반한 상태였다. 선한 조의 성정에 아우의 정인이 그녀라는 것을 알면 당장 마음을 접으려 할 게 뻔하니, 조심히 함구하기만 하면 협이 설국에서 돌아올 때 즈음이면 모든 일이 뜻대로 풀려 있을 터였다. 그 냉정하던 협이 그녀를 붙잡지 않을 것은 너무나 자명한 이치. 예상대로 협은 그녀를 순순히 놓아주었다. 하나도 아쉬울 것 없다는 기색으로.

그러나…….

다영은 자문했다.

지금 조의 사랑을 얻었노라 감히 장담할 수 있을까……?

아니, 그렇지 못했다. 조는 협처럼 의중을 짐작키 힘든 사내는 아니었으나 생각만큼 쉬운 상대는 아니었다. 뿐만 아니라 궐내 다른 후궁들에게 눈길을 돌림으로써 자신에게 커다란 상처를 안겨주었다. 왜 생각지 못했을까, 그가 자신만 보아주지 않을 거란 사실을. 그녀가 아무리 대단한 미모를 지녔던들 황자인 그를 묶어둘 순 없었다. 그렇다고 해서 다른 여염집 아낙처럼 행동할 순 없는 노릇. 장차 이 나라의 안주인이 될 거란 위안만 없었더라면 상처를 치유할 길은 없었을 것이다. 물론 이조차도 보장된 자리는 아니었다. 계연과 휘옥을 가운데에서 보아오며 씁쓸하게 깨달아 버린 현실이었다.

다영은 뒤늦게야 뼈저리게 후회하고 있었다. 자신과 조보다 늦게 맺어진 인연임에도 화린과 협의 끈끈한 사랑은 자신들에 비할 수가 없기 때문이었다. 더 나아가서는 그때 변심하지 않았더라면 협의 사랑을 얻는 쪽은 화린 아닌 그녀 자신이 되었을 거란 미련도 들었다.

"……회덕헌에 가서 기다리렴. 아마 오래 걸릴 것 같은데, 고집 피우지 말고 누워 있어. 그가 나오는 대로 전해줄 터이니."

다영의 목소리는 체념으로 얼룩져 있었다. 스스로의 몽매함을 탓하기에도 부족해 더는 설익은 투기로 추해질 순 없었다. 이제라도 깨끗이 인정하며 저들을 도와주리라.

"아니……."

화린이 고개를 내저으며 싫다고 말하려던 찰나였다. 마침 혜운궁에서 황후의 시비가 종종걸음을 치며 다가왔다.

"황후마마께서 마님을 모셔오란 분부가 있었습니다."

"나를……?"

뜻밖의 부름에 화린의 두 눈이 커다래졌다.

"어서 죄를 인정하시오. 그간에 설국을 드나들며 반정 세력들을 억누른 그대의 속셈을 아무도 모를 거라 여기셨소? 꼬리가 길면 잡히는 법. 그대가 반정 세력을 그리 쉽게 몰아낼 수 있었던 까닭은 바로 그들과 손을 잡았기 때문이 아니오?"

휘옥의 엄엄한 한 마디 한 마디에 얼어붙었던 침묵이 술렁거리기 시작했다.

협은 조용히 휘옥을 노려보다가 입을 열었다. 어째 그녀가 너무 얌전히 지낸다 싶었더니 이런 흉계를 꾸미느라 그랬던 모양이다. 나란히 늘어선 만조백관들 모두 황망한 얼굴이다. 휘옥의 옆에 앉은 황제는 잔뜩 표정을 굳히고 있었다. 이 자리에 그의 어머니 계연을 부르지 않은 것 역시 휘옥의 간악한 계책 중 하나임은 자명한 일.

"빈약한 사실무근의 말에 대답할 필요를 느끼지 못하겠습니다."

휘옥의 눈에 발끈하는 감정이 스쳐 갔다.

"그렇게 태연한 척 부인할 거란 짐작은 하였소. 허나, 이후부터 사실무근이라 주장할 수 있을까? 지금껏 이 사람이 말한 것은 전부 증인의 자백에서 나온 것으로, 이 자리에 그자를 불렀소. 그 증인이 누구인지 궁금하지 않소?"

협은 한 치의 동요도 보이질 않았다. 반면에 좌중은 다시 한 번 크게 술렁였다. 그러자 휘옥이 한껏 의기양양해져서 보다 언성을 높였다. 비웃음으로 올라간 입꼬리가 더욱 또렷이 호를 그렸다. 그 모습이 선득한 느낌마저 자아냈다.

"유공, 그자를 대령해라!"

협의 눈썹이 희미하게 꿈틀거렸다.

유공…… 그자가 살아 있단 말인가?

유공은 설국 반정을 일으켰던 균제의 심복이었다. 교활하고 잔혹하기로 치면 도리어 제 주군인 균제보다 한 수 위라고 알려진 인물. 균제는 설국 황제 류훈의 명으로 참수를 당한 것으로 알고 있었는데……. 아마도 유공은 용의주도하게 몰래 빠져나온 것 같았다. 그렇지 않고서야 살아남았을 리가 없었다. 녀석의 유별난 충성심대로라면 굳이 참수형을 내리지 않아도 균제를 따라죽을 것이라 생각했는데 되짚어보니 아니었다. 그들의 거사를 그르치게 한 협 자신을 파멸의 길로 이끄는 것이 더 큰 복수요, 충성심에 기인한 행동이었던 것이다.

그렇다면 이번 설국 황제의 탄신일에 투하되었던 간자의 일과도 무관하지는 않을 터였다. 반정 세력을 잡기 위해 덫을 놓았건만 끝내는 그 미끼마저 암기에 꽂혀 죽임을 당하고 말았던 일이 일순 겹쳐지기 시작했다. 짐작해 둔 범인이 있었는데, 그렇다면 공모자가 되는 셈이겠군. 협의 한쪽 입가가 비틀어졌다.

장수답게 다부진 체격을 한 유공이 대전에 들어서자 일순 찬물을 끼얹은 모양으로 주위의 소란이 가라앉았다. 거무튀튀한 피부에 탑삭나룻으로 뒤덮인 유공의 얼굴은 생사의 갈림길에서 처절히 몸부림친 흔적이 역력하게 드러나고 있었다. 그래서인지 더욱 험악해 보이기도 했는데 그의 독기 어린 갈퀴눈이 닿을 때면 대신들은 눈을 마주치지 못하고 흠씬 몸을 떨어야만 했다.

마침내 협과 시선이 부딪쳤다. 그의 두툼한 입술이 누런 이를 드러내며 섬뜩하게 웃어 보였다. 그러나 협이 눈 하나 깜짝하지 않자 유공은 이내 거친 콧김을 뿜어대며 금세 흥분하는 것이었다. 협은 그제야 가늘게 눈을 좁히며 비소를 날렸다. 유공이 눈을 번뜩였다. 당장이라도 협에게 달려들 기세였으나 양쪽 팔이 모두 포박당해 그러지 못하고 있는 것뿐이었다. 확실히 협은 유공의 비위를 거스르게 하는 무언가가 있었다.

"자, 유공. 나머지는 그대에게 맡기겠소. 단, 한 점의 거짓없는 진실만을 말하여야만 하오. 그것만큼은 명심해 주길 바라오."

휘옥의 말에 유공이 고개를 조아렸다. 순간, 협은 두 사람의 주고받는 시선이 아주 잠시 묘하게 빛나는 것을 놓치지 않았다. 유공이 자유롭게 풀려진 손으로 탑삭나룻을 쓸어 내리며 입을 열었다.

"협, 저자는 설국 황실이 아닌 우리와 먼저 내통하고 있었소이다. 지금도 떠올리면 원통한 것이 소인은 처음부터 저자가 마음에 들지 않았는데도 돌아가신 균제 전하께서 워낙 사람을 잘 믿으시는지라……. 그만 감언이설에 넘어가고 말았던 게요. 이럴 줄 알았다면 그때 무슨 일이 있어도 전하의 뜻에 굽히는 게 아니었거늘. 어쨌든 처음엔 우리를 도와주고 있는 척, 설국 황실의 정보를 흘리고 있었소. 적어도 이곳 월국의 반정에 대해 저자가 얘기를 꺼내기 전까지는 말이오."

"하지만 그들은 그대가 추진하려 하는 월국의 반역에 반대했지. 그래서 그대는 결심을 했던 거요. 바로 그들을 처단하기로!"

휘옥이 참지 못하고 끼어들었다.

"전하께서는 저자가 그렇게 비겁하게 우리의 뒤를 칠 거란 사실을 인정하려 하지 않으셨소. 이미 거사를 준비하기에만도 군비가 모자랐던 판에, 월국 반정을 돕기엔 병사들도 많이 지쳐 있었기 때문이오. 그래서 전하께서 때를 보아 도와주겠다고 하셨던 것인데……. 저자는 설국 반정을 일으킨 후 당장 도와주지 않을 거면 필요없단 식으로 다그쳤던 게요. 자신의 형은 둘째 치고 부왕께서 왕좌에서 물러나게 하려면 빠를수록 좋다고 말이오. 그리고는 다시 말을 바꾸었지. 곧 옥쇄를 손에 넣을 수 있게 될 터이니 설국의 반정은 뒤로 미루고 자신을 먼저 도와달라고 했었소."

"이, 이런……!"

옆에 앉았던 황제 재하의 용안에 분기탱천 노기가 벌겋게 차올랐다. 협이 죄를 수긍하기만 하면 당장 이 자리에서 목을 내려칠 살기로 가득 차 있었다. 이제까지 가만 듣고만 있었으나 옥쇄에 대한 이야기가 나오니 참을 수 없었던 탓이리라. 더욱이 옥쇄는 재하의 수중에 없고 계연 황후에게 있었다. 조의 태생에 대한 정당성을 의심한 끝에 협에게 왕좌를 물려줄 결심을 했기 때문이다. 아무리 조가 황족의 피를 이어받았다고는 하나, 그 아닌 일가 친척 누구의 자식일 수도 있었다. 그가 그렇게 결론을 내린 상태라는 건, 공공연히 나도는 소문이기도 했다.

"묻겠다, 협. 그것이 사실이더냐?"

목소리는 낮았으나 그 아래 깔린 노기는 용암을 품은 활화산처럼 끓고 있음을 알 수 있었다. 그러나 협은 조금도 두려워하지 않았다. 자신에 대한 부왕의 믿음이 휘옥으로 인해 가려질 정도로 보잘것없었다는 사실만이 그의 가슴을 냉하게 얼리고 있을 뿐이었다. 그 대단하다던 천륜은 고작 이 정도밖에 안 되는 거였다.

"폐하께서 그리 믿으신다면 사실이라 답해 드리겠습니다."

"뭐라?"

당장 아니라고 부인해 주길 바라는 목소리는 용마루에 닿을 듯이 높았다.

"아무리 왕좌를 둘러싼 채 제 아비를 죽이고 제 형제를 죽인다지만 그것은 전부 남의 나라 일이요, 그들이 남긴 얼룩진 역사일 뿐이라고 여겨왔거늘. 괘씸한 놈, 배은망덕한 놈."

재하는 짓씹듯 뇌까리고 또 뇌까렸다.

협의 얼굴 역시 그와 똑같이 배신감으로 굳어져 있었다. 도리어 난폭하게 들끓는 화를 삭이고 있는 쪽이 협이었다. 제 아비를 꼭 닮은 아들의 모습이었다. 그의 그러한 태도가 이 일을 더 고약하게 그르치고 있다는 것을, 안타깝게도 그는 모르고 있었다. 부왕의 눈매가 지금 드러내는 노기와는 다르게 아주 잠시 흔들리는 것을 알 턱이 없었다.

"소인이 거짓이라 하여도 폐하께서 진실이라 하시면 진실인 법이지요."

참으로 교묘한 대답이었다.

그러나 재하 그가 원하는 대답은 절대 아니었다. 격분한 그의 음성이 대전을 휘갈랐다.

"당장 죄인을 가두어라!"

밀폐된 옥사에 갇혀 있는 동안 협은, 화린에 대한 걱정으로 잠을 이룰 수 없었다. 자신의 누명이 언제 벗겨질 것인가에 대한 걱정은 뒷전이었다. 만에 하나 화린이 가지 않겠다고 버티면 어쩌나……. 설사 그리한다 하여도 교우는 화린을 데려갈 자신이 있노라 말했었다. 이제 회덕헌으로 돌아가면 그를 기다리고 있을 화린은 어디에도 없을 것이다. 밀려드는 상실감에 가슴이 답답함으로 옥죄어들었다.

그때 옥사에서 끼니를 나누어 주던 관리 하나가 그의 앞으로 다가왔다.

"드십시오."

필요없다 내치려던 순간 협은 소반 아래 조그맣게 비어져 나온 서찰을 보고는 입을 다물었다. 서찰을 향해 힘주어 응시하는 관리의 시선이 신중해 보인다. 그것은 밀지입니다, 라고 말하는 눈빛이었다.

"알았네. 놓고 가게."

협은 관리가 가고 난 뒤, 주위를 살피며 조심스레 밀지를 펼쳤다.

무심한 듯 가라앉았던 그의 눈동자가 찰나의 순간 빛을 띠었다. 무표정한 얼굴 역시 변함없었으나, 옥사에 갇히는 동안 어렸던 완연한 분노의 기운은 차츰 희미하게 사그라져 갔다. 다 읽은 밀지를 품 안에 감춘 그는 한 번 눈을 감았다 떴다. 부왕이 그렇게 등잔 밑이 어둡지는 않았던 모양이다.

잠시 후 그가 있는 옥사를 향해 인기척이 느껴졌다. 야청이었다.

"전하."

처음엔 단지 야청이 그를 염려해서 옥사까지 찾아온 것이라 여겼었다. 그러나 야청의 표정은 좀체 드러내지 않는 감정을 고스란히 내비치고 있었다. 그것은 위급함이었다. 협은 겨우 되찾았던 평정이 일시에 깨지는 것을 느꼈다.

"마마께서…… 사라지셨습니다."

"교우가 데려가기로 하지 않았나? 당연한 일일세."

불안한 마음을 억누르며 대답했다.

그러자 야청의 얼굴이 어두운 가운데서도 확연히 굳어지는 게 보였다.

"아니, 그게 저…… 마마께서는 교우란 자가 오기도 전부터 종적을 감추셨습니다."

"사실인가?"

"그때까지 마마의 곁을 지키고 계셨던 다영 황자비께서 혜운 궁으로 부름을 받았다고 하셨지만 혜운궁에도……."

어머님께서 화린을 따로 내쫓은 것인가?

아니, 그럴 리가 없다. 냉정하시지만 그리 독하고 모진 분은 아니었다. 조금 전까지 상실감과 그리움에 시달리던 가슴이 단박 불안함으로 얼어붙었다. 어둠이 내린 지 한참인데……. 어디 선가 화린이 정처없이 헤매고 있을 걸 생각하니 걱정돼 견딜 수 가 없었다. 차라리 밀지 따위 받아보지 않았더라면 당장 이 자 릴 박차고 나갔을 것을!

"샅샅이 뒤져라. 한번 살펴보았던 곳이라도 다시 찾아보아! 만약 화린을 찾지 못한다면 야청 자네라 하더라도 화를 면치 못 할 것이다."

야청이 조용히 답하며 물러났다.

혐은 꺼질 듯한 한숨을 들이키며 옥사 안을 서성였다. 성치 않은 몸으로 어디에 있단 말인가? 무슨 고생을 겪고 있는 건 아 닐까? 이대로 화린이 목숨을 잃을지도 모른다는 두려움이 얼룩 처럼 전신을 물들기 시작했다. 어서 빨리 화린을 찾아야만 했 다.

화린은 겨우 눈을 떴다. 둔기로 얻어맞은 충격은 가시질 않았지만 차츰 정신을 되찾을 순 있었다. 얼마나 시간이 지났는지 몰라도 벌써 밤인 것만큼은 분명했다. 협! 이 칠흑의 어둠에 직면하니 정신을 잃어버리기 전까지 협을 기다리고 있었단 사실이 화린을 일깨웠다.

"이제 정신이 드는 모양이군."

화린이 놀랄 틈도 없이 누군가 잔약한 촛불에 기대 모습을 드러냈다. 차비 휘옥이었다. 그녀를 알아본 화린의 눈빛에 휘옥의 입가가 굽어졌다. 불혹이 한참 지난 나이가 믿겨지지 않을 미소였다.

"전…… 어서 협에게로 돌아가야만 해요."

자신을 도와주러 온 것이라 여기며 서두르자 휘옥이 가볍게 막아섰다.

"그렇게 서두를 필요는 없단다."

"……?"

"협에 관해 네게 들려줄 이야기도 있으니 우선 앞에 있는 차라도 드는 것이 좋겠구나."

자세히 보니 이곳은 휘옥의 거처인 예화당이 아니었다. 화린은 내키지 않은 손길을 뻗어 찻잔을 단숨에 비워냈다. 뭔가 톡 쏘는 듯한 향이 후각을 관통해 식도로 넘어갔다. 순간, 화린의 눈이 휘둥그레졌다. 말이…… 말이 나오질 않았다!

"후훗, 겁이 나느냐?"

소리 내어 말하려 했지만 소용없었다. 목을 감싸 쥐며 애써보았지만 허사였다. 누군가 목소리를 움켜쥔 것처럼 끝끝내 말이 나오질 않았다. 왈칵 치민 두려움에 화린의 눈동자가 심하게 흔들렸다.

"걱정하지 않아도 된다. 여기에 해독제가 있거든. 허나, 그전에 먼저 내가 하는 말에 따라야 하느니라."

휘옥이 작은 호리병을 꺼내며 일컬었다. 의뭉스럽게 빛을 발하는 휘옥의 눈은 어딘지 모르게 소름이 끼쳤다. 그제야 화린은 뒤늦게 깨달았다. 자신을 둔기로 내려쳐 이곳에 오게 한 사람이 바로 다름 아닌 휘옥이란 것을.

"협이 반역을 도모해 왕좌를 찬탈하려 한 사실은 익히 알고 있을 것이다."

아니, 그렇지 않아요. 화린은 고개를 세차게 내저었다. 그는 그런 적이 없어요.

"그래? 사실이 아니라고? 하지만 상관없단다. 사실이 아니면 앞으로 사실이게 만들 생각이니까."

"……!"

"선택은 네게 달렸느니라. 이 해독제와 교환을 하기 위해선 그의 유죄를 인정해 주기만 하면 돼. 자, 어떻게 하겠느냐?"

화린의 눈동자가 경악스러움으로 커다랗게 벌어졌다. 동시에 황실의 누군가라고, 아니, 두 명의 황후 중 한 사람의 짓이 분명하다던 무항의 말이 귓가에 이명을 일으켰다.

그때 휘옥은 그 몇 년 전 잊고 있었던 과거의 일을 떠올리고 있었다. 그것은 지금의 상황과 너무도 비슷해 실소마저 나왔다.

잔을 비운 선요는 이상한 느낌에 목젖에 손을 가져갔다.

"그래, 목소리가 나오지 않을 테지. 그렇지 않더냐?"

선요는 쏟아질 듯 커다란 눈으로 휘옥을 주시했다. 그녀의 선 고운 입술이 보기 흉하게 뒤틀려 있었다.

딱!

그녀의 엄지손가락이 빚어내는 마찰음에 또 다른 찻잔이 대령했다.

"자, 해독제다. 마시고 싶지 않으냐?"

선요가 찻잔에 손을 뻗자 당장 휘옥이 낚아챘다.

"아니, 지금은 아니다. 다시 물으마. 이것은 네게 기회를 한 번 더 주기 위함이다. 폐하의 후궁이 되겠노라 약조만 하면 되느니라. 폐하께서 너를 귀애하는 동안 조가 왕좌를 물려받게만 된다면 그 은혜 역시 잊지 않을 터이니 나쁠 것은 없지 않겠느냐?"

선요는 추호의 여지도 남기지 않은 채 고개를 내저었다. 이곳 월국의 황제 재하가 자신을 쳐다보는 시선이 남다르단 것은 느낌으로 알고 있었다. 하지만 자신은 영원히 익호의 아내로 살아갈 것이다. 색사는 절대 하지 않을 것이다! 산아할멈이라면 약초에 대해 잘 알고 있으니 방법이 있을 터. 이깟 목소리를 서둘러 찾겠다고 익호를 저버릴 순 없었다.

딱!

휘옥이 또 한 번 손짓하자 이번엔 나인들이 대령했다. 순식간에 선요의 양팔은 붙잡히고 말았다.

"네 스스로 기회를 버린 것이니 원망 마라. 널 이대로 두면 화근을 자초하는 게 되겠지. 월국의 땅을 벗어나는 날엔 네 목숨은 죽은 것이 될 터이다. 허나, 그전에 네가 운 좋게 도망을 가거나 목소리를 되찾을 수 있을 거라고 누가 장담하지 못할까?"

휘옥이 소름 끼치도록 차갑게 웃으며 뒤돌아섰다. 그녀가 말하는 의미를 이해하는 데에는 그리 오랜 시간이 걸리지 않았다. 곧바로 찾아든 고통이 모든 걸 깨우쳐 주고 있었기 때문이다.

"널 보니 그 어리석었던 계집 하나가 생각나는구나. 그렇게 기회를 주었음에도 끝내는 고집을 꺾지 않아 벙어리가 되었었지. 허나, 넌 현명하게 처신하리라 믿으마. 나 역시도 네게 자비를 베풀고 싶거든?"

선요! 선요가 분명하다.

화린은 무의식중에 선요의 이름을 입에 담으며 경련을 일으켰다. 그 모습을 심상치 않게 여긴 휘옥이 날카롭게 눈을 번뜩였다.

"혹시 그 계집을 알고 있는 것이냐?"

하지만 휘옥은 곧바로 고개를 내저으며 그 가능성을 무시했다.

"아니, 그럴 리가 없지. 자객들이 보고한 대로라면 벌써 오래 전에 불귀의 객이 되었을 테니까."

충격이 전신을 엄습해 왔다.

드디어 무항이 말했던 모든 의문점들이 풀렸다. 그 몇 년 전 일의 원인은 휘옥에게 있었다. 그 끔찍한 일을 계획한 자가 휘옥이었다니! 경악을 금할 길이 없었다. 저 고운 얼굴 아래 그런 잔인한 면모가 숨겨져 있다는 사실이 아직까지 믿겨지지 않았다.

화린은 천천히, 그러나 단호히 휘옥의 제안을 거절했다. 이 목소리가 아니라 목숨을 잃는다 할지라도 협을 위험에 빠뜨릴 순 없다.

"좋다. 그깟 목소리쯤 없이 살아도 크게 지장은 없을 것이야. 그렇지 않나? 네가 순순히 따라주지 않을 거란 건 알고 있었다."

갑자기 휘옥이 몸을 낮추더니 화린의 턱을 잡아 올렸다.

"이렇게 가까이 보니 반반한 것이 고생이라곤 모르고 살았을 얼굴이로구나. 출신도, 딱히 내세울 재산도 없다고 들었는데 타고난 귀태가 사내를 동하게 생겼어. 윤간이라는 걸…… 당해본 적이 있느냐?"

화린의 얼굴이 두려움을 견디지 못한 채 창백하게 식었다. 선요가 윤간을 당할 뻔했다고 산아할멈에게서 들은 적이 있었다. 아마도 휘옥은 선요가 윤간을 당하고 죽었다는 자객들에게 거짓 보고를 들은 모양이지만 말이다.

"그걸 겪어보고 나면 생각이 달라지겠지만 아직은 때가 아니니, 그리 겁먹은 얼굴을 할 필요는 없느니라. 곧 협에게 가볼 생각이다. 아무래도 너의 신변에 대해 알려주는 것이 좋을 것 같아서 말이야. 혹, 그에게 하고 싶은 말이 있느냐?"

화린은 필사적으로 고개를 휘저으며 휘옥을 붙잡았다. 자신을 미끼로 이용하지 말라고, 자신을 어찌해도 좋으니 그 사람에겐 그러지 말라고 애절한 눈빛으로 애원하고 또 애원했다.

하지만 휘옥은 그런 애원 어린 눈길을 무시하며 거칠게 화린을 뿌리쳤다. 그 바람에 기력이 쇠해진 화린은 바닥으로 내팽개쳐지고 말았다. 생채기 난 뺨 위로 피가 배어나오고 있었지만 고통 따윈 느낄 겨를이 없었다.

부디 나 같은 건 개의치 않고 무죄임을 밝혀주기를…….

하지만 화린은 알았다. 그가 자신을 위해서라면 누명이 아니라 목숨까지 헌신짝처럼 내놓을 사내라는 걸. 그녀가 그러하듯 그 또한 그럴 거란 걸 너무나 잘 알았다.

처음부터 맹목적으로 그녀 하나만 보아준 사람.

만월 아래 그녀만을 오롯이 눈에 담고 그녀가 마음을 열 때까지 기다려 준 사람.

자신 때문에 협이 억울하게 역모의 누명을 자진하여 쓰겠다고 할지도 모른다는 생각에 피가 얼고, 심장이 녹아내리는 것 같았다. 멀어지는 휘옥의 모습을 지켜보는 화린의 눈가에 부옇게 이슬이 차 올랐다.

쾅!

굳건히 닫힌 문소리가 절망의 시작을 알리는 소리처럼 들렸다.

어리석은 계집!

휘옥은 일그러진 얼굴로 협이 갇혀 있을 옥사로 향했다. 방금 전 조가 다녀갔다고 하니 누군가와 마주칠 위험도 적은 데다가 내일 또다시 부를 다른 한 명의 증인을 위해 지금 협을 만나두는 것이 유리했다. 그토록 애지중지하는 제 아내 화린을 볼모로 잡고 있노라 말해 버리면, 그 냉철한 표정이 어떻게 변할까? 가로막고 있는 철장만 아니라면 당장 휘옥 그녀를 죽이겠다고 덤벼들지도 몰랐다. 그 지독한 분노를 상상하는 건 그리 어려운 일이 아니었다. 게다가 화린이 이미 목소리를 잃어 벙어리가 된 걸 알면 미쳐서 길길이 날뛸지도 몰랐다. 누구든 한 가지 약점은 가지고 있는 법. 협에게는 화린이 그런 존재였다. 그리하여 휘옥은 그들이 가례를 치르기도 전부터 흥미롭게 지켜보고 있던 차였다.

어쨌든 이제 모든 일들을 종결지을 때가 다가왔다. 눈엣가시 같던 협이 사라지고 나면 자연히 계연 황후도 이빨 빠진 호랑이가 되어 제 구실을 못하게 될 테고, 조는 무사히 왕좌에 오를 수 있을 것이다. 그녀 또한 더 이상 외척들의 괴롭힘 속에서 벗어나 편하게 두 다리를 뻗고 잠을 청할 수 있게 될 것이다. 동시에 이 기회에 그녀에게 추하게 기생하던 외척들을 모조리 없애 버리고 말리라. 휘옥은 찬란히 두 눈을 빛냈다.

이때, 무항은 조용히 숨죽이며 휘옥이 사라지기만을 기다리고 있었다. 곁에는 성가시게 그를 따라온 휘련도 함께였다. 야청이 궐 밖을 수색하는 바람에 홀로 남겨지게 된 휘련은 얌전히 몸이나 보존하고 있으라는 그의 충고를 받아들이지 않았다. 되레 궐내 지리를 잘 아니, 화린을 구하는 데 도움이 될 거라며 궐 지기를 자처하고 나섰다. 듣고 보니 일리가 있어 대동하고 왔건만 마침 이렇게나 빨리 근거지를 발견한 것이다.

화린을 가둔 문밖의 경계는 삼엄했으나 적당한 때를 보아 빼내올 수 있을 것 같았다. 보초를 선 자들과 겨루어도 큰 어려움은 없었으나 만에 하나 화린이 다칠 수도 있기 때문이었다.

휘옥…….

한순간 무항의 눈동자가 싸늘히 냉기를 품었다.

자신의 소중한 아내, 선요를 망쳐 놓은 장본인.

전 같았으면 성급한 복수심에 눈이 멀어 즉시 휘옥의 숨통을 끊어놓았겠지만 이제는 달랐다. 고인이 된 그의 사형이 그를 다시 태어나게 해주었다면, 화린은 잊고 있던 익호로서의 삶을 안겨준 은인이었다. 더욱이 선요와 같은 위험에 빠진 화린을 못 본 체할 수는 없었다. 복수의 시간은 얼마든 있었다. 아니, 정확히는 계획해 둔 것들을 행동에 옮길 시기가 아니었다. 무항은 몸을 최대한 낮추어 다가서기 시작했다. 가장 가까이 있던 보초가 반대편으로 움직였다. 그때를 놓치지 않고 무항과 휘련은 조심히 문을 열어젖혔다. 또 다른 보초가 이상한 낌새를 알아채기 전에 서둘러야 했다.

"……마마."

무항의 낮은 부름에 화린이 고개를 쳐들었다. 빛 한줄기 새어들지 않았지만 화린이 자신을 알아보고 있다는 걸 느낄 수 있었다.

"이제야 찾아뵈어 죄송합니다. 곧 이곳을 빠져나갈 수 있도록 도와드리겠습니다."

그러나 화린의 결박을 풀어주자, 그 자리에 휘련이 앉았다. 어둠 속에서 그녀가 옅게 미소 짓고 있었다.

"시간을 벌어야 하지 않겠어요? 그러니 어서 마마를 뫼시고 가요."

'휘련!'

화린이 거부의 몸짓으로 휘련을 일으키려 했다. 그럼에도 휘련은 요지부동이었다.

"어서요. 이곳이 비어버린 걸 알아채면 우리 셋 다 무사하지 못해요."

그녀의 말은 부인할 수 없는 사실이었다.

그들 셋이 움직이는 것 또한 몹시 위험천만한 일이었다. 더욱이 화린은 제대로 몸을 가누지 못했다. 만에 하나 저들과 대적한다 해도 두 여인을 모두 지켜내는 것은 무리였다. 그제야 무항은 눈치챘다. 휘련은 처음부터 이럴 작정으로 그를 따라나선 것이었다.

"마마, 어서요! 시간을 끄실수록 전하도 위험해지십니다. 서두르세요."

눈물로 얼룩진 화린이 휘련의 손을 꼭 맞잡았다. 그녀는 이렇게 다짐을 주고 있는 것처럼 보였다. 함께 갈 수 없어 미안하다고, 그리고 꼭 무사해야 한다고.

그녀의 마음을 읽어낸 휘련이 방긋 웃으며 대답을 돌려주었다.

"그럼요. 아이구, 만날 쉰네를 구박하시기에 미워하시는 줄로만 알았더니 아니었던 게로군요. 다시 만날 때에는 쉰네가 업어드려야겠어요."

두 여인은 아주 잠시 서로를 부둥켜안았다.

얼마 후 무항과 화린은 나머지 다른 보초들의 눈을 피해 무사히 회덕헌에 닿을 수 있었다.

날이 밝아왔다. 협은 다시 옥사에서 벗어나 대전으로 가게 되었다. 어쩌면 그의 머리 위로 떠 있는 태양을 보는 것은 오늘이 마지막인지도 몰랐다. 그럼에도 화린이 무사해야만 한다는 생각밖에 할 수가 없었다. 이럴 때 야청이라도 그의 곁에 있으면 좋으련만. 어젯밤 다녀간 휘옥으로 인해 황제 재하는 누구도 협을 만나지 못하도록 엄명을 내리고 만 것이었다. 때문에 그나마 화린을 구할 수 있는 유일한 사람인 야청마저도 만날 수 없게 되어버렸다.

대전에 들어서니, 어제 거짓 증언을 일삼았던 유공이 제일 먼저 시선에 들어왔다. 녀석이 바라 마지않던 대로 반역의 누명을 고스란히 뒤집어쓰게 되었다고 여기니 생각할수록 분노가 치밀었지만 화린의 신변을 떠올리며 간신히 참았다. 제발 무사히만 있어다오, 화린!

오늘은 황제의 옆에 어머니 계연 황후도 함께였다. 근심으로 흐려진 혈색이었다. 하룻밤 새 일어난 일들을 도저히 믿을 수 없는 표정이기도 했다. 협은 묵묵히 시선을 받아내며 그들의 앞으로 다가갔다. 황후의 반대편에 앉은 휘옥도 보였다. 협과 눈이 마주치는 찰나, 섣부른 짓을 하지 말라는 경고 어린 눈빛이 휘옥에게서 읽혀졌다. 협은 다시 가까스로 분노를 다스려야만 했다. 아니, 그것은 살기였다. 협 자신은 물론 화린까지 해하려 한 그녀를 향한 증오였다.

"이 찻잔엔 화린의 마지막 목소리가 배어 있소."

휘옥이 어제 옥사에서 연녹빛 다기를 내밀며 꺼낸 말이었다.

순간, 협은 화린이 명을 달리하였다는 얘기인 줄 알고 쇠창살 너머로 휘옥의 멱살을 움켜쥐었었다.

쨍그랑!

다기잔이 바닥에 떨어지며 조각조각 흩어졌다. 그러자 옥사를 지키고 있던 자들이 달려와 그의 손을 떼어놓았다. 휘옥의 눈에 언뜻 두려움이 스쳤지만 이내 감춰 버리곤 교소를 흘렸다. 그리곤 보초들을 물러가게 하며 작고도 은밀히 말을 이었다.

"내가 하는 말을 끝까지 들으시오. 여기에 화린의 목소리가 배어 있다고 했지 죽였다곤 하지 않았잖소?"

"화린을 어떻게 한 거지?"

"말 그대로요. 이젠 두 번 다시 소리 내어 말하지 못하게 되었소. 그 예쁜 입으로 협 당신의 이름을 부르게 될 일은 절대 없단 소리지."

협은 어금니를 사려 물었다. 무슨 일이 있어도 휘옥, 아니, 그 누구라도 화린의 털끝 하나 건드리지 못하게 했어야 했는데……. 그것도 모자라 화린이 벙어리가 되고 말았다니. 일찍이 느끼지 못했던 살기가 전신을 강타했다.

"어때? 들리지 않소? 목소리를 잃어가는 중에 불렀을 그대의 이름이 이 잔 속에 담겨져 있는 것 같지 않소?"

휘옥이 발치에 떨어진 다기 조각을 집어 들며 말했다.

지금이라도 눈앞에 선명하게 그려지는 듯했다. 화린이 저 사악한 여자의 손아귀에 놀아나 목소리를 잃은 채 절규하는 모습이, 그 두렵고 위험한 순간에 곁에 있어주지 못한 그를 절박하게 찾고 있었을 그 모습이, 그의 심장 한복판에 선혈을 흘리게 하는 비수가 되었다. 협은 난도질당한 가슴으로 비로소 화린의 목소리를 들은 듯했다.

"다음 찻잔엔 고작 목소리 따위가 아니게 될 거요. 무엇이 좋을까? 그것은 더 이상 빛을 느끼지 못할 눈일 수도 있고, 그대의 목소리조차 듣지 못할 귀일 수도 있소. 그도 아니면 그대가 죄를 시인하는 시간이 지체될 때마다 새하얀 섬섬옥수를 하나씩 담아내는 것도 좋겠지. 아, 어쩌면 말 못하는 입가에 붙은 마지막 온기일 수도 있소."

협은 다시 한 번 휘옥의 멱살을 붙잡았다. 죽여 버리겠다. 가차없이 이 숨통을 눌러 버리고 말겠다. 협의 눈에 한가득 차 오른 살기가 서슬 퍼런 기세로 번뜩이고 있었다. 다음 순간 들려온 휘옥의 말만 아니었더라면 그러고도 남았을 일이었다. 휘옥은 짓눌린 목소리로 겨우 띄엄띄엄 말했다.

"지…… 금 날 죽이는…… 건, 상관없소……. 하지만…… 그러면 화린이…… 죽을 텐데……? 그래도…… 좋소?"

협은 나직이 잇새로 욕설을 내뱉으며 그녀가 마치 더러운 벌레라도 되는 양 잡았던 멱살을 놓아버렸다. 화린을 위해서라면 저 백해무익한 목숨을 끊어놓는 일쯤 얼마든지 나중으로 미룰 수 있다. 당장은 화린이 우선이었다. 어떻게든 화린을 구해내야만 했다. 휘옥은 어깨가 들썩일 정도로 기침을 터뜨리며 그에게서 떨어졌다.

"내일 반역에 대해 얌전히 시인하기만 하면 되오. 화린의 목숨을 보존하고 싶다면."

휘옥이 떠나며 남기고 간 말이었다.

협이 어제 일을 떠올리는 동안, 휘옥은 잠시 멈칫했으나 이내 아무렇지 않은 듯 표정을 가다듬으며 말문을 열었다.

"어제 유공의 증언에 이어 또 다른 증인을 이 자리에 불렀습니다. 어느 한쪽 말만 듣고 판단하는 어리석은 우를 범하지 않기 위함이니 섭섭해하지 않아도 될 거요."

가벼운 휘옥의 턱짓에 대전의 문이 열리기 시작했다.

나머지 한 명의 증인은 놀랍게도, 설흔 태자였다.

휘옥의 얼굴이 심상치 않게 굳어졌다. 설흔 태자의 등장은 협에게도 뜻밖이었으나 휘옥은 그 이상을 넘어 도저히 믿을 수 없다는 얼굴이었다. 백랍처럼 하얘진 얼굴 가득 드러난 충격은 설흔 태자가 예정된 증인이 아니었음을 말해주고 있었다. 그리고 또 한 사람의 얼굴엔 지독한 배신감이 드러나고 있었다.

"서, 설흔 태자가 여기엔 어쩐 일로……."

설흔 태자는 휘옥의 말에 대답하기에 앞서 협에게 조용히 눈길을 던졌다.

그가 무슨 의도를 가지고 예까지 왔는지 자세히 알 순 없었지만 그의 등장으로 인해 휘옥의 계획에 차질이 빚어진 것만큼은 확실했다. 가볍고 진중한 곳이라곤 찾아볼 수 없던 설흔 태자의 눈에 굽혀지지 않는 올곧음이 단호히 빛났기 때문이다. 이윽고 그가 위엄을 갖춘 채로 한 걸음, 한 걸음 내디뎠다.

"먼저, 동생의 부덕함을 바로잡지 못한 저의 과실을 너그러운 아량으로 눈감아주시길 부탁드립니다. 오늘, 이 자리에 함께할 예정이었던 제 누이, 예아 공주는 올 수 없게 되었습니다."

많은 의미를 담고 있는 말이었다. 그것을 모를 리 없는 휘옥이 몸을 제대로 가누지 못한 채 휘청거렸다. 설흔은 유공 쪽으로 걸음을 옮겼다.

갑자기 그녀가 설흔 태자를 막아서며 다급히 언성을 높였다.

"설흔 태자의 말은 들어볼 필요가 없습니다. 어제 제가 옥사로 찾아갔을 때, 협은 자신의 죄를 인정한다고 실토하였으니까요."

단숨에 쏟아낸 휘옥의 말에 대전에 늘어선 만조백관들과 황제 재하, 황후까지 모두 경악을 금치 못했다. 거센 급류가 들이닥친들 이보다 더하진 않을 터였다. 어제 황제의 명으로 옥사에 가두어졌다고는 하나, 협이 정말로 설국으로 외정을 가면서 반역을 도모하였다고 믿는 이는 극히 소수에 불과했다. 하지만 이건 달랐다. 협, 그가 정말로 죄를 인정한 것이라면……

"과연 그렇게 생각하십니까?"

설흔의 물음에 휘옥이 인상을 표독스레 구겼다.

"협 스스로가 인정한 것이라 하지 않소? 이 이상 확실한 증언은 없는 법이오. 그간 협과의 의리를 생각해서 두둔하려는 거라면 이쯤에서 접어주시오."

휘옥 딴에는 단단히 못을 박았다고 여겼겠지만, 아니었다. 설흔 태자는 그녀의 말에는 아랑곳하지 않고 차디찬 냉소를 더했다.

"그래, 옳으신 말씀입니다. 허나, 사랑하는 아내가 인질로 잡혀 있다면 거짓조차 진실이라 인정하게 되지 않겠습니까?"

휘옥의 얼굴이 대번에 붉으락푸르락하다가 마지막엔 흙빛으로 변해 버렸다.

협은 시선을 들어올렸다. 화린……. 화린이 휘옥의 손아귀에서 벗어난 것이다! 그의 그런 마음을 들여다보기라도 한 듯 설흔 태자가 조그맣게 고개를 끄덕였다.

"누, 누가……! 누가 그런! 그건 사실이 아니오!"

휘옥은 강하게 부정했다.

"옳거니, 협과 짜고서 나를 음해하려는 게로군. 그렇지 않소?"

"그리 속단하셔도 좋습니다. 그러나 이들을 먼저 만나뵙고 나서 그리하셔도 늦지 않을 듯합니다만."

두 사람을 말없이 지켜보던 황제 재하는 손짓으로 허락을 내렸다. 어제의 불같았던 모습과는 판이하게 냉정하고 차분한 태도를 보이고 있었다. 분위기는 한층 스산하게 가라앉았다. 앞으로 일어날 일들에 대한 막연한 두려움과 호기심이 빚어낸 것이었다. 휘옥은 점점 핏기를 잃어갔다.

"무항, 아니, 이 자리에서만큼은 묘학이라고 불러야 할 것 같소. 그리고 협의 아내이자 황자비이기도 한 화린이오."

묘학!

휘옥은 무너지듯 그 자리에 털썩 주저앉고 말았다. 그녀 스스로 이겨내지 못한, 숨겨내지 못한 극도의 떨림이 도드라진 붉은 입술에 내려앉고 있었다. 생각보다 일이 수월하게 풀린다고 기뻐했던 요즘이다. 그만큼 고생했으니 이제 그럴만도 하지 않느냐는 미송 부인의 말을 그저 귓전으로 받아들이며 지금은 꿈이나, 머지않아 현실이 될 꿈에 달게 부풀어 있었다. 그럼에도 늘 마음 한 켠에 옹송그리고 있는 불안의 이름, 묘학은 쉬이 떨쳐지질 않았다. 기어이는 이런 식으로 되갚음하듯 모습을 드러내고 만 것이다.

"화린!"

묘학이면서 무항이고, 익호이기도 한 거구의 사내 곁을 따라온 화린이 협의 부름에 재빨리 안겨들었다. 이미 젖어 있는 화린의 뺨 위로 더운 물줄기가 또 한 번 흘러내렸다. 그것마저도 네가 살아 있는 증거이구나 싶어 협의 심장은 안도하며 높은 파장을 그렸다. 협의 입술이 곳곳에 닿았다. 화린의 머리칼에, 이마에, 눈에, 코에, 입가에…….

"많이 아팠느냐?"

화린이 눈을 맞추며 고개를 내저었다.

당신만큼 아팠을까요. 당신이 더 많이 아팠을 거야. 나, 목소리를 잃어가는 중에 생각했어요. 사랑해, 사랑해, 사랑해요……. 당신에게 그 쉬웠던 말 한 번 들려주지 못한 게, 다가온 생명의 위협 앞에서도 너무나 후회가 되는 걸. 그래서 당신 꿈에라도 다시 만나게 되면 꼭 말해주겠다고 되뇌고 또 되뇌었어요. 이젠 부를 수 없는 당신의 이름. 고백할 수 없는 사랑의 말. 눈으로라도 들려주고 싶었어요. 나는 그렇게…… 당신을 만나길 기다리고 있던 거예요.

물먹은 까만 눈망울이 말간 빛을 드러내며 그에게 말하고 있었다. 그들을 지켜보는 눈이 많다는 건 알았지만 협은 신경 쓰지 않았다. 서로의 심장이 맞닿아 고동 소리가 엉켜들 수 있도록 가깝게, 더 가깝게 으스러질 듯 끌어안을 뿐이었다.

"발뺌하긴 너무 늦었다 생각지 않소이까?"

익호는 일전에 묘학이란 이름으로 휘옥에게 받았던 금화 오만 냥을 툭, 내던졌다. 촤르르 쏟아진 금빛에 대전에 있는 자들의 시선이 한데로 몰려들었다. 금화마다 새겨진 월국의 표식을 알아보는 건 그리 어려운 일이 아니었다.

"언제고 돌려 드려야 할 돈이었습니다, 휘옥 마마."

"네 이놈! 무, 무슨 실언을 하는 게냐?"

익호의 두 눈이 얄팍한 금으로 가늘어졌다. 검은자를 에워싼 지독한 한기가 휘옥을 주춤 물러서게 하였다.

"달포 전, 한 사내를 죽이는 대가로 마마께서 하사하신 줄 알고 있습니다만. 헌데, 소인이 그만 실수로 엉뚱한 사내를 죽였지 뭡니까? 그러니 이 금화는 당연히 받을 수 없지요. 소인, 무뢰배이기는 하나 정직을 근본으로 삼고 있는 몸. 만약 다음 기회에도 황송하게 소인에게 일을 맡겨주시면 다신 그런 실수가 없도록 하겠습니다. 허나 단 한 명, 저의 주군인 협 황자만큼은 죽여 드릴 수 없습니다. 전처럼 실수가 없으려면 다른 자객을 쓰셔야 할 겝니다."

황제 재하가 벌떡 자리를 박차고 일어났다. 대전에 앉은 모두의 얼굴은 일제히 넋이 나가 있었다.

"뭣이? 다시 말해보아라!"

그 격노한 기세에 휘옥은 무릎을 꿇으며 오열했다.

"아닙니다! 아니어요! 저놈이 거짓을 고한 것입니다. 전하, 제발 저를 믿어주옵소서!"

"그렇다면 저자는?"

유공을 가리킨 손짓에 휘옥의 얼굴이 잠시 굳었다. 그사이 설흔이 그들 틈에 끼어들었다.

"따로 유공과 할 말이 있습니다."

재하가 짧게 허락을 내리자, 설흔은 대답 대신 유공에게 인사를 건넸다.

"유공, 오랜만일세."

유공이 씨근덕거리며 그를 외면했다.

"순순히 자백해 준다면 아버지께서 너그러움을 베풀어주실 수 있다고 하셨느니라."

"웃기는 소리!"

유공은 노골적으로 설흔의 말을 묵살하며 코웃음을 쳤다.

이때 잠자코 두 사내를 지켜보던 협이 슬몃 끼어들었다.

"유공, 그렇게도 모르겠나? 자네는 지금 이용당한 걸세."

유공의 얼굴이 대번에 흙빛으로 돌변했다. 그러나 협은 짐짓 모르는 체하며 일격을 가했다.

"예아 공주가 이 자리에 오지 못한 것은 너와의 약속을 어긴 것이나 다름없다."

"약속?"

그건 설흔 태자조차 모르고 있는 듯했다.

유공이 눈알을 굴리며 강하게 부정했다.

"아니야! 그럴 리가 없어. 그녀에 대해 함부로 말하지 마라!"

"약속이라니? 그게 무슨 말씀인지요?"

재차 날아든 설흔의 물음에 모두의 이목이 협에게로 쏠렸다. 그러자 유공이 자리를 박차려고 이리저리 몸을 비틀었다. 그를 동여맨 결박만 아니라면 단숨에 협의 숨통을 끊어버리고 말았을 지독한 살기를 내뿜고 있었다. 협은 가늘어진 눈으로 느긋하게 말을 이었다.

"얼마 전, 너의 죽은 주군인 균제에게 이복동생이 있다는 놀라운 소식을 접했다. 그게 누구인지 궁금하지 않은가?"

"그만, 닥쳐라!"

분에 못 이긴 숨소리가 거칠어졌다. 유공의 흥분은 거의 극에 달한 듯했다. 곧 그의 입에 재갈이 물려지게 되었다.

"본디 이름은 균오. 규강이라 했지."

"그, 그런!"

설흔이 털썩 무릎을 꿇었다.

협은 설흔이 아닌 유공을 마주 보며 차근차근 털어놓기 시작했다.

"기구한 운명으로 규강은 균제와 생이별을 했다. 아마도 처첩들의 시기심이 화를 불러일으켰겠지. 어쨌든 그는 남국으로 팔려 갔다가 다시 설국으로 되돌아왔다. 양운조의 양자(養子)로 말이다. 그러나 공백이 너무도 길어 그를 알아주는 이는 단 한 사람, 균제밖에 없었다. 다들 그를 죽은 줄로만 알았고, 생부(生父)마저 지병으로 세상을 떠난 상태였으니까. 다시 뭉친 그들이 무얼 했을 것 같나? 규강은 차근차근 무기고를 채워 나갔다. 균제는 다들 알아시피 반역을 일으켰고."

이어 설흔이 침착하게 말을 되받았다.

"불운하게도 사형당할 위기에 처해진 균제는 아우인 규강만 큼은 살리고자 했겠지요. 그런데 예아가 저놈과 얽히게 된 사연은 도무지 모르겠습니다."

"유공은 처음부터 예아 공주를 마음에 품고 있었소."

"하하, 이런 일이……."

설흔은 도저히 믿을 수 없다는 듯한 얼굴로 신음성을 터뜨렸다.

"하지만 예아 공주는 그렇지 않았지. 번번이 퇴짜를 맞으면서도 포기할 줄 모르는 그에게 늘 냉담했소. 그런 그녀가 결정적으로 마음이 흔들리게 된 계기는 나와 화린의 혼인에 있었소. 간자를 죽인 것은 누구의 짓도 아니었지. 바로, 예아 공주가 꾸민 일이니까. 아마도 그때부터 유공과 손을 잡은 것 같소만."

"그, 그럴 리가요. 예아가 어떻게……."

"탄신일이 시작되던 첫날, 간자는 암기에 꽂힌 사체로 발견되었소. 그러나 어찌 된 연유에서인지 당신의 부왕께서는 이미 부검을 끝마쳤다며 짤막하게 결과만을 말씀하실 뿐, 사건의 현장에 대해서는 일체 함구하셨었지. 몹시 당혹스러운 기색으로 말이오. 더해만 가는 의혹 속에 부검을 맡았던 자에게 직접 찾아 갔더니, 출입을 통제하더군. 이쯤 되면 더욱 이상한 낌새를 느낄 수밖에 없지 않겠소?"

"그러면 아버지께서도 알고 계신단 말씀입니까?"

되묻는 설흔의 눈빛이 놀라움에서 혼란으로 뒤바뀌어 가고 있었다.

"그렇지. 부검관이 자릴 비운 틈을 타 사체를 확인하니 몹시 낯익은 암기가 눈에 띄었소. 전날 오후 궁터에서 없어진 나의 암기였다오. 그럼에도 날 범인으로 몰아세우지 않은 이유가 무엇이겠소? 그건 바로 사건 현장에서 범인을 붙잡았기 때문이겠지. 그리고 그 범인은 궁터에서 암기를 훔쳐 간 자와 동일할 테고……."

협은 잠시 운을 떼었다.

"궁터에는 나와 화린, 휘련과 야청, 그리고 예아 공주. 이렇게 다섯뿐이었소."

설흔의 입에서 맥없는 한숨이 터져 나왔다. 배신감을 넘어선 경악이었으리라.

"하하, 아버지께서 범인을 두둔하시려고 한 까닭이 거기에 있었군요. 어리석은 것! 어쩌자고!"

"그리고 예아 공주는 당신보다 한 걸음 먼저 월국 땅에 도착해 있소."

말이 떨어짐과 동시에 야청이 누군가를 끌고 대령했다. 복면으로 얼굴을 가린, 무척이나 호리호리한 체구의 사내였다. 아니, 사내라기보단 소년처럼 보였다. 그러나 복면을 벗기자, 한순간이나마 사내로 착각한 눈을 비웃듯 고운 미색을 가진 여인의 얼굴이 드러났다. 예아 공주였다.

"예아 공주, 예까지 오느라 고생 많았소."

"이번에도 잠복해 있다가 유공을 죽일 셈이었겠지. 그대가 품 속에 감추고 있는 나의 암기로 말이오. 안 그렇소?"

그런 다음엔 협을 궁지로 몰아넣어 그녀가 원하는 것을 취하고야 말리라는 건 말하지 않아도 뻔했다.

"왜! 왜!"

어언간에 재갈이 풀린 유공이 울부짖었다.

예아는 조금도 죄책감을 가지지 않은 표정으로 태연히 대꾸했다.

"말하지 않았던가요? 첫눈에 마음을 내어준 사내가 있다고.

허울뿐이라도 괜찮겠느냐고. 그래도 좋다고 한 건 당신이었어. 당신 스스로가 이용당할 걸 알고 있었으면서 이제 와 몰랐다고 하지 말아요."

"젠장, 용서하지 않겠어!"

"용서? 내가 왜 당신에게 용서를 구할 거라 생각하는 거지? 천만에, 당신을 뿌리친 건 나야. 그런데도 부나방처럼 달려들었 잖아? 매달렸잖아? 나는…… 잘못한 것 없어."

설흔은 무너지듯 자리에 주저앉았다.

유공이 형장으로 끌려가고 나자 정적은 더욱 무겁고 침울해 졌다. 보이지 않는 무게에 짓눌려 버린 채 모두가 휘옥과 황제 재하를 살피고 있었다. 그 가운데 설흔이 예를 갖춰 재하에게 인사를 한 후에 이 일의 원흉이기도 한 예아를 이끌고 물러났 다.

"그래? 정말로 그런가?"

지금까지 월국을 다스려 온 천자로서의 관록으로 재하는 묻 고 있었다. 기실 물어볼 필요도 없는 질문이란 걸 알았지만 이 제껏 살을 맞대고 살아온 그녀에게 거는 마지막 기대를 저버릴 순 없었기 때문이다.

"아니, 아니어요. 아닙니다."

휘옥은 차비로서의 체모도 잊어버린 채 하소연을 하기에 급 급했다. 그런 어미의 모습을 조가 바라보다가 끝내는 시선을 떨 구며 눈물을 훔쳐 냈다. 화린을 벙어리로 만든 것도 모자라 인질로 협을 협박하였으며, 설상가상으로 그를 죽이려 하였다는 것까지 전부 다 그녀가 계획하였다는 사실은 그녀의 자백 없이도 알 수 있는 일이었다. 조는 어미의 앞날에 드리워진 운명에 비통함을 삼키고 있었다.

"무슨 부귀를 누리자고 제가 그런 짓을 하겠습니까? 억울하고 억울할 따름이옵니다. 모두가, 모두가 거짓입니다."

"이쯤해서 나머지 죄인을 불러들이는 건 어떻겠습니까?"

협의 나직한 한마디에 휘옥의 흐느낌이 뚝 그쳤다. 백관들도 마찬가지였다. 그들은 어리둥절한 얼굴로 협과 재하, 두 부자(父子)를 번갈아가며 응시했다.

"그러는 편이 좋겠구나. 협, 고생이 많았다. 그만 자리에서 일어나거라."

"전하, 대체 어찌 된……."

"다들 놀랐을 거라 사료되오. 그러나 짐은 설국과 월국, 두 나라에 얽힌 반역 세력들을 단번에 배척하기 위해서는 이 방법밖에 없다고 결론을 내렸소. 부디 너른 마음으로 이해해 주길 바라오."

협을 모함 세력으로 이끌어가는 것에 대해 일부러 눈감았다는 이야기였다. 아니, 그것은 반역의 잔해들을 일시에 쓸어 내리기 위한 계획에 지나지 않았음을 말해주고 있었다. 아수라장을 방불케 하는 대전에 또 한 사람, 균 황자가 들어섰기 때문이다. 황제의 주도면밀함에 백관들이 고개를 조아리는 가운데 협이 죄인의 자리에서 일어나 균을 맞이했다. 균은 험악한 눈빛으로 협을 쏘아보며 걸어나오고 있었다.

휘옥은 아예 발작에 가까운 몸짓으로 도리질을 치며 부정했다. 서슬이 올라 펄펄 뛰었다.

"죄인이라니! 잘못 아신 겝니다. 누명입니다!"

"껄껄!"

재하는 커다랗게 웃어 젖혔다.

"호랑이 새끼도 자식이라고 두둔하는 게요?"

"그게 무슨……."

"균은 벌써 예전에 어미로서의 그대를 버렸소이다. 그대가 협을 반역으로 처단하고 조를 옥좌에 앉힐 계획이었듯, 균은 마침 그때 그대를 가격해 옥좌를 찬탈할 작정으로 군사를 모으고 있었소. 그러나 순망치한인 것을 저 우둔한 아들은 잊고 있었나 보오. 애초에 협이 균을 주시하고 있지 않았더라면, 군사에 관한 한 모두가 그대의 지령이라는 거짓말을 믿을 뻔했지."

재하는 잠시 실룩이다가 되물었다.

"자, 어떻소? 제 어미를 사지로 몰아넣는 자식이라니, 정말 볼 만하지 않소?"

"아니야, 아니야! 균, 아니라고 말하거라."

휘옥은 반쯤 정신이 나간 모양으로 균에게 매달리며 울부짖었다. 균은 눈시울이 붉어진 채로 끝끝내 그녀를 외면하고 있었다. 방금 전까지 그녀의 잔악함에 혀를 내두르던 이들도 동정할 수밖에 없는 광경이었다.

"자식 농사를 헛 지은 게지. 균이 저 지경이 된 것도 다 그대의 탓이오. 아니, 짐의 과실이기도 하지."

쓸쓸히 되뇌는 말에 모두가 숙연해졌다.

재하는 불신에 대한 분노보다 아픔이 컸다. 저리 패악하게 변해 버린 휘옥이 진정으로 가여웠던 것이다. 그의 나이, 스물여섯. 열여덟의 곱게 여문 휘옥을 차비로 맞아들였을 때, 그때가 못 견디게 그리웠음이라. 사무쳤음이라.

"두 사람 모두에게 유배를 명한다."

연민을 감춘 재하의 입술이 근엄하게 명을 내렸다.

"전하! 아니 되옵니다. 거두어주소서!"

두 줄로 늘어선 만조백관이 머리를 조아리며 청했다. 이미 예상했던 일이다. 이들은 휘옥에게 사형이 내려지길 원하고 있었다.

"비록 차비이기는 하나, 엄연히 국모인 몸이다. 번복하지 않겠다. 유배를 명한다!"

재하는 여러 대신들의 직언을 무시하며 고집을 꺾지 않았다. 휘옥이 그의 발치에 매달려서 자비를 구걸했다. 폐비에 명하여도 좋으니 조의 곁에 있게 해달라고, 조와 떨어지지 않게 해달라고 손이 발이 되도록 빌고 또 빌었다.

"비록 피가 섞이진 않았으나 협 또한 그대의 아들이고, 화린 또한 그대의 며느리이다. 그런데 어쩌자고 그런 패륜을 저지른 게냐? 왜!"

재하는 통탄을 금치 못했다. 설사 그녀의 무죄를 증명해 줄 사람들이 줄지어 몰려든다 하여도 이제는 그녀를 구해줄 수 없었다. 명분이 없었다. 언제부터인가 그녀가 사랑하는 것은 재하 자신이 아니라, 힘들게 버텨온 과거를 보상해 줄 미래와 그 미래를 수놓아줄 황자 조인 것을 어렴풋이 느끼고 있었다. 그랬으니 균이 비뚤어진 열등의식에 잘못된 길로 빠져들기에도 쉬웠으리라. 하지만 그것이 그녀를 이토록 변질시켜 놓을 줄이야.

시종들이 휘옥을 옥사로 끌고 갔다. 대신들이 모두 물러가고 협과 화린, 황후 이렇게 세 사람이 남았을 때 재하는 협에게, 화린에게 그들의 공을 치하했다.

"황자비 그대가 볼모로 잡혔다는 사실을 접하고는 협은 짐이 계획한 거사를 뒤엎으려 하였었지. 그걸 알고 있는가?"

화린이 협의 품 안에서 얼굴을 붉혔다. 협은 그런 화린을 바라보며 더 가까이 제 곁으로 끌어당겨 보드랍게 품었다. 그 아찔했던 순간을 어떻게든 위로해 주려는 몸짓이었다. 그러자 황제가 함께한 가운데서도 손길을 놓기는커녕 애달게 매만지는 협으로 인해 화린의 얼굴은 더욱 홍조를 띠어갔다.

"그러니 협이 아닌 짐을 탓하게. 짐을 원망하게. 순전히 이 모든 일들은 순전히 짐 혼자만의 계획이었네. 협은 나중에 옥사에 갇히고 나서야 알았지. 그대를 희생양으로 할 생각은 추호도 없었지만 결국 일이 이렇게 되고 말았으니 짐이 죄인인 셈이야."

화린은 고개를 내저었다. 그리고는 갑자기 절박한 눈으로 협을 올려다보았다. 그녀의 입 모양은 '휘련'을 그리고 있었다.

"휘련은 무사하다. 어제 널 구해내고 곧바로 야청이 휘련을 빼내었지."

협의 대답에 안심이 된 듯 화린의 얼굴에 서린 걱정이 사라졌다.

회덕헌으로 발길을 들여놓자마자 협은 화린을 멈춰 세웠다. 그리고는 내내 참아왔던 한 가지를 거침없이 풀어냈다. 달게 감겨오는 입맞춤. 그의 혀가 밀려들어 오며 화린의 숨결을 헤집었다. 강하게 빨아당기는 그의 흡착에 누구의 것인지도 모르는 신음만이 허공에 뿌려졌다.

다음날 아침, 휘옥은 유배지로 가는 동안에도 치욕스러움을 이겨내려 빳빳이 고개를 쳐들었다. 재하는 국모로서의 예우를 잊지 않고 휘옥에게 손이나 발을 결박하지 않도록 따로 명하였다. 그리하여 다른 죄인들과 달리 손발이 자유로웠다. 곧 황자인 조까지도 폐위에 처하게 될 거란 소문이 나돌기 시작했다. 때문에 사람들은 어딜 가나 온통 왕좌를 물려받을 이, 아마도 협이 되지 않겠느냐며 지레 추측을 하곤 했다. 그런 말을 지나쳐 들을 때면 휘옥은 파르르 떨며 그들을 노려보았다.

조마저 내 꼴이 되도록 놔둔다면 재하 당신을 가만두지 않겠어! 나중에라도 조가 왕좌에 오르면 자신을 다시 황궁으로 데려올 거란 믿음이 있어 무너지지 않는 것인데…… 어떤 마음으로 내 아들 조와 떨어지는 것인데!

공교롭게도 휘옥은 궐내를 벗어나며 길가에 서 있는 협과 화린을 발견할 수 있었다. 그 옆엔 그녀를 파멸로 이끌었던 묘학도 함께였다. 그녀와 눈이 마주친 묘학이 희미하게 비소를 보냈다.

"괘씸한 놈!"

휘옥은 분한 듯 이를 갈며 내뱉었다.

"마마."

갑자기 들려오는 낯익은 목소리에 휘옥의 눈이 커다래졌다. 차림새는 같았지만, 방금 전까지 그녀의 곁에서 감시하던 자가 아니었다. 휘옥은 더욱 경계하며 표정을 굳혔다.

"누구냐."

"놀라게 해드린 모양이군요. 죄송합니다. 쇤네, 미송 부인을 모시고 있는 하율이라 하옵니다."

그제야 휘옥의 얼굴에 서렸던 경계심이 누그러졌다.

"허면 미송 부인께서 너를……."

"그렇습니다. 미송 부인께서 마마를 몹시 기다리고 계십니다."

하율은 더욱 목소리를 낮춰 그녀에게 말했다.

"송하에 닿으면 가마 한 대가 기다리고 있을 것입니다. 그때 여기는 쇤네에게 맡겨주시고 가마에 오르시면 됩니다. 그리고 이것은 변변찮지만 가지고 계셨다가 갈아입으시면 저들의 눈에 띄지는 않을 것이옵니다. 그때까지 불편하시더라도 조금만 참아주시옵소서."

휘옥은 한줄기 서광이 내비치는 것을 느꼈다. 위험을 무릅쓰면서까지 자신을 구해주려는 미송 부인의 마음에 고마움과 안도감이 동시에 밀려들었다.

그래, 아직 끝나지는 않았음이야. 내 반드시 조를 왕좌에 올려놓고 말리라. 그녀의 눈에 선득한 독기가 차 올랐다.

한 서너 시진쯤 지났을까. 하율이 이른 대로 송하에 도착하니 어슴프레하게 가마가 대기해 있는 것이 보였다. 때마침 그녀를 감시하던 왕사들의 무리도 잠시 쉬느라 경계가 느슨해진 상태. 그때를 놓치지 않고 하율은 휘옥이 앉았던 자리에 대신 앉았다. 그리고 서둘러 휘옥에게 눈짓을 보냈다. 휘옥은 왕사들의 시선에서 벗어난 틈을 타 이미 옷을 갈아입은 뒤였다.

"마마, 미송 부인께서 기다리십니다. 어서 서두르시어요."

"이대로 남아도 괜찮겠느냐?"

휘옥은 하율을 염려하는 척 물었지만 기실은 하율이 황궁의 모진 문초를 견뎌낼 수 있을지가 더 의문이었다. 이렇게 뒤바꿈을 하는 편이 어느 모로 보나 시간도 벌고 안전하기는 했지만 말이다. 만에 하나 하율이 토설해 버리면, 일은 더 크게 틀어지고 말진대. 과연 믿어도 될 계집일는지.

휘옥의 속뜻을 읽어낸 하율이 살짝 고개를 내저었다.

"쇤네 역시 마마께서 미송 부인 계신 곳에 당도하시는 대로 몸을 피할 것입니다. 그 점은 심려치 않으셔도 됩니다."

'눈치 빠른 계집이로군.'

휘옥은 짤막하게 그러마 대답하며 가마가 있는 쪽으로 내달렸다.

미송 부인을 만난 것은 그로부터 약 두 시진이 지나서였다.

"오시느라 고생이 많으셨습니다. 마음의 고초를 그에 견줄 수 있으랴마는 마마를 도와드릴 수 있는 방법이라곤 달리 이밖에 떠오르질 않았습니다."

미송 부인은 폐비가 되어버린 그녀를 여전히 깍듯하게 차비로 대했다.

"아니, 아닙니다. 내 미송 부인 아니었으면 아직도 유배지로 끌려가고 있었을 게 아니오? 나는 또 한 번 미송 부인에게 은혜를 입었습니다. 부모 복도, 자식 복도 없는 이 사람에게 미송 부인마저 없었다면 어찌 되었을지 참으로 막막합니다."

"별말씀을요."

미송 부인이 고개를 조아리며 이번 일에 대해 거듭 안타까움을 드러냈다. 그녀 또한 조가 왕좌에 오르지 못하게 될까 봐 시름에 젖어 있었다. 균을 의심하기는 했지만 그렇게까지 잔악한 음모를 지녔을 줄은 몰랐다는 말과 함께 연거푸 한숨을 내쉬었다.

그러자 휘옥은 미송 부인에게 오는 내내 계획해 두었던 이야기를 꺼내기 시작했다.

"해서 마지막으로 날 딱 한 번만 더 도와주었으면 하오."

"그게 무슨 말씀이십니까?"

약간 놀란 듯한 미송 부인의 얼굴.

미송 부인은 일이 잠잠해질 때까지, 혹은 조가 왕좌에 오를 때까지만이라도 휘옥이 다른 이들의 이목을 피했으면 하는 바람을 숨기지 않았다. 오히려 안전한 곳을 마련해 두었다는 말까지 넌지시 내비친 상태였다. 그러나 휘옥은 미송 부인의 뜻을 단번에 거절했다. 그녀도 미송 부인과 같은 생각을 하지 않은 것은 아니었지만, 그렇게 넋 놓고 전전긍긍 무기력하게 기다릴 수만은 없었던 탓이다.

"곧 황궁에 갈 것이오. 조를 위해서 꼭 이 손으로 처단을 해야 할 일이 하나 남았지요."

"마마!"

미송 부인이 만류하려 들었다.

"아니 된다는 말일랑은 듣지 않겠소. 미송 부인께서 도와주지 않는다면 내 스스로 방안을 모색할 밖에."

바늘 하나 들어갈 틈 없이 단호한 얼굴로 못 박는 휘옥을 보며 미송 부인은 가느다란 탄식을 흘렸다. 그 어떤 설득으로도 막을 수 없음을 깨달은 것이다.

"어찌 그런 말씀을 입에 담으십니까? 마마께서 원하시는 일이라면 당연히 힘이 되어드려야 마땅하지요."

"고맙소."

휘옥은 의미심장한 웃음을 지으며 미송 부인의 두 손을 마주 잡았다.

다음날 아침, 미송 부인은 날이 밝기 전부터 서둘러 휘옥의 조그만 신장에 걸맞는 시비의 옷을 마련해 놓았다. 피부를 어두우면서도 자연스럽게 보이게 하는 착색 향유라든지 몸을 비대하게 보이게 할 만한 붕대 등 변장에 필요한 것들을 챙기는 일 또한 잊지 않았다.

"자, 이만하면 황제께서도 마마를 알아채시지 못할 것이옵니다."

휘옥은 만족스럽게 자신의 모습을 경대에 비춰보며 고개를 끄덕였다.

유난히 하얘 오히려 눈에 띄는 그녀의 피부결은 누렇게 바래 있었고, 선명한 인상을 그리는 데 한몫했던 가지런한 눈썹 역시 일부러 뽑아놓아 이젠 흐릿한 곡선만이 남아 있었다. 그 위에 점을 찍고, 입술 선보다 안쪽으로 분을 바르니 자신에게도 낯선 얼굴로 보였다. 미송 부인이 모든 점검을 끝마치고 자리에서 일어섰다.

"이제 황궁에 들어설 때까지 마마는 미송의 시녀, 도홍인 것입니다. 혹여 마마의 목소리를 눈치챌까 하여 벙어리라 일러놓을 참이니 그냥 저를 따르시기만 하면 됩니다."

휘옥은 정말로 벙어리 도흥이 된 것인 양 입술을 다물며 살포
시 머리를 조아렸다.

그 길로 미송 부인과 함께 당도한 황궁에서는 휘옥을 알아보
는 이가 아무도 없었다. 그저 미송 부인의 시녀인가, 무관심하
게 스쳐 가는 시선들뿐이었다.

二十七.
이별

"큰일났어요!"

해가 중천에서 기울고 있을 무렵, 시비가 다급하게 알려왔다.

익호는 숨이 턱까지 넘어온 시비를 다그쳐 자세한 정황을 물었다. 화린에게 작별 인사를 하려던 차였다. 아직 뒤끝이 개운치 않아 떠나는 길이 그리 가볍지만은 않았는데, 시비의 표정이 예사롭지 않은 것이다.

"글쎄, 휘옥 마마……. 아니지, 이젠 폐비가 되었으니 뭐라고 불러야 한담. 아무튼 그분께서 유배지로 호송되는 동안 감쪽같이 사라져 버렸대요!"

익호는 거칠게 욕설을 내뱉었다.

젠장! 국모로서의 예우를 차려준답시고 결박하지 말라 명을 내렸을 때부터 찜찜했었다. 무슨 일이 있더라도 사지를 단단히 결박했어야 하거늘. 그렇다 하더라도 잠시도 주의를 소홀히 할 수 없는 사람이 바로 휘옥이었다.

유배령이 떨어지고 난 직후 익호는 분명 보았었다, 황제 재하의 시야에서 벗어나는 순간 의뭉스레 번뜩이던 휘옥의 두 눈을.

그리고 어제 아침 나절에도 썩 심상한 눈빛은 결코 아니었다. 뭔가 일을 내고야 말 것처럼 보였던 그 석연찮았던 서슬이 앙금인 듯 남아 있었는데……. 아, 이러고 있을 때가 아니다. 그녀의 실종과 함께 위험해지는 쪽은 협과 화린이었다. 정확하게는 협의 목숨을 노리고 있을 터.

익호는 회덕헌 내부에 소리없이 발을 디뎠다. 어쩌면 그의 예상을 앞질러 벌써부터 휘옥이 저 안에 있을지도 모르는 일이었다. 그리고 회덕헌 내부에 들어서기가 무섭게 익호의 신경은 그대로 곤두서고 말았다.

"……!"

역시나였다.

휘옥이 화린의 목에 칼끝을 겨눈 채 협을 주시하고 있었다.

익호의 등장을 제일 먼저 알아챈 협이 무언의 시선을 보냈다. 시퍼런 칼끝이 누르고 있는 화린의 목덜미에서 선홍빛 핏줄기가 흘러나왔고, 그것은 상앗빛 단의를 붉게 물들고 있었다. 그의 우려 섞인 예상이 정확히 들어맞았던 것이다.

협이 한 걸음 다가서자 휘옥은 잔뜩 날 선 목소리로 위협하며 쥐고 있던 칼에 조금 더 힘을 실었다. 그러자 화린의 가느다란 목덜미에 흐르던 핏줄기가 더욱 굵어졌다. 그런데도 화린은 살려달란 그 흔한 애원은 고사하고 아픈 신음조차 내비치지 않았다. 고통보다 눈앞에 닥친 현실이 모든 것을 잊게 해준 모양이었다. 단단히 경직된 어깨만이 그녀가 이 상황에 마냥 초연하지 않음을 짐작케 해주고 있었다.

"가까이 다가오지 마라!"

협의 얼굴이 신중함으로 굳어졌다.

"네놈이 죽어주기만 한다면, 조가 폐위에 처해지는 일은 없겠지. 계집을 살리고 싶다면 내가 보는 앞에서 자결해라. 그것만이 계집을 살릴 수 있는 유일한 방법이다."

휘옥은 칼을 쥐고 있지 않은 나머지 손으로 따로 마련해 둔 칼을 협에게 던졌다. 협은 화린과 시선을 마주친 채로 가만히 칼을 그러쥐었다. 하지만 그때부터였다. 갑자기 화린이 심한 반항을 하며 협에게 다가가려 하였다. 소리를 내지 못하는 입술이 말하고자 하는 건 오직 하나였다.

안 돼! 협, 죽으면 안 돼요.

"어제까지만 해도 눈물나는 사랑을 보여주더니 왜? 마음이 바뀐 게냐?"

휘옥이 신랄하게 비웃었다.

협은 동요하는 기색 없이 낮게 말했다. 그리고 다시 한 번 익호와 시선을 교환했다.

"먼저 화린을 놓아주어라."

아직 휘옥은 익호가 나타난 것을 모르고 있었다. 화린의 안전을 위해서라면 가능한 한 모르게 하는 편이 유리했다. 수적으로 불리할수록 휘옥의 행동이 어떻게 치달게 될지 불 보듯 뻔했기 때문이다.

"천만에. 시간을 벌어보려는 수작 같은데, 지금 당장 자결하지 않으면 계집을 죽이겠다."

재고의 여지가 없었다.

협은 칼을 안쪽으로 향하게 한 뒤 서서히 복근을 찌르기 시작했다. 살갗을 파고드는 칼날만큼이나 예리한 고통이 뱃속에서 피어올랐다. 화린은 거칠게 흐느꼈고, 그의 이마에 솟은 힘줄은 더욱 불거져 나오고 있었다. 화린이 눈물로 애원하듯 그는 눈으로 애원했다.

화린 울지 마라. 이깟 상처쯤 하나도 아프지 않아. 다만 네 눈물에 가슴이 아프다. 네 눈물이 독이 되고 흉기가 되어 날 찌르고 있구나. 그러니 울지 마라. 응? 이렇게라도 해서 널 지켜낼 수 있다면, 이 자리에서 눈을 감는대도 고통스럽지 않아.

불현듯 그를 일깨우는 생각이 있었다.

그가 죽으면 마찬가지로 만월의 기운이 소멸될 터. 그녀를 살려내기 위해서라면, 그 이상으로 확실한 방법이 없을 터였다. 아아, 그렇군. 그는 스스로의 아둔함을 비웃었다. 그리고 그때부터 계산된 동작을 벗어 던졌다. 익호가 가까이 오도록 거리와 시간을 가늠하며 칼을 쥐었던 손에 무한정 힘을 가한 것이다. 예상을 넘어선 그의 행동에 익호의 움직임이 빨라졌다. 협은 개의치 않고 좀 더 깊숙이 찔렸다. 눈 깜짝할 새 단의가 붉게 물들어갔다. 마지막으로 한 번만, 이라고 되뇌며 화린을 응시하는 순간 그의 손이 멈칫했다.

눈물 뒤에 가려진 저 눈.

죽음을 목전에 두고 바라본 그녀의 눈에는 그렇게도 탐냈던 마음 한자락이 여실히 드러나 있었다. 저 눈빛을 얼마나 고대해 왔던가! 이제까지 그녀를 가지면서도 한없이 갈구해 온 눈빛이었다. 언젠가는, 이라며 꾹꾹 눌러온 간절함이었다. 저도 모르는 새 살고 싶다는 욕심이 번쩍 고개를 쳐들었다. 차라리 보지 말 것을!

휘옥의 만족스런 웃음소리가 들리는 듯했다.

이때, 익호가 재빠르게 비표를 날렸다.

휘익—!

"허읍!"

비표는 정확하게 휘옥의 오른쪽 가슴팍에 꽂혔다. 협이 화린에게 몸을 날린 것도 동시의 일이었다. 협이 조금만 덜 민첩했거나 익호가 비표를 잘못 날렸던들 지금쯤 화린은 명을 달리하였을지도 몰랐다. 익호가 다가오더니 그의 복부에 꽂힌 칼을 조심스레 빼내었다.

"정말로 목숨을 끊으실 작정이셨습니까? 칼이 한 치만 더 파고들었다면 전하는 벌써 숨을 거두셨을 겁니다."

그러나 협은 대답하지 않았다. 대신 화린의 목덜미를 살피며 물었다. 그의 한 손은 복부에서 쏟아지는 피로 가득 물들어 있었다.

"화린, 괜찮아?"

협의 말뜻을 알아들은 화린이 얼굴빛을 바꾸었다. 나무라는 눈빛이 그에게 돌아왔다. '사실이에요? 그래?'라고 말하는 듯했다. 화린의 되쏘는 눈빛을 읽어낸 협은 또 한 번 대답을 회피하며 엉뚱한 말만 늘어놓았다.

"무사해서 다행이구나."

화린은 세차게 고개를 내저었다. 울먹이는 눈망울이 여전히 그를 나무랐다.

"아니, 그렇지 않다."

협은 익호가 있다는 것도 의식하지 않은 채 격하게 끌어안았다.

자신으로 인해 두 번이나 목숨을 잃을 뻔한 화린이었다. 그렇게 생각하니 스스로의 무력함에 거센 증오가 일었다. 강국은 아니나 그래도 때로는 약소국을 도와주고 지킨다 하는 이 나라에서 손꼽히는 무사가 바로 자신이었다. 그러나 그것은 허울뿐, 제 여자 하나도 이렇듯 보호하지 못하면서 어찌 무사라 불릴 수 있을까. 저잣거리의 일개 범부(凡夫)라 하더라도 그보단 나을 터였다. 진정 그녀를 위하는 길임을 알면서도 마지막 순간에 죽기를 망설인 스스로가 비겁하기까지 했다.

그런 협을 화린이 나무라듯 흘겨보았다. 그녀의 두 손은 그의 상처를 분주히 싸매고 있었다. 더욱 초췌해진 얼굴이건만 의연함은 여전히 바래지 않았다.

아니야, 그렇지 않아. 나야말로 당신이 나를 살리기 위해 죽음까지 마다하지 않고 칼을 겨누려 했을 때 얼마나 애간장이 탔는지 알아요? 다신, 그러지 말아요. 또 한 번 나 때문에 누명을 쓴다거나 목숨을 버리려 하면 내 자신을 용서치 못할 거야…….

기어이는 덥게 차 오른 눈물이 제 무게를 이기지 못하고 툭 흘러내렸다. 그 눈물마저 아까운 듯 협은 남김없이 받아 마시며 그녀의 입술을 삼켰다.

"그래. 절대, 너를 두고 먼저 죽지는 않겠다. 절대로."

그의 고백에 화린이 눈을 감아버렸다.

"그래도 당신에게 조금이나마 개과천선을 기대하였건만."

익호가 휘옥을 내려다보며 씁쓰레 중얼거렸다.

"너는! 허, 허억! 허억……."

휘옥이 마지막 숨을 들썩이며 눈을 치떴다.

익호는 서늘한 표정으로 비표를 거두며 조용히 말했다.

"나를 기억하지 못하는가? 그 몇 년 전, 당신이 망가뜨려 놓은 한 여인이 있었지."

"……."

기억을 더듬는 그녀의 두 눈이 흐릿했다.

"선요라고 나의…… 아내이기도 하다."

"……!"

"당신으로 인해 많은 사람들이 불행을 겪는군. 이런 당신의 모습이 그렇게 끔찍이 아끼는 황자 조에게, 그리고 버려진 나머지 아들인 균에게 지울 수 없는 상처가 된다는 건 조금도 헤아려 보지 못했나?"

익호가 말하는 사이 협과 화린이 다가왔다. 악인이었으되 임종을 맞이하는 순간만큼은 그녀로 인해 비롯된 일들을 덮어둔 채 편안히 눈감을 수 있도록 해주어야 할 것 같았기 때문이다.

순간, 죽음을 목전에 둔 휘옥의 눈이 섬뜩할 정도로 차갑게 빛났다. 단의 안쪽에서 뭔가를 꺼내 들더니 살짝 흔들어 보였다. 일전에 화린에게 보여주었던 해독제가 담긴 호리병이었다. 화린은 얼른 손을 뻗었다. 하지만 휘옥은 화린의 손이 호리병에 닿기도 전에 남은 힘을 그러모아 바닥으로 내던져 버렸다. 날카로운 파열음과 함께 탁한 액체가 바닥에 쏟아졌다. 화린은 망연자실 그 자리에 굳은 듯 서 있었다. 절망했다. 이제, 목소리를 되찾을 길은 없다. 영영 벙어리인 채로 살아가야 하는 것이다.

"그것은 진짜가 아닙니다."

잠자코 있던 익호가 조용히 입을 열었다.

"어제 그녀가 호송되는 틈을 타 몰래 바꿔치기 한 해독제입니다."

그러나 화린은 쉽게 손을 뻗을 수가 없었다. 익호에게는 그의 선요가 있었기 때문이다. 기나긴 몇 년의 세월을 침묵으로, 사랑으로 이겨내며 기다리고 있을 선요에게도 절실한 해독제였다.

"제가 대신 그녀의 목소리가 되어줄 것입니다. 그러니 이것은 필요없지요. 그녀가 아팠던 몫만큼 커다란 사랑을 누릴 수 있게 이제라도 전 돌아가겠습니다. 화린 공주님, 그리고 전하, 감사합니다."

애잔히 그늘진 선요의 얼굴이 떠올랐다. 이제까지 한 번도 보지 못했지만 곧 선요는 미소를 되찾을 수 있게 될 터였다. 더 이상 진주령에 외로이 지내게 될 일도 없을 것이고, 처연한 눈으로 아스라이 그의 이름만 되뇌는 일도 없을 것이다.

화린은 고마운 눈빛으로 호리병을 도로 내밀며 고개를 내저었다.

아니야. 아직도 하염없이 익호만을 기다리고 있을 그녀에게 전해주도록 해. 가서 그녀를 행복하게 해줘. 익호의 말처럼 그동안 누리지 못했을 행복의 몫까지 모두 누릴 수 있게 해달라고, 만월을 두고 기원할게.

"마마!"

익호의 격앙된 목소리에도 화린은 결심을 돌리지 않았다. 그저 해사하게 웃을 뿐이다. 협도 그런 그녀를 말리지 않았다.

"화린의 마음이니 받도록 해라."

"하오나······."

"화린에게는 내가 되찾아준다. 안 된다면 그대가 말했듯, 내가 화린의 목소리를 대신해 주면 돼."

"전하······!"

익호는 목이 메어 말을 잇지 못했다.

절절한 애정이 묻어난 협의 말에 화린의 눈시울이 또 한 번 붉어졌다. 혹여 목소리를 되찾지 못한다 해도 그리 나쁘진 않을 것 같았다. 더 행복할지도 몰랐다. 그 어떤 미사여구가 이에 비할 수 있으랴. 적어도 그녀에겐 가장 아름다운 고백이었다.

휘옥의 숨은 어느새 끊어져 있었다.

협은 조용히 노율을 불러 휘옥의 거처였던 예화당으로 옮기게 하였다. 그녀의 남은 악행마저 알려 저승 가는 마지막 발걸음을 무겁게 해주고 싶지 않았던 탓이다. 더군다나 그 일을 알리면 아직도 휘옥의 일로 상처를 많이 받은 조에게 크나큰 고통이 될 것은 분명했다. 그뿐인가? 조정에서는 더욱더 조가 옥좌에 앉는 것을 반대하게 될 것이다.

해서 노율은 협의 분부대로 휘옥의 사인(死因)을 자결이라 내렸다.

어느덧 한겹한겹 노을이 물결치고 있는 하늘에 반쯤 잠긴 해의 모습이 보였다.

"부디······ 홍복을 누리소서!"

익호의 뒷모습이 적멸하게 스러져 가는 핏빛 노을 사이로 사라져 가고 있었다.

다음날, 협은 설국으로 떠날 채비를 끝냈다. 설산(雪山)에 봉
인된 선수(仙水)를 얻기 위함이었다. 그것은 설국 황제만이 봉인
을 풀 수 있는 나라 유일의 선수로, 반정 세력을 일거에 물리치
는 데 혁혁한 공을 세운 협에게 치하하는 뜻으로 주겠노라 약속
한 것이었다.

그때만 해도 선수를 쓰게 될 일이 없다고 여겼건만.

지금은 그 어느 때보다 선수가 절실했다. 화린이 목소리를 되
찾기 위해서는 그 방법밖에 없었다.

그리고 나서는…… 진작부터 선고받았던 이별의 순간을 덤덤
히 맞이해야만 했다.

교우가 설산 내리막길에서 기다리고 있겠다고 편서를 보내왔
다. 화린을 만나는 즉시 의식을 치를 예정이라 했다. 가례이면
서 한편으로는 교인으로 태어난 그의 운명을 버리는 의식이라
했으니, 두 사람은 여느 인간들처럼 평범하디평범한 부부가 될
터였다.

가슴 한쪽이 뭉텅 잘려 나가는 기분이 이러할까.

왈칵 밀려드는 저항감에 협은 쓰게 웃었다. 찰나를 떠올리는
것만으로도 이렇듯 둔중한 고통에 허덕이고 있는데 어떻게, 어
떻게 감당할 텐가!

그의 상념은 거기서 중단되었다. 고통을 이기지 못한 나머지

얼떨결에 화린을 세게 끌어안은 모양이었다. 말에 올라탄 채 화린이 그를 올려다보고 있다. 그의 상처를 염려하는 눈빛이었다.

"나를 약골로 취급하고 있구나."

화린이 맹랑하게 두 눈을 반짝이며 고개를 끄덕였다.

협은 짐짓 심기가 상한 표정을 지으며 자신의 복잡한 심사를 감추었다.

"그래, 기억해 두도록 하지. 자고로 약골인 사내는 그릇도 작은 법이거든? 날 놀린 것에 대한 대가는 나중에 꼭 되갚아줄 테니 잊지 마라."

화린은 여전히 웃음을 거두지 않았다. 아프다 못해 반쪽이 된 얼굴로 그가 손을 가져갔다. 기실은 설산에 혼자 다녀오려 했는데, 이번에도 마찬가지로 그녀가 따라나서겠다고 고집을 부리는 바람에 함께 오르게 된 것이었다. 병마는 그녀의 육신을 갉아먹었을지 모르나, 그녀가 지닌 씩씩함과 당돌함만큼은 앗아가지 못했다.

"자, 이제 조금만 더 가면 설산 정상이다. 곧 선수를 마실 수 있겠구나."

화린이 선수에 대해 궁금한 눈을 했다.

"그것은 신선들이 내린 물이다. 월국이 만월의 비호를 받듯, 설국은 순백의 설(雪)에게서 비호를 받지. 그중에서도 설산 정상에는 치세를 이어온 황제에게만 내려지는 선수가 있다. 멀었던 눈을 뜨게 하고, 막혔던 귀를 열리게 하며 잃어버린 목소리를 되찾아주기도 한다. 지금의 화린 너처럼."

화린의 두 눈이 커다랗게 떠졌다.

"그러나 그것은 황제의 일생에 단 한 번뿐이라 중생을 구제하지는 못해."

아! 하며 화린이 고개를 끄덕였다. 조금은 아쉬운 듯한 눈빛.

협은 본래의 무뚝뚝한 표정을 거두며 껄껄 웃었다.

"가끔은 신선들이 베푸는 인정이 도리어 잔인하다는 생각이 들기도 하지. 하나로 그쳐진 가능성에 많은 자들이 염원할 테니 말이다."

말의 움직임이 멎었다. 정면으로 시선을 드니 벌써 설산의 봉우리에 닿아 있었다. 그리고 그 한가운데에는 이미 설국 황제가 봉인을 풀어놓은 선수가 그들의 손길을 기다리고 있었다. 또한 그곳에는 어떻게 해서든 피해보고 싶은 이별의 순간도 기다리고 있었다.

협은 화린의 손을 힘 주어 잡으며 천천히 발걸음을 떼었다. 뿌드득, 남겨진 그의 발자국에는 화린을 처음 만났던 그 순간이, 입술을 맛보았던 그 순간이, 그들이 사랑을 확인했던 그 순간이 순결하게 쌓여가는 꽃눈처럼 소복히 흔적을 새기고 있었다. 그렇듯 조금씩이나마 정리하려는 협의 가슴은 겹겹이 둘러싼 서리에 꽁꽁 얼어붙고만 있었다. 화린 그녀와 헤어질 즈음엔 이 설산의 정상처럼 그 어떤 열기에도 녹지 않을 만큼 굳게 얼어 있겠지. 차라리 온몸이, 이 가슴이 동상에 걸려 버려 그 아픔조차 인식하지 못하게 된다면 좋으련만.

어스름이 완연히 내리깔린 밤이었다. 곧 있으면 만월. 그래서인지 별빛이며 달빛이며 너그럽게 밝기도 하다. 유경을 대신할 만큼 환한 달빛에 기대 협은 며칠 만에 처음으로 화린의 옷을 벗기고 있었다. 이제 화린은 전처럼 말을 할 수 있게 되었지만 이 순간, 누구도 소리 내어 말하지 않았다. 천언만어(千言萬語). 입가에 맴도는 말은 많았으나 가슴에 맺힌 말들은 그에 견줄 바가 못 되었다. 헤아릴 수 없이 많은 말들을 지금은 손끝에 담아 서로의 몸에 새겨줄 시간이었다.

'인간이란 참으로 간사한 동물이라 하였지. 나도 한낱 욕심에 얼룩진 인간에 지나지 않구나 하는 것을 너를 대하며 느낀단다. 너와 함께 있으면 자꾸 욕심을 내게 돼. ……그래서 두렵다. 궁극에는 너의 전부를 탐하게 될 것만 같아, 그렇게 될 내 자신이 그저 두렵다. 오늘만, 내일까지만. 하루만 더, 또 하루만 더.'

잠든 화린의 동그란 이마에 입을 맞추며 협은 이 밤이 마지막이란 구실로 화린에게서 이기적인 욕심을 채운 스스로를 인정했다.

'내일 아침이면 이 작고 어여쁜 섬섬옥수를 교우에게 건네주어야 한다.'

화린의 손을 들어 올려 손가락 끝에 입술을 갖다 댔다.

'내일 아침이면 맑갛고 동그란 눈이 교우에게 향하는 것을 아

프게 지켜보아야 한다.'

화린의 눈두덩이 위에 살며시 입술을 내리눌렀다.

'내일 아침이면 이 도톰하고 탐스런 입술이 교우의 이름을 부르고 나중엔 교우의 숨결을 받아내게 될지도 모른다는 것을 인정해야만 한다.'

화린의 입속으로 깊숙이 혀를 내밀어 한 줌 숨결까지 남김없이 빨았다.

"혀…… 협……."

거친 입맞춤에 화린이 번쩍 눈을 떴다.

"그래, 그 이름이다. 계속 불러보아."

"……협."

자신의 이름을 발음하는 화린의 입속을 다시 침입했다. 그의 혀에 휘감기는 동안에도 화린은 끊임없이 협, 협, 협…… 그의 이름을 발음했다. 그럴 때마다 협은 더욱 격렬히 화린의 숨결을 탐했다.

"하아, 하아……."

그가 놓아주자 화린이 숨을 몰아쉬었다.

화린의 뽀얀 젖가슴을 뭉개며 그의 가슴을 겹치자 자신의 것과 똑같이 뛰고 있는 그녀의 심장 박동이 느껴졌다. 뭔가 형언할 수 없는 기분이 그의 전신을 관통했다. 이 느낌을 앞으로 모르고, 잊고 살아가야 한다고 생각하니 어금니가 부서질 듯 물렸다. 상상만으로도 지독했다. 그의 가슴은 가뭄 만난 토양처럼 마른 금이 쩍쩍 갈라지고 있었다.

　분홍 자욱한 새벽이 화린의 드러난 어깨 위로 희붐하게 찾아
들었다.

　"음…… 여태 안 잤어요?"

　눈을 뜨자 제일 먼저 자신을 맑은 눈으로 응시하는 협의 얼굴
이 보였다. 잠이라곤 도저히 잤을 것 같지 않은 얼굴이었다. 그
는 대답없이 지그시 쳐다보기만 했다. 그런 그의 눈에 한순간
아픔이 스쳐 갔다고 여겨지는 까닭은 무엇 때문일까?

　갑자기 그가 자리에서 일어나더니 옷을 입혀주었다. 화린은
더욱 어리둥절해서 궁금증을 참지 못하고 그의 이름을 불렀다.
그가 이상했다. 어딘지 모르게 아주 많이.

　"……협."

　여전히 대답없이 바라보기만 하는 눈.

　"이 새벽에 어딜 가는 거예요?"

　그의 눈 속에 고인 자신의 모습을 신기하게 쳐다보다가 묻자,
이번엔 그가 시선을 돌리며 한참 만에 대꾸했다. 잔뜩 굳어진
얼굴이 사뭇 위협적으로 보였다. 그러나 화린은 알았다, 그가
일부러 다가오지 못하도록 차갑게 장막을 쳐내고 있다는 것을.

　"협?"

　"교우…… 그가 오기로 했다."

　처음엔 잘못 들은 줄로만 알았다. 하지만 때맞춰 나타난 교우

를 보며 화린은 자신이 잘못 들은 게 아님을 깨달았다. 불안감이 순식간에 그녀를 덮쳤다. 가슴이 세차게 방망이질을 해댔다. 아, 오라버니가 모든 진실을 말해 버렸구나!

"약속은 약속이지 않은가."

"약속?"

"널 보내준다던 약속."

그가 무뚝뚝하게 일깨웠다. 세찬 두려움의 엄습에 화린은 그대로 얼어붙었다.

"거짓말! 보내주지 않겠다고 해놓고서는! 나 닮은 아이를 낳아달라고 해놓고서는!"

그의 얼굴이 잠시 아프게 일그러졌다고 느낀 것은 착각이었나.

일자로 다물어진 입술이 흐트러짐없이 곧았다. 눈썹은 가지런하고 눈매는 여전히 서늘하다. 다시 올려다본 그의 얼굴은 너무나 무표정해 차라리 섬뜩할 지경이었다.

"다시는 떠나지 못하게 만들었잖아. 사랑하게 만들었잖아!"

그의 가슴을 사정없이 내려쳤다. 그의 침묵이 지속될수록 강도를 높여갔다. 그럼에도 표정 하나 바꾸지 않는 그를 보며, 화린은 그가 이미 설산에 오르기 전부터 이별을 준비해 두고 있었음을 그제야 깨달았다.

"정말로 보내주지 않을 생각은 없었다."

전신을 관통하는 아픔에 격한 숨을 혹 들이켰다. 바닥으로 나

동그라지는 기분이 이러할까. 방금 전까지 그녀를 샅샅이 헤치고 다녔던 입술에서 저런 말이 나오다니, 도저히 믿기 힘들었다. 믿고 싶지 않았다.

"싫어, 안 가! 아니, 못 가! 절대로 가지 않을 거야. 원귀가 되서라도 떠나지 않아!"

"화린아!"

한 발자국 뒤로 서서 지켜보고만 있던 교우가 끼어들었다.

"그냥, 처음부터 인연이 아니었다고 여기려무나, 응? 시간이 얼마 남지 않았어. 그렇지 않으면 너도 위험해지고 망해도 없어지게 돼."

"후후, 결국 수련국을 위해서 그와 헤어지라는 거였네? 그래?"

신랄하게 지적하자 교우는 황망히 손사래질을 치며 다가섰다.

"그런 얘기가 아니잖아. 바보야, 넌 죽는단 말이다."

"상관없어. 수련국도 마찬가지야. 고작 망해가 없어진다고 해서 수련국이 사해로 화하는 건 아니잖아?"

화린은 표독스레 말하며 다시 협과 마주했다.

"협, 이제 아프지 않을게. 내가 아파서 협을 괴롭게 하는 일은 앞으로 절대 없을 테니 그러지 마요, 응?"

하지만 협은 냉정했다.

"교우, 어서 화린을 데려가 주게."

매섭게 등을 돌리며 내던지는 그의 말이 채찍질처럼 쓰라린 고통을 남겼다.

"날, 잊을 수 있겠어요?"

화린은 그의 등에 대고 힘주어 말했다.

"……."

"천만에. 당신은 날 잊지 못해."

그가 홱 등을 돌려 다시 그녀와 마주했다.

"내 발을 동여매던 그날처럼 몇 번이고 날 붙잡는 망상에 시달리게 될 거야."

찰나의 순간, 그의 눈동자가 번쩍 빛을 발했다.

"지금도 내가 교우 오라버니와 함께인 것이 못 견디게 싫으면서. 당장 내 어깨에 올려진 교우 오라버니의 손을 치워내고 싶으면서 교우 오라버니와 가례를 치르도록 놔두겠다고?"

"잘 가라."

협은 완강했다. 뭔가 대답을 들려줄 것처럼 보였던 얼굴은 그 한순간뿐이었다. 도리어 재차 교우를 재촉하기만 하는 것이었다.

"화린아, 가자."

화린은 싫다고 거절하기 위해 입을 열었지만 그럴 수 없었다. 곧바로 찾아든 고통에 암흑 속으로 빨려 들어갔기 때문이다. 의식이 꺼져 갈 때쯤, 누군가 그녀의 이마에 입을 맞추고 가슴이 저릿할 만큼 다정하게, 애달프게 '화린아!' 하고 부르는 것 같았지만 이 역시도 화답해 줄 수 없었다.

　화린이 눈을 떴을 시엔 이미 설국 땅의 절반을 지나고 있었다. 언젠가 설국으로 떠나면서 협과 함께 지나쳤던 곳이었다.
　따각따각.
　말발굽이 땅을 딛는 소리에 자신이 말을 타고 있음을 알았다. 무의식적으로 화린의 몸이 뒤로 기대어졌다. 그러나 그것도 잠시, 화린은 화들짝 놀라 앞으로 몸을 굽혔다. 그녀의 등에 닿았던 감촉도, 체취도 그녀가 생각하고 있는 사람의 것이 아니었다. 그 낯설음에 비로소 아침의 일을 기억하게 된 것이다.
　"이제 일어난 게니?"
　"오라버니, 말을 돌려."
　교우가 당혹스레 신음을 들이켰다.
　"화린아!"
　"그렇지 않으면 말에서 내려 혼자 걸어갈 테야."
　그의 대답이 있기도 전에 화린은 고삐를 잡아 말에서 내렸다.
　"이미 그는 마음을 굳혔어. 네가 다시 돌아간다고 해서 받아 줄 것 같으니?"
　정곡을 찌른 교우의 말에 아니라고 반박할 수 없었다. 단호히 내치던 협의 모습이 가슴을 욱신거리게 했기 때문이다. 어제는 그렇게 부드럽게 보듬어주던 그였는데……. 협은 너를 받아주지 않아. 굳게 닫힌 그의 마음을 돌릴 길이 없어. 그것은 확실히 화린의 아픈 상처를 건드리는 말이었다.

"그를 금방 잊을 수 있을 거라고 생각 안 해. 천천히 기다려 줄게. 너의 마음이 예전처럼 내게로 향할 때까지 언제고 기다려 줄 수 있어."

"아니, 절대 그를 잊는 일 따윈 없을 거야."

엄포를 하듯 내뱉었다.

"미안하지만 오라버니에게 마음을 돌릴 일 역시 절대 일어나지 않아."

확신에 찬 어조에 교우가 인상을 어그러뜨렸다.

"그 사내 역시 네가 죽을 걸 알면서 받아들이진 않을 거야. 오히려 그런 위험을 무릅쓰면서까지 너와 있으려 하지 않을걸? 너 또한 그를 진정으로 은애하고 있다면 이쯤에서 단념하는 것이 좋아. 널 보내는 그의 심정도 괴로울 테니까."

힘껏 깨문 입술에 갓 배어난 피가 고여들기 시작했다. 하지만 오로지 협, 그밖에 생각 못한 탓에 이 작은 아픔은 화린의 감각에 고통으로 전이되지 못하고 있었다.

"인간들은 우리 교인들과 달리 서로의 배필에 대해 경건한 마음이 없다고 들었어. 그가 지금은 널 보내고 가슴 아파하겠지만 그것은 한순간일 뿐, 머지않아 널 사랑했듯 다른 여인을 사랑하게 될 게야."

"그만 해! 알지도 못하면서 나와 협의 사랑에 대해 가볍게 말하지 마! 그리고 잊고 있는 모양인데 난 더 이상 오라버니처럼 교인이 아니야."

"나도 오늘 밤을 지내고 나면 교인이 아니게 될 거란다."

"그게 무슨 말이야?"

"일이 이렇게 위험한 지경에 다다른 걸 깨닫고는 홍노가 나를 도와주었어. 오늘 너와 치를 가례 의식은 너를 살리게도 하지만 교인이었던 나를 인간이게 만들어줄 거야."

"그렇다면 오라버니에게나 홍노에게 헛수고를 시킨 셈이네. 난 오라버니와 가례를 치르지 않을 테니까."

"왜 그렇게 고집을 부리는 게니?"

"오라버니, 날 똑바로 봐. 내가 지금 고집을 피운다고 생각해?"

아까보다 차분히 가라앉은 화린의 목소리에 교우는 씁쓸히 웃어 젖혔다.

"그래, 네 눈에 진실이 있다는 건 알고 있지. 후…… 차라리 그때 네가 망해를 건너다가 나와의 약속을 잊지만 않았더라면!"

"아니야, 오라버니. 그렇다 해도 달라지지 않았을 거야."

"뭐라고?"

"어쩌면 내가 망해에서 기억을 잃어버리지 않았더라도, 그를 사랑하게 되었을 거란 얘기야."

"하하하하."

교우는 미친 듯이 웃었다. 공허하면서도 한편으로는 이상하게도 울고 있는 것만 같은 착각을 일으키는 구슬픈 웃음소리였다.

"……잔인하구나."

"미안해."

"그래, 가라!"

그가 말에서 내리며 툭 내뱉었다.

하지만 화린은 머뭇거렸다. 아침 햇살을 받아내는 그의 가냘픈 체구가 발목을 붙잡았기 때문이다. 그녀의 시선을 느낀 그가 쓸쓸히 중얼거렸다.

"작별 인사 같은 것도 하지 마라. 나 역시 네게 해줄 말이 없구나. 그냥 이렇게 등을 돌리고 있을 때 가렴."

"정말 미안해."

교우는 나지막이 한숨을 내뱉으며 되뇌었다.

"네 말이 맞아. 너와 내가 정말로 사랑하고 사랑으로 맺어질 인연이었으면, 망해를 건넜다 하더라도 그 사랑을 잊지 않았겠지. 후후, 이젠 정말로 널 마음속에서 보내주어야 하는 때가 오긴 온 모양이구나. 어쩌면 고집을 피우고 있는 건 나였는지도 몰라. 창피하지만 그에게 시기심을 가졌던 것도 사실이야."

화린은 가만히 듣고만 있었다.

"그가 그러더구나. 어떤 상황에서라도 널 혼자 내버려 두지 않았을 거라고. 누군가의 예언 한마디에 오락가락 사랑을 접지 않았을 거라고. 난 그때서야 인정했어. 널 진정으로 행복하게 해줄 사내는 그밖에 없단 걸. 그런 그가 너와 헤어질 결심을 했으니 얼마나 괴로웠겠니. 어서 가! 설령 주어진 시간이 짧다 하더라도 그와 행복하게 보냈으면 좋겠구나."

"고마워. 오라버니도 행복하길 바랄게. 그리고 나 때문에 망해가 소멸하게 되었으니 죄송하다고 아버지께 전해줘. 착하지도 않은 딸, 걱정만 시켜 드려 죄송하다고…… 꼭 전해줘."

한 발자국, 한 발자국 화린이 멀어져 가는 소리를 들으며 교우는 고통스런 신음을 삼켰다. 끝내 놓아버려야만 하는 인연에 무너져 내리는 순간이었다. 그러나 동시에 접을 수 없는 미련한 연심이었다. 이 공허한 가슴을 안고 수련국으로 가 아무 일 없었단 듯이 살 수 있을까? 아니, 그는 그렇게 하지 못한다. 자문할 필요도 없는 질문이었다.

'차라리 다른 사내와 함께인 널 지켜볼망정……'

이대로 월국에 머무를 것이다. 먼발치에서만이라도 화린을 지켜보며 살아갈 것이다.

교우의 눈동자에 말간 눈물이 고여들었다.

「결국 실패했군 그래. 응?」

나직이 가르랑거리며 들려온 목소리에 홍노는 어금니를 사려 물었다.

그녀가 서 있는 이곳은 벼랑 끝, 아니, 화린의 목숨을 그녀 손으로 끊어놓기만 하면 얼마든지 달라질 수 있었다. 그녀는 저물의 정령의 지배를 받는 한 수련국에서 망해를 자유롭게 드나

들 수 있는 유일한 교인이다. 때문에 인간의 다리를 가지는 건
어렵지 않았다. 앞을 보지 못하는 불편함도 걱정할 정도는 아니
었다. 지금이라도 극약을 만들어 화린에게 먹일 수 있는 방안은
얼마든 마련해 낼 수 있었다. 하지만 그럴 수는, 그럴 수는……
없었다. 그렇게 하면서까지 황제의 곁에 남고 싶지 않았다. 그
랬을 때의 자신은 얼마나 추할 것인가? 지금도 앞을 보지 못했
지만 화린을 보내고 나서 황제의 시선이 달라진 걸 느낄 수 있
었다.

「돌아오는 만월까지 말미를 주겠다. 그전에 화린을 죽여.」

홍노는 여전히 대답하지 않았다.

그녀의 속내를 꿰뚫은 물의 정령이 낮게 비웃음을 터뜨렸다.
그 웃음소리만으로도 충분히 위협이 될 만했지만 홍노는 결심
을 바꾸지 않았다.

「내가 일부러 시험에 들게 한 걸 이미 눈치챘겠지. 하지만 어리석은
자여, 망해가 소멸해도 물의 정령은 사라지지 않는다. 다들 그렇게 알고
있겠지만 말이다. 그저 잠드는 것일 뿐, 그저 편안하게 교인들의 눈을
피해 안주하는 것일 뿐 소멸이란 없어. 다만 불쌍하게도 망해의 소멸로
인해 가장 치명적인 피해를 입는 자는 단 한 명, 그대뿐이다. 살고 싶지
않은가? 이제까지의 정리를 생각해 기회를 주는 것이다. 서툰 감상에
치우치지 마라.」

홍노의 얼굴이 놀라움으로 경직되었다. 그러나 그녀가 입을
열어 채 질문을 건너기도 전에 물의 정령은 존재를 감췄다. 잠

시 술렁이는 망설임이 그녀의 결심을 흔들었다. 다시 생각해
봐, 다시. 아무도 모르게 화린을 죽이면 돼. 그렇게만 하면 전처
럼 모두에게 추앙받는 홍노로 되돌아갈 수 있단 말이다.

"안 돼!"

홍노는 내치듯 소리를 지르며 망설임을 떨쳐 냈다.

평생 그런 죄책감을 지닌 채 살아갈 바에야…… 차라리 스스
로 죽는 게 나아.

자조적인 웃음이 눈물인 양 터져 나왔다. 그간에 얼마나 많은
교인들에게 이 손으로 운명의 짐을 얹어주었던가. 그들의 눈물
과 고통을 무감각하게 지켜보며, 저 냉정한 물의 정령의 앞잡이
가 되는 짓은 더 이상 하고 싶지 않았다. 결코 눈으로 볼 수 없
는 자신의 얼굴. 그러나 얼마나 추악할 것인가는 굳이 확인해
볼 필요도 없으리라.

자신의 이목구비를 더듬어 내려가던 홍노는 비로소 오랜만에
잊고 살았던 그 웃음을 입가에 실어보기 시작했다. 가슴 가득
훈훈한 미풍이 불어왔다. 늘 짓눌려 있던 어깨가 한결 가벼워지
는 기분이었다.

이로써 제물의 악습도 없어지는 것이니 자신의 죽음이 그리
헛되지만은 않을 터였다. 그녀의 결심은 그렇게 더욱 굳혀졌다.

교우와 헤어지며 화린은 제일 먼저 휘련을 찾아갔다.

무슨 조화였을까?

설산에서 협이 건네준 선수를 마시고 목소리만을 되찾은 줄 알았는데, 자고 일어나니 신기하게도 몸이 한결 가벼워지는 걸 느낄 수 있었다. 단지 기분 탓이라 여기기에는 이상한 점이 많았다. 지금까지 각혈 한번 쏟아내지 않고, 식은땀도 내비치지 않는 걸 보면 말이다. 전보다 좋아진 화린의 얼굴색에 놀라움을 감추지 못한 건 휘련도 마찬가지였다. 휘련은 그 길로 노율을 데리고 왔다.

　"마마, 이건……."

　노율이 믿을 수 없다는 듯 맥을 짚고 또 짚었다.

　"어때?"

　화린은 잔뜩 긴장한 얼굴로 물었다.

　"나아지셨습니다. 아니, 예전처럼 건강을 되찾으셨군요."

　"정말이야?"

　"아마도 선수를 드신 일이 이런 운을 불러들인 것 같습니다."

　노율의 진중한 대답에 화린은 휘련을 부둥켜안으며 크게 기뻐했다. 휘련은 연신 눈가에 맺힌 눈물을 찍어내며, 꿈인지 생시인지 모르겠다고 중언부언 되풀이했다. 들뜨는 기쁨 속에서 화린은 잠시 후, 눈을 반짝이며 말했다.

　"노율, 부탁이 있어."

　"전하께 이 소식을 알리지 말라는 부탁만 아니면 됩니다."

　"바로 맞혔네."

　싱긋 웃으며 지적하자, 노율이 앓는 소리를 했다.

"마마!"

"협에게는 말하지 말아줘."

노율은 하얗게 서리가 내려앉은 눈썹을 긁적이며 망설였다.

"언제고 전하께서 이 신하의 불충함을 아시게 되는 날엔 몹시 노여워하실 겝니다."

"하지만 정말로 협이 화를 낼까 봐 걱정하는 건 아니잖아?"

"무슨 그런 섭섭한 말씀을. 충신을 훼절하는 발언이십니다."

다소 과장된 어조에는 웃음기가 가득했다.

"어쨌든 부탁, 들어줄 거지?"

노율은 꺼질 듯한 한숨으로 대답을 대신했다. 왜인지 이유를 알려달라는 뜻이었다. 곁에 있던 휘련도 궁금증을 참다못해 까닭을 캐물었다.

"아니, 전하께서 아시면 크게 기뻐하실 텐데. 대체 무슨 생각이신지……. 쇤네는 도무지 마마의 그 깊은 뜻을 헤아리기가 힘드네요."

화린은 휘련의 이죽거림을 무시하며 대답했다.

"그냥…… 내게 다 생각이 있으니 믿고 지켜봐 주지 않겠어?"

노율과 휘련은, 그러면 그렇지 하는 얼굴로 낙담한 기색을 드러냈다. 공통분모가 전혀 없는 두 여인에게 있어 화린에 대한 생각은 언제나 일치했던 것이다.

그리고 나서 돌아온 곳은 정작 협의 곁이 아닌 산아할멈의 집이었다. 산아할멈은 아무 말 없이 화린을 받아주었다. 내심 교우를 도와 수련국으로 돌려보내려 하였던 일이 마음에 걸렸음이라.

하지만 산아할멈은 화린이 왜 자신에게 온 건지 도무지 이해할 수 없다는 얼굴이었다. 그렇게 교우를 뿌리치고 올 정도인 것을 보면 협에게 가고도 남았을 일인데……. 이유를 묻고 싶은 마음은 굴뚝같았으나 가만히 기다리고자 하는 눈치였다. 며칠이 지나서야 화린은 대답하듯 이유를 말하기 시작했다.

"다시는 협이 날 떠나보낼 생각을 못하게 하려고……."

"그게 무슨 말이요?"

"이렇게 떨어져 있으면 그간의 마음이 얼마나 깊었는지 알 수 있을 터이니까. 협을 조금만 더 괴롭혀 주고 나타날 생각이야."

산아할멈은 떡하니 벌어진 입을 다물지 못했다.

"허허, 어느새 진짜 여인이 되었구랴."

"후훗, 그런 것 같아?"

어제, 산아할멈을 따라 장터에 가는 길에 휘련을 만나 협에 대한 소식을 들었다. 아직도 조 아닌 협에게 왕좌를 물려주어야 한다는 여론이 빗발치고 있으나, 끝끝내 받아들이지 않았다는 것이었다. 진정한 성군으로서의 자질을 갖춘 이, 형인 조이며 부디 더 이상 태생의 정당성을 문제 삼아 거론되는 일이 없기를 바란다며 궐내를 떠났다고 했다. 지금 그가 머물고 있는 곳은 효양 근처. 산아할멈의 집과도 그리 멀리 떨어지지 않은 곳이었다.

"처음 월국에 왔을 때만 하여도 세상 물정 하나도 모른 채, 마냥 교우를 기다린다고 하였던 공주님이잖소? 그랬던 분이 이제는 사내를 요리할 궁리를 하시니 쉰네, 그저 놀라울 뿐이라우."

그때를 떠올린 화린의 눈매가 흐릿해지더니 다시 명료해졌다.

"산아할멈, 난…… 더는 기다리는 사랑 따위 하지 않을 테야. 어쩌면 교우 오라버니를 지아비로서 은애한 게 아니었을지도 모른다는 생각이 들기도 하지만, 협을 사랑하게 되면서 결심한 게 있어."

화린의 눈동자가 더 단단해지고 맑게 빛을 발했다.

"선요처럼 그가 와주기만을 기다리는 망부석은 되지 않아. 누군가 꺾어주기만을 바라는 꽃이 되지 않을 테야."

"잘 생각하시었소."

"가끔은 수련국에 계신 어머니와 아버지, 그리고 언니들과 오라버니, 염이 보고 싶겠지만 그와 함께가 아니면 영겁을, 만겁을 살아도 내겐 소용없는걸. 하루를 살아도 그의 아내로 살겠어!"

그것은 비단 산아할멈에게만 하는 말이 아니라, 화린 자신에게도 새기듯 하는 말이었다. 설사 정말로 죽음의 문턱에 다다라도 그 순간까지 협과 함께라면 그걸로 넘치게 족하다고 결심을 다지지 않았던가. 지금도 그 생각엔 변함없었지만 마냥 수동적이지만은 않으리라, 떨어져 지낸 동안 다짐한 것이었다.

잔약하게 스민 아침 빛. 해가 영글게 떠오르기도 전에 화린은 이상한 느낌에 잠에서 깨어났다. 다리 사이에서 뭔가 끈적끈적하면서도 축축한 것이 느껴졌다. 비릿하게 후각을 파고든 냄새에 미간이 찌푸려졌다.

"어······?"

이불보를 적신 핏물에 화린의 얼굴이 굳어졌다. 틀림없이 자신의 몸에서 나온 것이었다.

다시 병이 도진 것인가······.

선수를 마시고 나서 비껴갔다고 여겼던 운명이 다시 먹구름을 드리우는 것만 같아 두렵기도 했다. 더욱이 저 붉은 핏물을 보니 덜컥 그런 생각이 떠오르는 건 어쩔 수 없었다. 화린은 아연해진 표정으로 산아할멈을 불렀다.

"산아할멈! 산아할멈, 나 아무래도 이상해."

"무슨······?"

화린의 심상치 않은 목소리에 놀란 산아할멈이 방문을 열어젖혔다. 부엌에서 조식을 차리는 중에 다급히 온 터라 손에 묻은 물기와 양념도 그대로 묻은 채였다. 곧 치맛자락과 거기에 맞닿은 이불보에 핏물 얼룩진 흔적으로 시선이 내려갔다.

"오, 이런! 공주님, 이젠 정말 교인이 아니게 되었구료."

산아할멈의 눈에 서린 걱정은 곧 놀라움으로 돌변했다.

"그게 무슨 말이야?"

"공주님은 지금 몸엣것을 하시는 게요. 그 말인즉슨 참말로 인간이 되었단 뜻인 게지요."

어딘지 모르게 섭섭한 표정이었다.

아마도 화린을 인간들의 세상에 떠나보내야 한다는 아쉬움이었으리라. 교우와 헤어진 그녀를 대하면서도 실감하지 못했던 일이었으리라. 하지만 산아할멈의 입가엔 금세 웃음이 물렸다. 섭섭함을 감추고, 제 짝을 찾아 인간이 된 화린에게 축복을 해 주려는 것이었다.

"그렇구나……."

"이제 공주님은 인간의 아이를 가질 수 있는 몸이 된 것이오."

그럼에도 못내 슬프고 아쉬운지 눈물을 글썽거렸다.

"산아할멈……."

"늙어서 주책이니, 원. 공주님께서 바라시는 대로 되었으니 그저 기뻐해도 모자랄 판인데……. 부디 행복하시오. 쇤네, 숨을 거두기 전까진 늘 이곳에 있을 터이니 나중에라도 귀하신 애기씨 품에 안겨만 주시오."

"으응, 그렇게. 자주 올 거야."

어쩐지 화린도 목이 메어와 말을 이을 수가 없었다.

이 순간부터 자신은 교인이 아닌 것이다. 아니, 진짜 인간 계집이 된 것이다. 곁에 있는 산아할멈이나 수련국에 계시는 부모님과 염…… 그들과 사는 세계부터가 다른.

하지만 잃은 것 이상으로 얻게 된 것도 있었다.

그의 아이를 가질 수 있게 되다니…….

그날 설국에서의 마지막 밤, 개짐을 대주던 협의 모습이 떠올랐다. 그녀를 닮은 딸아이를 낳아달라던 그의 모습도 떠올랐다. 그때에만 하여도 그의 아이를 가질 수 있을 거라곤 상상조차 하지 못했는데. 가슴속 깊이 진정한 기쁨이 뭉클하니 차 올랐다.

이제야 비로소 진정한 그의 여인이 된 것이다.

손꼽아 기다리던 만월이 어여쁘게 찾아왔다. 화린은 바위에 기대앉아 협이 오기만을 기다렸다. 이제 곧 올 때가 된 것 같은데……. 포근하게 달무리가 진 하늘이 먹물에 젖은 것처럼 선명히도 검고 맑았다. 그가 말했던 닻별도 보였다. 닻별은 가까운 거리의 붙박이별과 함께 초롱초롱 반짝이고 있었다. 화린의 몸에 묻어난 물방울들도 덩달아 빛나고 있었다. 바닷가에 반쯤 몸을 담근 지금, 그녀의 하체에 다리만 없다면 협을 처음 만났던 그때와 크게 다르지 않았다.

어제저녁, 화린이 수련국에서 입었던 금의를 찾자 산아할멈은 까닭을 묻는 대신 멀뚱히 쳐다보기만 했다. 비록 협에 대한 화린의 마음이 철없음으로 무장한 어린아이의 투정 같은 고집이 아니라 성숙한 여인의 진정한 사랑임을 인정하고는 있으나, 난데없이 금의라니! 참으로 엉뚱하였던 것이다. 더욱이 이제 슬슬 추워지는 마당에 저 옷을 입고 거리를 활보하진 않을 것인데.

"내일 협을 만날 거야. 그 옷을 입은 채로."

기어이는 얼굴을 붉힌 화린의 대답에 산아할멈은 웃으며 옷을 내주었다.

화린이 산아할멈이나 휘련을 통해 그의 소식 일거수일투족을 전해 듣고 있는 데 반해 협은 그렇지가 못했다. 헤어지던 그날 바로 교우와 갈라서 효양으로 온 것도 몰랐고, 산아할멈의 집에서 지금까지 지내고 있는 것도 몰랐다.

며칠 전 예아 공주가 협의 거처에 다녀갔다고 들었다. 휘옥을 거들어 협의 역모 세력이라 모함하려 하였던 것에 대한 잘못을 사죄하였다는 것이다. 설흔 태자 역시 그녀와 동행하였다고 한다. 자신의 누이가 아직도 못 미더워 죄를 뉘우친다는 핑계로 하여금 협에게 다른 일을 꾸미는 것은 아닌지 염려한 때문이리라.

그 얘기를 듣고 화린은 산아할멈의 만류에도 불구하고 그들을 살펴보기 위해 협의 거처로 향했다. 먼발치에서도 예아 공주의 빼어난 미모는 확연했다. 설흔 태자의 우려대로 예아 공주는 화린이 없는 틈을 타 그의 처가 되겠다며 물러서려 하지 않았다. 협에게 칼을 겨누는 순간에도 존재하였던 마음에 있던 것은 오로지 하나, 사랑이었음을 고백한 것이다. 자신을 받아주지 않아 원망한 나머지 저지른 실수라 하였다. 그럼에도 끝내는 접지 못한 마음, 아직도 간절하기만 할 뿐이니 곁에만이라도 있게 해 달라고 애원하는 그녀를 보며 화린은 나직이 숨죽였다. 지난번과는 달리 공주로서의 체모도 버린 채 꾸밈없이 털어놓는 그녀를 보고 있노라니 협의 반응이 궁금했던 탓이다. 게다가 화린을 떠나보낸 뒤이니 그의 마음이 흔들릴 것은 너무도 분명했다.

만약 그가 예아 공주를 받아들이겠다고 하면 어쩌지?

예아 공주가 안타깝다는 생각이 일변 들면서도, 일변으론 변함없이 화린 자신만을 사랑해 주길 바라는 것이었다. 그렇게 천 갈래 만 갈래 복잡한 심정을 가누지 못하고 있을 무렵, 협이 가만히 예아 공주의 손을 마주 잡았다. 화린은 철렁 가슴이 내려앉았다. 그가, 예아 공주를 받아들이려는 거야.

하지만 그것은 기우였다. 협은 고개를 한번 내젓더니 분명하고도 낮은 음성으로 거절하였다. 그때 예아 공주의 마음을 돌아보지 못하고 냉정하게 내친 것에 대한 사과를 하고 있었다. 예아 공주는 결국 그 자리에서 울음을 터뜨렸다. 그가 보이는 다정함에 한없이 고마우면서도 끝내는 닿을 수 없음을 깨달은 때문이었다.

화린은 그 순간 그의 품에 그대로 달려들고 싶었던 마음을 억누르며 돌아섰다. 그렇게 그의 앞에 쉽게 모습을 드러낼 순 없었다. 혹여 그녀의 목숨이 잃어버릴 위기에 처해진다 하여도 다신 헤어질 생각을 못하도록 하는 게 우선이었다.

이때 갑자기 인기척이 들려왔다. 협이었다. 화린은 재빨리 바위틈에 몸을 숨겼다. 그가 깊게 한숨을 토해내며 만월을 올려다보고 있었다. 그녀처럼 둘의 첫 만남을 떠올리는 것이리라. 화린은 천천히 숨을 들이켰다. 슬슬 그의 앞에 모습을 드러내야 할 순간이 다가오고 있었다.

"협……!"

그는 그녀의 예상과는 달리 그렇게 놀란 얼굴이 아니었다.

화린은 가슴 깊이 올라오는 실망감에 입술을 깨물었다. 그새 마음이 변한 것인가? 그녀가 반갑지도 않은 모양이었다. 그러나 화린이 다시 한 번 그의 이름을 크게 불렀을 때, 협은 곧바로 바닷가로 내려와 화린의 어깨를 움켜쥐었다. 몹시도 놀란 눈빛이었다. 비로소 그녀가 꿈이 아닌 생시임을 알고 협은 한동안 입을 다물지 못했다.

"맙소사! 화린…… 화린이 여길 어떻게…….."

화린은 반가운 내색을 하지 않으려 애쓰며 조그맣게 입술을 열었다. 그는 자신을 잊지 않았다. 그뿐만 아니라 이제껏 이런 그의 모습이 본 적이 있었나 싶을 정도로 놀라움을 드러내고 있었다. 화린은 뛸 듯이 기뻤다.

"화린……?"

협은 혹시나 그녀가 도망칠까 봐 저도 모르게 꽉 붙잡았다.

틀림없는 화린이었다.

"네가 여긴 왜……."

"가람국으로 가기 전에 들렀어요."

"가람국엘?"

"응. 월국에서의 일도 있고 하니 가례를 다른 곳에서 치르라 하셨거든요."

"그날 가례를 올린 게 아니었나?"

"응. 망해가 없어지도록 놔뒀거든."

그의 얼굴이 충격으로 굳어졌다. 망해의 소멸은 화린의 죽음과 함께 동시에 일어나는 것이라 했는데, 이게 대체 무슨 말인가. 그의 표정을 읽어낸 화린이 미소로 응수하며 대답했다.

"그런데도 봐요, 나 무사하잖아. 망해만 없어졌고 화린은 죽지 않았어요."

"그럼 다시 교인으로 되돌아간 건가?"

"응."

정말로, 다른 사내의 신부가 되려는가 보다.

화린과의 만남에 들떠 있기도 잠시, 가례를 치른다 하는 그녀의 말에 협의 가슴은 돌연 난도질당한 듯 욱신거렸다. 그래도 그렇지 어떻게 자신에게 아무렇지도 않게 다른 사내와 가례를 치르겠다 말할 수 있단 말인가! 천연덕스럽게 대꾸하는 화린에게 애꿎은 분노가 일기도 했다.

"축복…… 해줄래요?"

"뭐라고?"

협은 자신도 모르는 새 난폭한 어조로 되묻고 있었다. 얼마나 세게 쥐고 흔들었는지 화린의 하얀 몸에 멍자국이 날 정도였으나 이 역시 깨닫지 못하고 있었다.

"곧 가례를 올리게 될 터이니 축복해 달라고 말했어요. 그래 줄 수 있죠?"

"나보고 네가 다른 사내의 신부가 되는 걸 축복해 달라고 말하는 거야, 지금?"

돌연 화가 치밀었다. 그의 목소리는 잔뜩 날이 서 있었다.

"다른 사내의 신부가 되라고 보내준 것 아니었나요?"

협은 욕설이 튀어나오려는 걸 간신히 참았다.

틀린 말은 아니었다. 이대로 자신의 곁에서 시름시름 앓다가 죽게 놔두느니 원래 그녀가 살던 수련국으로 돌려보내는 것이 낫겠다고 생각하였으니까. 하지만 그의 부아를 돋우기 위해 되물은 말이라면 화린의 의도는 정확히 들어맞은 셈이었다. 그녀의 목숨을 중히 여기는 것과는 별개로 다른 사내의 품에 안겨 있을 그녀를 떠올리기만 하면 밤새 잠을 이룰 수 없었기 때문이다. 그것은 생각만으로도 그의 가슴을 뻐근하게 들쑤시는 고통이 되었다. 떨어져 지낸 동안 대체 어디서 저런 말과 행동을 배운 것일까? 화린이 이렇게 얄미워 보이긴 난생처음이었으나, 그 새치름한 대꾸마저도 한없이 예쁘게만 보이니 그게 더 미칠 노릇이었다.

"날 다른 사내의 손에 넘겨준 건 협 당신이었어요."

어딘지 모르게 비난기가 서려 있는 어투였다.

"……교우와 가례를 올리는 건가?"

"아니요."

협은 더 이상 묻지 않았다. 물을수록, 알게 될수록 아파할 거라면 그냥 이대로 있는 게 차라리 나았다. 그의 침묵이 길어지자 화린도 더는 종알거리지 않았다. 그러다가 다시 침묵을 깨뜨리며 조용히 질문을 던졌다.

"날, 보내줄 수 있겠어요?"

"아니."

곧바로 튀어나온 대답에 그 스스로가 더 놀랐다. 그러나 그것은 시작에 불과했다. 화린이 기다렸단 듯이 미소를 배어 물며 그의 품에 안겨온 것이었다. 놀라움은 배가되었다.

"후훗, 그럴 줄 알았어요."

그럴 줄 알았다니? 그게 무슨 말인가?

협은 도무지 알 수 없었다. 어쩐지 슬슬 요 작은 여자의 손바닥 안에서 놀아나고 있다는 기분이 들기도 했다.

"말은 놓아준다고 하면서도 이렇게 놓질 못하고 있잖아요."

그제야 화린을 옭아매고 있는 자신을 깨달았다. 하지만 알면서도 손을 풀 수가 없었다. 그렇게 되면 그들의 첫 만남에서처럼 화린이 저 바다 속으로 풍덩 사라져 버릴지도 몰랐기 때문이다.

"아픈 건 좀 어떻지?"

"음…… 많이 아팠어요. 사실은 지금도 많이 아파."

아직도 화린이 아프단 말에 협의 심장이 움찔거렸다. 그렇지,
그래서 그녀를 놓아줄 수밖에 없었다.

"협……."

"응."

"이제 가야 할 것 같아요."

"……그래."

대답은 그렇게 하면서도 정작 그의 손은 그녀에게서 떨어지
질 않았다. 오히려 그녀를 잡은 손에 더욱 힘을 싣고 있었다. 화
린도 간다는 말만 했지 실제로 그를 밀쳐 내거나 놓아달란 말은
하지 않았다.

"그럼, 정말 잘 지내도록 해요."

드디어 화린이 그의 품에서 떨어졌다. 동시에 허전함이 밀려
들었다. 협은 번쩍 고개를 쳐들었다.

"안 돼! 가지 마!"

화린에게선 아무 말이 없었다.

"놓아주지 않아. 이대로 함께 있자, 응?"

"흥! 처음부터 날 놓아줄 작정이었다면서! 그렇게 매정하게
쳐낼 때는 언제고!"

"네가 이렇게 무사할 줄 알았으면 절대 놓아주지 않았을 거
다."

"진심이에요?"

한껏 비죽이던 그녀가 한결 부드러워진 음성으로 되물었다.

"인적 없는 곳에다가 못을 파놓으마. 그곳에서 단둘이……."

싫다고 뿌리치면 어쩌지.

화린이 자신을 거절할까 봐 속이 바짝바짝 타 들어갔다. 그때 화린이 그를 부르며 그녀를 보게 했다. 일순 협의 얼굴은 놀라움으로 굳어졌다. 교인의 몸이 되었다고 했던 화린의 하반신은 떠나보낼 때처럼 다리가 있었다.

"못 같은 건 만들지 않아도 돼요."

"대체…… 어떻게 된 거지?"

"아무래도 선수를 마시고 병이 나아진 것 같아요. 이젠 정말 아프지 않거든. 협, 당신 만나려고 내내 오늘 만월만 기다렸는걸. 다른 사내와 가례 따윈 올리지 않아."

"뭐?"

"다시는 날 내보낼 생각 못하게 하려고 거짓말한 거라구요."

협은 할 말을 잃은 채 멍하니 화린과 마주했다.

그 얘기는…….

영악하기도 하지. 그녀를 칭찬해 줘야 하는 걸까?

아니, 그럴 수 없다.

협은 고개를 내저었다. 이거야 원, 기뻐해야 할지 슬퍼해야 할지 도저히 갈피를 잡을 수 없었다. 덮어놓고 기뻐하기엔 화린의 목숨이 위태롭다. 하지만 이대로 놓아주면 화린은 정말로 다른 사내의 신부가 되겠다며 그의 곁을 떠날지도 모른다. 그러자 상상만으로 화린의 신랑이 될 사내에게 살기에 가까운 적의가 솟구쳤다. 아직까지도 버리지 못한, 적빛의 산호석도 주인을 따라 번뜩였다.

협은 날카로이 고개를 쳐드는 이기심을 억누르느라 갖은 인내를 끌어 모아야만 했다. 오늘따라 화린은 더할 나위 없이 매혹적이었다. 비로소 선계의 사람이구나 여길 정도로 눈부시게 빛을 발하고 있었다. 또르르, 그녀의 은백색 몸 전체에 흘러내리는 물구슬이 진주알처럼 반짝였다. 협은 그녀의 고혹스런 자태에 넋을 빼앗겨 버리고 말았다.

젠장, 오랫동안 굶주린 탓이야.

그렇게 겨우 진정시키고, 또 진정시켰다. 그런 그의 속을 아는지 모르는지 화린이 슬슬 그에게 기대오고 있었다. 그 오랜만의 접촉에 협의 온몸이 바짝 굳어졌다. 아까까지 무작정 끌어안기만 했던 감촉과는 또 다른 느낌. 화린을 떠나보내고 난 며칠 동안 떠올리곤 했던 향긋한 감촉은 그의 얕은 기억력을 비웃으며 아찔한 전율을 안겨주었다. 그렇게도 쉴 새 없이 안았으니 질릴 법도 하건만, 무뎌질 법도 하건만…….

"뭐, 지금 대체 뭘 하는 거지?"

협은 그제야 화린의 손이 머물러 있는 곳을 깨달으며 거칠게 물었다. 화린은 그의 단의를 반쯤 벗겨놓고 있었다.

"뭘 하는 것 같아요?"

화린이 되물으며 싱긋 웃었다. 유연한 곡선을 그리는 아랫입술에 뿌리칠 수 없는 유혹이 묻어나고 있었다. 요부의 뇌쇄적인 웃음이었다.

"그만 해!"

협은 겨우 화린을 떼어냈다. 그의 숨결이 거칠게 흩어졌다. 화린의 가는 손가락이 스치고 지나가는 근육마다 비명 아닌 비명을 질러대고 있었다.

"알았어요."

의외로 순순히 대답하며 물러서던 화린은 그러나 곧장 자신의 옷을 벗기 시작했다. 협의 얼굴이 아연함으로 굳어졌다. 말간 속살이 달빛을 받아 보얗게 빛나고 있었다. 조롱조롱 매달린 물기를 따라 내려간 시선이 이윽고 한곳에 멈췄다. 가슴을 간신히 가리고 있는 저 천조각이 벗겨지면…… 아니! 협은 겨우 정신을 되찾을 수 있었다. 여기는 그들의 처소가 아닌 해안가였다. 이성을 잃은 지는 이미 오래. 화린의 이런 모습을 누가 보기라도 하면 당장 살인을 저지를지도 몰랐다.

"그만. 이러지 말라구! 여기가 어딘지 알고……."

그런데도 화린은 전혀 무안하지 않은 듯 보시시 웃는 것이었다.

"초롱지……."

"응? 방금 뭐라고 했지?"

"초롱지에서처럼 안아줘요."

협은 멀뚱거리며 눈을 깜빡거렸다. 그의 귀를 의심하고 있는 중이었다. 그도 아니면 화린이 제정신이 아니란 소리일 터였다.

"내가…… 싫어진 거예요?"

순간, 협은 실소가 터지려는 것을 참았다. 뽀로통해진 화린의 모습이 못 견디게 귀여운 탓은 둘째 치더라도 화린이 자신의 상태를 전혀 알아채지 못할 정도로 순진하다는 사실에 웃어야 할지 울어야 할지 스스로를 도저히 가눌 수 없었기 때문이다. 그녀의 손길 한 번에 들쑥날쑥 널뛰기를 해대는 이 심장을 정녕 모른단 말인가?

"그럼 잘 있어요. 정말로 다른 사내와 가례를 올려야 할 모양이군요. 이만 가겠어요."

화린은 입을 비죽이며 등을 돌렸다.

하도 어처구니가 없어 협은 그만 입을 떡 벌리고 말았다. 이렇게 달궈놓고 어딜 간단 말인가. 조금 전까지 그를 극도의 흥분 속에 몰아넣더니 이 상태에서 다른 사내를 만나러 간다고? 협은 소리나게 어금니를 꽉 깨물었다.

"어딜!"

잇새로 내뱉은 그의 목소리에 그제야 화린의 표정이 누그러졌다. 그리곤 잠자코 가만히 있다가 다시 중얼거렸다.

"아까는 많이 아프다고 하지 않았어?"

"협 때문에 가슴앓이를 해서 아픈걸. 다른 곳은 전혀 아프지 않아요."

"아…… 그럼…… 이젠 다 나은 건가?"

화린이 대답을 회피했다. 하지만 협은 화린의 고개를 잡아 쥐며 대답을 듣고자 했다.

"만약 또 아프면 그때처럼 돌려보내려구요?"

"아니, 누가 널 보내준다던? 이젠 못 보낸다. 너 못 보내. 그래, 아파도 이젠 내 곁에서 아파라. 너에게만큼은 치졸한 사내가 되련다."

그녀의 이마에 입술을 비비며 중얼거렸다.

"나…… 한 가지 말하지 않은 게 있어요."

"……?"

"사실, 부모님께 쫓겨났어요. 어차피 이젠 수련국으로 돌아가지도 못해."

"쫓겨나다니, 그게 무슨 말이야?"

협의 얼굴이 일순 긴장으로 굳어졌다.

"망해가 없어졌기 때문에 교인의 몸으로 되돌아갈 수 있었지만 싫다고 뿌리쳤어. 협이 아니면 안 된다고 거절했거든. 협이 아니면 누구도 이 화린의 유온이 될 수 없다고 했거든요."

턱하니 숨이 막혔다.

협은 더 이상 견디질 못하고 화린을 부서져라 꽉 끌어안았다. 그의 입술이 다급하게 그녀의 입술을 빨기 시작했다. 그들의 몸을 반쯤 적셔놓은 바닷물이 한기를 자아내고 있었지만 느낄 겨를이 없었다. 이곳이 해안가라는 자각도 없어져 버렸다.

매끄러운 살결을 따라 어깨와 목, 팔에서 미끄러지던 협의 입술은 화린의 옷을 거둬내고 앙증맞게 솟은 유두를 단숨에 물었다. 화린이 몸을 비틀었다. 전신을 타고 오르는 뜨거운 기운에 협의 손길은 더욱 거칠어졌다. 지금이라도 당장 그녀의 몸속에 들어가고 싶었지만 그를 받아들인 지 오래인 그녀에겐 무리였다. 묵직하니 벌써부터 단단하게 뭉쳐 오는 그의 일부를 겨우 다스리고 있는 중이었다. 그런 고통스러움조차 그에게 희열을 안겨주고 있었다.

그녀를 바위에 눕히니 곧장 그녀의 손이 협의 가슴을 쓸어 내렸다. 협은 드러난 화린의 나신을 황홀하게 바라보며 그녀의 허벅지 사이에 자리 잡았다. 그녀가 다리를 좀 더 넓게 벌려주자, 간신히 지탱한 인내심이 무너져 내리기 시작했다. 그 절묘한 밀착을 위해 그의 몸이 망설임없이 다가갔다. 닿을 듯 말 듯한 거리를 앞두고 터질 듯한 흥분은 최고조에 달했다.

젖가슴을 만지던 그의 손이 아래로 내려와 그녀의 몸속으로 들어갔다. 그녀의 입에서 묘하게 젖은 신음 소리가 터져 나왔다. 그는 화린의 음부가 촉촉하게 젖어들 때까지 손가락을 빼지 않았다.

"아, 협……."

그녀가 열기로 흐릿해진 눈으로 그를 불렀다. 붉은 꽃망울을 어여삐 매달고 있는 젖가슴이 숨 가쁘게 오르내렸다. 그녀의 몸이 그를 받아들일 준비가 되었다고 느끼는 순간, 협은 깊숙한 바닥까지 한 번에 밀어 넣었다. 화린이 몸을 뒤로 젖히자 하체는 더욱 밀접하게 와 닿았다.

"아아, 어쩌면 좋을까……. 화린아……."

협은 계속해서 화린의 이름을 부르며 허리를 움직였다. 진득하게 감겨오는 여체에 숨이 멎을 것만 같았다. 더군다나 그의 허리를 감싸고 있는 그녀의 다리의 감촉이란……. 세상 그 어떤 비단도 이런 부드러움과 아늑함을 선사하지 못할 터였다. 점점 빨라지고 거세어지는 동작에 살갗과 살갗이 마찰되고, 신음과 신음이 엉켜들었다. 그들의 내밀한 그곳이 옹골차게 맞닿은 느낌은 어디에도 견줄 수 없었다. 그것은 이제까지 화린을 가지면서 절정을 맛보았다고 자부했던, 이전의 순간들을 뛰어넘는 감각이었다. 다소 난폭하면서도 거친 폭발이 격하게 터진 것이다.

"……사랑해요."

협의 뜨거운 씨앗이 자궁을 채우기 시작했다. 이제야 비로소 온전히 그를 받아들였다는 생각에 화린은 눈물이 날 것만 같았다. 자신의 내부를 따스하게 적시는 그에게 뭉클한 애정이 샘솟았다. 앞으로 이 사내와 생의 마지막까지 함께하리라. 그를 닮은 아이를 낳아 그들의 아름답고 용감한 사랑에 대해 들려주리라. 조만간 그에게 그녀가 더는 교인이 아닌 완벽한 인간이 되었음을 말해줄 것이다. 어떤 위기에도 그녀와의 이별을 생각지 못하게 하기 위해 살짝 회피했던 대답을 들려주어 그의 불안을 덜어주어야 할 것 같았기 때문이다.

문득 뺨을 날름거리는 찬 기운이 전신을 휘감아왔다. 분홍 꽃 내음이 물씬 풍겨나는 바람이었다. 이 흔한 자연의 사건조차도 그녀에겐 마냥 새롭기만 했다. 행위가 끝나고 나서도 떨어질 줄 모르는 그 때문에 화린은 아직도 그의 몸 위에 올라앉아 있었다. 그의 입술과 손가락이 그녀의 몸 위를 소소히 머물렀다. 그는 자신의 가슴을 스치는 그녀의 젖가슴의 감촉을 매우 좋아하는 눈치였다. 이때 바위틈에 얼굴을 내민 섬백리향이 보였다. 아까 바람이 분홍 꽃내음을 풍겼던 원인이 저 섬백리향에게 있었던 모양. 처음부터 그들의 행동을 전부 다 지켜보았다는 듯 붉게 물든 모습이 수줍어 보였다.

"그날……."

"음?"

"우리가 처음으로 이곳에서 만난 날 말예요."

기억을 상기시키기 위해 설명하자 그가 고개를 끄덕였다.

"화살에 상처를 입었던 것보다 당신을 만난 기억이 내내 잊혀지지 않았어요. 그때, 감정을 조금 더 빨리 알아챘더라면……."

"챘더라면?"

"산호석을 만들던 그날 바로 협의 신부가 되었을 거야."

그가 낮게 웃음을 터뜨렸다. 그리곤 힘 주어 꽉 끌어안으며 다시 위치를 바꾸었다. 입가에 잔뜩 묻어난 미소가 그의 눈에 빛을 더해주고 있었다. 협은 살짝 그녀의 쇄골에 입술을 누르며 대답했다.

"그때처럼 도망가지 않고?"

"응."

화린이 눈을 반짝였다.

"이제는 사라지지 않아요, 절대."

"나 역시 널 놓치지 않는다, 절대."

길고도 달콤한 입맞춤이 이어졌다.

그들의 머리 위로 금빛 은빛 찬란한 달빛이 쏟아져 내리고 있었다.

그로부터 다음 해의 정초. 월국 선정대에는 또다시 많은 인파가 몰려들다.

애초에 두 개였던 봉화대는 나머지 하나가 흑월에 의해 사하여짐으로써 황자 조의 즉위식이 거행된다. 같은 해 겨울, 치세를 이어 은왕조를 열어가던 중 유배지 고호에서 난이 일어나다. 폐황자인 균의 잔인무도함이 다시 만천하에 알려지고, 수개월에 걸친 분투 끝에 제양에서 비롯된 난을 평정하다.

후에 아우이면서 충신이기도 한 황실 무사 협의 도움으로, 예악문물이 찬연히 빛나는 태평성대를 이룩하게 된다. 그의 곁에 다소곳하지는 않으나 총명한 현처가 늘 내조하였다고 전해진다.

이야기를 마친 친구의 두 눈이 반짝이고 있었다. 나는 여전히 반신반의하는 기색을 감추려들지 않았고, 그런 나의 반응을 예상한 듯 친구가 웃음 끝에 이런 말을 들려주었다.

"본디 사람이란 눈으로 본 것만 믿으려 하지. 자네라고 어찌 다르겠나."

정곡을 찔린 무안함으로 흠흠, 헛기침을 터뜨렸다. 그러다 문득 이야기의 마지막, 망해가 소멸되었다는 부분을 떠올리고는 곧바로 질문을 꺼냈다.

"그렇다면 망해가 없어졌을 테니 이야기대로라면 교인들 구경하는 것쯤이야 어렵겠나?"

"그래, 그럼 남은 이야기마저 풀어놓음세."

"정말인가?"

내가 반색하자, 친구는 진지하게 두 눈을 마주한 채 말을 이어나갔다.

"그전에 하나, 또 지켜줘야 할 것이 있네. 이 이야기를 함구하여야 한다는 약조 외에 오늘 밤 나를 따라 만나야 할 사람이 있으니 잠자코 따르도록 하게."

"갑자기 그게 무슨 소린가?"

"자네처럼 청렴한 사내에게 어울리는 여인이 있다네. 아마 보면 한눈에 반하고 말 것이네. 내 그것만큼은 장담하지."

　이후, 그 여인이 대체 뉘댁의 규수냐며 수차례 질문을 던졌지만 친구로부터 아무 말도 들을 수는 없었다. 친구는 여인에 관해 일절 대답을 들려주지 않았다. 그저 의미심장한 웃음만 내비칠 뿐이었다.

　밖에서 만월의 축제를 알리는 풍악이 희미하게 들려오고 있었다.

　내 유일무이한 벗, 야휘가 아닌가.

　그래, 오늘 밤만큼은 친구의 손에 이끌려 책장을 잠시 덮어두는 것도 좋으리라.

종장

반 시진이 채 지나지 않아 아이는 다시 제 어미의 눈을 피해 해안가로 돌아왔다. 그렇게 야단을 맞고도 그녀를 찾아왔으니 칭찬을 해주어야 하나. 다행스럽게도 아이의 어미는 여럿의 촌부들과 함께 수다를 풀어놓느라 아이가 해안가로 멀어진 것을 깨닫지 못하고 있었다. 사린은 슬몃 미소를 배어 물었다. 조금 더 기다려 보다가 오지 않으면 그냥 수련국으로 가버릴 작정이었는데, 아무래도 저 꼬마 아이에게 부탁해야 할 모양인가 보다. 그전에 먼저 아이의 동심을 어루만져 주고 싶었다.

아이가 주위를 살피며 옹잘옹잘거린다.

"정말 없네."

"누가 없는데?"

"엇, 있다! 여기 있어!"

아까까지만 해도 시들하니 풀이 죽었던 아이의 얼굴에 금세 화색이 돌았다. 사린은 겸연쩍게 한번 웃었다. 자신이 마치 장난감이나 애완용 동물이 된 듯한 기분이 들었기 때문이다. 아이의 언성은 더욱 높아졌다. 사린은 손가락을 입술 한가운데로 갖다 댔다.

"쉿!"

그러자 놀랍게도 벌어진 입을 꾹 다문다. 기특하기도 하지. 가까이서 보니 아이는 더욱 귀여웠다. 가무잡잡하고 통통한 뺨이 복스럽달까? 사린은 점점 이 아이가 좋아지려 했다.

"이름이 뭐니?"

"야휘."

"예쁘고 특이하구나. 한번 들으면 잊혀지지 않겠어."

"아빠랑 엄마 이름에서 따온 거랬어. 야청 야, 휘련 휘."

야청? 휘련?

낯설지 않은 이름이었다. 아이가 분주히 관찰하는 눈으로 그녀 앞에 옹그리고 앉았다.

"이젠 가지 않는 거지?"

"글쎄, 동생만 만나고 나면 가봐야겠지."

"동생?"

"응. 그런데 동생이 보이질 않네. 해마다 여기서 만나기로 했는데 말이야."

"아아, 그렇구나."

아이는 말똥말똥 두 눈을 반짝였다.

물에 젖어 길게 늘어뜨린 머리칼과 나신에 가까운 상반신. 허리춤에서 댕글댕글 팽창낭을 부풀렸다가 뺐다가 하는 아기 복어까지 어느 하나 신기하지 않은 구석이 없을 테니 그럴만 했다. 특히 허리 아래로 드러난 은비늘에 몹시도 강한 호기심을 가지고 있는 게 훤히 보였다. 아마도 꼼지락꼼지락거리는 저 손으로 이 비늘을 만져 보고 싶은 거겠지. 사린은 아이의 호기심을 거래의 수단으로 이용할 참이었다.

"만지게 해줄까?"

"정말? 그래도 돼?"

사린의 그 한마디를 기다려 온 듯 아이가 즉시 손을 뻗어왔다.

"그럼 대신에 조건이 있단다."

아이는 어떤 조건을 내걸지도 모르는 상태에서 제깍 고개를 끄덕였다.

"네가 날 대신해서 동생을 만나고 오면 그렇게 해주마. 그리고 이 일을 아무한테도 말하지 않겠다고 약속할 것."

"응, 그럴게! 동생이 어디에 사는데?"

사린은 잠시 머뭇거렸다.

정말 이 아이에게 맡겨도 괜찮은 걸까?

이제까지 화린은 약속 시간을 어긴 적이 단 한 번도 없었다. 되레 늘 화린이 먼저 그녀를 기다리는 쪽이었다. 그렇기 때문에 화린에게 무슨 일이 생겼으리란 예감을 지울 수가 없었다. 물의 정령을 이용할 수 있다면 좋으련만. 그럴 때면 자신의 동생이 교인이 아닌 인간이라는 것을 새삼 느끼곤 했다.

"저기…… 보이니?"

만월의 축제가 한창인 터로, 월국 황궁은 그 어느 때보다 화려한 형형의 빛깔로 시선을 이끌고 있었다.

"응. 궁궐이랬어, 엄마가."

"그래. 내 동생은 그곳에 있단다."

"우와! 좋겠다."

"가서 사린 언니가 기다리고 있다고 전해주렴."

"응. 그럼 누나처럼 꼬리 달린 사람을 찾으면 되겠네?"

사린은 잠시 눈알을 데구루루 굴렸다. 어쩐지 얘기가 잘 통한다 했더니만.

"아니야. 동생은 꼬리가 없어."

"왜?"

아이는 도저히 이해할 수 없다는 얼굴이었다.

어렵군. 등줄기로 흐르는 식은땀을 느끼며 사린은 어색하게 웃어 보였다.

"예전엔 있었는데 지금은 없앴거든."

"아아, 그게 가능해?"

아이가 곧바로 어떤 말을 물어올지는 듣지 않아도 뻔했다. 아마도 그녀에게 인간으로 변해보라고 주문을 넣겠지. 하지만 그럴 능력이 있었다면 자신이 직접 화린을 찾아갔을 것이다. 사린은 서둘러 대답했다. 더는 스무고개를 하고 있을 시간이 없었다.

"한때는 가능했단다. 그렇지만 이젠 불가능해. 그건 나이 어린 교인들만이 할 수 있거든."

"아, 그렇구나. 알았어. 금방 다녀올게!"

"고맙다. 가서 반드시 화린 마님을 찾아야 해. 알겠니?"

"어? 나, 화린 마님 아는데……. 그럼 마님이 누나 동생인 거네?"

아이가 고개를 갸우뚱하며 재차 질문을 했다. 뜻밖의 말에 그녀도 놀라지 않을 수 없었다.

"화린 마님을 안다고?"

"응. 만날 보는걸?"

사린은 양미간을 모았다.

이것도 인연인가? 그래, 차라리 잘된 일인지도 모른다.

"아까 맨 처음에 한 약속 기억나지? 이건 나와 야휘만의 비밀이니까 누구한테도 말하지 말고 화린 마님에게 전해야 해."

"응!"

"누나는 야휘를 믿어."

다짐을 주는 그녀의 말에 아이가 세차게 고개를 끄덕였다. 그리고는 종종걸음을 치면서 멀어져 갔다.

사린은 과연 아이가 그녀의 부탁을 제대로 들어줄 수 있을지 다시금 의심스러웠지만, 일단은 기다려 보기로 했다. 만에 하나 일을 그르쳐 아이가 다른 누군가에게 발설한다 쳐도 크게 걱정할 일은 일어나지 않을 터였다. 아이의 어미가 보인 반응이 그러하듯 누구든 얼토당토않은 거짓말로 받아들일 테니까.

망해가 소멸되고 나서 교인들은 달 구경을 하는 일이 잦아졌다. 특히 일 년 중 달의 기운이 가장 강해지는 정초에는 더 더욱. 그녀처럼 이미 가례를 치른 교인들은 이렇듯 반어(半魚)의 몸을 그대로 지닌 채 올라왔고, 그렇지 않은 나머지 교인들은 초례주를 마신 후 원래 망해가 있던 그곳에서 반어의 몸을 버린 뒤에야 올라오게 되었다. 그리고 다행히도 아직까지는 망해가 없어지는 데 따른 피해가 나타나지 않고 있었다. 부왕(父王)인 지륜 황제가 이에 대해 각별한 신경을 쏟으면서 엄격한 규제를 두었기 때문이다.

과거의 그때, 화린이 끝내 협과 헤어지지 않자 망해의 소멸이 불가피하다는 것을 인정한 홍노는, 그녀의 존재가 과연 있기나 했는지 싶게 흔적도 없이 사라졌다. 그런 그녀를 두고 물의 정령으로 분했다거나 혹은 반신불구가 되어 겨우 삶을 연명해 나가고 있을 거라는 억측이 나돌았지만, 그 어디에도 그녀를 직접 보았다 하는 이는 한 명도 없었다.

그러는가 하면 망해의 소멸과 함께 되돌아온 사람도 있었다.

바로 익호였다. 그를 두고 이렇게 올 줄 알았다고 말하는 사람들 중에는, 선요의 일에 대해 이러쿵저러쿵 떠들며 결코 그가 돌아오지 않을 거라고 비난했던 이들이 대부분이었지만 어쨌든 건강한 모습으로 되돌아왔으니 천만다행이었다. 놀라움은 거기서 그치지 않았다. 그가 가져온 해독제로 선요가 목소리를 되찾은 것이었다. 황제조차도 기쁨을 감추지 못한 채 그들의 재결합을 축복해 주었다. 그늘을 벗어 던진 선요의 얼굴은 그 어느 때보다 아름다웠다. 물론 아픈 기억을 완전히 치유한 것은 아니었지만 말이다.

그렇게 수련국이 천천히 변화를 거듭하는 동안, 사린은 해마다 화린을 만나 이런저런 소식들을 전해주곤 했다. 신랑을 닮은 아들을 낳아 시부모님의 어여쁜 사랑을 한 몸에 받으며 살림을 꾸려가고 있는 염이의 이야기와 아직도 가례 의식을 가르치느라 소란스러운 가월정 이야기며 모두. 그러나 단 한 명, 교우에 대한 이야기는 절대 꺼내지 않았다. 화린을 구해오겠노라 떠난 교우는 아직까지 소식이 없었다. 아니, 간간이 그를 보았다거나 그에 대한 소문을 들었다는 교인들의 말에 의하면, 이리저리 떠도는 거리의 악사로 분해 구슬픈 노래를 연주하고 다닌다하였었다. 아마도 여전히 화린을 잊지 못해 그렇게라도 해서 화린의 소식을 접하고픈 모양이라고 사린은 추측했다.

그사이 화린은 벌써 두 아이의 어머니가 되어 있었다. 다른 누구도 아닌 그 천방지축이던 막내동생 화린이 어머니가 되다니. 사린으로선 가장 믿기 힘든 일이었지만 화린을 쏙 빼닮은 사내아이를 직접 보게 되면서 인정하지 않을 수가 없었다. 그때 화린은 계집도 아닌 사내아이가 자신을 닮아 속상하다며 무척이나 투덜거렸었다.

그게 바로 작년의 일이니 얼마나 무럭무럭 자라 있을 것인가.

사린은 한 자쯤 늘어난 목을 긁적이며 화린이 오기만을 기다렸다. 조카가 얼마나 컸는지 이제나저제나 손꼽아온 날은 헤아릴 수도 없다. 어서 빨리 품에 안아보고 싶을 뿐.

"으응?"

화린은 휘련과 야휘를 번갈아 응시하며 되물었다.

그러나 야휘는 말을 잇지 못했다. 또 무슨 말썽을 피웠는지 휘련에게 단단히 혼쭐이 난 모양이었다. 벌게진 코끝으로 훌쩍거리는 야휘를 휘련이 한가득 쏘아보고 있었다.

야휘는 원래 난을 일으켰던 폐황자 균의 심복, 소노의 외아들로 졸지에 고아가 된 처지를 딱하게 여긴 휘련이 양자로 삼은 것이었다. 그때만 해도 휘련과 야청은 그 어떤 미래도 약속한 사이가 아니었었다. 되레 서로에게 냉담한 태도로 벽을 쌓아오던 차였다. 이미 한번 구애를 했다가 거절을 당한 야청은 몹시 심기가 상해 있었고, 휘련은 천기로 지내온 삶에 비추어 그를 받아들이지 못하고 있었다. 내색하지 않았지만 그 굳세고 능청스럽던 휘련도 결국은 안으로 곪은 상처에 신음하는 평범한 여인에 지나지 않은 것이다. 그녀가 야휘를 맡겠다며 미혼모를 자처하자, 야청은 불같이 화를 냈다. 이제까지 야청이 화를 내는 것을 단 한 번도 본 적이 없었던 화린은 그가 휘련에게 가진 감정이 매우 깊다는 걸 그때서야 비로소 깨달을 수 있었다.

그가 다니는 곳에 웃음이 끊이지 않는다는 소문이 일 정도로 야청은 익살이 넘치는 훈훈한 사내였다. 어쩌다 심기가 틀어져도 그다운 특유로 주변 사람들을 웃기며 갈등을 해소하곤 했다. 절대 언짢은 기색을 보이지도, 언성을 높이지도 않았다. 그래서였는지 그를 따르는 사람들은 늘 넘쳐 났다. 그런데 그런 그가 그렇듯 감정을 내보인 것이다. 그것도 매우 격렬하고 험악하게. 그들은 야휘를 사이에 두고 한 치의 물러섬 없이 싸웠다. 그들의 싸움을 보다 못한 협이 해결책으로 혼인을 명하면서 겨우 불을 끈 것이었다.

이제 그들은 앙앙불락 견원지간처럼 싸운 이들이 맞나 싶을 정도로 사이좋은 부부의 모습으로 많은 사람의 부러움을 한 몸에 받고 있었다. 애초에 그들의 혼인을 걱정한 건 기우에 지나지 않았던 모양이다. 게다가 두 해 전에는 휘련의 예쁜 이목구비를 그대로 빼닮은 딸까지 얻게 되었으니 이 어찌 행복하지 않으랴? 그들은 두고두고 협에게 감사함을 표했다.

"대체 무슨 말이야? 하나도 못 알아듣겠어."

"쉰네도 도통 못 알아듣겠는걸요? 아까 청의정에서 한눈을 파는 사이 요 녀석이 해안가를 향해 홀리듯 걸어가고 있지 않겠어요."

휘련이 화린의 젖은 이마를 닦아주며 중얼거렸다.

오늘 새벽 화린은 봄을 앞둔 지난해 만월의 축제 때 가진, 세 번째 아이를 해산했다. 첫 번째나 두 번째보다 배가 크게 부풀어 오른 데다가 태동에서 느껴지는 힘찬 발길질에 아들이려니 했는데, 놀랍게도 딸이었다. 그것도 지아비인 협을 닮은 딸.

화린은 야휘를 보다 말고 살포시 한숨을 내쉬었다.

말이 되느냔 말이다.

지난해에 낳았던 둘째는, 그녀의 판박이라 해도 좋을 정도로 곱상한 외모의 사내아이였다. 기왕 아들이니 협을 닮아서 태어나 주면 좀 좋으련만. 아무리 눈 씻고 찾아봐도 협을 닮은 구석이 없다. 저대로 크면 바지보다는 치마가 더 잘 어울리게 생겼다.

그나마 맏딸은 계연 황후를 닮은 터라 이런 걱정은 모르고 지냈으니, 위안을 가져보는 수밖에. 그 때문인지 계연은 유난히도 그들의 맏딸을 총애했다. 아직도 여전히 완고한 성정을 유지하고 있었지만 맏딸 채윤을 품에 안으면, 그때만큼은 자애롭기 그지없었다.

그런데 이번에는 정반대로 협을 닮은 딸이 태어났다. 어찌나 울음소리가 우렁찬지 그 소리만으로도 아들이겠거니 했었다. 노율이 난처한 얼굴로 헛기침을 터뜨리며 정정해 주지만 않았던들 모두가 화린처럼 지레짐작하고 말았을 터였다. 그뿐인가.

그를 닮아 그런지 벌써 체구부터가 달랐다. 오죽이나 컸으면 열 시간에 달하는 산고 끝에 낳았을까. 그 바람에 사린 언니와의 약속도 지키지 못했다.

가만, 그렇다면?

"뭐라고? 다시 말해보렴. 야휘가 해안가에서 무얼 봤다구?"

"그게…… 아무리 야단쳐도 소용없었어요. 꿀 먹은 벙어리마냥 대답을 않는걸요. 다짜고짜 마님을 뵙게 해달라고 고집을 피우니 어쩔 수 없이 데리고 왔지요. 교인이라도 본 건가 싶어 해안가를 살폈지만 그런 게 있을 리가 없고……. 아직 기운도 못 차리신 분께 쇤네, 그저 송구할 따름이어요."

단번에 사린 언니라는 예감이 스쳤다.

"아니야. 이젠 많이 기력을 되찾았으니 너무 염려치 않아도 돼. 바쁘다면 그만 가봐도 괜찮아. 어차피 심심하던 차였으니 야휘가 내 말동무가 되어주면 좋겠는걸?"

"정말로 괜찮으시겠어요?"

"응."

"그럼, 쇤네가 미음을 준비해 올게요."

"고마워."

휘련을 내보낸 후, 화린은 싱긋 웃으며 야휘를 가까이 오게 했다.

"이제 단둘이 남게 되었으니 얘기해 볼까?"

협이 황제를 알현하고 회덕헌으로 돌아왔을 무렵, 화린은 휘련이 쑤어온 미음 한 그릇을 거의 다 비운 상태였다. 그가 아기를 안아 올리며 흐뭇한 얼굴로 웃는다. 또 한 번 우렁찬 울음소리가 방 안을 메웠다. 협의 미간이 잠시 찌푸려졌으나 한번 달랜 뒤 아기와 눈을 맞추자 신기하게도 울음소리가 멎었다. 둘은 영락없는 부자지간처럼 보였다. 부녀지간이 아닌.

"오늘 언니 만나기로 한 날인데 그만 깜빡했어요."

그가 가만 굳어 있다가 작게 신음성을 터뜨렸다.

"저런!"

화린은 야휘와 있었던 자초지종을 설명한 후 나지막이 한마디를 덧붙였다.

"언니한테서 또 놀림을 받게 생겼어요."

그가 한쪽 눈썹을 치켜올렸다.

"놀림은 무슨. 이렇게 건강한 아이를 얻었는데."

"칫, 그럼 뭐 해요? 이번엔 당신 닮은 딸인데."

눈을 흘기며 말했다. 사실 그녀가 해산한 그때, 장군감이 태어났다며 기뻐한 사람들 중에는 협 그도 포함이 되었기 때문이다.

그러자 협이 껄껄 웃었다. 아비가 되고 나서도 무뚝뚝한 건 변함없었지만, 저렇듯 웃는 일은 잦아진 그였다. 그럴 때면 화린의 가슴은 맨 처음 그를 만난 그 순간으로 되돌아가기라도 한 듯 쿵쿵 북소리를 울려댔다. 그가 다른 사람 아닌 그녀 자신에게만 웃어주어서 더 좋았다. 그러나 지금은 그의 웃음에 마냥 기뻐할 계제가 아니었다.

"그게 어때서?"

"아마 나중에 사람들이 다 웃을 거야. 딸은 아비를 닮고, 사내 는 어미를 닮았다고."

화린은 울먹이는 얼굴로 대답했다.

물론 고슴도치도 제 새끼는 예쁘다고, 눈에 넣어도 아프지 않 을 만큼 귀엽고 사랑스러웠으나 안타까운 심정이 이는 건 어쩔 수가 없었다.

"그럼 다음엔 화린 너 닮은 딸과 나 닮은 아들 녀석을 낳으면 되겠군. 그렇게 될 때까지 아기를 가지는 것도 나쁘지 않겠어."

"또?"

화린의 얼굴이 노래졌다. 반면에 협의 얼굴은 농담이라 치부 하기엔 너무나 진지했다.

"아직이다."

출산으로 인해 더 풍만하게 부푼 젖가슴을 쓸어 내리며 그가 일깨웠다.

화린은 황급히 얼굴을 붉히며 목소리를 낮췄다.

"아기가 보고, 듣는단 말예요."

그들 사이에 놓여진 아기는 정말로 두 사람을 빤히 쳐다보고 있었다. 그럼에도 협은 개의치 않은 듯이 그녀의 입술을 부드럽 게 빨기 시작했다. 방금 전까지 비죽였던 불만들을 모조리 녹여

버릴 듯 거칠고 강하게.

　바로 그 시각, 사린은 야휘에게서 전해 받은 편서를 읽으며 벌어진 입을 다물지 못하고 있었다. 야휘가 하도 늦는 바람에 반쯤 포기하고 있던 차에 이런 소식을 접하게 될 줄은…….

　그러느라 오지 못했던 게로군.

　곧 그녀의 입가에 커다란 웃음이 내려앉았다. 평소의 그녀라면 절대 그렇게 웃지 않았을 테지만 편서에 담겨진 사연은 이제까지의 몇 시진에 걸친 지루한 기다림을 한 방에 날려 버릴 만한 것이었기 때문이다.

　"자, 그럼 약속을 충실히 지켰으니 은비늘을 만지게 해줄게."

　사린이 기꺼운 얼굴로 말하자, 야휘가 기쁘게 응수하며 달려들었다.

　행복해하는 동생의 모습이 눈에 그릴 듯 선했다. 이러다가 내년에도 동생이 약속을 어기게 되는 건 아닌지 잠시 그런 생각도 들었다. 이참에 그녀도 딸을 하나 더 낳아 눈앞의 이 아이를 사위로 삼는 건 어떨까? 나쁘지 않다.

　사린은 혼자만의 즐거운 상상에 빠져들었다.

지면을 빌어 밝히지만 이 글은 사실 아주 사소한 상상에서 비롯된 글입니다. 애초 계획했던 시리즈들을 자료 조사하는 과정 중에 교인들의 이야기를 접하게 되었고 그때는 별다른 관심을 두고 있지 않았거든요. 그러다가 딱 일 년 전, 우연찮게 지하철에서 공상을 하는 중에 떠올리게 된 글이 바로『달의 노래』랍니다. 공상의 대부분은 지하철에서 태어난 경우가 많았는데, 그날은 갑자기 이런 의문이 들었습니다.

인어들은 어떻게 교접을 하지?

아, 물론 일반적이고도 과학적인 논리를 가지고 있는 사람이라면 물고기들의 생태를 연결시키는 게 당연하겠지요. 그러나 저는 그렇게 잠깐 떠오른 생각을 밀쳐 냈습니다. 너무나 로맨틱하지 못하다는 이유로 말이죠(잠시 멋쩍은 웃음).

결국 저의 상상력은 엉뚱한 방향으로 제멋대로 길을 열어갔습니다. 그것이 바로 이 글의 첫 시작인 셈이죠.

하지만 글은 상상력만으로 충분하지 않다는 걸, 이 글을 쓰면서 뼈저리게 깨달았습니다. 아마도 제가 글을 쓰는 한은 끊임없이 부딪치게 될 벽이 아닐까 생각합니다만 그중에서도 가장 많은 벽에 부딪혔던『달의 노래』가, 그럼에도 제 첫 출간이 될 수 있었던 건 더 나은 도약을 하기 위한 작은 용기이기도 합니다.

그래서 지금 굉장히 떨리고 겁이 납니다. 여러 번의 수정을 하는 동

작가후기

안 고민했듯이, 이 글을 한 십 년 후쯤까지 미뤄둘까 망설이기도 했기 때문에 더 더욱 그렇습니다.

그런 나약하고 소심한 제게 든든한 힘을 실어주신 분들이 계셔서 이렇듯 용기를 낼 수 있었습니다. 이제 그 고마운 분들께 고개 숙여 감사 인사 드립니다.

세상에서 가장 존경하는 어머니, 감사합니다.

이런 외곬수의 딸을 키워주신 그 은혜에 언젠가 더 큰 보답을 해드릴 수 있도록 성장하겠습니다.

글이 아니었으면 만나지 못했을 세 분.

제가 아는 한 세상에서 가장 멋진 로맨티스트인 호돌이님, 생각만으로 메마른 눈가를 젖어들게 만드는 아름다운 심성의 소유자이신 노랑이님, 한결같은 격려와 우정으로 힘을 북돋아주신 미남님, 아니, 윤미나님. 올해 싱그러운 초록 봄에 축하드릴 일이 생길 것을 반드시 확신하기에 짧게나마 제일 먼저 축하 인사 드립니다. 덧붙여 현재 집필하시는 글이 어서 빨리 출간되길 기원합니다. 세 분 모두 감사합니다. 사랑합니다. 당신들이 있어 저는 행복합니다.

그리고 또 한 분. 원래는 저 세 분의 목록에 올렸어야 마땅하지만, 몇 달째 연락 두절로 동생의 애간장을 녹이셨기에 따로 불러드립니다. 미선 언니, 감사합니다. 힘드셨던 지난해였던만큼 올해엔 언니의 글이 알찬 풍년을 이루어 좋은 결실을 거두시길 기원합니다. 제가 출간 손꼽아 기다리고 있는 것 아시지요?

동생이 방황할 때마다 큰 힘이 되어준 영은 언니, 언니를 만나지 않았다면 결코 나의 이십대는 없었을 거야. 정말 고마워. 이번 글에는 많은 활용을 못했지만 관련 서적을 빌려주는 데 있어 커다란 조력자가 되어준 미향, 늘 재미난 영화의 세계로 이끌어주는 내 오랜 동창 진숙, 모두 정말정말 고마워.

『달의 노래』가 세상으로 나오기까지 아낌없는 당근과 채찍—음, 사실 당근을 받은 기억은 없지만, 이라고 하면 째려보실 테죠?—을 주셨던 세 분. 이젠 네 분이라 해야겠네요, 정정. 마감 일자를 늦추는 제게 조곤조곤 상냥한 목소리로 대해주신 지윤님, 감사합니다. 마감이 늦어지자 그래도 성탄절은 쉬라며 문자 메시지를 주신 그 배려에 너무나 감동받았습니다. 늦은 밤, 수정 원고를 날려 버려 끝내는 다시 작업해야 했을 때에도 격려의 전화를 주셔서 뭉클했답니다. 그리고 종민님, 규진님께도 감사 말씀 전합니다. 밤늦게까지 로맨스를 향한 열정으로 고군분투하시는 세 분이 계셔서 이렇듯 『달의 노래』가 출간될 수 있었습니다. 부디 올해에는 세 분 다 멋진 낭군님 만나셔서 핑크 오라를 뿜어주시길 고대하고 있겠습니다. 꼭이요.

그리고 온라인 연재를 할 무렵부터 친구로서, 팬으로서 격려해 주신 한 분께도 감사 말씀 전합니다. 후기에 이름을 기재해도 될지 허락을 구하지 않았기에 조졸한 인사로 제 마음을 대신합니다. 또 역시나 이름을 기재해도 될지 허락받지 않았지만, 이글을 수정하기 전 고마운 조언을 해주신 한 분이 계십니다. 혹시라도 이 후기를 읽고 계신다면, 그때의 죄송함과 감사함을 담아 올 한해 더욱 행복하시길 기원해 드립니다. 같은 제목이라 걱정했던 제게 면식 한 번 없었음에도 너무나 흔쾌히 친절하게 응해주신 정선화님께도 다시 한 번 감사 말씀 전합니다. 선화님께서 쓰시는 『달의 노래』도 어서 출간되길 진심으로 기원합니다.

음, 이번엔 정말 마지막으로.
썰렁한 블로그와 카페를 잊지 않고 찾아주신 분들께, 이 책을 읽어주시는 모든 분들께 설익었으나 갓 내린 초설의 그 마음으로 감사 인사를 드립니다. 다음에는 보다 성장한 모습으로 찾아뵐 수 있도록 노력하겠습니다.

—봄을 기다리며, 이예린 배상拜上

hungeoram romance novel

『퍼펙트 매치』

사랑을 믿지 않는 여자, 정은수.

사랑을 시작하지 않는 남자, 김혁준.

두 사람이 확신하지 못하는 단어, 그것은 사랑.

가장 불완전한, 가장 믿지 못하는 감정에 빠진 두 사람.

그 두 사람의 사랑이 시작된다.

그것은 축복일까, 불행일까?

● 박미연 지음 값 9,000원

『청실홍실』-신혼 이야기 1, 2

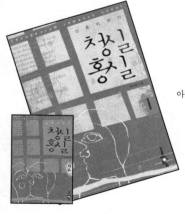

요즘 시대에 전혀 걸맞지 않는,

단지 뼈대있는 양반가문의 자손이라는 이유만으로

아버지가 진 빚 대신 차압 딱지 붙여져 시집온 파란만장 심청.

신분에 한이 맺힌 할아버지로 인해 안(?) 생긴 채무자와

반강제로 결혼한 왕싸가지 유신.

그들의 알콩달콩, 때로는 겁나게 유치하면서도

앙큼한 신혼 이야기.

● 현지원 지음 값 각 9,000원

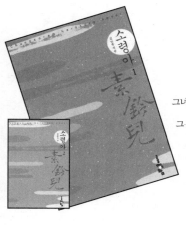